I0641598

le prince jaloux qui forme la 1.re piece de ce
volume est tirée d'une piece italienne du
cicognini, qui l'avoit tirée lui même de
l'espagnol. moliere a puisé dans la même
source, et en a fait la piece intitulée, don
Garcie de Navarre. qui ne se joüe plus parceque
l'intrigue en est ~~decousue~~ peu intéressante.
et le caractere d'un prince doux outré et deraisonable
c'était une de ces anciennes pieces qu'on a cru d'abord et qu'on a
puis respectees en italie mais qui n'étant point intrigantes
ni vraisemblables, sont a present abandonnées.
la griselde 2.e piece de ce volume est un sujet
très intéressant tiré des nouvelles de bocace.
ce sujet est aussi connu en france qu'en
italie. il a été mis en vers et en prose francaise
sous le titre de la griselidis, ou de la comtesse
de salnce quelquefois même sous celuy de la patience
ou l'innocence reconnue ❋.

la 13.me piece de ce vol. est de ~~ci c~~ ci cogninis
~~je n'ai las pas~~ elle est intitulée la ~~hi~~ ou la
statue d'Ellonorè. c'est m.^r gueullette qui a fait
la trad.^{on} francoise qui est ici jointe a l'italien.
cette piece est fort intriguee mais d'ailleurs absurde
extravagante, ridicule et il n'y a aucun parti a en tirer.
Hercule ou Hercule fureux vraye tragedie
melée de très mal a propos de bouffonnerie dar lequan
il y a de beaux tirades et de ces grands spectacles qu'on
affectoit sur les theatres d'italie. ce sujet a été traité par
sophocle euripide seneque rotrou et m.^r de la mothe.
❋ dans cette piece cy riccoboni a fait
griselde non seulement femme d'un comte
mais d'un roy de sicile. la piece est bien écrite
en prose italienne et bien traduite en prose francoise
elle m'a fait grand plaisir et m'interesse elle doit faire

NUOVO TEATRO

ITALIANO

*Che contiene le Comedie stampate
e recitate dal S. LUIGI RIC-
COBONI detto LELIO.*

TOMO TERZO.

A.B.

IN PARIGI,

Appresso BRIASSON.

M. DCC. XXXIII.

LE PRINCE
JALOUX.

TRAGI-COMEDIE ITALIENNE
en cinq Actes.

TRADUITE EN FRANÇOIS
PAR LE SIEUR BERNARD.

A PARIS,
Chez BRIASSON, ruë S. Jacques,
à la Science.

M. DCC. XXIX.
Avec Approbation & Privilege du Roi.

A SUA ECCELLENZA
IL SIGNOR DUCA
DI NOAILLES,
PARI DI FRANCIA,

GRANDE DISPAGNA, CAPITANO della prima Compagnia delleGuardie del Corpo di S. M. Presidente del Consiglio delle Finanze.

ONSIGNORE;

LE grandi beneficenze, che dall' E. V. furono impartite alla Truppa Italiana, ed' à me in particolare hanno eccitato nell' animo mio un ardente desiderio di

ã ij

EPISTOLA.

rendere a V. E. un publico testimonio della mia osequiosissima gratitudine. Ho lungamente meco stesso pensato di qual mezzo potessi servirmi per sodisfare a i giusti impulsi del mio dovere ; ne per rendervi grazie hò ritrovato altro modo , che porgervi una supplica per un nuovo favore. In fatti ella è una grazia ben singolàre che vi degniate permettermi di porre in fronte à questa Tragicomedia il nome glorioso di V. E. , e di renderla così sicura da qualunque rischio. Ella è uno de nostri mostri Italiani , che non avendo la sregolatezza della Comedia tutta ridicola , non hà ne meno tutta l'esatezza della Tragedia. Ella è un misto di caratere , e d'intrico , di serio e di Comico , di grande e di basso ; in finè ella è una favola all'Italiana. Ho creduto lungo tempo che il Cicognini nostro Italiano ne sia il suo primo Auttore , il quale le diede per titolo , le fortunate gelosie di Rodrigo Re di Valenza. Io però l'hò assai cangiata , e non ne presento all' E. V. che la metà in cinque Atti , essendo il resto un poco troppo caricato , e troppo libertino. Mi fu poi detto che il suo primo fonte sia del Teatro Spagnuolo ; ma io non hò mai avuta notizia di questo originale , ne sò se il fa-

EPISTOLA.

mofo Molieres nel fare il suo Principe Geloso si sia servito dello Spagnuolo, ò del Italiano. Voi che oltre alle cognizioni sublimi che possedete, avete un perfetto possesso delle Lingue Italiana, e Spagnuola, e che conoscete molto bene l'uno e l'altro Teatro, ne sarete facilmente chiarito.

Sarei ben fortunato se questo componimento, quale egli siassi, avesse l'onore di divertire l'E. V. in quei momenti che vi riposate dalle vostre grandi, e gloriose occupazioni. Qui se volessi seguire lo stile di chi fa dedicatorie, dovrei descrivere la sorgente luminosa del vostro sangue, la serie de votri Eroi, la sublimità de vostri gradi, e la penetrazione del vostro spirito; ma questa è un impresa che supera di gran lunga il mio talento; e sarei ben ardito se pretendessi poter descrivere ciò che fa l'ammirazione di tutta la Francia. A me dunque non resta, che umilmente supplicarvi di non isdegnare, che io mi sia servito di questo mezzo per far sapere al mondo tutto che mi concedete il grande onore di poter publicamente gloriarmi che io sono.

Di *V. E.*

Humilissimo, Devmo,
Obligmo Servitore
Luigi Riccoboni

PERSONE.

DELMIRA, *figilia d'Alfonso Re d'Arragona.*

DELIA, *Damigella di Delmira.*

FLORANTE, *Servo di Delmira.*

TEODORA,
PORZIA. } *Dame di Delmira.*

RODRIGO, *Re di Valenza.*

PANTALONE, *Aio di Rodrigo.*

ARLICHINO, *Servo, Confidente di Rodrigo.*

D. PIETRO, *Re d'Arragona.*

DIEGO, *Servo di D. Pietro.*

BELISA, *Duchessa Tirolo.*

TERESA, *Damigella di Belisa.*

La Scena è sempre d'avanti, e dentro il
Palazzo del Rè di Valenza.

PERSONNAGES.

DELMIRE, fille d'Alphonse, Roy d'Arragon.

DELIA, Confidente de Delmire.

THEODORA, } Suivantes de Delmire.
PORTIA, }

FLORANTE, Domestique de Delmire.

DON RODRIGUE, Roy de Valence.

PANTALON, autrefois Gouverneur du Roy.

ARLEQUIN, Valet, Confident du Roy.

DON PEDRE, Roy d'Arragon.

DIEGUE, Domestique du Roy d'Arragon.

BELISE, Duchesse du Tirol.

THERESE, Confidente de Belise.

La Scene est à Valence dans le Palais du Roy.

IL PRINCIPE GELOSO.

ATTO PRIMO.

La Scena raprefenta gli Appartamenti di Delmira,

SCENA PRIMA.

DELMIRA, DILIA, PORZIA e TEODORA.

Nel aprirfi fi vede Delmira d'avanti allo fpechio, e Delia, & le altre che l'adornano.

DELMIRA.

CEffate d'infiorarmi il crine, o mie care, ed ingemmarmi le Chiome, ne cercate, copren. do i diffetti di natura, di render quefto mio volto piu maeftofo, e fereno; poiche fe la mia bellezza ad altro non deve fervire, che a far effere piu gelofo il mio Rodrigo, non voglio cercando di rendermi piu vaga, effer io fteffa fabra delle mie ruine. Oh Dio!amo Rodrigo, mi ama Rodrigo, ma che mi giova, fe frà tante delizie il fer= pe della gelofia avelena ogni mia dolcezza.

LE PRINCE
JALOUX.

ACTE PREMIER.

Le Theatre represente l'Appartement de la Princesse Delmire.

SCENE PREMIERE.

DELMIRE à sa Toilette, DELIA, PORTIA, & THEODORA ses Suivantes occupées à la coeffer.

DELMIRE. CEssez, mes cheres filles, cessez d'orner mes cheveux avec ces fleurs & ces pierreries ; quittez les soins que vous prenez pour augmenter ces foibles attraits, & pour en cacher les défauts. Helas ! puisque cette malheureuse beauté ne doit servir qu'à me rendre plus infortunée, en augmentant la jalousie du Prince D. Rodrigue, les soins que je prendrois pour lui plaire encore d'avantage, ne feroient qu'augmenter mes chagrins. Grand Dieu ! j'aime D. Rodrigue ; ce Prince m'adore ; mais que me

A iij

frà tante delizie il ferpe della gelofia avelena ogni mia dolcezza.

TEODORA. *Io non intendo le difpofizioni del deftino. Il Re d'Arragona voftro fratello vi negà per ifpofa al Re di Valenza D. Rodrigo. Si accende frà di loro la guerra, è voi reftato fventuratamente prigioniera del Generale di quefto Re. Un tale incontro ne hà fatta fperare ben prefto la pace, ma tutto al contrario fi è piu vigorofa acefa la guerra, e voiftefla fe ben fiete divenuta amante di Rodrigo che vi adora, vivete fempre in pena per la fua gelofia ; e quando mai godrete voi il ripofo, e quefti ftati la calma? Confolatevi però o Signora : la gelofia è violento furor del anima, e come violento non può efler durabile. Ben mi giova di credere che in breve fia per dileguarfi, e che riffolvendovi a divenir moglie in effeto di Rodrigo, come la fiete in parola vi farà permeffo di godere una perfetta felicità.*

DELIA: *E quando mai finiranno quefti fofpetti, e quefti martelli! Io per me non fpero vederne l'ora, ne mi par poffibile che S. M. fia per mutar coftume. Ogn'ombra gli pare un Gigante, un piccol faffo, un monte, & un mondo, ne par che fappia il Re fpendere il tempo con maggior gufto, che con gridare, e con metter voftra Altezza in neceffità di fincerarlo delle azioni*

sert cette tendresse réciproque, si l'affreux poison de la jalousie en corrompt toute la douceur !

THEODORA. Je vous l'avouerai, Madame, je je ne puis rien comprendre à la bizarerie de votre destinée. Le Roy d'Arragon, votre frere, vous refuse pour épouse au Roy de Valence ; ce refus allume la guerre ente le les deux Couronnes : un accident vous fait tomber entre les mains du Roy de Valence, on espere que votre prison facilitera la Paix ; au contraire la guerre s'allume davantage entre ces deux Princes. Vous - même vous devenez sensible à l'amour de D. Rodrigue, & malgré vos bontez la jalousie de ce Prince ne cesse de vous inquieter. Helas ! quand le sort cessera-t'il de vous persecuter ? quand rendra-t'il le calme à votre cœur ? mais, Madame, ne vous livrez point au chagrin qui vous dévore, la seule jalousie du Prince votre amant s'oppose à votre bonheur : les transports de cette passion sont trop violens pour être durables. Oüi, Madame, j'espere que cette passion s'éteindra bientôt dans son cœur lorsque vous serez devenue son épouse, la certitude de son bonheur, & la connoissance de votre vertu, banniront bien-tôt de son cœur des soupçons que lui inspire la crainte de vous perdre : la possession assurée de votre cœur bannira la jalousie de son ame.

DELIA. Et vous vous flattez de voir finir ces soupcons & ces inquietudes ; non, Madame, pour moi je n'espere pas de le voir jamais, & il ne me semble pas possible que ce Prince puisse jamais changer de caractere Quoi ! tout le tronble, tout l'agite, il entre en soupçon de la chose la plus indifferente, il s'en forme lui - même un monstre & un fantôme pour s'inquieter. Il n'a point de plus doux amusement que celui de que-

ſue. Oh ſia pur benedetto il mio Florante, che
ſe mi vedeſſe in mezzo di un eſercito di ſol-
dati gli parrerebbe di commetere un ſacrileggio,
à ſoſpettare della mia fedeltà, e del mio affetto.

DELMIRA. Felice te che naſceſti ſotto ſtella coſ
benigna, e perche molto ti amo, o Delia, godo
delle tue fortune in amore, e la tua, e ſua fedeltà da me eſperimentata, non deve eſſer diſ-
giunta già mai.

DELIA. Rendo grazie umiliſſime à V. A. di
queſti favori, e prego il Cielo che vi conceda
quelle avventure, che merita una Dama voſtra pari.

PORZIA. Et io ſe hé à dirvi il vero, o Signora,
non farei coſi oſſervante come voi ſiete. Se voi
ſcrivete dice il Re, che ſon Lettere amoroſe; ſe
cantate, dice che quelle canzoni ſono dirette à
qualche voſtro amante; ſe parlate à qualche
d'una di noi, dice che vi ſerviamo per Meſſag-
giere, & Ambaſciatrici d'amore; ſopra ogni
voſtro diſcorſo vuol formar un proceſſo, e ſiete
fino tenuta à rendergli conto di quello, che
ſognando parlate. Tant'è, à me ſcaparebbe la
patienza.

DELMIRA. Amore vede il cuor mio. Chiamo il
Cielo in teſtimonio della purità de mieì affetti
verſo il Re mio Signore. Gli diedi fede d'eſſer
ſua moglie, e per meglio dire, egli ſi degnò ri-

reller & de mettre à tous momens Votre Alteſſe dans la néceſſité de juſtifier à ſes yeux les actions les plus innocentes. Que le Ciel conſerve mon cher Florante ; pour lui il me verroit au milieu d'une armée entiere, ſans en prendre la moindre inquiétude, & croiroit faire un ſacrilege de ſoupçonner mon amour ou ma fidelité.

DELMIRE. Que tu es heureuſe ma chère Delia que tu es née ſous une favorable étoile ! l'amitié que j'ai pour toi me rend ſenſible à ton bonheur ; la fidelité avec laquelle vous m'avez ſervi tous les deux, merite que rien ne trouble jamais votre union.

DELIA. Je rends graces, Madame, aux bontez dont Votre Alteſſe me comble ; daigne le juſte Ciel vous accorder tout le bonheur que merite une Princeſſe telle que vous.

PORTIA. Pour moi, Madame, ſi j'oſe vous dire la verité, je ſerois un peu moins bonne que vous. Quoi ! ſi vous prenez la plume, le Prince croit que c'eſt pour écrire une Lettre d'amour. Si par hazard vous venez à chanter, c'eſt pour un Rival que vous avez fait cette Chanſon ; ſi vous parlez à quelqu'une de vos femmes, c'eſt pour la charger d'une commiſſion amoureuſe ; enfin, il entre en ſoupçon ſur toutes vos actions, & il voudroit vous contraindre, s'il oſoit, à lui rendre même compte de vos ſonges. Oh, pour moi, en verité, il y auroit déja long-temps que la patience me ſeroit échapée.

DELMIRE L'Amour voit le fond de mon cœur : que le Ciel ſoit témoin de la vivacité de ma tendreſſe pour ce Prince. Je lui ai promis de l'épouſer ſi mon frere y conſent ; ou plutôt il a daigné accepter l'offre que je lui ai fait de ma main : mais s'il ne peut bannir de ſon cœur la jalouſie qui le

cevere le mie promeſſe. Ma ſe dal ſuo cuore non ſban-
diſce per ſempre la geloſia, ſarebbe queſto matrimonio un vicendevole tormento, diverrebbe Rodrigo
l'Inferno di Delmira, ſarebbe Delmira l'Inferno di
Rodrigo.

TEODORA Dunque ſe Rodrigo non depone la geloſia vorrà V. A. mancargli di fede? e vi darebbe il
cuore doppo tante ſuiſceratezze frà di voi paſſate
ſin quì, di applicar l'animo ad' altre nozze?

DELMIRA. Non manca di fede, o Teodora, chi co-
dizionatamente promette, mentre non reſtano adem-
pite quelle condizioni, con le quali regolò le ſue eſe-
bizioni Sarà geloſo Rodrigo, ecco Delmira in libertà. Ma che diſſi in libertà, ſe mentre non ſarò di
Rodrgo, non poſſo eſſer d'altri?

Si ſentono ſonàre Trombe, e Tamburi.

Ma qual ſuono mi giunge all'Orecchio? Ancor fe-
riſce il Cielo di Vazlen a lo ſtrepito delle Trombe, e
de bellicoſi Tamburi? Coſì ſaranno vani gli annun-
zii della pace trà il Re d'Arragona mio fratello, e
Rodrigo mio Sgnore?

PORZIA. Signora non ſempre le Trombe, e Tamburi
ſono Meſſaggieri di guerra, anco un giubilo univer-
ſale con quelli ſi paleſa.

Si ſentono di lontano tiri d'Artiglieria.

DELMRA. Non ſentite il rimbombo de l'Artiglierie? Ah fratello implacabile! Valenza al certo
è aſſediata, non è più tempo di addobbi, e di delizie. Porgimi quella ſpada, ò Delia: movetevi ne-
ghitoſe; à tè vengo mio Rodrigo, eſpongo queſta

déch're, cet Hymen deviendroit notre supplice à nous deux. Rodrigue par ses caprices deviendroit le boureau de Delmire; & malgré toute sa ten- dresse & toute sa vertu, Delmire feroit ressentir les maux les plus cruels à Rodrigue.

THEODORE. C'est à-dire que si le Prince ne se guerit de sa jalousie, Votre Altesse lui manquera de parole? Quoi, Madame, après tant de pro- test-t ons d'un amour éternel, vous pourrez vous résoudre à passer à d'autres nœuds.

DELMIRA Theodore, quand on ne s'est engagé que sous une condition, on peut, sans devenir parjure, manquer à cet engagement, si cette condition n'est pas remplie. Oui, si D. Rodrigue continue d'être jaloux, Delmire devient libre dans ce moment, & maîtresse de disposer d'elle- même; mais helas, quelle liberté j'aurois acqui- se! Non si je ne suis point à Rodrigue, je ne me donnerai à personne.

On entend des Trompettes & des Tambours.

Mais quel bruit vient fraper mon oreille? Quoi, le son de ces instrumens guerriers trouble encore le repos de Valence! Voila donc où aboutissent ces esperances de la paix qui devoit réünir mon frere & mon amant.

PORTIA. Mais, Madame, ces instrumens n'an- noncent pas toujours la guerre & les combats: vous sçavez qu'ils sont aussi consacrez à la joye publique.

On entend de loin une décharge d'artillerie.

DELMIRE N'entendez-vous pas ce bruit d'ar- tillerie? Ah, cruel! Sans doute Valence est assie- gée: il n'est plus temps de s'occuper de parure & d'ajustemens. Delia, donne-moi cette épée. Laissez-moi frivoles soins; mon cher Rodrigue

petto per difeſa della tua perſona : e volgendo, queſta punta à danni del oſtinato fratello, moſtrerò al mondo, che Signore d'ogn altro affetto è il maritale Al'armi, al'armi.

SCENA SECONDA.
Florante, e li Sopradetti.

FLORANTE. *Al'armi pure o Signora, che a'eſſo è il tempo di moſtrare il coraggio, ma non tanta fretta, perche vi è tempo avanti che ſi attachi la zuffa.*

DELIA *Torno pure una volta.*

DELMIRA. *Dimmi dove è il Re? che fà, che penſa, e che riſſolve, doppo queſti aviſi! Le noſtre armi ſono in pronto; l'eſercito è ordinato; le guardie ſono alli loro poſti, di, parla, riſpondi, ancora taci?*

FLORANTE. *A tutta queſta matteria vuol. V. A. che io riſponda? In due parole mi ſbrigo, la pace è fatta.*

DELMIRA. *Certo.*
DELIA. *Di tu da vero?*
TEODORA *Stà coſi Florante?*
PORZIA *Parli ſul ſaldo?*
FLORANTE. *E veriſſimo, ſtà coſi, dico da vero, e parlo ſul ſaldo; e poco fà io ſono entrato in Valenza con il Signor Duca di Villa Reale, il quale ha riportata la ſpedizione con l'afferma del capitolo, e preſentatala à S. M. et in ſegno d'allegrezza ſi*

ſecero

je vole à ton secours, je vais opposer ce cœur aux coups que l'on te destine. Oui, je vais, en tournant mes armes contre les sujets d'un fier inexorable, apprendre à tout l'Univers que la tendresse d'une épouse surmonte toutes les autres affections. Aux armes, aux armes.

SCENE SECONDE.

FLORANTE, & les Acteurs précédens.

FLORANTE. Oui, Madame, aux armes, voici le tems de montrer votre courage ; mais vous pouvez vous reposer avant le combat ; l'heure n'est pas encore arrivée.

DELIA. A la fin te voila de retour.

DELMIRE. Dis-moi, où est le Roy ? que fait-il ? que pense-t'il ? quel parti prend t'il sur cette nouvel'e ? les armes sont-elles prêtes ? les troupes sont-elles en ordre ? les gardes sont-elles posées ? dis, parles, réponds ? quoi ! tu te tais encore ?

FLORANTE. Eh, Madame, comment Votre Altesse veut elle que je réponde à tant de choses à la fois ? je n'ai que deux mots à vous dire : la paix est faite.

DELMIRE. La paix est faite !
DELIA. Parles-tu serieusement ?
THE DORE. Parles-tu tout de bon ?

PORTIA. Dis-tu la verité ?

FLORANTE. Oui, Madame, elle est faite, je parle serieusement. Je viens d'arriver en ce moment avec le Seigneur Duc de *Villa-Real*, qui apporte le Traité de paix, & la ratification. Il l'a presenté au Roy : le bruit des tambours, des

B

fecero ſentire ſubito trombe, tamburi, Artiglierie, et il Popolo tutto gioiſce, & impazza d'allegrezza, e le nozze frà V. A. et il Re mio Signore, ſaranno il ſigillo di tutti queſti aggiuſtamenti.

DELMIRA. Dal dì de ch'io ti conobbi, o Florante, mi foſti caro, & ora che vieni araldo di f liciſſimi raguagli, ſi moltiplica il mio affetto verſo di te.

FLORANTE. Queſti ſono effetti del ecceſſiva corteſia di V. A. anzi pure d V. M. perche in breve ſarà moglie del Re di Valenza.

DELIA. Ancora non mi ha guardato in viſo Florante.

DELMIRA. Vado à trovar Rodrigo.

FLORANTE. Devo farle un ambaſciata Signora.

DELMIRA. Per parte di chi?

FLORANTE. Di Beliſa Ducheſſa di Tirolo.

DELMIRA. Che fà? che fà la Ducheſſa? che t'impoſe?

FLORANTE. Sapendo queſta Dama, che io mi trovavo in Saragozza mi fece à ſe chiamare, e con termini troppo corteſi coſi mi diſſe. Pregoti à ricordarmi divotiſſima ſerva alla Ducheſſa Delmira mia Signora: dille, che lungi da lei ho lontano ogni mio bene, e che la concluſione di queſta pace frà le corone di Valenza, e di Arragona, mi è uno ſtimolo per venire ad'inchinarla ſino in Valenza, è che ſe ella ſi degnerà ſcrivermi il ſuo contento in poche righe ſopra la mia venuta io le porterò la riſpoſta à bocca. Coſi mi diſſe la Ducheſſa Beliſa,

trompettes & celui de l'artillerie, ont annoncé cette heureuse nouvelle au peuple, qui en témoigne sa joye par des cris d'allegresse : c'est l'hymen de Votre Altesse & du Roy de Valence qui sera le gage de la bonne intelligence que cette paix rétablit entre les deux Royaumes.

DELMIRE. Tes services m'ont toujours été agreables ; mais, Florante, l'heureuse nouvelle que tu m'apportes en ce jour redouble ma bonne volonté pour toi.

FLORANTE. Madame, ce discours est un effet des bontez ordinaires de Votre Altesse, ou plutôt de Votre Majesté ; car ce titre vous est dû, puisque vous allez bien-tôt être Reine de Valence.

DELIA. Quoi! Florante n'a pas encore daigné me regarder!

DELMIRE. Allons trouver le Roy.

FLORANTE. Madame, je suis chargé d'une ambassade auprès de Votre Altesse.

DELMIRE. De quelle part?

FLORANTE. De celle de Belise la Duchesse de Tyrol.

DELMIRE. La Duchesse de Tyrol : Eh! que fait-elle? que t'a-t'elle ordonné?

FLORANTE. Madame ayant appris que j'étois à Sarragoce, elle m'envoya chercher; & me parlant avec une bonté charmante : va, me dit-elle, je te prie, vois la Princesse Delmire de ma part, supplie-la de vouloir bien se souvenir de mon dévouement parfait, & de mon sincere attachement pour sa personne, dis-lui qu'éloignée d'elle je ne puis goûter aucun plaisir, & que la conclusion de la paix entre les deux Couronnes me sollicite à faire le voyage de Valence pour aller lui rendre mes hommages;

e tanto rifferiſco à V. M. a lei ſtà riſſolvere ſe vo'
ſcrivere.

DELMIRA. Come s'io voglio ſcrivere? e non
ſolo ſcriverò, ma la ſuplicarò, che a me ſene ven
ga. E mia Amica la Ducheſſa, oggetto piu gradito non poſſono vedere queſti occhi miei; ma chi
potrà portarle la Lettera ſubito?

FLORANTE. Dal iſteſſa Ducheſſa tengo ordine, e
modo per dar veloce recapito alla carta di V. M.
ſcriva pure, mi dia la Lettera, e non penſi ad'
altro.

DELMIRA. Oh giorno per me feliciſſimo, ſe dopo
eſſer arrichita di ſi care novelle, vedeſſi il mio Ro-
driço privo di quella g lo.a, che ne tormenta.
Andiamo Florante, ſegivitemi voi altre.

FLORANTE. Ubbidiſco mia Signora. Delia ſen-
ſami ſe fra queſti imbarazzi fò poche parole.

Nel partire gli cade un manichetto.

DELIA. E che poche parole; Per te potevo eſſer
morta. Và purlà che ſaprò vendicarmi a tempo.

aſſure-la

affure-la que fi elle daigne m'écrire pour me dire que ma vûë ne lui déplaîta pas , j'irai moi même lui porter la réponfe de fa Lettre. Voila, Madame, le difcours qu'elle m'a tenu, c'eft à Votre Alteffe à réfoudre fi elle veut écrire à la Ducheffe de Tyrol.

DELMIRE. Comment fi je veux lui écrire ? non feulement je lui écrirai, mais je la fupplierai de venir partager ma joye ; j'aime tendrement la Ducheffe de Tyrol , & peu de chofes me feroient plus cheres que fa prefence ; mais qui lui portera ma Lettre ?

FLORANTE. Madame, elle m'en a inftruit, & m'a procuré le moyen de lui faire tenir cette Lettre promptement : écrivez-lui feulement, & me donnez la Lettre fans vous inquieter du refte.

DELMIRE. Heureufe journée pour moi , fi après avoir reçu de fi agreables nouvelles, je trouvois mon cher D. Rodrigue gueri de cette jaloufie qui caufe notre tourment. Allons Florante : fuivez - moi vous autres.

FLORANTE. J'obéis Madame, Ma chere Delia , excufe - moi je te prie, fi je te dis fi peu de chofes, tu vois l'embarras dans lequel je fuis.

En partant pour accompagner la Princeffe, une de fes manchettes tombe.

DELIA. Si peu de chofe ! Eh , je ferois morte que tu n'y aurois pas penfé ! mais va, laiffe-moi faire, je faurai peut-être me vanger dans l'occafion.

SCENA III.

Arlichino.

Viene Arlichino dicendo l'ordine avuto da
Rodrigo di invigilare fopra le azioni di Delmira, e rifferirgli quanto vede. Cerca per tutto
fe trova niente à fuo propofito, e doppo fatto
molti lazzi d'avanti lo fpechio, trova in terra
il manichetto caduto a Florante, che dice vo-
lerlo portare al Re, perche fappia che un Vomo è ftato nelle ftanze di Delmira. Vede venire
Florante, e Delia, e per afcoltare cofa dicono
fi nafconde.

SCENA IV.

FLORANTE, DELIA, ARLICHINO, nafcoto.

Delia rimprovera Florante perche non le
usò alcuna finezza, e Florante fi fcufa per
effere prefente Delmira, poi fà lui doglianza
con Delia, perche non hà rifpofta ad'una fua
Lettera fcrittale da Saragozza. Delia fi fcufa,
che fe non ha fcritto ha fatto fcrivere, e dice,
che effendoffi nel ricamare ferita nella mano
deftra, mentre un giorno piangeva per non po-
terle rifpondere, Delmira la forprefe, e volle
fapere perche piangeffe, et intefane la caufa
s'inteneri, e rifpofe per lei, e non averla in-
viata per non aver trovata fubita occafione. Florante dice, che gliela dia che vvol confolarfi
leggendola. Delia gli dà la Lettera, Florante
legge: Arlichino in difparte, che fente Florante, che leggendo la Lettera dice, OH

SCENE TROISI'E'ME.

Arlequin entre sur la Scene en parlant de l'ordre qu'il a reçu du Roy de veiller sur les actions de Delmire, & de lui rendre compte de tout ce qu'il verra. Il cherche de tous côtez s'il ne trouvera rien qui puisse lui donner des lumieres; & après avoir fait beaucoup de lazzi devant le miroir, il trouve par terre la manchette que Florante a laissé tomber. Il dit qu'il va la porter au Roy pour lui apprendre qu'il est entré un homme dans l'appartement de Delmire; il voit venir Delia & Florante, & se cache pour écouter ce qu'ils disent.

SCENE QUATRIE'ME.

FLORANTE, DELIA, ARLEQUIN caché.

DElia fait des reproches à Florante de ce qu'il ne lui a donné aucune assurance de sa tendresse depuis son arrivée, & Florante s'excuse sur la présence de Delmire à laquelle il craignoit de manquer de respect. Il se plaint à son tour de ce qu'elle n'a point fait de réponse à une Lettre qu'il lui avoit écrit de Sarragoce. Delia s'excuse, en disant que si elle ne lui a pas écrit elle-même, elle lui a fait écrire; que s'étant blessée à la main en brodant, la Princesse Delmire la surprit un jour, se plaignant de ce que cet accident l'empêchoit de faire réponse à sa Lettre; que la Princesse voulut sçavoir la cause de sa douleur & qu'ayant été obligée de la lui découvrir, elle y fut si sensible, qu'elle voulut la faire cesser, en répondant elle-même à cette Lettre. Elle ajoûte qu'elle ne lui avoit

CARA DELMIRA, penſa ſia Lettera di Delmira, ſi avanza gliella ſtrappa di mano, e meza reſta a Florante, e Mezza a Arlichino ſe la porta via fuggendo. Florante, e Delià non lo curando come un Buffone., doppe Scena ſi partono.

ATTO SECONDO.

SCENA PRIMA.

La Scena rapreſenta Atrio del Palazzo.

RODRIGO, PANTALONE.

RODRIGO. *Feſteggiano i Popoli, ſi ralegra la Corte, ſpira gioia ogni Vaſſallo, e da ogn'uno ſi rende grazie a Cielo, poiche alla fine terminano quelle ſtraggi che ſpogliavano, e l'Arragona, e Valenza, abbia ſpirato aura di pace per l'une, e l'altro Regno: E tu ſolo o Pantalone frà le feſte commune non ti ſolevi, i ſenſato non parli! E pur queſta pace viene accompagnata, e ſtabilita*

pas renvoyé cette Lettre, parce qu'elle n'avoit point encore trouvé de voye sure. *Florante la prie de vouloir lui donner cette Lettre pour avoir le plaisir de la lire*; Delia lui donne la Lettre, Florante la lit. Arlequin qui n'ose s'approcher de trop prés, crainte d'être découvert, entend Florante s'écrier: AH ! TROP AIMABLE DELMIRE; & croyant que cette Lettre vient d'elle, il s'avance, se jette dessus; & voulant l'arracher des mains de Florante elle se déchire de façon qu'ils en ont chacun un morceau: Arlequin s'enfuit avec le sien. Delia & Florante qui le regardent comme un simple boufon, méprisent cette avanture, & partent après avoir fini leur scene pour en avertir la Princesse, ce qui termine le premier Acte.

ACTE SECOND.

La Scene représente un appartement du Palais.

SCENE PREMIERE.

D. RODRIGUE, PANTALON.

D. RODRIGUE. MEs peuples ne pensent qu'à des Fêtes, ma Cour se livre à la joye, tout l'Etat rend graces au Ciel de cette heureuse paix, qui met fin aux horreurs d'une guerre qui désoloit les Royaumes d'Arragon & de Valence. Toi seul ne marque aucun contentement, toi seul garde en cette occasion un triste silence: parles, quel en peut

dal matrimonio fra me, e Delmira, che val à dire da un cumulo di dolcezza e per il tuo Re! E là io ti commando il parlare.

PANTALONE. Mostra la causa del suo silenzio, e lo ammonisce à non essere geloso di Delmira, altrimenti farà quel matrimonio il di lui inferno, e lo renderà il piu infelice di tutti gli vomini.

RODRIGO. *Approvo i tuoi detii. Mai più sarò geloso. Delmira è di Reggia stirpe mi ama, mi diede fede; la mia gelosia è un sacrilegio, offesi a torto una Dama troppo riguardevole. Eccomi Re, eccomi Signor di me stesso.*

PANTALONE. Cerca confirmarle nel suo proponimento, e si parte.

RODRIGO. *Gran forza ha la verità. Disse il vero Pantalone. Mostrarei di non esser Re se non potessi bandir dal mio cuore un ostinata gelosia. Vado à Delmira.*

SCENA II.

DELMIRA, RODRIGO.

DELMIRA. *E D'io vengo a Rodrigo.*

RODRIGO. *O mia adorata, Florante vi portò gli avisi?*

tre la cause ? Oublie-tu que cette paix est
scellée par l'hymen de la Princesse Delmire ?
heureux hymen qmi met ton Prince au comble
de ses vœux.

PANTALON *dit au Prince que son cha-*
grin & son silence sont causez par cet hymen
même, & par la crainte où il est que sa jalou-
sie ne le rende malheureux. il l'exhorte à faire
de nouveaux efforts pour bannir cette passion de
son cœur, & lui représente qu'elle changera
tous ses plaisirs en tourmens, & le rendra le
plus infortuné de tous les hommes.

RODRIGUE. Je reconnois la verité de tes
discours ; va je sçaurai me défendre des atteintes de cette passion ; le sang dont sort Delmire,
son amour pour moi, la foi qu'elle m'a jurée,
tout doit me rassurer : les moindres soupçons
contre la fidelité de cette aimable Princesse, se-
roient autant de crimes. Oui je sens que je suis
vraiment Roy & maître des mouvemens de mon
cœur.

PANTALON. *Cherche à confirmer le Roy*
dans ces sentimens, & se retire.

RODRIGUE seul.

Il faut me rendre à la sagesse de ces avis ;
Pantalon m'a dit la verité ; je sens que je serois
indigne du Thrône que j'occupe, si je laissois
maîtriser mon cœur par cette cruelle passion.
Allons trouver Delmire.

SCENE SECONDE.

LE ROY, DELMIRE.

DELMIRE. ET moi je viens trouver Rodrigue.
RODRIGUE. Ah, ma chere Princesse, Florante
vous a-t'il annoncé la nouvelle de cette paix ?

DELMIRA. *Il tutto intesi mio Sire.*

RODRIGO. *Hò pur ragione s'io v'adoro. Eccò, o Delmira, il fortunato momento in cui si compiscano tutte le contentezze, che mi procuraste. Il Re d'Arragona, il vostro frattello accorda alle proposte di pace, soscrive alla condizione di nostre nozze. Ecco in calma il mio Regno, ma tutto mi viene da voi, che spiegaste le mie brame al vostro frattello, e mostraste di agradire le mie nozze; onde sono ensa numero quelle obligazioni, che mi rendono à voi sciavo e soggetto.*

DELMIRA. *La vostra Real gentilezza, o mio Signore, ascrive a mia corte a quelle azioni, che furono figlie del mio, proprio debito; io non ebbi alta parte in queste riconciliazioni, se non in attestare al Re mio Fratello, che da V. M. non fui trattata come nemica, ma accolta come imperante, e Regna; che fui condotta a questo impero come nemica, e prigioniera, e mi pregaste a divenire vostra sposa, e Signora. Ora non dovevo io insinuare nella mente di mio fratello questi puri, et egregi sentimenti! Non devevo io obligarlo ad amarvi, non dovevo io confessarmi di voi amante, e stimolarlo ad accordare alle nostre nozze, se tanto ve ne mostravate ansioso?*

RODRIGO. *Voi dite il vero. Ma tutto conferma che devo à voi ogni mia felicità. Or ditemi bella*

DELMIRE. Je sçai tout, Seigneur.

RODRIGUE. Enfin, Madame, voici l'heureux moment qui va mettre le comble à vos bontéz & à mon bonheur. Le Roy d'Arragon votre frere consent à la paix que je lui ai proposée, & à cét hymen qui doit serrer les nœuds de notre union. Mes peuples vont jouir du repos qu'ils desiroient, & c'est à vous seule que je dois tous ces avantages. C'est vous qui avez bien voulu instruire le Prince votre frere de mon amour, & lui avouer que vous consentiriez sans peine à notre hymen. Ah, ma chere Princesse, que ne vous dois-je pas ? quelle reconnoissance ne vous dois-je pas pour des faveurs qui m'engagent à une soumission éternelle pour vos desirs ?

DELMIRE. Seigneur, votre bonté me fait un merite de ces actions qui n'ont été qu'une suite de mon devoir. Je n'ai contribué à cette reconciliation qu'en assurant le Roy mon frere que Votre Majesté ne m'a jamais regardée comme ennemie ; que j'ai été traitée en Souveraine dans ces Etats ; qu'y ayant été amenée prisonniere vous m'offrites votre Thrône & votre hymen. Pouvois-je ne pas rendre compte au Roy mon frere des sentimens que vous aviez pour moi ? devois-je lui cacher ceux que vous m'aviez inspiré ? pouvois-je me dispenser de travailler à détruire cette aversion qui le rendoit votre ennemi, & l'empêchoit de consentir à un hymen pour lequel vous faisiez paroître tant d'empressement ?

RODRIGUE. Madame, je n'entreprendrai jamais de vous rien contester ; mais c'est ce que vous me dites là qui est une preuve que je vous dois tout mon bonheur. De grace, ma chere Princesse, apprenez-moi s'il n'est pas enfin

Le Prince Jaloux. C

non è giunta quel l'ora che volevi effer mia moglie!

DELMIRA. *Non ancora, o Rodrigo.*

RODRIGO. *E chi comanda quefte nuove dimore?*

DELMIRA. *Voi le comandate.*

RODRIGO. *Io? e quando, e come?*

DELMIRA. *Sapete quando farò voftra moglie?*

RODRIGO. *Non mi tormentate di più: e quando?*

DELMIRA *Quando vi racordarete, che io nacqui Regina.*

RODRICO. *Come adire?*

DELMIRA. *Quando crederete inalterabile il mio affetto verfo di voi.*

RODRIGO. *Pur troppo :. . . . . . .*

DELMIRA. *E quando in fomma fbandirete dal cuore quella gelofia, che vi conftituifce nemico di voi medefimo, offende la mia riputazione, e vi tranfporta à deliri.*

RODRIGO. *Confeffo, o Delmira . . . . .*

DELMIRA. *O mi credete infinitamente onorata, o mediocremente onefta: fe tutta onorata, perche fiete gelofo? Se mediocremente onefta, come potete amarmi? Non è quefto il primo congreffo, che hò fatto con voi per eftirpare dal voftro cuore quefta velenofa paffione. Ogni mio cenno fo ete ricevere, come affoluto impero, ma quando vi f plico à non effere di me gelofo, fiete fordo alle mie preghiere, fchernite i miei defiderii. Carò mio Rodrigo, adorato mio fpofo. Vi amo, vi adoro: Eccomi non*

temps de le rendre parfait, en confentant à notre hymen.

DELMIRE. Non, Seigneur, il n'est pas encore temps.

RODRIGUE. Eh, Madame, qui peut causer ce retardement ?

DELMIRE. Seigneur, c'est vous seul qui m'y contraignez.

RODRIGUE. Moi, Madame ! Eh comment puis-je vous y contraindre ?

DELMIRE. Seigneur. Quand vous me croirez tout-à-fait digne d'être votre Epouse.

RODRIGUE. Ah ! cessez de grace de me tourmenter plus long-temps : quand pourrai-je obtenir ce bonheur ?

DELMIRE. Seigneur, lorsque vous vous souviendrez du sang dont je suis sortie.

RODRIGUE. Quel est le sens de ce difcours?

D'ELMIRE. Lorsque vous cefferez de douter de l'amour que j'ai pour vous.

RODRIC. Ah, pouvez-vous me soupçonner?

DELMIRE. Enfin lorsque vous bannirez de votre cœur cette jaloufie qui cause vos malheurs, cette passion qui m'outrage, & qui vous emporte à des excès si déraifonnables.

RODRIG. J'avoue, Madame . . . . .

DELMIRE. Seigneur, si vous me croyez vertueuse & incapable de foiblesse qui peut vous inspirer ces jaloux soupçons? Et si vous doutez de ma vertu, comment pouvez-vous avoir de l'amour pour moi ? Ce n'est pas, vous le sçavez, la premiere fois que j'ai tâché d'arracher de votre cœur cette dangereuse passion. Vous dites que vous voulez obéir à mes moindres desirs; & lorsque je vous supplie de chaffer des penfées qui offensent ma gloire vos,

C ij

dirò voſtra moglie , ma voſtra ſerva , voſtra ſchia-
va ; ma diſponete vi una volta mio bene à conſo-
lar le mie ſventure: fugate l'ombre geloſe d'alla voſtra idea , ricordatevi o mio diletto che una Dama
Reale è immutabile negli affet i , e coſtantiſſima adoratrice del proprio onore.

RODRIGO. Delmira anima mia , queſto voſtro
diſcorſo ſpira tutto amore , tutta prudenza Errai
quando viſſi geloſo , ſarebbe maggior delitto il replicare alle voſtre ragioni. Compatite vi ſuplico à
miei paſſati furori : Errai mia vita , errai , e per
diſporvi o cara ad un generoſo perdono vi prego à
ricordarvi , che la voſtra bellezza fu a parte ancor lei di queſti miei falli. Rodrigo giurà à Delmira
eterna abominazione alla geloſia , Coſì poc'anzi promiſi alle calde perſuaſive di Pantalone , lo ſteſſo ra-
tifico a voi che ſiete mia , deità riverita Or eccomi voſtro , eecom libero , eccomi devoto amante,
marito , e ſervo in queſta mia deſtra.

DELMIRA. Fermatevi in corteſia Rodrigo , d'una
grazia vi ſuplico.
RODRIGO. Non ſuplica chi può comandare.
DELMIRA. Preſto traſcorre , veloce trapaſſa
un giorno ſolo : vi ſuplico a ſoſſendere le nozze per
lo ſpazio di un corſo di ſole , e non più. Che dite

rejettez mes prieres ; vous êtes sourd à mes demandes. Mon cher Rodrigue , mon cher Epoux, oui je vous aime, je vous adore , me voila prête à devenir ; je ne dirai pas votre Epouse, mais votre Esclave; mais au nom des Dieux , mettez-vous en état de ne plus causer mes malheurs.. Dissipez ces nuages qui offusquent votre raison ; souvenez-vous, mon cher Prince, qu'une Dame de mon rang est incapable d'oublier son premier amour, & que rien ne peut l'engager à trahir sa gloire.

RODRIG. Ma chere Delmire , votre discours est dicté par l'amour & par la prudence; ma jalousie étoit criminelle, & je me rendrois encore plus coupable en voulant justifier mon crime : pardonnez de grace à mes emportemens passez ; oüi ma chere Princesse , mes caprices étoient des crimes ; mais de grace , songez que c'est votre beauté même qui me les a fait commettre. Oui Rodrigue jure en ce moment a Delmire de défendre son cœur contre les atteintes de cette funeste passion. Les sages conseils de Pantalon m'avoient déja fait faire le même serment. C'est à vos pieds , c'est devant vous à qui je dois toutes mes adorations que je le renouvelle ; oui , vous me voyez libre & guéri de mon aveuglement ; vous me voyez vous offrir avec cette main la soumission de l'amant le plus respectueux , & l'amour de l'Epoux le plus tendre.

DELMIRE. Arrêtez de grace, Seigneur, j'ai une faveur à vous demander.

RODR. Madame, c'est à vous à m'ordonner.

DELM. Seigneur, un jour s'écoule promptement, je vous prie de vouloir bien suspendre notre hymen pour ce court espace. Que me répondez-vous ?

RODRIGO. *Al voftro volere e fogetta la mia obbedienza; ma perche quefto nuovo termine?*

DELMIRA *Per potere con un' efperienza di pochi momenti afficurar maggiormente l'anima mia d'un immortal contento.*

RODRIGO *Ah v'intendo Delmira, voi non mi credete.*

DELMIRA. *V'ingannate Rodrigo, io credo alle voftre promeffe intieramente, e le ricevo per infalibili dimoftrazioni, che voi non fiate, ne vogliate piu effer gelofo, ma concedetemi, che di quanto mi perfuadono le voftre pronte efibizioni, io refti acquietata con quefta brieve efperienza, e che fodisfaccia cofi ad'una mia amorofa Filofophia.*

RODRIGO. *Infino la Filofophia mi perfeguita. Se voi cofi volete non hò che replicare. Nel feguente giorno adunque fi publicheranno le noftre nozze?*

DELMIRA. *Si, fe non farete gelofo.*
RODRIGO. *Prima mi fulmini il Cielo.*

DELMIRA. *Tanto vi afficurate.*
RODRIGO. *Non fon'io Signore di me fteffo?*

DELMIRA. *Le paffioni del animo, o mio Re, non e fi facilmente fi cancellano.*
RODRIGO. *Vi ricordo la promeffa.*

DELMIRA. *Procurate pur voi di non alterare i patti.*

RODRIGO. *Dimani farete mia fpofa.*

DELMIRA. *Signore fe quefte nozze vi fon care non*

RODRIGUE. Madame, je ne sçai que vous obéïr; mais pourquoi opposer à mon bonheur ce nouveau retardement.

DELMIRE. Le desir de m'assurer par une si courte experience que rien ne pourra troubler l'excès de ma felicité.

RODRIGUE. Ah! je vous entens, Madame, vous ne me croyez pas.

DELMIRE. Vous vous abusez, Seigneur, j'ajoûte une entiere foi à votre promesse, je la regarde comme une preuve que la jalousie ne vous trouble plus en ce moment, que même vous voulez la bannir tout à fait de votre cœur; mais souffrez de grace que je m'assure que vous ne vous trompez pas vous-même, & que je satisfasse encore un scrupule que votre conduite passée ne rend que trop raisonnable.

RODRIGUE. Quoi, votre scrupule va jusques-là! Mais puisque vous le voulez je ne le réplique plus : le jour suivant verra donc les fêtes de notre hymen.

DELMIRE. Oui, Seigneur si votre jalousie ne vous agite plus.

RODRIGUE. Ah! que plûtôt la foudre m'accable.

DELMIRE. Contez-vous en être le maître?

RODRIGUE. Quoi, ne puis-je être maître de mon cœur?

DELMIRE. Ah, Seigneur! les passions qui nous possedent ne sont pas si faciles à vaincre.

RODRIGUE. Madame, souvenez-vous de votre promesse?

DELMIRE. Seigneur, songez à n'en pas violer la condition.

RODRIGUE. Ah, ma chere Princesse, demain vous serez mon épouse.

DELMIRE. Seigneur, si cet hymen vous

C ij

d. pendono che davoi: Addio Signore vi lafcio.

RODRIGO. *Quefta fperanza mi fa acconfentire alla voftra partenza*

SCENA III.

ARLICHINO, e RODRIGO.

ARlichino nel fortire chiamà il Re, e fa ritornarlo, e raccordandogli della carica aututa d'invigilare fopra le azioni di Delmira, dice che ha qualche cofa à dirgli. Rodrigo, dice che non vuol fentir niente, e che fi è agiuftato con Delmira, e lo licenzia, Arlichino vuol partire, Rodrigo entra in curiofità lo richiama e licenzia di nuovo, e doppo *lazzi* fente che ha trovato un manicheto, e la meza Lettera, che parla di Delmira: Rodrigo la prende fa fuoi penfieri, fopra qual uomo poffa effer ftato nelle camere di Delmira, in fine legge la mezza Lettera.

ADORATO.

*Quel effetto che tu mi giurafti o mio - .....
tu n n fii per sdegnare gli effetti .....
e fpero apportarti conforto col in:rizzarti....
non ftupire o caro ....
ben conofcerai quefti carateri . . : .
Signora. Tu fei in Saragozza; Ah lontananzz*

est cher, il ne dépend que de vous. Adieu, je vous laisse.

RODRIGUE. Cette espérance me fait consentir à vous laisser partir.

SCENE TROISIE'ME.

RODRIGUE, ARLEQUIN.

Arlequin dans le temps que le Roy veut sortir l'appelle, & le fait rester ; il lui parle de la commission qu'il lui a donné de veiller sur les actions de la Princesse Delmire, & dit qu'il a quelque chose d'important à lui relever. Rodrigue dit qu'il ne veut rien entendre, qu'il s'est racommodé avec elle, & le renvoye. Arlequin veut partir. Le Prince cedant à la curiosité le rappelle, un moment après il le renvoye : mais sa passion devenant enfin la plus forte, il écoute le discours d'Arlequin, qui lui conte avec beaucoup de lazzi, qu'il a trouvé une manchette d'homme dans l'appartement de la Princesse, & la moitié d'une Lettre qui parle de Delmire. Rodrigue prend l'un & l'autre ; & après plusieurs reflexions sur la personne qui peut être entrée dans l'appartement de la Princesse, il prend la Lettre déchirée, & la lit ainsi.

MON CHER.......

L'amour que tu m'as juré, mon cher.....,
que tu ne mépriseras point cette marque.....
j'espere que je te soulagerai en t'envoyant....
avec laquelle je voudrois que tu reçusse un cœur
ne sois point surpris si j'employe une...
tu reconnoîtras ce caractere....

a mor e , ritorna fe non per l'affetto ....,
vieni à colei . che lontana d i te......
mia vita à Dio. A mami quanto .....
e fe me non verrai, io à te verrò .....
di te mio bene.

VALENZA.

Eterna Adoratrice.
DEL....

RODRIGO. *Che vuol dir Delmira ; appunto il*
carattere è di Delmira la fottofcrizione parla di Del-
mira, quefti mozzi concetti moftrano una pienezza
d'affetto , l'amato fi tr va in Saragozza : Il tra-
dimento e ce to , l'inganno e palefe.

ARLICHINC. Interogato chi teneffe quelle
Lettera dice Florante , Rodrigo irrito da fe lo
fcaccia.

RODRIGO. *Morirà Florante , Delia, De'mira,*
Rodrigo ifteffo ; ma penfiamola un poco meglio. Non
può effere quefta Lettera fcritta da Delmira avanti ,
che mi amaffe , et in quefto cafo no · farebbe ella
†riv a di colpa? Si. Adagio Ro rigo non precipitare
nelle riffoluzioni , frena gli fpiriti della gelo ia. Ma
che dico o mal avifato. La data non fi legge in
Valenza ? E fe in Valenza fu fcrita in ogni tempo
non fon' io tradito ? Ecco Delmira Oh Dio? E non
vuol quefta fera che io m'ingelofifca ? diffimulerò
l'ira , e con brieve efame , o la farò cadere ne i lac-
ci delle buggie o la neceffiterò a confeffare il deli-
to , e poi m'appligli rò a quelle riffoluzioni, che mi
dettara un giuftiffimo fdegno.

Maîtresse, tu es à Sárragorce, cruelle absence...
La mort. Reviens ici au moins par pitié .....
Viens trouver celle à qui ton éloignement ....
Adieu ma chere ame, aime-moi autant ....
Si ton retour n'est prompt, j'irai moi-même....
Adieu, celle qui t'aimera toujours.

A VALENCE.

DEL .....

R O D R I G U E. Del .... Ah, c'est le nom
de Delmire. Voilà son caractere : c'est elle qui a
signé cette Lettre, ces phrases imparfaites ne
m'instruisent que trop de tout ce qu'elle sent ;
son Amant est à Sarragosse ; sa trahison n'est plus
douteuse ; sa perfidie est découverte.
A R L E Q U I N. *Interrogé des mains de qui il a ar-*
raché cette Lettre, répond c'est à Florante & à
Delia, Rodrigue le chasse avec emportement.
R O D R I G U E. Ah ! le perfide Florante ;
Delia, Delmire, tous mourront, & Rodrigue
lui-même. Mais où m'emportai-je ? Delmire ne
peut-elle pas avoir écrit cette Lettre avant que de
m'aimer ? S' cela étoit, dequoi seroit-elle coupable ? Oui Rodrigue ne précipite rien : crains les
fureurs de la jalousie qui t'aveugle. Mais que dis-
je, insensé que je suis ! cette Lettre n'est-elle
pas écrite de Valence ? & si elle est écrite depuis que Delmire y est, ne suis-je pas trahi ?
Je voi Delmire. Ah Ciel ! la barbare me défend
d'écouter mes soupçons. Ah sans doute... Mais
dissimulons le courroux qui me transporte. Exa-
minons tout ? & forçons-là à se confondre par
ses propres discours, ou à me tout avouer, & n'é-

SCENA IV.

DELMIRA, RODRIGO.

DELMIRA.

E Qu' ancoro vi trovo o mio Signor , e qual privileggio hanno oggi i miei apartamenti ; onde fon' fatti degni per tant' ore della Reale prefenza di V. M.

RODR'GO. Vengo a rivedere la mia tutelar Deitade

DELMIRA. Vole la M. V. difpenfarmi ad ogn' ra grazie , e favori.

RODRIGO. Tralafciamo vi prego quefti amorofi complimenti. Ditemi in cortefia? Oh Dio che pena!

DELMIRA. Dite pure , e Signore.

RODRIGO Venne alcuno quefta mattina nelle voftre ftranze ?

DELMIRA. Non, che m' fouenga Ah dico male vi fù Florante a raguagliarmi della pace.

RODRIGO. Venne folo, o con altri?

DELMIRA. Solo per quanto io vidi ; ne altri al certo mife piedi ne miei appartamenti.

SCENA V.

FLORANTE, e li Sopradetti.

FLORANTE.

O Qualched'uno l'ha trovato, o non mi pù effer caduto fe non qui. O mio Signore , perdonami V. M. andavo à capo chino , e non avevo offerva-

ecutons plus après que les conseils d'une trop
juste colere.

SCENE QUATRIE'ME.

DELMIRE, RODRIGUE.

DELMIRE.

EH quoi, Seigneur ! je vous retrouve encore
ici ! Quel bonheur pour les lieux que j'habite
d'être si souvent honorez de votre presence.

RODRIGUE. Je viens y reverer la Divinité
de qui tout mon bonheur dépend.

DELMIRE. Seigneur, vous ne cessez de m'ac-
cabler de graces & de faveurs.

RODRIGUE. Madame, laissons, je vous prie,
tous ces complimens ; répondez-moi de grace.
Oh Ciel quel tourment !

DELMIRE. Parlez, Seigneur.

RODRIGUE. Madame, puis-je sçavoir s'il
est entré ce matin quelqu'un dans votre appartement.

DELMIRE. Non, Seigneur, autant qu'il
m'en souvient. Ah, je me trompe ! Florante est
venu m'apporter la nouvelle de la Paix.

RODRIGUE. Etoit-il seul ? n'étoit-il accom-
pagné de personne ?

DELMIRE. Il étoit seul, & je n'ai vû entrer personne chez moi.

SCENE CINQUIE'ME.

FLORANTE, & les Acteurs precedens.

FLORANTE.

QUelqu'un l'a ramassée, ou elle est encore
ici. Car je ne l'ai point perdu ailleurs. Ah ! Sei-

to; la riverisco, e mi parto.

RODRIGO. *Senti, senti che cerchi.*
FLORANTE. *Nulla, nulla, non è cosa di momento.*

ROBRIGO. *Ti comando il dirle.*
FLORANTE. *E una bagatella: andavo cercando un manichetto, che questa mattina ho perduto, & è il compagno di questo, che tengo al braccio.*

DELMIRA. *Discorre con Florante, che vi farà di nuovo.*
RODRIGO. *Son chiarito di questo. Io lo trovai, prendilo, parti, e non parlare.*
FLORANTE. *Rendo grazie umilissime a V. M. vò per i fatti miei, e non apro la bocca per una settimana.*

DELMIRA. *Voleva cosa alcuna Florante?*

RODRIGO. *Mi cercava, & io l'ho licenziato.*
DELMIRA. *E per qual fine m'interogava di lui la M. V. poc'anzi.*
RODRIGO. *Una mia semplice curiosità.*
DELMIRA. *La curiosità suol essere sorella della gelosia.*
RODRIGO. *Lasciemo di grazia da parte la cosa di Florante. Ditemi da poi che siete in Valenza inviaste giamai Lettere in Saragozza.*

DELMIRA. *Scrissi a D. Pietro mio frattello più volte, V. M. non lo sà.*
RODRIGO. *E non ad' altri?*
DELMIRA. *E non ad' altri.*

ROLRIGO. *Guarda te bene.*

gneur! je prie V. M. de me pardonner; la posture où j'étois, m'avoit empêché de voir que vous étiez ici; je me retire.

RODRIGUE. Attends. Que cherchois-tu?

FLORANTE. Rien, Seigneur, la chose ne vaut pas la peine de vous en inquieter.

RODRIGUE. Je t'ordonne de le dire.

FLORANTE Une bagatelle, Seigneur. Je cherchois une de mes manchettes que j'ai perdu ici ce matin, c'est la pareille de celle que j'ai au bras.

DELMIRE. Quel peut-être le sujet de son entretien avec Florante; qui auroit-il de nouveau?

RODRIGUE. Me voilà éclairci sur ce point. Je l'ai trouvée; tien, prens la, pars, & ne dis mot.

FLORANTE. Je rends très-humbles graces à V. M. & je lui promets de n'ouvrir la bouche de huit jours.

DELMIRE. Seigneur, Florante vouloit-il quelque chose?

RODRIGUE. Madame, il me cherchoit. Je l'ai congedié.

DELMIRE. Et pourquoi V. M. m'interrogeoit-elle à son sujet?

RODRIGUE. Pour satisfaire une pure curiosité.

DELMIRE. Seigneur songez que la curiosité est souvent sœur de la jalousie.

RODRIGUE. Madame, laissons là de grace Florante & ce qui le regarde. Depuis que vous êtes à Valence, avez-vous jamais envoyé de Lettre à Sarragosse?

DELMIRE. J'ai écrit plusieurs fois à D. Pedre mon frere; V. M. le sçait.

RODRGUE. Vous n'avez point écrit à d'autres?

DELMIRE. Non, Seigneur, je n'ai point écrit à d'autres.

RODRIGUE. Pensez-y bien Madame.

DELMIRA. *Inqueſto non poſſo errare.*

RODRIGO. *Non potete errare eh ? Conoſcete queſti caratteri?*

DELMIRA. *Ben li conoſco, io li formai.*

RODRIGO. *Che direte, quand io vi moſtrerò, che gli ſcrivete in Valenza, e gli indrizate in Saragozza ?*

DELMIRA. *Dirò che Delmira non ſuò mentire.*

RODRIGO. *E pur mentite per amore, o per forza.*

DELMIRA. *Rodrigo!*
RODRIGO. *Delmira!*
DELMIRA. *Voi non mi conoſcete ancora.*

RODRIGO. *Sono ſcoperte le voſtre azioni.*
DELMIRA. *Dichiaratevi meglio.*
RODRIGO. *E avete faccia d'aſcoltarmi ?*

DELMIRA. *L'innocenza e incapace di roſſore.*

RODRIGO. *Povera innoncenza, maltrattata deità, ſtrapazzato nume : Voi trattate d'innocenza ;*

DELMIRA. *Si, ſe la porto nel cuore, la poſſo far riſſonare nelle mie voci.*

RODRIGO. *Che ardire! queſto carratere è voſtro, il concetto di queſta ſcrittura, è aſſolutamente amoroſo Voi ardete per altro oggetto, & io ſon tradito, e voi ſiete convinta.*

DELMIRA. *Io ſcriſſi queſta Lettera, la Lettera è diretta ad un'amante riamato, & aſperſa ad tenerezze, e d'amore, ma Delmira non commi-*
DELMIRE.

DELMIRE. Seigneur, je ne puis me tromper.

RODRIGUE. Vous ne pouvez vous tromper : Voyez, connoissez-vous ces caractéres ?

DELMIRE. Oui, je les connois, c'est moi qui les ai tracez.

RODRIGUE. Eh bien ! que répondrez-vous, quand je vous ferai voir que vous avez envoyé une Lettre à Sarragosse depuis que vous êtes à Valence ?

DELMIRE. Seigneur, je répondrai que Delmire ne sçait point mentir.

RODRIGUE. Ah, vous avouerez votre imposture, ou d'amour, ou de force.

DELMIRE. Rodrigue !

RODRIGUE. Delmire !

DELMIRE. Seigneur, vous ne me connoissez pas encore.

RODRIGUE. Vos perfidies sont découvertes.

DELMIRE. Expliquez vous mieux.

RODRIGUE. Quoi, vous avez le front de m'écouter sans rougir ?

DELMIRE. Et de quoi ? l'innocence ne sçait point rougir.

RODRIGUE. Pauvre innocence ! Vertu outragée ! tu souffres que l'on emprunte ton nom ? Quoi, vous osez vous dire innocente ?

DELMIRE. Oui, Seigneur. Mon cœur a toujours suivi les loix de l'innocence, je puis en prononcer le nom sans crainte.

RODRIGUE. Quelle hardiesse ! c'est-là votre écriture. Ce stile, ces expressions, tout parle d'un amour que vous ressentez pour un autre objet. Je suis trahi, & vous ne pouvez cacher votre perfidie.

DELMIRE. Oui, Seigneur, j'ai écrit cette Lettre; elle est pour un Amant aimé ; elle est pleine de tendresse & d'amour. Mais Delmire n'est point

Le Prince Jaloux. D

fe mancamento , voi non fiete tradito ; & io h'
pronte le diffefe,

RODRIGO. *Ma chi fcriffe qufta Lettera?*

DELMIRA. *La fottofcrizione fu di quefta
mano ; ma non di Delmira.*

RODRIGO. *Si può fentire più ardito para-
doffo? Quefta filaba Del . . . è il principio del
nome di Delmira?*

DELMIRA. *E quefti fofpetti non fono il
compendio d'ogni infelicità?*

RODRIGO. *E ancora prefumete difcolparvi?*

DELMIRA. *E che direte , quando averete
toccato commano i voftri errori?*

RODRIGO. *Dirò , che il fole fia ofcuro , il
tempo immobile, freddo il foco, deliziofo l'Inferno.*

DELMIRA. *Or confervatevi di quefta opinione , et attendete. Delia, eh là.*

RODRIGO. *Come fi fa forte coftei!*

DELMIRA. *Delia ancora non odi? Ah , Rodrigo , Rodrigo!*

RODRIGO. *Sentite Delmira , quefta mia
diligenza , è una mera curiofità.*

DELMIRA. *Chi vi dimanda di quefto?*

RODRIGO. *Mi protefto , che non fon gelofo.*

DELMIRA. *Non è tempo di efaminare quefto punto. Delia in malora.*

coupable, vous n'eftes point trahi, & ma jufti-
fication eft facile.

RODRIGUE. Mais, qui a écrit cette Lettre?

DELMIRE Delmire a figné cette Lettre; mais
ce n'étoit point elle qui y prenoit intereft.

RODRIGUE. Peut-on entendre un difcours plus
ablurde? ces lettres DEL. ne font-elles pas les premieres du nom de Delmire?

DELMIRE. Et ces injuftes foupçons ne font-
ils pas le comble des malheurs pour moi?

RODRIGUE. Et vous pretendez encore vous
juftifier?

DELMIRE. Que direz-vous quand je vous aurai convaincu de votre erreur?

RODRIGUE. Je dirai que le Soleil perd fa
lumiere, que les Elemens font prêts à fe confondre, que l'Univers eft prêt à fe détruire,
que...

DELMIRE. Seigneur, confervez cette penfée.
& attendez un moment. Delia, Delia.

RODRIGUE *à part.* Avec quelle hardieffe
elle fe défend.

DELMIRE. Delia; n'entendez-vous pas ma voix?
A part. Ah Rodrigue! Ah Prince aveugle!

RODRIGUE. Madame, écoutez, c'eft un
fimple mouvement de curiofité qui caufe mon
inquietude.

DELMIRE. Ah, Seigneur! qui vous en deman-
la caufe?

RODRIGUE. Ah je vous jure que je ne fuis
point jaloux!

DELMIRE. Seigneur il n'eft pas tems d'examiner vos fentimens. Delia viendras-tu donc.

SCENA VI.

DELIA, e li fopra detti.

DELIA. *S On qui Signora,*

DELMIRA. *Aprite l'orecchie Rodrigo: Io non guardo i vifo à Delia. Dimmi tù, dov' è quella Lettera, che ti confegnai?*

DELIA. *La diedi quefta mattina à Florante.*

DELMIRA. *Chiamifi Fl rante.*
DELIA. *Ecco che viene? Florante a cftati.*

SCENA VII.

FLORANTE, e li Sopradetti.

FLORANTE. *C He comanda V. A?*

DELMIRA. *Offervate bene Rodrigo. Dammi la Lettera, che ti confegnò Delia quefta matti la.*

FLORANTE. *La mettà prefento a V: A. e la co. p.ri d ffi.*

DELMIRA. *Ov'è l'a't a p r:e?*

FLORANTE *Arlichino in quefto luogo me la ftrappò d. man*

DELMIRA. *P rtitevi voi altri.* Parte Delia e Florante. *Tenete Rodrigo, congiungete, con queft' altra mettà la Lettera che vi diede come credo il voft o confidentiffi no Arlichino, leggete, confiderate, e poi voi fteffo fe tenziate : Leggete orte.*

SENE SIXIE'ME

DELIA, &c.

DELIA. MAdame me voici.

DELMIRE. Rodrigue, prêtez-moi un oreille attentive, & voyez ſi je fais aucun ſigne à Delia, pour lui inſpirer ſes réponſes. Dis moi, où eſt la lettre que te je donnai hier ?

DELA Madame, je l'ai donné ce matin à Florante.

DELMIRE. Appelle Florante.

DELIA. Madame, le voici qui vient. Approche Florante.

SCENE SEPTIE'ME.

FLORANTE, & les Acteurs précédens.

FLORANTE. QUe m'ordonne Votre Alteſſe ?

DELMIRE. Rodrigue, ſoyez attentif. Florante, donne moi la Lettre que tu as reçû ce matin de Delia ?

FLORANTE. Madame, je ne puis vous en préſenter que la moitié avec l'envelope.

DELMIRE. Qu'eſt devenue l'autre moitié ?

FLORANTE. Arlequin me l'a arrachée ce matin en cet endroit-même.

DELMIRE. Laiſſez nous vous autres. *Florante & Delia partent.* Joignez, Seigneur, cette moitié de Lettre avec telle que vous aura rendu Arlequin, ce digne confident des inquietudes de V. M. liſez, examinez, & puis jugez vous-même. Liſez haut.

RODRIGO legge.

ADORATO MIO BENE.

Quel affetto, che tu mi giuraſti; o mio caro, m'aſſicura, che tu non ſii per ſdegnare gli effetti della mia devozione, e ſpero apportarti conforto col indrizzarti queſta carta, con la quale t'invio li ſpiriti miei ad adorarti.

Non ti ſtupire, ô caro Florante, ſe per altra mano ti fò ſcrivere, ben conoſcerai queſti caratteri; che per me à caſo ferita, ſcrive la mia Signora. Tu ſei in Sarragozza. Ah lontananza, che mi conduce à morte. Ritorna ſe non per l'affetto almen per pietà vieni a colei, che lontana da te vive in tormenti. Mia vita addio, amami quanto amo te. Torna a Delia tua . . . . .

RODRIGO. *Delmira?*

DELMIRA? *Leggetela tnta.*

RODRIGO. *legge.* E ſe a me non verrai, io a te verò.

DELMIRA. *Leggetela tutta.*

RODRIGO *legge.* Di te mio bene.

Eterna adoratrice,
DELIA DI CASTIGLIA.
Valenza.

DELMIRA. *Di che temete, par che tremiate?*

RODRIGO. *Dubito aver errato Delmira.*

DELMIRA. *Ma però non ſiete ſicuro?*

RODRIGO. *Credo più toſto di ſi.*

DELMIRA. *Ancor dite credo?*

RODRIGUE, *lit.*

MON CHER FLORANTE, *L'amour que tu m'as juré, mon cher Florante, m'assure que tu ne mépriseras point cette marque de ma tendresse ; j'espere que je diminuerai tes peines en t'envoyant cette Lettre, avec laquelle je voudrois que tu reçûsses un cœur qui t'adore.*

Ne sois point surpris si j'employe une autre main. Tu reconnoîtras ce caractere ; une legere blessure m'oblige d'employer celle de ma Maîtresse. Tu es à Sarragoce. Cruelle absence qui me donnera la mort : reviens ici au moins par pitié, si ce n'est par amour pour moi. Viens trouver celle à qui ton éloignement fait éprouver les plus rudes tourmens. Ta Delie . . .

RODRIGUE, Ah Delmire !

DELMIRE. Continuez jusqu'au bout.

RODRIGUE *lit. Si ton retour n'est prompt, j'irai moi-même te chercher.*

DELMIRE. Achevez, achevez.

RODRIGUE. *lit. Celle qui t'aimera jusqu'à la mort.*

DELIA DE CASTILLE.
A Valence.

DELMIRE. Que craignez-vous ? Il semble que vous trembliez ?

RODRIGUE. Ah, Delmire, que je crains de m'être trompé.

DELMIRE. Quoi ! vous ne faites que le craindre.

DELMIRE. Oui, Madame, je le suis.

RODRIGUE. Doutez-vous encore ?

RODRIGO. *Hò errato al ſicuro perdonatemi Delmira mia.*

DELMIRA. *Che occore ch'io vi perdoni ſe fra poco ſi diſſolverà l'univerſo, Già che dite di aver il torto, per aver toca o con mano la verità, ſi vedrà fra poco oſcuro il ſole, fermar il tempo, alterabile il fato, & ameno l'Inferno. Or non vi parè, che queſte preda g'oſe novità ſiano abili a diſſolvere il mondo tuto.*

RODRIGO. *Ah Delmira voi mi ſchernite eh.*

DELMIRA. *Rodrigo adio.*

RODRIGO. *Fermatevi, o Delmira; ove cercate di andare, non ſiete voi mia?*

DELMIRA. *Non vi conòſco.*

RODRIGO. *Queſta Lettera mi comandava il dubitare.*

DELMIRA. *E queſti voſtri furori mi sforzano anoʒ conoſcervi.*

RODRIGO. *Mai più ſarò geloſo.*

RODRIGO. *Ci conoſciamo Rodrigo.*

RODRIGO. *Provate ancor queſta volta.*

DELMIRA. *Ridicoloſa propoſta. Orsù Rodrigo addio.*

RODRIGO. *Pace mia vita, pietà mio bene.*

DELMIRA. *Non vuol pace chi offende, ne merita pietà un ingrato.*

RODRIGO. *Se voi non mi perdonate, io viver non poſſo, e quando non m'ucida il dolore, ſarò io omicida di me ſteſſo. Dite, mi volete*
RODRIGUE.

RODRIGUE. Ah Madame, je me suis abusé. Ma chere Delmire pardonnez-moi.

DELMIRE. Pourquoi vous pardonner, Seigneur ? attendez, pour être convaincu de votre crime, que le Soleil s'obscurcisse, que les élémens se confondent, que tout l'Univers soit détruit. Ces prodiges, disiez-vous, étoient plus aisez que ma justification.

RODRIGUE. Ah, Delmire, cessez ces cruelles railleries.

DELMIRE. Adieu Seigneur.

RODRIGUE. Ah, de grace, demeurez ! Où voulez-vous aller, ma chere Delmire ? N'êtes-vous plus à moi pour m'abandonner ainsi ?

DELMIRE. Seigneur, je vous ne connois plus.

RODRIGUE. Ah, Madame, cette Lettre n'excuse-t'elle pas mes soupçons !

DELMIRE. Vos injustes emportemens me forcent à vous oublier.

RODRIGUE. Non, jamais la jalousie ne m'aveuglera plus.

DELMIRE. Seigneur, nous nous connoissons maintenant tous les deux.

RODRIGUE. Assurez-vous encore par une nouvelle épreuve.

DELMIRE Ah ! quelle absurde proposition me faites-vous ? Adieu Rodrigue. Adieu.

RODRIGUE. Ah, ma chere Delmire, ma chere Princesse, laissez-vous toucher.

DELMIRE. Me laisser toucher pour un ingrat, pour un homme assez injuste pour concevoir des soupçons qui m'offensent.

RODRIGUE. Ah, Madame, si vous refusez de ne pardonner, je ne puis plus vivre. Si ma douleur est trop foible pour m'oter le jour, mon bras sçaura terminer ma vie : dites, voulez-

v)i moro ?

DELMIRA. *No.*

RODRIGO. *Dumque mi amate ?*

DELMIRA. *Non ſo negarlo.*

RODRIGO. *Sa rò dunque voſtro ſpoſo ?*

DELMIRA. *Per che fui troppo facile.*

RODRIGO. *Andiamo à publicare alla corte tutti le mie felicità.*

DELMIRA. *Obediſco alla forza della mia ſtella.*

RODRIGO. *E dite ancora del voſtro amore.*

DELMIRA. *E vero : e del mio amore ancora.*

Fine del Atto ſecundo.

ARTO TERZO.

La Scena rapreſenta Atrio del Pallazzo Reale.

SCENA PRIMA.

D. PIETRO Re d'Arragona , e DIEGO
ſuo Confidente.

DIEGO.

G là ſiamo nel Pallazzo, di Valenza ; à V. M. ſtà il
commandare;

vous ma mort ?

DELMIRE. Non , Seigneur , vivez.

RODRIGUE. Quoi , ma Princesse, mes jours vous sont chers ! m'aimez-vous encore ?

DELMIRE. Seigneur je ne puis vous cacher ma passion.

RODRIGUE. Puis-je conserver l'espoir d'obtenir un hymen dont je me suis rendu indigne?

DELMIRE. Seigneur vous voyez ma foiblesse.

RODRIGUE. Allons ma chere Princesse, allons montrer à toute ma Cour celle qui sera bien-tôt sa Souveraine.

DELMIRE. Allons , Seigneur , j'obéis à la force de ma destinée.

RODRIG. Ah , Madame, dites à celle de votre amour.

DELMIRE. Hé bien Seigneur , j'y consens, c'est lui seul qui cause ma foiblesse.

Fin du Second Acte.

ACTE TROISI'EME.

La Scene représente une Salle du Palais.

SCENE PREMIERE.

D. PEDRE , Roy d'Arragon; DIEGUE, son Confident.

D. PEDRE.

ENfin , Seigneur , nous sommes arrivez à Valence. Voici le Palais, j'attends les ordres de Votre Majesté.

D. PIETRO. *Non è tempo di Maestà. Già sa che voglio essere incognito. Vorrei segretamente veder Delmira, di poi scoprendomi a tempo a Rodrigo, mostrargli con vivi affetti che se egl'hà trattato da Cavaliero e'n mia sorella, io sò trattar seco con quella generosità, che è propria de grandi.*

DIEGO. *Son veramente da amirarsi l'operazioni del Cielo in queste parti. Un rapimento guerriero fù cagione d'una pace così stabile, e ben radicata. Si può sentire un contraposto più stravagante di questo?*

D. PIETRO. *Non è tempo adesso di passare a questi discorsi. Intendesti il mio desiderio. Non dicesti tu pur anzi voler cercare un tale?*

DIEGO. *Sì Signore voglio cercare di quel Florante, che sene venne à Saragozza due volte con Signor Duca di Villa Reale, con il quale io strinsi famigliarità, e mi disse che qui in Valenza era servitore, e favoritissimo della Duchessa Delmira. Come io parlo a costui (che è il Re de galantuomini) so che mi riuscirà il tutto felicemente.*

D. PIETRO. *In te mi rimetto; ma perche non procuri di parlare à Delia, o a Teodora, che per essere allevate nella nostra corte ci riusciranno fidelissime?*

DIEGO. *Farò quello che V. S. comanda, ma*

D. PEDRE. Il n'est pas question ici de Majesté, tu sçais que je veux être inconnu, je viens
pour entretenir la Princesse Delmire en secret, a-
fin de montrer à D. Rodrigue, en me découvrant à lui lorsqu'il en sera temps, que s'il agit
avec ma sœur comme un Cavalier d'honneur le
doit faire, j'aurai pour lui la confiance & l'amitié que l'on doit attendre des personnes de notre
rang.

DIEGUE. En verité tout ce que je vois dans
cette avanture me paroît étonnant, c'est une
violence & un rapt fait à main armée qui produit la paix, qui unit ces deux Etats par un
lien indissoluble. Peut-on rien voir de plus
singulier?

D. PEDRE. Il ne s'agit pas maintenant de
ces discours; tu sçais quel est mon dessein: ne
me disois-tu pas que tu voulois chercher un
certain....

DIEGUE. Oui, Seigneur, je vais chercher ce Florante qui est venu deux fois à Sarragoce avec le Duc de Villareal; & qui
s'étant rencontré plusieurs fois avec moi,
m'a dit qu'il étoit au service de la Princesse
Delmire, & qu'elle avoit quelque confiance
en lui: c'est un galant homme, & dés que
je lui aurai parlé, il fera volontiers votre affaire.

D. PEDRE. Je me repose de tout sur toi;
mais pourquoi ne cherches-tu pas à parler à
Delia ou à Theodora? Comme elle sont de tout
tems auprés de Delmire, tu dois encore avoir
plus de confiance en leur bonne volonté.

DIEGUE. Je suis prêt à vous obéir, Sei-
E iij

Delia, e Teodora fon donne, & il fidarle quello fi
vuol tener fegreto, per mio giudicio, è un publicarlo
a fuon di tromba.

D. PIETRO. Opera à tuo modo; ma dove penfi trovar Florante?

DIEGO. In Corte; ma vorrei trovarlo fuori
di là per il fatto noftro, anzi ho una Lettera da dar-
gli confegnatami da D. Ramone cugino di Delia,
che gli fcrive, egli promette Delia per moglie, onde
fon ficuro, che piu caro avifo non può giungere all'
inamorato Florante; orsù la fortuna ci aiuta, eccolo
che vienne di Palazzo tutto penfofo. Mi conferi in
Sarragozza che era Amante fvifcerato della noftra
Delia. Voglio fargli una burla. V. S. fi ritiri, e
lafci fare à me, voglio inferaiolarmi.

SCENA SECONDA.

FLORANTE, DIEGO, e D. PIETRO
in difparte.

ESce Florante parlando fra fe del incontro accaduto col Rce Delmira del perduto fuo manichetto, e della Lettera. Diego con il volto
coperto gli dimanda di Delia, Damigella di Delmira, e Florante s'ingelofifce. Diego dice che
ha una Lettera per lo 1pofo di Delia, et in fine
doppo paffato qualche equivoco fi fa conofcere a
Florante, D. Pietro fi avanza e fi fcuopre.

...neur ; mais Delia & Theodora font femmes,
& ce n'eft pas un moyen bien fûr de tenir votre
arrivée fecrette, que de les mettre de part dans
la confidence.

D. PEDRE. Fais donc ce que tu voudras :
où crois-tu trouver Florante ?

DIEGUE. Au Palais ; mais je voudrois le
rencontrer hors de-là, pour lui parler fans crainte. J'ai une Lettre à lui rendre de D. Ray-
mond, coufin de Delia, qui confent à l'hymen de fa parente. Florante en eft devenu amoureux, ainfi je ne doute point qu'il ne me voye
avec joye, & qu'il ne faffe tout ce que je vou-
drai. Mais bon, le voici qui vient à nous, il
eft tout rêveur. Je fçai fon amour pour Delia, je veux un peu l'embarraffer. De grace
que votre Majefté fe tienne un peu à l'écart,
& qu'elle me laiffe faire : couvrons nous le vifage de ce manteau.

SCENE SECONDE.

FLORANTE, DIEGUE & LE ROI caché.

*Florante fort en rêvant & parlant tout feul de
l'avanture qu'il a eu avec le Roy au fujet de
la manchette & de la Lettre. Diegue l'abor-
de le vifage couvert de fon manteau, lui demande des nouvelles de Delia, Demoifelle de Delmire, ce qui donne quelque foupçon à Florante. Diegue ajoute qu'il a une Lettre pour l'époux de Delia ; & enfin après avoir
joüi quelque temps de l'embarras de Florante, il
fe découvre. D. Pedre, s'avance & fe montre.*

E iij

SCENA TERZA.

ARLICHINO, e li fopra detti.

D. PIETRO. *P Uoi far fapere à Delmira che un Cavaliero di Saragozza le vuol parlare, e niente più.*

FLORANTE, *Tanto farò con ogni accortezza.*

D. PIETRO. *Sopra il tutto con preftezza, perche vivo impaziente di vederla.*

FLORANTE. *Andiamo in Corte, che ivi riffol-veremo il modo, e venendo meco non darete fofpetto.*

D. PIETRO. *Vì pur avanti tu che faremo meno offervati. Cara Delmira non vedo l'ora di ftringerti in quefte braccia.*

ARLICHINO. *Avendo intefo tutto quefto concerto dice volerne avifare il Re, e fi parte,*

SCENA IV.

Il Teatro raprefenta il Gabinetto di Delmira.

DELMIRA, DELIA, poi RODRICO.

DELMIRA.

E Là Delia.
DELIA, *Signora,*

SCENE TROISIE'ME.

ARLEQUIN, & les Acteurs precedens.

D. PEDRE. TU me promets donc que tu diras à Delmire qu'un Cavalier de Sarragoce fouhaite de lui parler, fans t'expliquer davantage.

FLORANTE. Je m'en acquitterai, Seigneur, avec toutes les précautions néceffaires.

D. PEDRE. Mais fur-tout il faut de la promptitude, car je fuis dans une impatience extrême de la voir.

FLORANTE. Entrons au Palais, nous délibererons mieux fur les mefures qu'il faut prendre. Ne craignez rien, vous y pouvez entrer fans foupçon avec moi.

D. PEDRE. Paffe devant, nous te fuivrons, afin d'être moins obfervez. Ah, ma chere Delmire, qu'il me tarde de te voir dans mes bras.

ARLEQUIN. *Qui a entendu ce qui s'eft dit, fort pour en avertir le Roy.*

SCENE QUATRIE'ME.

Le Theatre repréfente le Cabinet de Delmire.

DELMIRE, Delia, & puis RODRIGUE.

DELMIRE.

OH-là Delia.
DELIA. Madame.

DELMIRA. *Apreſtami da ſcrivere. Voglio ſcrivere à Beliſa, & affrettar la ſua venuta à me, con aſſicurarla del immutabilita de mie affetti.*

DELIA. *Ecco il tutto apparechiato.*
DELMIRA *Ritirati. Atenderò poi Florante, che glie a invii come promiſe.*

RODRIGO. *Scrive Delmira. Vedi che majeſtà: o mia cara o compendio di tutte le grazie. Che pagherei io a ſaper ciò che ſcrive, Sı va accoſtanda, ſtà; forma una Lettera.*

DELMIRA. *Sento il Re che ſtà oſſervando.*

RODRIGO. *Parmi, parmi di legere il titolo. Oh Dio è pur vero che dica.* VITA MIA.

DELMIRA. *Intendo, intendo il male è incurabile, voglio prevenirlo. Termino la Lettera, chiudo la Carta.*

RODRIGO. *Patteggierei di perdere la luce de gl'occhi pur chio potteſſi leggere quella carta.*

DELMIRA. *Troppo gran pezzo per comprar merſanzia coſi leggiera, formo la ſopra ſpritta.*

RODRICO. *Voglior ritirararmi, e fingere di ſopragiungere.*

DELMIRA. *Et io fingerò di non averlo ſentito, & incontrorò per minor male l'appagamento dello ſua cu-*

DELMIRE. Prépares-moi de quoi écrire, je veux répondre à Belise, & hâter son voyage, en l'assurant que ma tendresse pour elle est toujours la même.

DELIA. Madame tout est prêt.

DELMIRE. Retires-toi : quand Florante viendra, je le chargerai de la faire tenir comme il me l'a promis. *Delmire se met à écrire.*

D. RODRIGUE *entre. A part.*

Delmire écrit. Quel air de Majesté ! qu'elle grace dans toute sa personne! que ne donnerois-je pas pour sçavoir ce qu'elle écrit : *il s'approche de la table.* C'est une Lettre.

DELMIRE *à part.*

J'entends le Roi qui m'observe.

RODRIGUE *à part.*

Oui ; je ne me trompe pas, je lis les premiers mots : *ma chere ame.*

DELMIRE *à part.*

Je vois que son mal est incurable, mais j'en veux prévenir les suites. Finissons la Lettre, fermons le papier.

RODRIGUE *à part.*

Oui, je donnerois mes deux yeux, pourvû qu'on me fit lire cette lettre.

DELMIRE *à part.*

C'est un prix bien grand pour une chose de si peu d'importance. Mettons-le dessus.

RODRIGUE *à part.*

Je veux me retirer, & feindre d'arriver dans le même moment.

DELMIRE *à part.*

Et moi je feindrai de ne l'avoir point apperçu, je regarde comme une legere peine celle de fa-

rioſità ; impaziente ritorna. Oh mio Signore !

RODRIGO. *O mia Regina , gradite che lonta-*
no da voi non trovi quiete l'anima mia , onde è for-
za che io venga a ritrovarvi , e forſe a conturbare
la voſtra quiete.

DELMIRA. *Anzi ad accreſcere i miei contenti,*
maſſime ora che poſſo e devo credere che ſiate libero
da i furori di geloſia.

RODRIGO. *Liberiſſimo. Di grazia parliamo d'al-*
tro. Dittemi in qual parte trapaſaſte l'ore da poi che
non vi vidi ?

DELMIRA. *Aſſalita dal ſonno, mi gettai poc'an-*
zi ſu le piume, e ſin ora ho dormito.

RODRIGO. *Ah tu menti Delmira , frà ſe , dor-*
mito eh ?

DELMIRA. *Dormito ſi Signore , anzi ho fat-*
to un ſogno che coſi al vivo mi ſtà impreſſo nel
idea, che mi ſembra dauerlo preſente.

RODRIGO. *Ah mentitrice, frà ſe, è che ſogna-*
ſte per vita voſtra, o cara Delmira ?

DELMIRA. *Udite per grazia, e ridete : Pare-*
vami di ſedere , e ſtar ſcrivendo una Lettera, e che
voi, o Rodrigo, ſentite pazzia , entrando in Came-
ra mia, e vedendomi ſcrivere , aſſalito dalla curio-
ſità , procuraſte deſtramente , e ſenza ſcoprirui,
di penetrare co che io ſtava ſcrivendo , e che
avendo voi alla fine veduto qualche parola , che pote-
ua ingeloſirui vi laſciaſte intendere , che volentieri

tisfaire sa curiosité. Il revient, ah, Seigneur.

RODRIGUE. Ah, ma Princesse, éloigné de vous je ne puis trouver de repos. Mon cœur est dans une agitation continuelle, pour l'appaiser, il faut que je vienne vous trouver : mais je crains de troubler votre repos.

DELMIRE. Au contraire, Seigneur, votre présence ne peut que m'être agréable, sur-tout depuis que vous avez sçu délivrer votre cœur des accès de la jalousie qui le dechiroient.

RODRIGUE. Ah, Madame, graces au Ciel, j'en suis parfaitement gueri. Mais parlons d'autre chose. Quelles ont été vos occupations depuis que nous nous sommes separez ?

DELMIRE. Accablée par le sommeil je me suis mise sur un lit où j'ai dormi jusqu'à ce moment.

RODRIGUE *à part.*

Ah, Delmire, vous me trahissez. *Haut.* Vous avez dormi ?

DELMIRE. Oui, Seigneur, j'ai dormi. J'ai même fait un songe qui m'est resté si profondement gravé dans l'esprit, qu'il me semble avoir encore les mêmes objets devant les yeux.

RODRIGUE. *A part.* Ah, perfide ! *haut* Mais de graces, ma chere Delmire, quel étoit ce songe ; apprenez le moi, je vous en conjure.

DELMIRE. Ecoutez, Seigneur, & riez de la bizarrerie de ces images vaines. Il me sembloit que j'étois assise, & que j'écrivois une Lettre. Dans ce moment ; seigneur, vous êtes entré dans ma chambre ; & me voyant écrire, admirez l'extravagance de nos rêves ! La curiosité vous emportant, vous vous êtes approché adroitement ; & sans vous découvrir pour voir

*avereſte perduta la luce degli occhi per leggere la Let-
tera, ch'io ſcriveva. Non è curioſo queſto ſogno?*

RODRIGO. *Si certo.*

DELMIRA. *Sentite il reſtante. Mi pareva poi che
voi vi ritiraſte e fingendo di ſopra giungere mi chie
deſte, in qual diporto io aveſſi conſumate l'ore e ch'io
per conſolarvi vi porgevo la Lettera acciò con la Let-
tura di eſſa ſi troncaſſero le forze di una nuova geloſia:
Ora che dite Signore! Vi paiono ſpiritoſi queſti fantaſ-
mi?*

RODRIGO. *Spiritoſiſſimi certo.*

DELMIRA. *Ah, Rodrigo, Rodrigo! orsù non
paſſo piu oltre: prendete la Lettera, apritela, vedete
à chi è indrizzata, legettela; e ſenza perdere il lume
degli occhi, racquiſtate una volta il lume del intel-
letto.*

RODRIGO. *Voi incolpate me di ſoſpettoſo, quando voi di me Delmira ingiuſtamente ſoſpettate. Intendo le voſtre arti: il penſiero è bello, la ſpiegatura è
gentile, ma perche vediate che io non ſopetto, non ricevo la Lettera, ne meno voglio ſapere à chi è indrizzata.*

DELMIRA. *Et io vi prego à riceverla, e leggerla*

ce que j'écrivois ; vous avez sans doute apperçu quelque parole qui a excité votre jalousie ; & croyant n'être point entendu, vous n'avez pû vous empêcher de dire que vous donneriez vo-lontiers les deux yeux pour lire toute cette Let-tre. Eh bien ; seigneur ? ce rêve ne vous semble t'il pas singulier ?

RODRIGUE. Oui , sans doute.

DELMIRE. Ecoutez-en la suite. Il m'a sem-blé que vous vous retiriez ; & que feignant de n'être point encore entré dans ma chambre, vous m'avez abordé en me demandant à quoi je m'oc-cupois ; & que voyant quel étoit votre dessein, je vous ai presenté cette Lettre que j'écrivois, afin que sa lecture vous guérît de ce nouvel ac-cès de jalousie qui paroissoit prêt à vous agi-ter. Eh bien , que dites-vous , seigneur ? Ces chimeres ne vous semblent-elles pas bizarres ?

RODRIGUE. Oui, sans doute , & très bi-zarres.

DELMIRE. Ah , Rodrigue, Rodrigue, vous m'entendez ! Ne poussons pas la feinte plus loin ; tenez , prenez la Lettre; ouvrez-la, voyez à qui elle est adressée. Lises-la ; & sans qu'il vous en coute la lumiere du jour , que celle de la verité dissipe les nuages qui offusquent vo-tre raison.

RODRIGUE .Vous m'accusez d'un soup-çon injuste , & c'est vous-même, Madame, qui me soupçonnez sans fondement. Je vois votre artifice. Le piege est bien imaginé , & encore mieux conduit. Mais pour vous convaincre que je ne suis pas tel que vous pensez, je ne reçois point votre Lettre, & ne veut pas même sça-voir à qui elle est adressée.

DELMIRE. Et moi je vous prie de la rece-

ſe mi amate.

RODRIGO. Per potermi poi chiamare ſoſpettoſo, temerario, & ingeloſito. No, no tenetevi la voſtra Lettera, non voglio ſaper altro.

DELMIRA. Leggetela almeno per vederla, e per coreggerla.

RODRIGO. Voi havete buona ortografia, non ſi poſſono ſindicare le voſtre ſcritture.

DELMIRA. Poſſo pregarvi, ma non violentarvi, queſta è la carta à me baſta poter dire con verità, ch'io vi pregai di leggerla, voi ricuſaſte farlo.

RODRIGO. Io non feci gia mia profeſſione di oſtinato, e ſe è di voſtra ſodisfazione, ch'io la legga ſon pronto ad obbedire?

DELMIRA. Si di grazia obbeditemi. Per legere una volta una Lettera non ſi muore.

RODRIGO. La prendo per farvi ſervizio.

DELMIRA. Lo ricevo à ſommo favore. Leggeti ormai.

RODRIGO. Leggei il ſopra ſcritto. Alla Ducheſſa Beliſa mia Signora Sarragozza. Ho viſto me l'immaginavo, che voi ſcriveſte à qualche Dama voſtra Amica.

DELMIRA. Godo di aver incontratala voſtra immaginazione; leggete pure il reſtante.

liſez

oir & de la lire, si vous avez quelque amour
pour moi.

RODRIGUE. Je vois votre dessein, afin
de me pouvoir appeller ensuite injuste & jaloux.
Non, non, gardez votre Lettre, je n'en veux
pas sçavoir davantage.

DELMIRE. Lisez-là du moins pour voir
comment elle est conçûe, & pour en corriger
le stile.

RODRIG. Ah, Madame! vous écrivez
trop bien pour qu'il puisse y avoir rien à repren-
dre à ce que vous faites.

DELMIRE. Seigneur, je ne puis que
vous prier, je n'ai pas le droit de vous contraindre. Je reprens donc ma Lettre, il me suffit de pouvoir dire avec verité que je vous ai
prié de la lire, & que vous m'avez refusé.

RODRIGUE. Mais, Madame, j'ai toujours
fait profession d'être complaisant; s'il faut la
lire pour vous satisfaire, me voila tout prêt à
obéir.

DELMIRE Oui, de grace, obéissez-moi
sur ce point; la fatigue d'ouvrir une Lettre &
de la lire, n'est pas si grande, vous n'en mour-
rez pas.

RODRIGUE C'est pour vous satisfaire
au moins.

DELMIRE. Je suis sensible à cette faveur;
lisez donc, Seigneur.

RODRIGUE *lisant le dessus de la Lettre.*

A la Duchesse Belise à Sarragoce; je m'étois
bien douté, Madame, que cette Lettre étoit
pour une amie.

DELMIRE. Je suis charmée, Seigneur,
que nos pensées se soient ainsi rencontrées

Le Prince Jaloux. E

RODRIGO. *Già che coſi volete legerò ; ma però mi dichiaro che lo fò per voſtra ſodisfazione. Legge la Lettera frà ſe.*

DELMIRA. *Quanto mi convien ſoffrire ! queſti miei tormenti; ſono in pena di un traboche vole affetto.*

RODRIGO. *Ho Letto.*

DELMIRA. *Or che dite ?*

RODRIGG. *Leſſi per contentarvi.*

DELMIRA. *Vi piacciono i miei ſogni ?*

RODRI O *Siete tropo accorta: ſ riveſte ſognando. Eccovi la carta.*

DELMIRA. *Vi contentate che la invii?*

RODRIGO. *Voglio cio che voi volete.*

DELMIRA. *Baſta che non ſiate geloſo.*

RODRIGO. *Già vene diedi la fede.*

DELMIRA *Riccordatevi d'oſſervarmela.*

RODRIGO. *Mancherei a me ſteſſo.*

DELMIRA. *Addio Rodrigo.*

RODRIGO. *Addio Delmira.* Parte.

DELMIRA. *Se con ſomma prontezza non fortificavo il cuore di Rodrigo, gia lo vedevo aſſalito da i furori di geloſia ; con che guſto leſſe quella Lettera , benche mi offenda con il dubitare , mi move a pietà de ſuoi dolori.*

fez donc le reste.

RODRIGUE Puifque vous le voulez je e lirai, mais au moins, c'eft par pure complai- ance ce que j'en fais : *Il lit bas.*

DELMIRE. Que de tourmens il me faut en- durer ! Mais c'eft la jufte peine de n'avoir pas çu me défendre d'une tendreffe dangereufe.

RODRIGUE. J'ai fini la Lettre.

DELMIRE. Hé bien, qu'en dites-vous ?

RODRIGUE. Je ne l'ai luë pour vous obéir.

DELMIRE. Etes-vous content de mes fonges ?

RODRIGUE. Vous êtes trop adroite : vous écrivez donc en rêvant ? je vous rends votre Lettre.

DELMIRE. Vous plaira-t'il que je l'envoye ?

RODRIGUE. Madame, je n'aurai jamais d'au- re volonté que la vôtre.

DELMIRE. Il me fuffit que vous vouliez dé- fendre votre cœur des attaques de la jaloufie.

RODRIGUE. Madame, je vous l'ai promis.

DELMIRE. Souvenez-vous d'accomplir cette promeffe.

RODRIGUE. Ah ! je me manquerois plutôt à moi-même.

DELMIRE. Adieu Seigneur.

RODRIGUE. Adieu Madame.

DELMIRE. Ah ! fi je n'euffe fortifié Rodrigue par un prompt éclairciffement contre la jalou- fie qui le tourmentoit, j'en allois effuyer un nouvel accès. Avec quel plaifir il lifoit cette Lettre. Quoique fes foupçons m'offenfent, les maux qu'il endure me font pitié.

SCENA V.

DELMIRA, FLORANTE, ARLICHINO,
poi D. PIETRO, e RODRIGO.

FLORANTE.

S Ignora un Cavaliero principale di Sarra-
gozza defidera parlare à V. A

ARLICHINO offerva, intende del vicino ab-
boccamento, e dice che corre ad'avertirne
il Re.

DELMIRA. *Venga? il Cavaliero. Ti diffe il*
nome?

FLORANTE *Nò fignora. Ma fò che è un Per-*
fonaggio da lei amato al pari della propria
vita, e che ama V. A. piu che fe fteffo.

DELMIRA. *Fa che fi accoft:.*

FLORANTE. *Avicinatevi fignor Cavaliero:*
Venite, venite pur lib:ramente.

DELMIRA. *D. Pietro, mio fignore mio bene!*

D. PIETRO. *Tacete Delmira non mi fco-*
prite, chiamatemi Evandro, effendo fàcile che
potrefti da qualche voftro fervo effer intefa. Son
qui prima per veder voi, che fiete la più cara
parte d.l anima mia, e per affiftere incognito
fe farà poffibile alle voftre nozze, e palefan-
domi poi al improvifo al Rè di Valenza, ra-
vivare quella amicizia, che paffò fra le Coro-
ne Paterne.

SCENE CINQUIE'ME

DELMIRE, FLORANTE, D. PEDRE
ARLEQUIN, & ensuite RODRIGUE.

FLORANTE.

MAdame, un des premiers Cavaliers d'Arragon souhaite de parler à V. A.

ARLEQUIN *observe cette entrevûe: & se
retire précipitament, en disant qu'il va
avertir le Roy.*

DELMIRE. Qu'i entre : t'a-t'il dit son nom?

FLORANTE. Non , Madame, je sçai seulement
que c'est une personne que V. A. aime autant
qu'elle-même , & qui a pour vous une égale
tendresse.

DELMIRE. Qu'il s'approche.

FLORANTE Approchez Seigneur Cavalier:
venez , venez sans rien craindre.

DELMIRE à D. PEDRE *qui paroit.*

Ah , Seigneur ! Ah , D. Pedre ! Ah , mon
cher frere !

D. PEDRE. Au nom de Dieu, ma chere sœur
ne me découvrez pas, nommez-moi *Evandre* ,
crainte d'être entendue de quelqu'un de votre
suite. Je suis venu ici pour vous voir , pour
jouir des embrassemens d'une sœur qui est la
plus chere partie de moi-même, & pour me
trouver *incognitô*, s'il est possible , à votre hymen. Je me découvrirai ensuite au Roy de Valence , & nous resserrerons les nœuds de cette
amitiê qui étoit entre nos ancêtres.

DELMIRA. *Ma voi come avete potuto laſ-*
ciare in Sarragozza la Ducheſſa Beliza? Sò pu-
re che lontana da lei avevate vicina la morte.

D. PIETRO. *Alla maggior finezza, alle piu*
fine eſquiſittezze giunſe la perfezione, degl' af-
fetti trà la Ducheſſa, e me, et avanti ch'io
mi partiſſi, le diedi fede di marito, et ella giu-
ró d'eſſermi moglie.
DELMIRA. *O fortunato aviſo! ma ditemi foſ-*
te oſſervati nel intrare in queſt ſtanze?

FLORANTE. *No ſignora con ogni accortez-*
za introduſſi il ſignor Evandro.

DELMIRA. *Paſſate dunque, o ſignore, nel vi-*
cino gabinetto.

ARLICHINO all' altra porta della ſtanza che
conduce Rodrigo, e lo fa oſſervare il tutto.

DELMIRA. *E qui ſegretamente compiacetevi*
dimorare acciò non ſiate veduto.
D. PIETRO. *Farò quanto volete, e dipenderò*
in tutto dà voſtri comandi.

DELMIRA. *La riverenza ch'io vi devo, e la*
voſtra diſcretteza mi obligano ad' adorarvi

D. PIETRO. *Non replico divantaggio. Ad-*
dio Delmira mia, mi ritirerò per non eſſer ſco-
perto.
DELMIRA. *Ritiratevi pure amatiſſimo Evan-*
dro, che preſto ſarò da voi. Servilo Florante.
FLORANTE. *Ubbidiſco.*

DELMIRE. Mais, Seigneur, comment avez-vous pû laisser à Sarragoce la Duchesse Belise ? il me semble que son absence vous étoit si difficile à supporter.

D. PEDRE. Ma chere sœur, l'assurance que j'ai d'être bientôt heureux, me fait supporter une absence de peu de tems. Avant de quitter Sarragoce nous nous sommes promis mutuellement de nous épouser.

DELMIRE. L'agréable nouvelle ; mais dites-moi, Seigneur, vous a-t'on vû entrer dans cet appartement ?

FLORANTE. Non Madame ? j'ai fait entrer le Seigneur Evandre avec toute la circonspection possible.

DELMIRE. Passez donc, Seigneur, dans le cabinet prochain.

ARLEQUIN *paroît à l'autre porte de la chambre avec D. Rodrigue qu'il amene, & à qui il fait tout observer.*

DELMIRE *continuant* D'aignez rester en ce lieu, si vous ne voulez pas être vû.

D. PEDRE. Je fais ce que vous voulez, & vos commandemens seront toujours des Loix pour moi.

DELMIRE. Ah, Seigneur ! le respect que je vous dois, & les bontez que vous avez pour moi, augmenteront sans cesse ma tendresse.

D. PEDRE Je ne replique pas : Adieu ma chere Delmire, je me retire pour n'être pas découvert.

DELMIRE. Adieu mon cher Evandre, j'irai bien-tôt vous joindre. Suis-le Florante.

FLORANTE J'obéis, Madame.

ARLICHINO vedendoli entrare nel Gabinetto ſi
ritira, e laſcia campo à Rodrigo di entrare.

SCENA VI.

RODRIGO, DELMIRA.

RODRIGO.

E Miracolo s'io vivo. Spiriti non mi laſciate.
Ben trovata Ducheſſa.

DELMIRA. Ancor ſiete qua mio Signore?

RODRIGO. Forſe vi peſa?

DELMIRA. Anzi mi conſola.

RODRIGO. Ah Delmira!!
DELMIRA. Che avete?
RODRIGO. Io ſon traditò.
DELMIRA. Chi vi tradiſce?
RODRIGO. Il mio deſtino.
DELMIRA. Avete un fiero nemico.
RODRIGO. L'univerſo intiero è congiurato
à miei danni.
DELMIRA. In queſto numero ſon compreſa
anch'io?
RODRIGO. Ho detto.
DELMIRA. Orsù l'intendo.
RODRIGO. Voi mi volete morto Delmira.

DELMIRA. Non intendo queſti linguaggi.
DELMIRA. Chi mi lacera nel l'onore è
nella tana chiuſo.

DELEMIR.

ARLEQUIN *les voyant entrer dans le Cabinet, se retire pour laisser entrer le Roy.*

SCENE SIXIE'ME

RODRIGUE, DELMIRE.

RODRIGUE.

AH Ciel ! pourrai-je y résister ? Allons, rappellons toutes nos forces, j'en ai besoin. Je vous salue Madame.

DELMIRE. Eh quoi, Seigneur, vous êtes encore ici?

RODRIGUE. Ma presence vous embarasse peut-être.

DELMIRE. Non, Seigneur, elle fait toujours ma plus grande joye.

RODRIGUE. Ah, Delmire !

DELMIRE. Qu'avez-vous, Seigneur ?

RODRIGUE. Je suis trahi.

DELMIRE. Et qui vous a trahi ?

RODRIGUE Ma cruelle destinée.

DELMIRE. Vous aves là un dangereux ennemi.

RODRIGUE. L'Univers entier conspire pour me rendre malheureux.

DELMIRE. Eh quoi, Seigneur, vous ne m'en exceptez pas?

RODRIGUE. Vous en excepter, Madame !

DELMIRE. Seigneur, je vous entends?

RODRIGU. Ah, Delmire, vous voulez me donner la mort !

DELMIRE Seigneur, parlez plus clairement.

RODRIGUE Mais du moins l'ennemi qui m'outrage est enfermé dans ce Palais.

Le Prince Jaloux   G

DELMIRA. *Parlate moiefto Rodrigo.*

RODRIGO. *Operate meglio , o Delmira.*

DELMIRA. *In fomma in che peccai*

RODRIGO. *Ancor non m'intendete !*

DELMIRA. *Non v'intederò gia mai.*

RODRIGO. *Voi fiete liftefa sfaci at agine.*

DELMIRA. *Il voftro capo è vuoto d'ingegno.*

RODRIGO. *Ed il voftro gabinetto è pieno di fciagure.*

DELMIRA. *Dite il vero avete vedutto il tutto?*
RODRIGO. *L'indovinate non pofo inganinarmi*
DELMIRA. *Il cafo è qui che penfate di fare?*

RODRIGO. *Cio che convien ad una maeftà offefa. Voglio vendette , ruine , e morte.*

DELMIRA. *Ove n'andate?*
RODRIGO. *Ad ucidere il mio Rivale.*
DELMIRA. *Non può fuggire , fentitemi prima.*

RODRIGO. *Non vi è fcufa per voi.*

DELMIRA. *E pure non ho peccato.*
RODRIGO. *Introducefte un Vuomo nel gabinetto!*

DELMIRA. *Vero.*
RODRIGO. *Segretamente.*

DELMIRE. Rodrigue , parlez avec plus de
retenue.

RODRIGUE. Et vous , Madame, conduifez-vous
ec plus de fageffe.

DELMIRE. Mais enfin , Seigneur , quel eft
onc mon crime ?

RODRIGUE. Quoi ! vous ne m'entendez pas
core ?

DELMIRE. Je nepuis rien comprendre à vos
fcours.

RODRIGUE. A-t'on jamais plus loin pouffé
effronterie ?

DELMIRE. Ah , Seigneur , ne bannirez vous
mais ces chimeres qui troublent votre raifon ?

RODRIGUE. Des chimeres ! Ah, ce que ren-
rme votre Appartement n'eft qu'un trop réel
jet de defefpoir pour moi ?

DELMIRE. Avouez la verité ; vous avez tout
û , S gneur.

RODRIGUE. Il eft vrai, je ne me trompe point

DELMIRE. Quel deffein formez-vous , Sei-
neur ?

RODRIGUE. Quel deffein ! celui que demande
offenfe qui m'eft faite. Me vanger par la mort
celui qui m'outrage.

DELMIRE. Où allez-vous ?

RODRIGUE. Verfez le fang de mon Rival.

DELMIRE. Ce Rival ne peut vous échaper ;
ais de grace écoutez-moi.

RODRIGUE. Vous cherchez en vain à vous
cufer.

DELMIRE. Seigneur, je fuis pourtant innocente

RODRIGUE. N'avez-vous pas introduit un
omme dans votre Cabinet?

DELMIRE. Il eft vrai.

RODRIGUE. Secrettement ?

G ij

DELMIRA. *Piu che vero*

RODRIGO. *Parlaſte ſeco d'amore?*

DELMIRA. *Veriſſimo.*

RODRIGO. *E ſon queſte azioni da donna onorata?*

DELMIRA. *Onoratiſſima.*

RODRIGO. *Ah sfacciata non ſo chi mi tiene, che con queſto ferro non ti paſſi il cuore.*

DELMIRA. *So tener la ſpada in mano anch'io Facciamo à buona guerra, e non con vantaggio d'armi* Prende una ſpada.

RODRIGO. *Le offeſe della moglie non ſi vendicano con i duelli.*

DELMIRA. *Menti traditore; io non ſono tua moglie, ne t'offeſi giamai.*

RODRIGO. *Mi deſti la fede, e tanto baſta per che io reſti offeſo.*

DELMIRA. *Ti diedi la fede, mentre tu non fuſſi pazzo, ſe tu deliri ſon libera d'oſſervanza.*

RODRIGO. *Se per pazzo intendi geloſo, t'inganni o perfida: non ſon geloſo nò.*

DELMIRA. *E queſta negativa non ti dichiara furente!*

RODRIGO. *Dove non è amore non cade geloſia.*

DELMIRA. *Dunque piu non m'ami?*

RODRIGO. *Effetti della tua diſoneſtà.*

DELMIRA. *Di nuovo tu menti. Sono onorata*

DELMIRE. Avec tout le secret possible.

RODRIGUE. Vous lui avez parlez d'amour.

DELMIRE. Nous avons eu ensemble une conversation pleine de tendresse.

RODRIGUE Et ce sont là des actions d'une femme vertueuse ?

DELMIRE. Oui , sans doute , & d'une personne trés vertueuse.

RODRIGUE. Ah, femme sans honte! je ne sçai qui m'arrête que je ne perce ton lâche cœur avec ce fer.

DELMIRE. Doucement Rodrigue, je sçai aussi manier l'épée. Allons (*prenant une épée qui est sur sa table*) vangez-vous en homme de cœur, & non pas d'une façon qui vous deshonoreroit.

RODRIGUE. Les affronts que reçoit un mari n'exigent pas les attentions.

DELMIRE Ah, traître, tu en as menti , je ne suis point ta femme, & je ne t'ai jamais trahi.

RODRIGUE. Tu m'as donné ta foi, & c'en est assez pour que ta perfidie m'outrage.

DELMIRE. Je te l'ai donné lorsque tu étois raisonnable : tes égaremens me dégagent.

RODRIGUE. Tu t'abuses si tu me crois jaloux. Non , perfide, je ne suis point jaloux.

DELMIRE. Et l'emportement avec lequel tu m'en assure n'est il pas une preuve de ton égarement !

RODRIGUE Ah ; lorsque l'amour est éteint , la jalousie ne subsiste plus.

DELMIRE. Tu n'as donc plus d'amour pour moi?

RODRIGUE. Ton crime l'a banni de mon cœur

DELMIRE. Tu en as menti, je le repete encore, je suis innocente.

RODRIGO, *Ancor foporto! Fofti vaga di ru*
prefto ti fazierai o fpergiura. Vendetta, vendetta, ra
ra chi mi tradi.

DELMIRA. *Ah traditore, tratienti afcolta.*

SCENA VII.

D. PIETRO, e li fopradetti.

D. PIETRO.

G *Rida Delmira. Son qui i . tua diffefa Volgi à*
quella punta.
RODRIGO. *Nella mia Reggia tanto s'ardifc*

D. PIETRO. *Non ardifce di foverchio, chi d*
fende una forella.
RODRIG . *Sorella! oime!*
DELMIRA. *Quefto è D. Pietro a me frate*
à voi Amico
RODRIGO. *Voi D. Pietro!*
D. PIETRO. *Voi D. Rodrigo!*
RODRIGO. *Ah Signore vi raffiguro doppo ta*
ti anni, e cofi incognito ne venite?

D PIETRO. *Vi prego à riconofcere quefta u*
nuta come figlia di u i finceri,, mo affetto.
RODRIGO. *Anzi per fommo favore io lo ri*
conofco, ed ogni mio talento farà fempre diret o all
fod sfazione della u. V.
D. PIETRO. *Frà no. non può cadere altra co*

RODRIGUE. Quoi! je puis supporter ce discours.
Parjure, que ta peine commence par la vûe des
malheurs dont ta perfidie est la cause. Vangeons
nous, perisse celui qui me trahit.

DELMIRE. Ah, traître! Arrête, écoute.

SCENE SEPTIE'ME,

D. PEDRE qui sort, & les Acteurs
precedens.

D. PEDRE.

J'Entens la voix de Delmire : je vole à ton
secours : tourne ce fer contre moi barbare.

RODRIGUE. Oh Ciel, & qui peut t'inspirer
cette audace ?

D. PEDRE. Quand on défend une sœur,
peut-on trop oser ?

RODRIGUE. Une sœur, ah Ciel.

DELMIRE. Oui, Seigneur, c'est là D. Pedre mon frere & votre nouvel allié.

RODRIGUE. Vous D. Pedre ?

D. PEDRE. Vous D. Rodrigue ?

RODRIGUE. Ah, Seigneur, je me remets vos
traits ; le temps ne vous a point effacé de ma
memoire. Quoi, vous venez ainsi incognito
dans ma Cour.

D. PEDRE. Seigneur, regardez je vous prie
cette conduite comme l'effet d'une sincere amitié.

RODRIGU. Je la regarde, Seigneur, comme
une faveur insigne, & tous mes soins seront
toujours employez à satisfaire les desirs de V. M.

D. PEDRE. Nous ne combattrons jamais que

G iiij

teſa, che di corteſia. Ma ditemi Signore, in che vi oſ-
feſe la Ducheſſa?

RODRIGO. Offeſe me! ne per penſiero.

DELMIRA. Vi dirò Signore, voi ſapete che benche femina mi diletto d'armi : Rodrigo mi dava
poch'anzi lezione di ſcherma e però lo vedeſte con
l'armi alla mano. Non è coſi mio Signore?

RODRIGO. Veriſſimo. O cara Delmira.

DELMIRA. Ah perfido Rodrigo.
D. PIETRO. E con tanta furia pigliate lezione Signora Sorella.

DELMIRA. Diſcorrevamo da principio di una
guardia che vuol farmi S. M. La quale é buona
per guardare la perſona, ma però è ſottopoſta a
tanti colpi, che può cagionare diſordini grandiſſi-
mi.

RODRIGO. Perdonatemi, Signora, che io non
ho mai profeſſato di ſtare ſu queſta guardia, ſe
non per una tal bizaria, che nel reſto ſo anch'io,
che non è intieramente ſicura, et ho veduto con
l'eſperienza, che voi ſapete diſordinarla, e levarmi
di poſto quando meno io me l'aſpetto.

D. PIETRO. Io non ſapevo che voi foſte coſi
brava ſchermitrice

DELMIRA. Quando ſi tratta d'intereſſe di vita non
ſi fanno le guardie per bizaria, biſogna ſtar ſul ſaldo,
& oſſervare eſattamente tutti i moti del averſario,
e governarſi con l'occhio, e non con l'opinione.

RODRIGO. Ma che volete ch'io faccia ſe voi mi
venite adoſſo con una ferita al improviſo, che ſcon-

de complaifance; mais dites-moi, Seigneur, en quoi la princeffe Delmire vous a-t'elle offenfé?

RODRIGUE. Offenfé! moi Seigneur? Ah Elle en eft incapable.

DELMIRE. Seigneur, je vous dirai tout. Vous favez que malgré mon fexe je me fuis toujours fait un plaifir des armes. Rodrigue me donnoit une leçon, & c'eft pourquoi vous me voyez l'é-pée à la main : N'eft-il pas vrai Seigneur?

RODRIGUE. Oui, Seigneur : ah, ma chere Delmire !

DELMIRE. Ah, perfide Rodrigue !

D. PEDRE. Et vous prenez vos leçons avec tant d'emportement.

D LMIRE. Nous difputions fur une certaine défenfe que le Prince veut employer avec moi ; elle peut être bonne quelquefois pour fe garantir: mais elle expofe à tant d'attaques qu'il peut en rèfulter de très grands inconveniens.

RODRIGUN. Pardonnez-moi, Madame, je n'ai jamais fait habitude de cette défenfe ; c'eft un pur caprice qui a fait que je m'en fuis fervi ; car du refte je fçai qu'elle n'eft pas trop fure, & j'ai vû par experience que vous fçavez me mettre en defordre malgré cette défenfe, & me faire quitter la place lorfque je m'y attends le moins.

D. PEDRE Je ne fçavois pas, Madame, que vous fuffiez fi habile.

DELMIRE. Prince, quand il s'agit de la vie, on ne doit point fuivre fon caprice dans le choix d'une défenfe ; il faut fe tenir ferme, ob-ferver exactement les mouvemens de fon ennemi, & fe gouverner par les yeux, & non par l'opi-nion.

RODRIGUE. Mais que voulez-vous que je faffe fi vous venez fur moi avec une attaque

certa i tutti i miei diſegni!

DELMIRA. *Anzi è la voſtra furia, che ſconcerta i voſtri penſieri; ſe volete ſtare in quella maledetta guardia vi conviene eſſere men furioſo; che altrimenti vi giuro, che vi ſentirete colpir da botte tali, che non ve le ſaprete mai immaginare.*

D. PIETRO. *Ducheſſa è grazia ſpecialiſſima che S. M. Si compiaccia onorarvi con eſſervi maeſtro, onde non ſta bene à voi, come ſcolare il contender ſeco con tanta aurorità.*

DELMIRA. *E ſe egli medeſſimo poch'ore ſono detteſtava quella guardia, e diceva non voleria piu fare in eterno, non devo io riſſentirmene ſe ora di nuovo me la proppone, e mi manca di parola.*

D. PIETRO. *Piano col mancar di parola.*

RODRIGO. *Il venire à queſto è ſtato un accidente, e voi lo ſapete et ora che ho veduto, che è impoſſibile il diffenderſi, vi prometto abbandonare queſta ſcherma affatto, e mai piu travagliarvi con ſimili lezioni.*

DELMIRA. *Voi dite coſi perche avete veduto che è qui mio frattello, che nel reſto non avereſte ceduto alle mie ragioni.*
D. PIETRO. *Non ſentii gia mai un diſcorſo di ſcherma piu rigoroſo di queſto.*
RODRIGO. *La Signora Ducheſſa é una ſcolara un poco riſentita.*
DELMIRA. *Perche volete inſegnarmi un gioco troppo indiſcreto.*

imprévûe qui déconcerte toutes mes résolutions?

DELMIRE. C'est votre seul emportement qui déconcerte vos projets. Si vous êtes résolu à ne point quitter cette malheureuse défense, il faut que vous soyez moins violent ; car autrement je vous jure que vous vous sentirez porter de telles bottes, que vous ne pourrez les prévoir.

D. PEDRE. Ma sœur, c'est une grande faveur que sa Majesté daigne devenir votre Maître ; vous êtes son Ecoliere, & il ne vous convient point de disputer contre lui avec tant de vivacité.

DELMIRA. Et si lui-même, il n'y a que quelques momens, détestoit cette défense, & juroit de ne s'en plus servir, ne dois je pas être irritée, s'il vient de l'employer tout de nouveau, & s'il me manque ainsi de parole?

D. PEDRE. Ah , ma sœur , servez-vous d'autres termes.

RODRIGUE. C'est un accident imprévû qui m'y a forcé, vous le sçavez , & maintenant que je sçai qu'il est impossible de s'en servir avec avantage, je vous promets d'abandonner cette façon de combattre, & de ne plus vous fatiguer jamais par de pareilles leçons.

DELMIRE Vous parlez ainsi , parce que vous voyez que mon frere est ici , du reste vous ne vous seriez jamais rendu à mes raisons.

D. PEDRE. Jamais je n'ai vû disputer sur l'escrime avec tant d'ardeur.

RODRIGUE. La Princesse Delmire est un Ecoliere peu docile.

DELMIRE. Parce que vous voulez m'enseigner une façon de combat trop dangereuse.

RODRIGO. *La vostra scherma è troppo delicata.*

DELMIRA. *Le vostre guardie sono troppo gelose.*

RODRIGO. *Dicevatepero che guardavano ben la perso a.*

DELMIRA. *Si, ma chiamano i colpi alla testa lontano le miglia.*

RODRIGO. *Orsù vi cedo.*

DELMIRA. *Perche avete il torta.*

D. PIETRO. *Tacete voi.*

RODRIGO. *Mio Signore già che V. M. incognito quà giunse, la prego ad onorare privata mente le mie mense.*

D. PIETRO. *A i comandi della M. V. non sò replicare.*

RODRIGO. *Si compiacerà pigliare il camino.*

D. PIETRO. *Non contradisco.* E parte.

RODRICO. *Delmira non avete già piu ira con me?*

DELMIRA. *Seguite D. Pietro, che non è tempo adesso.*

RODRIGO. *Non so partire se non mi assicurate del perdono.*

DELMIRA. *Ne io so perdonare a chi minaccia la mia vita, e mi lacera nel onore.*

RODRIGO *Delmira non errererò piu.*

DELMIRA. *Errarei ben io se vi credessi.*

RODRIGO. *Ucidetemi e traetemi di pena.*

RODRIGUE. Votre escrime est un peu délicate, elle offense aisément.

DELMIRE. Et vous Seigneur, votre défense est trop inquiete, la moindre chose vous
met en allarme.

RODRIGUE. Vous disiez cependant tout
à l'heure qu'elle étoit bonne pour se garantir.

DELMIR. Oui, mais quelque loin
que l'on soit, tous les coups portent à la tête.

RODRIGUE Je vous cede, Madame.

DELMIRE. C'est que vous avez tort.

D. PIETRO. Ma sœur, finissez cette conversation.

DELMIRE. Seigneur, puisque V. M.
veut être ici *incognito*, je vous prie de vouloir
bien honorer ma table de votre presence dans
un repas particulier.

D. PEDRE Seigneur, je ne sçai point résister à vos desirs.

RODRIGUE. Voudrez vous bien prendre le chemin de mon appartement.

D. PEDRE. Oui Seigneur, *Il part.*

RODRIGUE. Ah, Delmire, êtes-vous encore irritée contre moi ?

DELMIRE. Suivez D. Pedre, Seigneur,
il n'est pas temps de parler de cela.

RODRIGUE. Je ne partirai point que je ne
sois sûr du pardon.

DELMIRE Pardonner : ah ! je ne pardonne point à celui qui outrage mon honneur, & qui
veut attaquer ma vie.

RODRIGUE. Ah, Delmire, je ne perdrai plus
la raison.

DELMIRE. Et je la perdrois moi si je vous en
croyois.

RODRIGUE. Ah, Madame, percez ce cœur

DELMIRA. *E leggier castigo la morte per le offese da voi ricevute.*

RODRIGO. *Perdonatemi, o mi ucider à la disperazione.*

DELMIRA. *Orsù andate pur la che vi perdono.*

RODRIGO. *E lo dite, di cuore?*

DELMIRA. *Si vi dico.*

RODRIGO. *E con tanto sdegno perdonate?*

DELMIRA. *Oi me che tormento!*

RODRIGO. *Ricevo il perdono per sempre.*

DELMIRA. *Vi assolvo della pena per ora.*

RODRIGO. *Prima mi vedrete morto che gelofo.*

DELMIRA. *Non posso più sentire queste promesse.*

RODRIGO. *Venite à D. Pietro.*

DELMIRA. *Vi seguo.*

qui vous a offensé , & finissez mes tourmens en
m'ôtant la vie.

RODRIGUE. Le crime est trop grand
pour un suplice si leger.

DELMIRE Pardonnez moi ce crime ;
Madame , ou mon desespoir me donnera la mort.

RODRIGUE. Hé bien , allez je vous pardonne.

DELMIRE. Parlez-vous sincerement ?

RODRIGU Oui , vous dis-je.

DEL MIRE Et vous m'en assurez avec
tant de colere.

RODRIGUE. Ah , Ciel , quel tourment je res-
sens !

DELMIRE. Madame , c'est pour la derniere fois que j'aurai besoin de votre clemence.

RODRIGUE. Allez , je vous remets la peine que vous meritez.

D ELMIRE. Ah , Madame je jure que je
percerai ce cœur plûtôt que de le voir jamais
en proye à la jalousie.

RODRIGUE. Seigneur , hé puis-je écouter
vos sermens?

DELMIRE. Madame , allons trouver le
Prince votre frere.

RODRIGUE. Je vous suis.

Fin du troisiéme Acte.

ATTO QUARTO.

La Scena rappreſenta Atrio del Palazzo Reale.

SCENA PRIMA.

BELISA in abito da Cavaliere, e
TEREZA in abbito Paggio.

TERESA.

S Ignora ; ſe non fate à mio modo , ſaremo co-
noſciute per quelle che ſiamo.

BELISA. *E che vuoi tu che faccia per non eſſer
conoſciuta ?*
TERESA. *Non volte voi apparire un Cavaliero.*
BELISA *. Per queſto mi cangiai d'habito.*

TERESA . *Se dunque non volte eſſer piu la Ducheſſa Beliſa , e volete far da maſchio , vi conviene oſſervar le mie regole , che ſe bene anch'io per
mia diſgrazia nacqui femina , vi hò fatto ſopra
qualche oſſervazione. Biſogna portar il Cappello
da una banda , & alla brava , a queſto modo ;
ſopra tutto avertite , che i capelli delle tempie tu-
rino l'orecchie , perche , ſe vi foſſero viſte tutte due
bucate , darebbe gran ſoſpetto di quello che è.
Nel paſſeggiare biſogna allargar le gambe , ca-
minar maoſteſo , e con gravità. Nel diſcorſo moſ-
trarvi ardita , propporrecon bizzaria , riſpon-*
ACTE

ACTE QUATRIE'ME.

La Scene repréfente un Sallon du Palais.

SCENE PREMIERE.

BELISE en habit de Cavalier, & THERESE en habit de Page.

THERESE.

MAdame, fi vous ne voulez prendre més avis, nous ferons bien-tôt reconnus pour ce que nous fommes.

BELISE. Et que veux-tu donc que je faffe pour n'être pas découverte?

THERESE. Ne voulez-vous pas paffer pour un homme?

BELISE C'eft pour cela que j'ai changé d'habit.

THERES.E Hé bien donc, fi vous ne voulez plus être la Ducheffe Belife, mais paroître un Cavalier, obfervez ce que je vous dirai; quoique je ne fois qu'une femme à mon grand regret j'ai un peu étudié les airs cavaliers. Il faut tenir le chapeau fur un côté de la tête en mauvais garçon; mais fur-tout que vos cheveux vous cachent les oreilles, fi l'on venoit à s'appercevoir que vous les avez percées, tout feroit perdu. Allons les jambes un peu moins ferrées, là, marchez d'un pas ferme & affuré: un ton hardi en parlant; point de cette modeftie affeétée, là là

dere con audacia, e mescolarvi sempre qualche parola sensitiva, come sarebbe possanzaccia, cospettone, e simili; se non faremo così, si scoprirà il negozio, & averemo de disgusti.

BELISA. *Tu sei molto pratica in questo mestiero, o Teresa, o pare, che questa non sia la prima volta, che tu ti sia trasformata.*

TERESA. E facil cosa apprender questi costumi, che si desiderano. Oh quanto pagherei di esser maschio.

BELISA. E che vorresti fare per vita tua?
TERESA. Vorrei trovarmi una Dama, che mi volesse bene, e farla innamorar di me insino agli occhi, e poi le vorrei dar le piu spaventose gelosie, che si potessero imaginare, accio le sapessero meglio le paci, che facessimo insieme, e la vorrei allettare con tante languidezze, e con tanti ahi lasso! e con tanti ben mio; sin ch'io l'avessi ridetta a non poter vivere senza di me, anzi a confessar publicamente, ch'io fossi l'idolo del suo cuore, il centro d'ogni suo pensiero innamorato.

BELISA. Non sentii giamai discorrere d'amore così facondamente, come ora tu fai.
TERESA. Io sempre mi son ingegnata di pigliar esempio, et imparare dai miei maggiori.

BELISA. Come dite?
THERESA. E chi vi ha spinto, à Signora, à mettervi quest'habiti, e lasciar Sarragozza, e venire à questa Città di Valenza!

BELISA. Il desiderio di veder la Duche

un peu d'effronterie, & quelque morbleu dans
vos réponses ; cela ne gâtera rien ; ma foi si
vous ne voulez pas m'en croire, vous ferez tout
découvrir , & vous en serez fâchée après.

BELISE. A ce que je vois, Therese, tu n'es
pas novice dans ce metier , & ce n'est pas là je
crois la premiere fois que tu as pris ce déguise-
ment.

THERSE. On n'a pas grand peine à prendre
des manieres que l'on aime: je ne sçai ce que
je ne donnerois pas pour devenir homme tout à
fait.

BELISE. Et que ferois-tu si tu le devenois ?

THERESE. Je chercherois quelque Dame qui
me voudroit du bien ? je la rendrois folle de moi,
& après je voudrois lui donner les sujets de jalousie les plus violens qui se puissent imaginer ,
afin de lui faire mieux goûter le plaisir des rac-
commodemens. Je lui tiendrois des discours si
passionnez, je lui marquerois tant de tendresse ?
que je la réduirois au point de ne pouvoir être
un moment sans moi , de témoigner ouvertement
son amour, & d'apprendre à toute la terre qu'elle ne respire que pour moi, & que je suis le maître absolu de son cœur.

BELISE. Je n'ai jamais entendu parler d'amour
avec plus d'éloquence que tu m'en fais voir.

THERESE. Ma foi, Madame , c'est que je me
suis toujours étudiée à suivre l'exemple des personnes auprés de qui j'étois.

BELISE. Et que veux-tu dire ?

THERESE. Ce que je veux dire : hé , Madame , s'il vous plaît, qui vous a inspiré le dessein de prendre cet habit, de quitter Sarragoce
& de venir à Valence ?

BELISE. L'amitié que je porte à la Princesse

Delmira sorella di S. M.

TERESA. *Son molti mesi, che Delmira si ritrova in queste parti, e perche piu ora, che in
tanto tempo trascorso, v'è saltata adosso questa
impatienza!*

BELISA, *Perche pochi giorni sono, si è con-
chiusa la pace.*

TERESA. *Non batte qui in negozio.*

BELISA. *Et io non intendo.*

TERESA *Et io scommetterei, che se non venivi
quà il Re d'Arragona, voi non vi saraste mossa
da sedere per veder Delmira.*

BELISA. *E non sai quanta forza habbia un
legame di stretta amicizia!*

TERESA.. *E perche vi vergognate, Signora, a
dirmi, che amore vi abbia indotto, à questa stra-
vaganza! Et io che sono di manco età di voi ne
hò fatte delle peggiori cento volte, & à quest'ora
sò, che vuol dire affetto, soppetto, martello, rabbia,
gelosia; e pace; ed in somma mi parrebe d'esser una
bestia, Signora, se io non fossi hormai maestra nella
scuola d'amore.*

BELISA *O cara Teresa, pur troppo t'imaginasti
il vero. Mi fe sapere, S. M. che incognito sene veni-
va a questa Reggia, questi avisi furono stimoli pun-
gentissimi a seguitarlo. Amore mi consigliò gli
affeti mi furono scorta, l'impatienza quà mi condus-
se à seguitar il mio sposo.*

TERESA, *Ringraziato sia il Cielo, voi la deste pur
fuora una volta; hor che pensate di fare?*

BELISA. *Parlare a Delmira, palesarm' a tempo
à D. Pietro, vederlo, ammirarlo, & adorarlo.*

Delmire, & l'envie de la revoir.

THERESE. Il y a déja du temps que Delmire
est ici, & cependant cette envie ne vous avoit
point encore pris jusqu'à présent.

BELISE. C'est que la paix n'est conclue que
depuis peu de jours.

THERESE. Et non, non, ce n'est pas là le
nœud.

BELISE. Mais je ne t'entends, pas.

THERESE. Et moi je parierois que si le Roy
d'Arragon n'étoit pas venu ici, vous ne vous
feriez pas seulement levée de votre fauteil pour
voir la Princesse sa sœur.

BELISE Mais tu n'ignore pas la force de
l'amitié qui nous lie cette Princesse & moi.

THERESE. Hé, Madame, pourquoi tant de
façons? que n'avouez vous que l'amour seul
vous a mis ce bizarre dessein dans la tête? moi
qui suis plus jeune que vous; allez, allez, j'ai
fait cent fois pis; je sçai ce que c'est que tendresse, soupçons, inquietude, jalousie, desespoir
& racommodement : par ma foi je n'aurois
guerres d'esprit, si je n'étois pas devenue un
grand Docteur dans ces matieres.

BELISE. Ah, ma pauvre Therese, tu ne
dis que trop vrái; on m'a appris que le Roy
d'Arragon venoit ici *incognito*, & cet avis m'a
forcé malgré moi à le suivre. La même passion
qui m'a inspiré cette résolution, m'a donné le
courage de l'executer : je n'ai pû résister à l'impatience de rejoindre mon Epoux.

THERESE. Ah! le Ciel soit loué, vous l'a-
vez donc avoué à la fin ; mais à présent que
contez-vous faire?

BELISE. Parler à Delmire, me découvrir à
D. Pedre quand il en sera temps, & cependant

TERESA. *E per non c'imbrogliare , non è ben*
ci cambiamo il nome?

BELISA. *Anzi è neceſſariſſimi.*

THERESA. *E come vi chiamarete voi Signora?*

BELISA. *Io mi voglio, chiamare il Cavalier*
Celidoro. E tù ?

THERESA. *Et io mi chiameró D. Perichitto. Ora*
entriamo in Corte.

BELISA. *Ferma, ch'eſce gente , ſtiamo prima oſ-*
ſervando.

SCENA SECONDA.

FLORANTE, BELISA, e TERESA.

FLORANTE.

S Ua Maeſtà ſtà cenando , & io piglio queſto tempo
più opportuno ; per inviare queſta Lettera alla Ducheſſa Beliſa.

TRESA. *Sentite?*

FLORANTE. *Non voglio perder tempo per poi*
diſcorrere con Delia conforme all'apuntamento in che
ſia me reſtati ; le vinti quatr'ore ſon vicine, non vo-
glio indugiare.

TERESA. *Vien verſo noi, laſciate far à me:egli è*
Florante, lo riconoſco. Ben trovato Florante.

FLORANTE. *A me?*

THRESA. *A te, ſi.*

FLORANTE. *Io non mi ricordo aver conoſciuto*
coſtui.

TEREA. *La poca memoria è ſegno di manco*
affetto ; orsù dammi coteſta Lettera , e finiſcila.

le voir, l'examiner, & satisfaire par sa vûe l'ardeur dont je brûle pour lui.

THERESE. Mais pour ne nous point embar-
rasser, ne faudroit-il pas changer de nom.

BELISE. Oui, sans doute.

THERESE. Et comment vous appeller?

BELISE. Le Cavalier Celidore; & toi?

THERESE. Moi, je me nommerai D. Perriquito, mais entrons au Palais.

BELISE. Attends, quelqu'un sort. Voyons
auparavant ce qui se passe.

SCENE SECONDE.

FLORANTE, & les Acteurs précedens.

FLORANTE.

LE Roy est à souper, prenons ce temps pour
envoyer cette Lettre a la Duchesse Belise.

THERESE. Entendez-vous?

FLORANTE. Ne perdons point de temps, je
ne veux pas manquer le rendez-vous que Delia m'a donné. Il est presque nuit, ne nous amu-
sons point.

THERESE. Il vient à nous, laissez-moi
faire. Ah, c'est Florante? je le recconnois: bon
jour Florante.

FLORANTE. A mo.

THERESE. Oui, à toi.

FLORANTE. Je ne me souviens point d'avoir
vû ce visage.

THERESE. Tu manque de memoire, parce
que tu n'as gueres d'amitié; allons donne cette
Lettre, finis donc.

FLORANTE. *Fermati fraſca,*

TERESA. *Mi chiami fraſca, e diceui poc'anzi che non mi conoſceui, hor via dammi la Lettera, e ſbrigami, che ho altro da fare, Coſpettonaccio.*

FLORANTE *Vedi impatienza? Se hai da fare, chi ti tiene?*

TERESA. *Io procuro di farti bene, e tu non lo co-noſci; ſo che coteſta Lettera và alla Ducheſſa Beliſa, io vengo per eſſa, et ho ordine di preſentargliela in pro-pria mano.*

FLORANTE, *Chi ti diede queſt'ordine?*

BELISA. *Io glie lo diede, caro Florante; e ſe la tua fedeltà non ti conſiglia à fidar la Lettera à coſtui, fida-la à me, che ſarai ſicuro non igannarti.*

FLORANTE *Signora, Signora Ducheſſa, e pur de-vo credere, che ſiate voi?*

BELISA *Taci, e con la ſolita confidenza prepa-rati a far intendere alla Ducheſſa Delmira, ch'io ſon in Valenza, e bramo ſeco parlare.*

FLORANTE *Como ſe voglio ſeruirvi? La Signora Ducheſſa è per anco a tavola, ma credo; che in bre-ue tutti ſe n'andaranno a letto, perche il Re d'Arra-gona, che quì ſi trova incognito, cena con loro, & ha biſogno di ripoſo,*

BELISA. *Si è dunque paleſato al Re di Valenza?*

FLORANTE *Il caſo ha portato coſì, & il Re Ro-drigo l'ha riceuuto per cognato, ed amico, ma per quan-to a gli altri fa per ancora da incognito.*

BELISA. *Si faranno queſte nozze?*

FLORANTE.

FLORANTE. Doucement Monsieur l'étourdi.

THERESE. Tu m'appelles étourdi, tu me connois donc? Al'ons vîte, donne-moi cette Lettre, dépêche, j'ai autre chose a faire : tète bleu.

FLORANTE. Quelle vivacité! si tu as affaire, qui te retiens?

THERESE. Je veux te rendre service, & tu ne le connois point ; je sçais que cette Lettre est adressée à la Duchesse Belise; je viens la chercher, & j'ai ordre de la lui rendre en main propre.

FLORANTE Qui t'a chargé de cette commission?

BELISE. C'est moi qui lui a donné l'ordre, mon cher Florante ; & si ta fidelité l'empêche de lui confier cette Lettre, tu peux me la remettre, tu seras sûr de ne point te tromper.

FLORANTE. Ah, Madame, c'est vous! c'est la Duchesse Belise, dois-je en croire mes yeux!

BELISE. Tais-toi, & songe à avertir la Princesse Delmire, avec tout le secret possible, que je suis ici, & que je souhaite parler avec elle.

FLORANTE. Ah, Madame, doutez-vous de mon zele. La Princesse est encore à table, mais je croi que tout le monde se retirera bien-tôt; car le Roy d'Arragon qui est ici *incognito*, soupe avec elle & avec le Roy, & il a besoin de repos.

BELISE. Il s'est donc découvert au Roy de Valence?

FLORANTE. Le hazard l'a empêché de demeurer caché ; le Roy le traite comme son ami & comme son frere, mais il est encore inconnu pour le reste de la Cour.

BELISE. Le mariage se fera donc?

Le Prince Jaloux.   I

FLORANTE. *Senza fallo.*

BELISA. *Voglio un altro piacere della tua corteſa.*

FLORANTE. *Eccomi con la vita prontiſſimo à far quanto ſo, e poſſo.*

BELISA. *Vorrei, che tu faceſſi intendere al Re D. Pietro, che un Cavaliero di Saragoza deſidera aboccarſi ſeco, e ſubito ſe puoi.*

FLORANTE. *Intendo il gergo. Piglierò l'occaſione, per fargli l'ambaſciata, quando ſi licentiano da tavola*

TERESA. *Ed à me non ſi dice niente, eh malcreato!*

FLORANTE. *Signora, è molto ardito il voſtro Paggio e preſto li ſalta il moſcherino.*

TERESA. *Son coſi di natura, e non farò mai altrimente.*

FLORANTE. *Ma dove mi conoſci tù?*

TERESA. *Sò, che l'amor di Delia t'ha imbriacato affato, guardami un poco bene in viſo, ſe bene comincia un poco ad imbrunire; di mi conoſci ancora?*

FLORANTE. *Ter ..*

TERESA. *Si finiſcela,*

FLORANTE. *Tereſa ſei tu!*

TERESA. *Son io ſi, perche ti par forſi grand coſa?*

FLORANTE. *Al eno non l'ho per picciola.*

TERESA. *Te ne farò veder delle maggiori.*

FLORANTE *Orſù entro in Corte attendetemi qui, che ſe pietro farò venire in queſto loco il Re d'Arragona,*

BELISA. *Procura, che non compariſca lume.*

FLORANTE. *Havete guſto di parlarli al'oſcuro,*

FLORANTE. Oh, sans doute, Madame.

BELISE. Je veux encore un autre plaisir de toi.

FLORANTE. Madame, me voila prêt à vous servir aux dépens de tout.

BELISE. Je voudrois que tu fisses sçavoir au Roi D. Pedre qu'un Cavalier de Saragoce demande un entretien avec lui, & le plûtôt que tu pourras.

FLORANTE. Allez, laissez-moi faire, je prendrai l'occasion de lui parler quand il se levera de table.

THERESE. Et à moi on ne me dit rien.

FLORANTE. Madame, vous avez là un Page bien effronté, & qui prend la mouche bien facilement.

THERESE. Ma foi c'est mon naturel, & je ne changerai pas.

FLORANTE. Mais d'où me connois-tu?

THERESE. Je sçai que l'amour de Delia t'a ôté la connoissance. Hé! là, regarde-moi un peu entre deux yeux, quoiqu'il ne fasse guere clair, dis, me reconnois-tu?

FLORANTE. C'est The....

THERESE. Acheve, acheve.

FLORANTE. Ah! c'est toi Therese.

THERESE. Hé bien oui, c'est moi, la chose est elle si surprenante.

FLORANTE. Ma foi elle me le paroît assez.

THERESE. Va va, je t'en ferai bien voir d'autres.

FLORANTE Attendez-moi, je vais voir si je pourrai vous amener le Roy d'Arragon.

BELISE. Fais ensorte qu'il n'y ait point de lumiere.

FLORANTE. Vous lui voulez parler dans

I ij

& à folo à folo?

BELISA. *Sì.*

FLORANTE. *Ora vi fervo, e ve lo mando quì.* Parte.

BELISA. *Ritirati, & attendi, ch'io ti fchiami.*

TERESA. *All' ofcuro ed à folo à folo!*

BELISA. *Che vorrai dire?*

TERESA. *Dico quel ch'è ; rimettendo à gli altri il giudicare quello che puo effere.*

BELISA. *D. Pietro è l'ifteffa modeftia.*

TERESA. *Sofpetto di voi, e non di lui.*

BELISA. *Tu mifuri gl' altri col tuo compaffo.*

TERESA. *Le noftre mifure fon tutte fregolate.*

BELISA. *Taci, e fa manco parole.*

TERESA *Parto, perche ne facciate voi.*

SCENA TERZA.

D. PIETRO, e BELISA.

D. PIETRO.

MEntre io parlo al Cavaliero, tu qui m'attendi, o Florante, chi mi domanda?

BELISA. *Ecco D. Pietro Oh fe non mi riconofceffe alla voce , e un Cavaliero mandato da parte della Ducheffa Belifa per ritrovare S. M.*

D. PIETRO. *La Ducheffa ! Che comanda S. A.*

l'obfcurité, & toute feule !

BELISE. Oui.

FLORANTE. Madame vous ferez fervie , je vais vous l'envoyer.

BELISE. Retire toi , & attends que je t'apelle.

THERESE. Toute feule & fans lumiere ?

BELISE. Et bien que veux-tu dire !

THERESE. Ce que j'en veux dire : Hé rien. je fçai pourtant bien ce que d'autres en penferont.

BELISE. Ah D. Pedre eft la modeftie même.

THERESE.. Hé ? ce n'eft pas de lui que je parle, c'eft de vous.

BELISE. Tu juge des autres par toi-même.

THERESE. Là, la, je crois que nous n'avons rien à nous reprocher.

BELISE. Tais-toi, & finis ce difcours.

THERESE. Madame, je me retire pour vous empêcher d'en dire davantage.

SCENE TROISIE'ME.

D. PEDRE, BELISE.

D. PEDRE.

ATtends-moi là, Florante , tandis que je vais parler à ce Cavalier qui me demande.

BELISE. C'eft moi, D. Pedre : Oh ! puifque vous ne reconnoiffez pas ma voix, je fuis un Cavalier que la Ducheffe Belife envoye pour chercher V. M.

D. PEDRE. La Ducheffe ! que me commande t-elle ?

BELISA Non deve comandare, Signore, chi deve pre-
giarſi d'ubbidire a i voſtri imperii

D. PIETRO. Chi vien mandato dalla Ducheſſa,
mi è caro al pari della perſona di lei. Dite quanto
vi occorre.

BELISA. Ubbiiſco. Molt' impreſe, o Signore, che
ſembrano facili quando ſi deſ rivono, rieſcono im-
poſſibili nel metterle ad effetto.

D. PIETRO Che vorrai dire?

BELISA. Credeva l'innamorata Beliſa, auvalo-
rata dalle ſalde, e valeroſiſſime promeſſe di V. M.
poter reſiſtere à quel l'angoſcie, che le menacciava
la voſtra partita di Saragozza, e la lontananza d'o-
gni ſuo bene, ma al fine s'e perduta d'animo le ſono
mancate le forze, ed ha conoſciuto, che il dire, e
l'operare ſono dui eſtremi, fra quali s'interpongono
mezzi, inſuperabili.

D. PIETRO. E che fece Beliſa? non mi uccidete
con le parole vi prego.

BELISA. Mando à chiamarmi come quella, chi
ſapeva che mi diletto non poco della nobiliſſima profeſſione della pittura, e coſì mi diſſe: Cavaliero,
vi ſupplico à compatire una Dama, ch'è tutt'
affetto, vi prego a compaſſionare lo ſtato d'una ſpoſa, che nella lontananza del marito vede gli orrori
di morte. Prendete per pietà, e ſopra una tela in-
geſſata, compiacete vi de ritrar Beliſa quaſi priva di
ſenſi, pallida, e ſemiviva come ſono. Io con lagrime di pietà ſu gl'occhi diedi mano all'opera in
quel punto; finito il ritratto lo preſentai a Beliſa,
ſi rallegro tutta, e confrontandolo allo ſpecchio, non
diſtingueva qual più le ſomigliaſſe. Al fine coſì mi
diſſe. Il fine corona l'opera, o Celidoro (che tale e
il mio nome) vorrei vi trasferiſte in Valenza

BELISE. Vous commander, Seigneur? Elle fait gloire d'obéir toujours à vos ordres.

D. PEDRE Une personne qui vient de sa
part doit m'être aussi chere qu'elle-même : dites, dequoi s'agit-il ?

BELISE. J'obéis, Seigneur. Bien des en-
treprises qui semblent faciles quand on les forme, se trouvent impossibles quand il s'agit de
les executer.

D. PEDRE Que voulez vous dire ?

BELISE. Cette Amante passionnée croyoit
que les promesses positives de V. M. lui donne-
roient la force de pouvoir resister aux maux dont
votre absence la menaçoit ; mais enfin elle a
perdu courage, elle ne s'en est plus trouvé la
force, elle a éprouvé qu'entre le projet & l'execution, il y a souvent bien de la difference.

D. PEDRE Ah ! vous me tuez par ces lon-
gueurs, dites, qu'a-t'elle fait ?

BELISE. Elle m'a envoyé chercher : & con-
noissant le talent que j'ai pour la peinture, dont
je me me suis fait un amusement. Cavalier, m'a
t'elle dit, ayez compassion d'une Dame dont
l'amour s'est rendu maître ; prenez pitié d'une
femme à qui l'absence de son Epoux fait souffrir des tourmens plus cruels que la mort: prenez de grace vos pinceaux, & representez sur
votre toile Belise presque sans sentiment, pâle
& demi morte, comme vous me voyez. Moi,
Seigneur, penetré de ce discours, j'ai commencé
cet ouvrage ; & l'ayant achevé, je presentai le
portrait à Belise. Cette vûe lui inspira de la joye
elle le prit, & le confrontant avec son miroir,
elle ne put discerner celui qui la representoit
mieux. Enfin, ajoûta-t'elle, mon cher Celidore,
(Seigneur, c'est ainsi que l'on me nomme) ache-

e prefentando queſt' effigie dolente à D. Pietro gli
diceſte, che l'infelice Beliſa e vicina alla morte,
e che la prefenza del mio ſpoſo é poſſente à ri-
tornarmi in vita ·Caro Celidoro, ſe mai provaſte
fiamma d'amore, impiegatevi per me. Io con quelle voci, che potei piu franche, gli promiſi eſſeguire
ogni ſuo comando, e preſo meco il ritratto quà ne
vengo preſentatore alla M. V,

D. PIETRO. Oh Dio ! e che effetti ſon queſti; e
quando mai ſi vide un paragone d'amore ſimile à
quello della mia Beliſa? Caramente vi abbraccia,
o Cavaliero, e ſoſpirero ſempre l'occaſioni di pa
leſarvi cu lo 'opere g!i effetti di quel l'obligazioni che con voi concepinco. V'ho amirato facondo
eſpoſitore delle paſſioni della Ducheſſa,non vedo l'ora
di vedere le valoroſe operazioni de voſtri peʌnelli.
Havete qui il ritratto ?

BELISA. Si Signore.

D. PIETRO. Andiamo in luogo dove allo ſplen-
dore di una face poſta veder quella effigie che mi
rende contento.

BELISA. Piano Signore.

D. PIETRO. E che ?

BELISA. Non poſſo moſtrare a V M. il ritratto,
ſe prima ella non mi promette una grazia.

D. PIETRO. Dite liberamente.

BELISA. M'impoſe là Ducheſſa con ſomma pre
muta, che avanti diſpiegarlo al guardo di V. M.
mi faceſſi promettere, che doppo averlo veduto, ella
gli avrebbe...

D. PIETRO. Che coſa ?

BELISA. Gl'averebbe dato...

ve ton ouvrage, va à Valence & offre cette triste
peinture à D. Pedre; dis-lui que l'infortunée Belise est aux portes de la mort, & que la présence
de son Epoux est la seule chose qui peut la rappeller à la vie. Mon cher Celidore, ajouta-t'elle,
si tu as jamais ressenti les traits de l'amour,
rends-moi ce service. Je lui promis, Seigneur,
d'executer ses ordres, & je viens, pour lui obéir,
apporter ce tableau, & le présenter à V. M.

D. PEDRE. Ah! Dieux quelles marques de
tendresse! vit-on jamais un amour qui appro-
chât de celui de ma chere Belise? Approchez,
Celidore, que je vous témoigne par cet embras-
sement l'amitié que j'ai pour vous, en atten-
dant l'occasion de vous en donner de plus solides
preuves. J'ai admiré votre éloquence à me décri-
re la passion de la Duchesse, j'attends avec impatience le moment d'admirer votre habileté à la
représenter sur la toile. Avez-vous là le portrait?

BELISE. Oui, Seigneur.

D. PEDRE. Allons chercher une lumiere
qui me fasse voir ce portrait qui me comblera
de joye.

BELISE. Arrestez un moment, Seigneur.
D. PEDRE. Pourquoi?

BELISE. Je ne puis montrer à V. M. ce
Portrait si elle me promet auparavant de m'accorder une grace.

D. PEDRE. Parlez sans crainte, que voulez-
vous?

BELISE. La Duchesse m'a fait jurer de ne
montrer ce Portrait à V. M. qu'après qu'elle
se seroit engagée à ....

D. PEDRE. A quoi?

BELISE. A lui donner ....

D. Pietro. *Che?*

Belisa. *Un sol bacio.*

D. Pietro. *E una, e due, e mille. Farò quell'effigie nume del mio cuore! Idolo del anima mia. Come se io voglio baciarlo! Orsù andiamo a ritrovar il lume.*

Belisa. *Non occorre Signore, che gia vi vien incontro. Delmira mezza spogliata, e Delia col lume.*

SCENA QUARTA

Delmira, Delia, Belisà e D. Pietro.

D. Pietro.

Fermatevi Delmira, e compiacetevi accostar quel lume voi; e dove è il ritratto?

Belisa. *Ecco il ritrato.*

D. Pietro. *Oh Dio! che non è tempo di scherz*

Belisa. *Non scherza colui, che promise un ritratt e vi mostra l'originale. D. Pietro ecco il ritratto, ecco il Pittore, ecco Celidoro, ecco l'originale, ecco chi senza voi non vive, ecco Belisa.*

D. Pietro, *Oh mia Signora! oh anima di D Pietro! e pur vi vedo, e pur siete voi?*

Belisa. *Son io ô mio Re, ô mio Signore, ô mi' sposo son quella Belisa, che non potendo soffrire la vostra absenza è venuta à cercar vicina a voi quel riposo ch'ella aveva perduto.*

D. Pedre Et quoi?

Belise.. Un baiser.

D. Pedre Ah ! non pas un , mais dix mille Oui ce Portrait sera ma divinité ; il sera l'unique objet de mes adorations. Comment, si je veux le baiser ! allons chercher de la lumiere.

Belise. Il ne faut pas sortir , Seigneur , on en aporte ici.

SCENE QUATRIEME

Delmire en Robbe de Chambre. Delia avec de la lumiere. Belise , D. Pedre.

D. Pedre.

ARrêtez un moment Delmire; & vous, aprochez ces flambeaux. Où est ce Portrait ?

Belise. Vous le voyez ici , Seigneur.

D. Pedre· Ah , de grace, cessez une plaisenterie si mal placée·

Belise. Ce n'est pas plaisanter, lorsque l'on vous a promis un portrait d'en montrer l'original. D· Pedre, vous voyez le Portrait & le peintre, Celidore & l'original , celle qui ne peut vivre sans vous ; oui vous voyez Belise.

D. Pedre. Ah , Madame ! ah , trop obligeante Princesse; c'est vous que je vois ! quoi c'est vous?

Belise. Oui , Seigneur , oui mon cher Prince, oui mon cher epoux, c'est cette Belise qui ne pouvant résister à votre absence , est venue chercher dans votre vûe le repos qu'elle avoit perdu.

D. Pietro. *Oh cara , oh adorata Ducheſſa !*
Teneramente vi ſtringo à queſto ſeno , come mia
Signora, come mia amante , come mia ſpoſa.

Belisa. *V. M. fù , e ſarà ſempre il centro*
d'ogni mio penſiero.

D. Pietro. *E con ſì belle finzioni vi, diletate*
di trasfiguermi, o mia cara ?

Belisa. *Temevo non vi adiraſte del mio ſover*
chio ardire; ond'io rappreſe tai gl'affanni del mio
cuore per la voſtra lontananza , accio , ritrovando-
mi lieta, contenta , et a voi vicina , voi confondeſ-
te l'allegrezza con il perdono.

D. Pietro. *Signora ſì. Non poteté errar mia vita.*
Belisa. *Perche la benignità della M. V. ſi degna*
diſpenſarmi d'ogni errore. Signora Ducheſſa !

Delmira. *Nò , nò , Signora, attenda pure V. A.*
a quel che piu importa, che fra noi non mancherà
tempo di rallegrarſi e di diſcorrere.

Belisa. *V'intendo , ma compatitemi, Eccomi a*
voi, e ben ſe Florante , ſe io volevo venire à rive
rirla.

Delmira *Tutto mi diſſe Florante , et io non ſa-*
prei dubitare dell'affetto di V. A. verſo di me.

D. Pietro. *Signora è tempo ormai di ripoſo. Si-*
gnora Sorella ſe coſì vi compiacete , vi conſegnaro
la Signora Ducheſſa per queſta notte.

Delmira. *Accomodate la parte. Perche no...*

D. Pietro. *Come dire!*

D. PEDRE. Ah , mon adorable Princeſſe, que je vous embraſſe ; approchez de ce cœur qui voit ſa Souveraine , ſon Amante & ſon Epouſe.

BELISE, Seigneur, V. M. a toujours été & ſera toûjours l'objet de toutes mes penſées.

D. PEDRE. Quoi ma chere Beliſe , vous aviez formé le deſſein de me percer le cœur par cette fiction.

BELISE. Je craignois que ma hardieſſe ne vous deplût , je voulois vous dépeindre les maux cruels que m'avoit cauſé votre abſence , afin que la joye de les voir finir par votre preſence , que la joye de les voir finir par votre préſence , vous diſpoſât à me pardonner plus aiſément.

D. PEDRE. Ah ! rien de ce que vous faites peut-il ne me pas plaire ?

BELISE. C'eſt la bonté de V. M. qui veut bien me déclarer innocente, Madame !

DELMIRE. Non , non , Madame , ne vous détournez pas , ſongez à ce qui doit vous occuper ; nous ne manquerons pas de tems pour nous embraſſer , & pour nous parler.

BELISE. Je vous entends bien , Madame ; mais pardonnez-moi cette faute , jé viens la réparer : Florante vous apprendra quelle impatience j'avois de vous ſaluer.

DELMIRE. Florante m'a tout appris , & je ne doute point de votre tendreſſe pour moi.

D. PEDRE. Madame , il eſt heure de vous laiſſer prendre du repos. Ma chere ſœur ſi vous voulez y conſentir , je vous confierai la Ducheſſe pour ceete nuit.

DELMIRE. Accommodez le differend entre vous , ce n'eſt pas .....

D. PEDRE. Que voulez-vous dire ?

BELISA. *La Signora Duchessa è padrona, vedia-*
mo pure se si contenta così.

D. PIETRO. *Ah Delmira! voi mi burlate eh.*

BELISA: *I cenni di S, M. mi sono leggi inviolabili.*

DELMIRA. *Torniamo à gl' appartamenti. Va avanti*
Delia con quel lume. Signora andiamo.

SCENA QUINTA

TERESA, DELIA, BELISA, DELMIRA, e D. PIETRO.

BELISA

E Dove lasciate la povera Teresa imperichitta-
ta? O bella discrezzione, dove devo andare a
dormire io?

D. PIETRO. *Teresa e con voi?*

TERESA. *E con lei, Signor sì, mà al vedere, vi è*
pur una cosa di più. Oh ben venuta madama, voi
mi piacete assai, sì a fè di D. Perichito.

DELIA. *Eh Sorella! ho inteso il negozio fra noi.*

TERESA *Acceto il buon animo. Orsù con chi dor-*
mirò?

DELIA *Meco se ti piace.*

TERESA. *E detto.*

BELISA. *Ci rivedremo di mattina, o mio Signore*

DELMIRE. Madame est la maîtresse ; mais il faut voir si le parti lui convient.

D. PEDRE. Ah ! vous me raillez.

BELISE. Seigneur, vos moindres ordres sont des loix pour moi.

DELMIRE. Rentrons dans mes appartémens, passe devant avec la lumiere Delia : Allons Madame.

SCENE CINQUIE'ME.

THERESE, DELIA, BELISE, DELMIRE & D. PEDRE.

THERESE.

ET que deviendra la pauvre Therese avec son équipage de Cavalier ? Voilà une belle attention : & où coucherai-je moi ?

D. PEDRE. Therese est avec vous ?

THERESE. Et oui, Seigneur, elle y est ; mais il me semble que la compagnie est augmentée. Ah, Madame je vous saluë : Tout de bon ; vous me plaisez assez, oui foi de D. Periquito.

DELIA. Ah, ma pauvre enfant ! crois tu que j'y sois trompé ? Entre nous . . . .

THERESE. J'accepte ta bonne volonté, mais cependant où coucherai-je ?

DELIA. Avec moi si tu veux.

THERESE Volontiers.

BELISE Seigneur, nous nous reverrons demain matin.

D. PEDRE. Madame, je vous souhaite une nuit tranquille.

D. Pietro. *Ripofatevi felice, o mio bène.*

Teresa *Spero che i noftri fonni faranno tranquilli.*

ATTO QUINTO

SCENA PRIMA.

Rè Rodrigo folo.

BEn mifu cara la venuta di D. Pietro, mi venne accompagnata da i tormenti, poiche non lafciò sfogare quei fpiriti innamorati, e fincerarmi affatte con Delmira. A torto l'offefi, lo confeffo, ma che dovevo fare, in vederla accarezzare un Cavaliero da me nonconofciuto? Si rènde quafi impoffibile il non fofpettare. Scoperfi l'errore, toccai con mano la verita, le chiefi perdono, mi perdonè fi, ma con tanta fretta, e con parole fi fdegnofe, che mi fento à viva forza condurre à lei per ottener la ratificatione dell' ifteffo perdono; un refiduo di dubbio, che mi fi aggira nell' anima, di non vivere interamente nella fua grazia, mi fepelifce nel fondo de tormenti, mi condanna ad un'inferno de martirii non poffo piu. Mi farò deftremente fentire alla porta. fuol leggere doppo che ha cenato. Chi fà che ancora non la ritrovi in piedi? Batto gentilmente alla porta, che introduce a gl'appartamenti di Delmira. Tich, toch Alcuno non rifponde! Buffero piu forte. Tich, toch. Buffa con la mano.

THERESE.

THERESE. Allez, ne craignez pas que notre repos soit troublé.

ACTE CINQUIE'ME
SCENE PREMIERE.
D. RODRIGUE.

L'Arrivée de D. Pedre à ma Cour m'est bien chere; mais que cette arrivée me cause de maux. La préfence du Prince ne m'a pas permis de me justifier auprès de la Princesse, & d'appaiser son juste couroux. Je l'ai offensée, je l'avoue; mais que pouvois-je faire en la voyant dans les bras d'un Cavalier qui m'étoit inconnu, m'étoit-il possible de résister aux soupçons qui se sont emparez de mon esprit. J'ai découvert mon erreur, je me suis convaincu de son innocence, je lui ai demandé pardon de ma faute, elle me l'a accordé enfin; mais d'un air & d'un ton qui marquoit tant de dépit, que je me sens entraîné malgré moi auprès d'elle pour entendre de sa bouche la confirmation de ma grace: mon cœur est déchiré par la crainte de lui être encore odieux; & cette cruelle pensée me livre aux plus affreux tourmens. Non, je ne puis les supporter plus long-tems, je veux me presenter à sa porte: elle ne sera pas encore au lit, elle s'occupe à la lecture quelque tems après qu'elle s'est retirée. Frappons doucement, cette porte conduit à son appartement .... On ne me répond point, cependant j'entens du bruit. Frapons plus fort. *Il frappe avec la main.*

SCENA SECONDA.

Re RODRIGO, e TERESA di dentro.

TERESA.

SIgnora, ſignor a, ſento buſſare alla porta volete ch'io riſponda, non mi ſentite eh? Dico che è buffato, che devo fare?

RODRIGO Sento parlare, hanno ſentito al certo. Mi baſta ſolo, che Delmira confermi con vive parole il perdono: e poi con quiete andrommene al ripoſo. In qual ſoaviſſimo nido di pace dormiranno queſt' occhi Vieni mia cara, vieni mia vita, non trafigger piu chi t'adora. L'impazienza m'inſegna di farmi ſentir di nuovo. Thi, toch.

TERESA. Vi dico che habbiamo gente alla porta, ſi vede che vogliono ripoſta, e forſi paſſar quà dentro, Laſciate pur fare a me, che gia ſon mezzo veſtito, e con queſto lume in mano, e con queſta ſpada ſotto il braccio, dimanderò chi è, mi darò a conoſcere, e mi farò portar riſpetto.

RODRIGO Mi giunge nuovo queſto tuono di voce.

TERESA E ben chi va la? Chi è quel temerario ardito, sfacciato, e coſi arrogante, che ardiſce sù la mezza notte di conturbar i ripoſi nelle ſtanze della Ducheſſa Delmira? ſùpreſto

SCENE SECONDE.

THERESE au dedans, D RODRIGUE.

THERESE.

Madame, Madame, j'entens fraper à la porte, répondrai-je ? Ne m'entendez-vous pas ? je vous dis que l'on frape : que ferai-je ?

RODRIGUE. On parle, sans doute l'on m'a entendu : il me suffit que Delmire confirme d'un seul mot le pardon qu'elle m'a accordé, & je me retire pour aller chercher le repos que je ne puis goûter sans cette assurance. C'est donc en ce lieu que les beaux yeux de celle que j'adore se livreront au sommeil. Venez, ma chere Princesse, venez aimable Delmire : Ah ! ne percez point un cœur qui vous adore. Mon impatience me force à frapper de nouveau.

THERESE. *au dedans.*

Mais je vous assure qu'il y a quelqu'un à la porte, & que l'on veut une réponse, ou peut-être entrer ici ; laissez-moi faire, je suis à moitié habillé, avec cette lumiere & cette épée sous mon bras je vais voir ce que l'on veut, je me montrerai, & je sçaurai bien me faire porter respect.

RODRIGUE. Le son de cette voix ne m'est pas connu.

THERESE *à la porte.*

Hé bien qui va là ? quel est l'insolent, le téméraire assez hardi pour violer le respect qu'il doit à l'appartement de la princesse Delmire, & pour venir au milieu de la nuit troubler ainsi

dà il nome, cognome, la patria, l'eſercizio, ſe vien da te, o pur mandato, ſe per negozii publici, o vero privati, ſe ſei con nome o ſenza, ſe ſei ſolo o accompagnato, e ſopre il tutto metti al ordine la Lettera di credenza, per preſentarla a me, che in queſto luogo, & in queſto tempo ſo la guarda, la ronda, la ſentinella; ſon Mastro di caſa, Maggiordomo, e Segrettario di stato della Signora Ducheſſa mia ſignora, Patrona oſſervandiſſima.

RODRIGO Sogno, o pur ſon desto? Che larve mi ſi rapreſentano? Chi è costui, che maltrata un Re? Che ſo, che penſo, che riſolvo?

TERESA. Ancor non m'hai inteſo, Sei tu ch'ai buſſato a queſta porta?
RODRIGO. Sì, ſì.
TERESA. Che chiedi?
RODRIGO. Non ſò
TERESA.. Perche buſſaſti?
RODRIGO. Per parlare à Delmira.
TERESA Stà in letto dormendo.
RODRIGO. Et tu chi ſei?

TERESA Son D. Pèrichitto di Castiglia, Re debegl'umori, Imperatòre de bravi, e ſeveriſſimo castigatore de gl'imbriachi: e perche poſſ credere, che tu ſia uno di queſti, non ſo chi mi tiene che con quarto colpi di ſpada non ti cavi tanto ſangue dalle vene, quanto fù il ſoverchio vino che tui beveſti. Và dormi porcho, và al ripoſo imbriacone.
RODRIGO Paſſerò qua dentro a viva forza.
TERESA. Quà dentro? ſerra la porta, eh diſgrazziato palchi dorati non coprono i tuoi pari
RODRIGO. Giuro a me ſteſſo.

ton repos. Parle donc ? dis ton nom , ton pays
ta profession ? Viens tu pour toi-même ou de
la part d'un autre ? Est-ce pour une affaire publique, ou pour tes propres interests ? Es tu seul
ou en compagnie ? montre ta Lettre de créance
donne-là moi ? C'est moi qui fais ici la ronde ,
& qui veille à la garde de ces Appartemens. Je
suis l'intendant, le Major-Dôme & le Secretaire
d'Etat de la Duchesse ma très-honoré Maîtresse.

RODRIGUE Est-ce un songe, ou une verité ?
Quel fantôme s'offre à mes yeux ? Quel est cet
homme qui traite ainsi un Roy ? Que fais-je ?
que pensai-je ? quel parti vais-je prendre ?

THERESE. Ne m'as tu pas entendu ? Est-ce
toi qui as frappé à cette porte ?

RODRIGUE. Oui c'est moi,

THERESE. Que veux-tu?

RODRIGUE Je ne sçai.

THERESE. pourquoi as-tu donc frappé ?

RODRIGUE. pour parler à la princesse Delmire

THERESE. Elle est endormie dans son lit.

RODRIGUE. Et toi qui es tu ?

THERESE Moi , je suis D. Perriquito de Castille, Roy des Joyeux , Empereur des Vaillans,
de plus , le fleau de tous les yvrognes ; & comme tu me parois de ce nombre , je ne sçai qui
me tiens qu'en quatre coups d'épée je ne te tire du
corps tout le vin que tu y as fait entrer aujour-
d'hui. Crois-moi, va dormir, va chercher le
repos dont tu as besoin.

RODRIGUE. Ah! j'entrerai là-dedans de gré
ou de force.

THERESE Ici dedans ? Hé , mon ami ,les lam-
bris borez ne sont pas faits pour tes pareils.
Elle pousse la porte.

RODRIGUE Ah ! je jure par moi-même.

TERESA. *Non beſte miare. Vuoi far violenza?*
Non c'entre ra iaſſe Salva, ſalva.

RODRIGO. *Io deluſo! Io ſchernito! E oreſti-*
ri nel mio Palazzo. Foreſtieri in queſte ſtan e
ſoranero le mure fracaſſero le porte, ſuene o
gli oſpiti, ſovertiro l'univerſo. Eh la dico, an-
cor non s'apre? Tich, toch·

TERESA.

Ah ſi non ſentite, che la guerra rinforza. Vi
dico ch'è un matto, voi n n mi voléte credere
biſogna mortificarlo, con altro che con parole.
Parle di dentro.

RODRIGO· *E pur mi convien ſofrire per penſ-*
trar il vero Tich, toch.

SCENA TERZA.

BELISA, e TERESA, e Re RODRIGO.

BELISA.

L Aſciate faro a me ſignora Duchessa. ch con
Leli mani ra inte etra chi ſia, e rimeaiaro
ad ogni inconvien e che aur eſte cagienato il Pag-
gio. Parla di dentro.

RODRIGO. *Altra gente foreſtiera in queſte*
ſtanze? ſe io non moro in queſta notte e miracolo

BELISA. *Fà lume tù. E ben chi va là· fuori*

RODRIGO· *Oh Dio! un giovanetto, e*

THERESE., point de fermens ; ne fais point de violence, ma foi tu n'entreras point : fauve qui peut. *en.fermant la porte tout-à-fait.*

RODRIGUE. L'on me joue, l'on m'infulte. Des Etrangers dans mon palais , dans cet Appartement! ah , j'en renverferai les murs, j'en enfoncerai les portes, j'égorgerai ceux qui l'habitent. Oh-là, vous disje : l'on n'ouvre point encore. *il frappe.*

THERESE *en dedans.*

N'entendez-vous pas ? ma foi la guerre devient ferieufe. Je vous dis que ç'eft un fou , vous ne m'en voulez pas croire. Il faut autre chofe que des paroles pour le châtier.

RODRIGUE. Il faut tout fouffrir pour m'inftruire de la verité.

SCENE TROISIE'ME

BELISE & THERESE au dedans KODRIGUE.

BELISE *au dedans.*

MAdame, laiffedier oi fair, je vais voir qui eft là, & remedier à tout le mal que le Page pourroit avoir fait.

RODRIGUE. Encore un autre Etranger dans cet appartement ? Ah ! le defefpoir & la rage m'ôteront la vie cette nuit.

BELISE *fortant toujours en habit d'homme.*

Eclaire-mois toi. Eh bien qui va là ?

RODRIGUE. Ah, Ciel ? un jeune homme & de

bello ancora! Saldo Rodrigo.

BELISA. Ancor, non si risponde?

TERESA. Ne vedrete dello reggio, se hauerete patienza.

BELISA. Avete battuto voi a questa porta!

RODRIGO. Io bussai a cotesta porta.

BELISA E ben chi cercate di qui?

RODRIGO. Non ricerc chi può comandare

BELISA. Che comandate dunque? per parlare a vostro modo.

SCENA QUARTA.

DELMIRA, TERESA, BELISA, e RE RODRIGO.

DELMIRA.

B En l'avisai ch' eravate voi, o Rodrigo.

BELISA. Rodrigo;

TERESA Il Re!

D LMIRA. Rodrigo sì. D. Celidoro andate a letto, e fatemi dal vostro Paggio sopra un torciere poser questo lume, e lasciatemi qui con S. M.

RODRIGO. Resto immobile in vedere,

DELMIRA. Non occorre altro nò, farò scusa per voi. Se mi amate, fate quanto vi dissi.

BELISA Parto senza piu replicare.

TERESA Il negozie e imbrogliato da vero

SCENE

cette figure ? Rodrigue contiens toi.

BELISE. Eh bien ! tu ne répons pas encore ?

THERESE. Vous verrez bien pis, si vous avez quelque patience.

BELISE. Est-ce vous qui avez frappé à cette porte ?

RODRIGUE. Oui, c'est moi qui y ai frapé.

BELISE Eh bien, que demandez-vous ?

RODRIGUE. Ce que j'y demande ! Ah qui peut com..ner en un endroit, n'y demande rien !

BELISE. Eh bien que commandez-vous donc pour employer votre langage ?

SCENE QUATRIE'ME.

DELMIRE en Robe de Chambre, BELISE, THERESE, RODRIGUE.

DELMIRE.

JE m'en étois bien douté que c'étoit vous Séigneur D. Rodrigue.

RODRIGUE. Rodrigue ?

THERESE. Le Roy ?

DELMIRE Oui le Roy. D. Celidore allez vous remettre au lit, & que votre page laisse cette lumiere sur une table : laissez-moi ici avec Sa Majesté.

RODRIGUE. Ce spectacle me rend immobile.

DELMIRE. Non, alles, cela suffit, je ferai votre paix, Si vous m'aimez faites ce que je vous dis.

BELISE. Je pars sans repliquer.

THERESE. Ma foi les voila bien embarassez

Le prince Jaloux.   L

SCENA QUINTA.

DELMIRA, RE RODRIGO.

DELMIRA.

HO ſentito, che bramate parlarmi, eccomi
à voi. Che non parlate? Rodrigo, non mi
ſente? vn Re impietrito, vn Amante immobile, vno ſpoſo di marmo, queſto voſtro ſilen-
zio dimoſtra indiſcretezza: o parlate, o non vi
chiamatte offeſo, ſe vi laſcio.

RODRIGO. E che vuoi ch'io dica perfida?
che tu ſii adultera? ſarebbe un eſaltarti;
ch'io ſia tradito? ſaria una delizia; e che
vuoi tu ch'io dica? fango de gli ſcetri, Regina
plebea, ſpoſa venale, adorata ſacrilega, nemica dell'onore, & indiviſibile compagna del
tradimento?

DELMIRA. Rodrigo, chi negaſſe che dalla
tua bocca, non uſciſſero tanti ſtrali d'offeſe,
quante parole nominaſti contro di me, ſi potrebbe con ragione chiamare privo di ſentimento.
Tu non parli in cifra no: Mi chiami adultera,
impudica, perfida, ſceletata, ed in ſomma vai
deſcrivendo con impetuoſi concetti, non diro una
figlia d'un Re, una Ducheſſa onorata, una Delmira, che t'adora; ma un moſtro d'inferno,
& un obbrobrio del mondo.

RODRIGO. Rivocherai dunque?....

SCENE CINQUIE'ME.

DELMIRE, RODRIGUE.

DELMIRE.

Seigneur, vous me demandiez, me voici. Quoi vous ne dites mot. Rodrigue ne m'entend-t'il plus? V. M. est elle petrifiée? êtes-vous une statue? êtes vous devenu de marbre? quelle froideur? quel silence? parlez donc Seigneur, ou ne trouvez pas mauvais que je me retire.

RODRIGUE Et que puis-je te dire perfide? Te reprocher ton crime honteux, ce seroit accroître ta joie: me plaindre de ta trahison, ce seroit augmenter les charmes de ton triomphe. Que veux-tu que je te dise Princesse infâme, qui deshonnore le Trône où tu es née? Epouse corrompue, amante sacrilege, ennemie de ta propre gloire; en un mot, femme que le crime & la noire perfide accompagnent sans cesse.

DELMIRE. Rodrigue, je serois stupide si j'étois insensible aux affronts que tu fais à ma gloire par ces offensantes injures que tu viens de proferer contre moi. Non ton discours n'est point obscur; tu m'honores des titres d'adultere, d'infame, de perfide, de criminelle; par ces noires couleurs, non ce n'est pas la fille d'un Roy, ce n'est pas une princesse que la medisance avoit respecté jusqu'ici, ce n'est pas en un mot cette Delmire qui t'adore, que tu viens de peindre, c'est un monstre vomi par l'enfer, c'est l'opprobre du monde entier, c'est....

RODRIGUE Quoi! peux tu nier....

L ij

DELMIRA. *Piano ; quando tu parlaſti , e mi lacераſti l'onore , io tacqui. Tocca a me adeſſo. Se vuoi dir piu ſoggiungi. Se piu non vuoi dire (ma che piu ſi puo dire?) e dover parimente che tu taccia. Ma aſcolta, ne aſpettare, che ſdegnoſa, ſcompoſta io ti ragioni ma tutta amore , tutta flemma, uoglio farti conoſcere la falſità de tuoi ſoſpetti.*

RODRIGO. *E chiamerai ſoſpetti?*

DELMIRA. *Tocca a me, ò Rodrigo. ſe vuоi imputarmi di piu parla ; ſe non riſpondimi a tempo; et in tanto taci.*

RODRIGO. *Parla pure.*

DELMIRA. *Lodato il Cielo. Le ingiurie , con le quali mi affrontaſti, non ebbero origine d'altro ſe non d'all' aver tu viſto con i proprii occhi in mia Camera quel giovane Cavaiero , che D. Celidor poc' anzi io nominai, inſieme con quel ſuo Paggio, che fu il primo a darti riſpoſta. Non e vero?*

RODRIGO. *Che Vorrai dire? forſi che queſto ma ti toccò un dito, che t'ama platonicamente, che lo raccoglieſti per termine di corteſia, ch' è tuo parente, che foſti ingannata, e ſimili vanità?*

DELMIRA. *E poſſibile, che tu non poſſa tacere; Niſſuna di coteſte diffeſe potrei allegare ſenza offenſa della verita; anzi voglio auvalorare i tuoi ſoſpetti, acreſcere la tua ragione, confirmando per*

DELMIRE Doucement Prince, quand tu parlois, quand tu me déchirois par tes emportemens, j'ai gardé le silence, c'est mon tour presentement; parle, as tu encore quelque nouvelle injure à me faire ? mais que pourrois-tu ajoûter à celles dont tu m'as couverte : c'est donc à toi à me laisser dire. La pitié me parle encore en ta faveur, quoique tu ne le merite pas, profite de ces dispositions tandis qu'il en est tems encore, n'attends pas que le dépit & la colere deviennent les plus forts dans mon cœur. Oui, je veux bien te montrer la faussetté des indignes soupçons que tu oses former....

RODRIGUE Des soupçons ?

DELMIRE. C'est à moi à parler Rodrigue; si tu as quelque nouvelle accusation à former, parles : sinon, attends à me répondre que j'aie achevé mon discours.

RODRIGUE parlez donc.

DELMIRE. Loué soit le Ciel. L'emportement avec lequel tu m'as deshonoré, vient d'avoir vû dans ma chambre ce D. Celidore, ce jeune Cavalier qui t'a repondu avec son page : parles, n'en est ce pas la seule cause ?

RODRIGUE Quoi, me diras. tu qu'il ne t'a pas même osé regarder, que son amour est une flame toute pure, une passion délicate & toute platonique; que c'est par pure civilité que tu l'as reçu dans ta chambre, qu'il est ton parent que tu as été abusée : dis, qu'elle fable prepares-tu pour te justifier ?

DELMIRE. Eh quoi prince, vous ne pouvez donc vous resoudre à me laisser parler. Non je ne pourrois employer aucuns de ces prétextes sans offenser la verité ; au contraire je veux augmenter la force de tes soupçons & de tes empor-

ora nel tuo concetto i miei errori. Io confeſſo, che
paſſarono trà noi teneri abbracciamenti, ſuaviſſi-
mi baci, confeſſo di p u, che in un iſteſſo letto con
me egli giacerebbe a queſt' ora, ſe tu impaziente
non me lo diſturbavi; confeſſo che non fui ingannata, ma ben lo conobbi, e lo raccolſi, confeſſo,
che non lega i noſtri affeti legame di parentela,
ma ſibene un nodo amoroſo ne ſtringe l'animo, e ne
imprigiona gli arbitrii, incatena i cuori. Hor vedi
ſe voglio valermi delle tue vane diffeſe, anzi che...

RODRIGO. E vorrai dunque...

DELMIRA. O ſia maledetto, io dico à tuo modo,
et ancora non ti contenti; vuoi tu dir più?

R DR'GO Voglio dir ſolo, che tu non creleſſi,
e perfida maga, che queſta tua confeſſione fatta in
tempo, che ſei convinta, poteſſe diſpormi, non che
indurmi al perdono.

DELMIRA. Perdono! E chi ti chied perdono?
Si raccomandano i rei, non gl'innocenti; non ſi tratti
di perdono no per la mia parte. Torniamo à noi.
Hor dimmi avanti che tu procedeſſi à caratterizzar
d'infamia una Delmira, perche prima non l'inter-
rogavi? Forſe in quel caſo averei ſaputo tornar le
maſchere dell'apparenza, e denudando la pura verità, averei ſodisfatto alla tua giuſta curioſità, e
ſgombrate le tenebre de ſoſpetti, d'una geloſia non
ſenza qualche ragione concepita. Ma tu che ſei acc-
ezzo a ſempre trovarmi innocente, e che poc'anzi

temens , te fournir de nouveaux sujets de me croire coupable. Oui j'avoue que ce Cavalier & moi nous nous sommes plusieurs fois tendrement embrassez ; j'avoue encore que sans ton impatience & ton arrivée imprévûe, nous sérions ensemble dans le même lit. J'avoue que je n'ai point été surprise, que c'est parce que je l'ai bien connu que je l'ai reçu dans mon apparrement : ce n'est point le sang qui nous unit, mais ce sont les plus tendres sentimens & la passion la plus vive qui attache nos cœurs l'un à l'autre. Vous voyez prince que je renonce à ces vaines excuses que vous me proposiez. Au contraire....

RODRIGUE. Et tu pretends par-là...

DELMIRE Oh , prince, je parle selon vos idées & vous ne voulez pas me laisser finir ; achevez donc : que voulez-vous dire ?

RODRIGUE Ce que je veux dire, perfide? tu t'es flattée d'obtenir plus aisément le pardon de ce crime en l'avouant, lorsque tu en es convaincue.

DELMIRE. pardon! Et qui te le demande ce pardon ? Il n'est fait que pour les coupables, & non pas pour les innocens ; mais revenons à notre premier discours , reponds , pourquoi avant que de traiter Delmire en infâme, ne l'as-tu pas interrogée sur ce qui la rendoit coupable à tes yeux ? peut-être eut-elle dissipé tes soupçons, peut être eût-elle satisfait une juste curiosité, & détruit une apparence qui pouvoit t'inspirer une jalousie bien fondée? pourquoi malgré l'experience toute recente que tu avois de l'injustice de tes soupçons, fondez cependant sur les plus fortes apparences ; pourquoi malgré ces sermens réiterez de bannir pour jamais la jalousie de ton cœur & de ton esprit , & de n'en pas croire même tes

e per avanti ben cento volte giuraſti dar bando perpetuo dalla tua idea alle geloſie piu evidenti. Che
tu dico , o Rodrigo cominci à caricarmi d'infamie,
connumarandomi fra le faine e le trini è un porten-
to inſopor abile , è un delitto incapace di perdono.

RODRIGUO E che potevi u riſpondere , quanto
anche rinegando i proprii ſenſi t'aveſſi per poverta di
ſpirito coſi placidamente interrogata:Vorrai forſe dire,
che foſti tradita , e che D Celidoro ti foſſe condotto in Camera creduto da te per Rodrigo ? O force
vorrai dire per forza di magia ſei ſtata aſſaſſina-
ta ? Eh Delmira ! non credono le teſte coronate le
vanità del volgo , ne tu ſei ſemplice di laſciarti
ingannare , anzi ſei coſi ſcaltra , che ſei nata per
ingannare , non per eſſere ingannata.

DELMIRA.Vede come ancor tu à tuo diſpetto
per cavarmi di bocca la verita delle mie difeſe (che
al fine riſulterà in tuo danno , e vergogna) vai
machinando le mie diſcolpe Her ſi io t'hò condotto ove io volevo fà pur conto d'eſſer giunto al luogo
del precipizio, ove t'ha condotto la cecità della tua
mente , e quelle furie di geloſia , che ſi prendon a
givoco il flagellarti . Hor ſenti ch'io ſia innocente,
non dimoſtrero con altra prova, ſe non col dire , che
ſon Delmira, e ſe non é coſi , già la mia vita e
nelle tue forze , e ſe io moriro , danna la mia fama
ad un infame memoria, che coſi è giuſto : Or vedi
é queſto mio decreto ſia una leggier pena ed un ſuave
caſtigo meritato da te per l'offeſe , che poc' anzi
mi faceſti. Apri l'orecchie , che ti biſogna Rodrigo.
Intendi bene...

yeux, dès la premiere occasion qui se presente
de me soupçonner, tu commences par me déclarer coupable ; & par me mettre au rang de ces
femmes dont le nom seul fait rougir notre sexe.
Ah! c'est une conduite qui ne peut se pardonner.

RODRIGUE. Eh que m'aurois-tu pû répondre, quand bien même refusant d'en croire mes
propres yeux, j'eusse été assez insensible pour
t'écouter tranquillement ? m'aurois-tu dis que ce
D. Celidore s'est introduit sous mon nom ? que
tu l'as reçu croyant qu'il fût D. Rodrigue? At-
tribueras tu ce que j'ai vû aux illusions de la ma-
gie? Eh Delmire, songe que les Têtes couron-
nées ne se livrent point à ces Fables qui seduisent
le vulgaire ignorant. Non tu n'es pas assez
simple pour te laisser abuser de cette façon ; au
contraire ton cœur perfide & criminel est fait
pour tromper & non pour être trompé.

DELMIRE. Voyez Prince comment les efforts que vous faites pour m'arracher un secret
dont la connoissance vous sera fatale, poutroient
me servir à vous abuser si j'en étois capable; mais
enfin vous voilà où je vous voulois voir. Comp-
tez que vous êtes maintenant sur le penchant
du précipice où vous a conduit cette aveugle jalousie qui déchire votre cœur. Ecoutez moi : je
n'ai d'autre preuve à vous donner de mon innocence que de vous dire que je suis Delmire. Si je
mens ma vie est en vos mains, ravissez - moi
le jour, & condamnez mon nom à une éternelle infamie : je l'aurai merité si je me trouve coupable ; mais si je suis innocente, comme vous devez le croire, voila quelle est la résolution que
je prends ; c'est encore un supplice trop doux
& une peine trop legere pour les cruelles offenses
que j'ai reçu de vous : Rodrigue m'entendez-vous?

RODRIGO. *Intendo.*

DELMIRA. *Se tu vorrai per mia discolpa intera la mia attestazione sola d'esser io innocente son pronta in questo punto ad esserti moglie in effetto, come gia sono in parola condizionata.*

RODRIGO. *Oh bel pensiero!*

DELMIRA *Piano se tu vuoi, che diro tanto che ti piacerà. Se tu vuoi dunque credere a me, & al mio detto, e creder il vero, eccomi quà tua Ma se della mia innocenza tu vuoi una piena giustificazione e creder col senso le mie discolpe quali esibisco rapresentarti piu chiare della luce del sole, non sperare piu gli affetti di Delmira, et avvezza la tua memoria ora per sempre à scordarti d'aver conosciuta questa Dama offesa questa innocente condannata. Non potendo io credere che tu abbi alcuna stima per me, se non me ne dai un vivo contrasegno credendomi degna d'esserti sposa, e fidandoti alla mia sol prottste. r pensa e risolvi. Il tempo passa Io non voglio vivere in questo concetto, ne meno appresso di te benche furente; et eleggo quest' ora fatale per uscir di un' abisso di miserie.*

RODRIGO. *Se un anima tormentata da i Demoni piu adirati fosse capace di riso, tu mi faresti ridere trà l'angoscie. Affidata nel amor trabocchevole ch'io ti porto, allettandomi con un gioir vicino, vuoi nel primo caso sforzarmi à credere à te, col rinegare i proprii sensi, o vero necessitarmi nel caso*

RODRIGUE. Oui je vous entends.

DELMIRE. Si vous voulez vous contenter de mon serment, pour seule preuve de mon innocence, je suis prête d'accomplir la parole que je vous ai donnée de devenir votre épouse.

RODRIGUE. La belle proposition !

DELMIRE. Doucement, Seigneur, je vais vous contenter. Oui si vous voulez m'en croire, si vous voulez vous rendre à mes sermens fondez sur la verité, je suis prête à vous donner ma main; mais si vous exigez de moi une justification dans les formes, si vous voulez les preuves de mon innocence (que je vous ferai voir plus claires que le jour) ne prétendez plus rien au cœur de Delmire, oubliez même que vous l'avez connue, & perdez pour jamais le souvenir de cette malheureuse princesse, que son innocence & sa vertu n'ont pû défendre contre votre injustice. Je ne puis croire que vous ayez le moindre sentiment d'estime pour moi, si vous ne m'en donnez aujourd'hui une preuve, en me jugeant vertueuse sur ma seule parole, malgré les apparences qui déposent contre moi. Hâtez-vous Seigneur, déterminez vous. Je ne veux pas paroître plus long-temps coupable, non pas même à vos yeux, quoique je connoisse la passion qui vous aveugle : voici l'instant fatal qui doit terminer tous mes malheurs.

RODRIGUE Ah ! si un cœur déchiré comme le mien des plus cruelles douleurs, pouvoit se livrer à la joye pour un serment seulement, la ridicule proposition que tu me fais me forceroit à rire. Quoi, tu te flates que l'amour ardent dont je brûle pour toi, que l'esperance de la possession, que tu m'offre, me forcera de t'en croire malgré le témoignage de mes yeux ! que j'aime-

ad un impoſſibile , col privarmi d'un bene da me
g'à ſoſpirato. Torno à dire à Delmira : che le ſue
menzogne non han loco preſſo di me.

DELMIRA. Ne meno voglio prorompere in ſcandi.
ſcenze benche tu mi chiami inventrice di menzogne,
e falſità ; e perche ſo molto bene , ch'io non poſſo ne-
ceſſitare la tua indiſcreteza ad accettare un partiti
ſi razionevole , mi faro lecito il diſporre del mis
arbitro.

RODRIGO E che farai per vita tua?

DELMIRA Farò in queſto punto toccar con man
a i Cavalieri , e Dame di queſta Corte , che Del-
mirà e onorata . e che i tuoi ſoſpetti ſon di fumo,
e che Rodrigo é pazzo ; poi partendomi da te (o la-
dro di mia riputazione) mai vogliro gli occhi à
que' clima , che ti ricopre, & allontanandomi per
ſempre da moſtro coſi ſcelerato ogni luogo ove tu non
dimori chiamero ſtanza di Paradiſo. Or dunque riſolvi , che ſe tu ora non riſolvi , io gia ſon riſoluta.

RODRIGO Noi provo maggior ſtupore quanto
in ſentirti coſi ardita , e ſfacciata in offerirti a
giuſtificare l'innocenza d'un cuor contaminato , e la
candidezza d'un ànimo d'inferno!

DELMIRA Non t'addoſſar le brighe degl' altri;
penſa à quello che tocca à tè ; adempiſci le tue parti . e ſe io non adempiſco le mie , uccidemi , vitupe-
rami , ch'io ſon contenta.

RODRIGO Tant'è non poſſo riſolvere adeſſo.

DELMIRA. Ne io poſſo tardare l'eſſecuzione de miei
decretti Porzia, Delia , Teodora.

RODRIGO. E che penſi di fare?

rai mieux m'expofer à tout, que de me priver d'un bien que j'avois défiré avec tant d'ardeur ; mais non, Delmire, ne te flates pas de pouvoir m'abufer par tes impoftures.

DELMIRE. Je ne veux point m'emporter pour les termes offenfans que vous avez employez, Seigneur ; je fçai bien que je ne puis vous contraindre d'accepter un parti auffi raifonnable que celui que je vous propofe ; mais il me fera libre de d'ipofer de moi fi vous le refufez.

RODRIGUE. Et que feras-tu ? Parle.

DELMIRE. Ce que je ferai, je convaincrai toute la Cour de l'innocence de Delmire, & de l'injuftice des foupçons extravagans de Rodrigue. Et m'éloignant pour jamais de toi, comme du plus cruel ennemi de ma gloire, comme du monftre le plus odieux, je détournerai mes yeux des endroits où tu feras, & ceux où tu ne feras pas, feront les plus agréables pour moi. Allons, déterminez-vous promptement ; fi vous ne prenez vôtre parti, le mien eft déja tout pris.

RODRIGUE. Non, jamais étonnement n'approchera de celui que m'infpire l'effronterie & la hardieffe avec laquelle tu t'offres à prouver l'innocence de ton perfide cœur, de ton ame criminell !

DELMIRE. Seigneur, fongez à vous même, ne vous inquiétez point de moi, penfez à répondre à ce que je vous demande ; fi je ne vous fatisfais pas, ma vie, mon honneur feront en vos mains, je ne me plaindrai point.

RODRIGUE. Tant de hâte... je ne puis me réfoudre fi promptement.

DELMIRE. Et moi je ne puis retarder l'effet de ma menace. Oh.là, Portia, Delia, Theodore.

RODRIGUE. Que voulez-vous faire ?

DELMIRA. *Svegliar la mia servità, accio vada a ritrovare, e condure qui testimonii, che vedim il vero, e tu in tanto non ti partire, accio non cre, dessi, ch'io facessi fuggire il Cavaliero, e giocassi di mano. Delia.*

RODRIGO. *Taci; son risoluto.*

DELMIRA *Di pure?*

RODRIGO. *Voglio.*

DELMIRA. *Mai piu?*

RODRIGO. *Ti voglio necessitare à mostrarmi la tua innocenza.*

DELMIRA. *Lodato il Cielo; Ma pero non sperare, ch'io sia piu per amarti Auverti Rodrigo, ten pentirai.*

RODRIGO. *Pur che à quest' ora tu non sii pentita d'avermi promesso l'impossibile.*

DELMIRA. *Or cene auvedremo. Ora dò fuoco alla machna; chi si abbrugia suo danno, chi và in fuoco, e fiamma non si lamenti. Dami la mano.*

RODRIGO. *A che fine?*

DELMIRA. *Per segno di fede, ed osservanzi frà noi della promessa fatta.*

RODRIGO. *Ecco là mano.*

DELMIRA. *Io prometto à Rodrigo di far si, che l'istesso Rodrigo mi confessi innocente; e tu?*

RODRIGO. *Et io, che devo promettete?*

DELMIRA. *Mentre io necessiti te medesimo à confessare la mia ragione, devi promettere non solo di non aspirar mai piu a gli affetti miei, ma renunciandoli per sempre, far conto di non avermi mai con-*

DELMIRE. Eveiller mes gens ; afin qu'ils aillent appeller des témoins qui soient spectateurs de mon innocence ; vous cependant restez ici Seigneur ; afin de ne pouvoir me soupçonner d'avoir fait sauver le Cavalier. Delia.

RODRIGUE. Ah, Madame, arrêtez, j'ai pris mon parti.

DELMIRE. Hé bien, parlez, quel est-il ?

RODRIGUE. Je veux....

DELMIRE. Achevez donc.

RODRIGUE. Je veux que vous me fassiez voir les preuves de votre innocence.

DELMIRE. Le Ciel en soit loué ; mais ne vous flatez pas que je puisse jamais conserver la moindre tendresse pour vous. Rodrigue, pensez-y bien, vous vous en repentiriez.

RODRIGUE. Ah ne te repens pas toi-même de m'avoir promis une chose que tu ne peux exécuter.

DELMIRE. Nous l'allons voir. On ne doit pas se plaindre d'un malheur que l'on s'est attiré soi-même. Donnez moi la main.

RODRIGUE. Pourquoi ?

DELMIRE. Pour marque de l'engagement que nous prenons.

RODRIGUE. La voila,

DELMIRE. Je promets à Rodrigue de me justifier si bien qu'il conviendra lui-même de mon innocence : Et vous ?

RODRIGUE. Moi, que dois-je vous promettre ?

DELMIRE. Puisque je m'engage à te faire avouer toi-même ton injustice, tu dois promettre nonseulement de renoncer à ma main ; mais de renoncer pour toujours à mon cœur, & de faire état que tu ne m'as jamais connuë, de ne pas me

ofciuta , ne mirarmi , o afpirare d'effer da me
guardato in vifo. Non é cofi?

RODRIGO. *Cofi appunto.*

DELMIRA. *Io cofi giuro.*

RODRIGO. *Cofi giura Rodrigo.*

DELMIRA. *Tocca à me prima adempire la pro-*
meffa ; e nota con brevita. E la D. Perichitto! An-
cor non odi?

SCENA SESTA

TERESA , DELMIRA , e RE RODRIGO.

TERESA.

SOn qui E tanto indugiato à tornare , D Celidoro fi é finito di veftire, vedendo, che voi non
venitte à letto.

RODRIGO. *Bel principio di difcolpa!*

DELMIRA. *Di à D Celidoro , che mi fcufi, per-*
che l'accidente ha cofi portato , che non manche-
rà tempo di goderfi, e vederfi di nuovo.

RODRIGO. *E questa non vale un teforo. An-*
cor non m'auvedo, che mi burli?

DELMIRA. *Adagio, non ti levar in furia , che*
frà poco farai piu manfuetto; non dubitare. Dirai à
D. Celidoro, che fi compiaccia venir fene fubito quà
da me per negozio ch'importa.

TERESA. *Vado correndo. V. M. mi perdoni fe poc,*
enzi. . .

regarder ; & de ne pas prétendre même que je jette les yeux fur toi. Ne vous y engagez-vous pas ?

RODRIGUE. Oui, je m'y engage.

DELMIRE. Eh bien Delmire jure d'accomplir fa
promeſſe.

RODRIGUE. Rodrigue jure auſſi de remplir fon
engagement.

DELMIRE. C'eſt à moi à commencer ; j'aurai
bien-tôt fait. Oh-la , D. Perriquito , ne m'en-
tends-tu pas ?

SCENE SIXIE'ME.

THERESE en habit de Page , RODRIGUE,
D ELMIRE.

THERESE.

ME voici. Vous tardez beaucoup à retourner ; D. Celidore s'eſt r'habillé , voyant
que vous ne veniez pas vous mettre au lit.

RODRIGUE. Beau commencement de juſtifi-
cation !

DELMIRE. Dis à D. Celidore que je le prie de
m'excuſer ; c'eſt un accident qui m'a retenu ici, &
que nous ne manquerons pas de temps pour nous
voir & nous entretenir.

RODRIGUE. Cette conduite eſt impayable : je
ne vois pas qu'elle ajoûte l'inſulte à l'outrage.

DELMIRE. Doucement point d'emportement
s'il vous plaît , oh vous ferez bien-tôt plus
ſoumis & plus doux. Tu diras à D. Celidore
que je le prie de venir ici ſur le champ pour
une affaire importante.

THERESE. J'y vais, Madame. Seigneur, que
V. .... me pardonne ſi , ne la connoiſſant pas,
J'ai . . .

Le Prince Jaloux. M

DELMIRA *Và pur via , non è tempo adeſſo.*

TERESA *Vado ; ma non occo. rè. Ecco D. Celidò. ro , che viene.*

SCENA SETTIMA.

BELISA, TERESA, DELMIRA, e Re RODRIGO.

BELISA.

*P*Armi *che mi chiamaſte Signora, è coſì?*

RODRIGO *Oh Dio ! E tantà patienza ha un Rè,*

DELMIRA *Vi chiamo, e con grand deſiderii. Fermatevi , vi prego. Or dimmi, Rodrigo, non è queſto il perſonaggio, per cui t'inſoſpettiſti ?*

RODRIGO. *Anzi è quello, che mi accerto de tuoi tradimenti.*

DELMIRA. *Conoſci queſto Cavaliero ?*

RODRIGO. *Sento , che ſi chiama D. Celidoro.*

DELMIRA: *Per dirti la verita non è queſto il ſuo nome.*

RODRIGO. *Oh ! oh nella mutazione del nome vogliono fondare le difeſe.*

DELMIRA *Nel nome oppunto. Quando il nome però diverſifica l'oſſervanza. Queſto è un Cavaliero. che fece un longo viaggio, per condurſi à Valenza, e ſe bene ſi chiama Celidoro, oggi il ſuo vero nome ſai qual egli è ,o barbaro impazzito, Si chiama la Ducheſſa Beliſa , quella à cui queſta mattina ſcriſ*

DELMIRE Allons, dépêche, il n'eſt pas temps maintenant.

THERESE J'y cours; mais ce n'eſt pas la peine, voila D. Celidore qui s'avance.

SCENE SEPTIEME

BELISE en habit d'homme, THERESE en Page, DELMIRE, RODRIGUE.

BELISE

Madame, vous m'appelliez ce me ſemble.

RODRIGUE. Oh, Ciel! puis-je avoir aſſez de force ſur moi-même?

DELMIRE. Oui je vous demandois, & je vous attendois avec grande impatience: arrêtez je vous prie un moment. Rodrigue répondez-moi, Ce Cavalier n'eſt il pas celui qui vous a cauſé des tranſports ſi violens?

RODRIGUE. Oui c'eſt celui dont la vûe m'a convaincu de ta trahiſon.

DELMIRE. Connois-tu ce Cavalier?

RODRIGUE J'entends qu'on le nomme D. Celidore.

DELMIRE. Ce n'eſt pas-là ſon nom.

RODRIGUE. Ah! c'eſt donc ſur le changemen de nom que tu veux appuyer ton innocence?

DELMIRE. Oui juſtement ſur ſon nom, puiſque ce nom juſtifiera tout ce que j'ai fait. Ce Cavalier a entrepris un long voyage pour venir à Valence, & quoiqu'il ſe faſſe nommer Celidore, ce n'eſt pas ſon nom. Apprends Barbare & inſenſé que tu es, que c'eſt la Du-

M ij

ſi quella carta da te veduta e letta. Queſta
dunque è la Ducheſſa, Dama principaliſſima
d'Arragona; queſta vive innamorata di D.
Pietro mio frattello, lo ſeguì à queſta Corte
dove giunta in queſta notte, fù da me raccol-
ta, e nel mio appartamento introdotta. Queſte
chiome, queſto ſembiante, queſto ſeno, queſta
modeſtia te ne faccino fede. Da mio frattell
avanti che partiſte da Saragoza, ebbe fede
di ſpoſa, e ier ſera egli ſteſſo, doppo averli ra-
tificato l'iſteſta promeſſa la conſegnò alla mia
cuſtodia in queſta notte; queſti ſon gl' ampleſſi
onde mi condanni per impudica, ſon queſti i
baci, con i quali t'ho aſſaſſinato o Rodrigo,
con queſti affetti t'ho tradito, con queſta im-
purità ti ho diſonorato. E per aver raccolto una
mia cognata, m'acquiſtai pec'hanzi appreſſo di
te nome di venale, e di meretrice. Queſt' altro che quà rimirizè Tereſa ſua Dama, ſi cam-
giarono di ſpoglie, per ſeguitar un affetto immutabile, o per dar occaſione à me di meritar
il titolo di ſofferente ſotto il tuo barbaro impero,
che fù ſempre diretto all' eſtirpazione del mio
onore, et al disfaccimento della mia riputazione
Or reſta amante impazzito, geloſo irrazzionabile, como dishumanato mentre io levendo in
queſte lagrime (che per ſoverchio di rabbia mi
ſgorgono da gl'occhi,) l'onda di Letè, mi ſcor-
do non ſolo d'averti amato, viſto, e conoſciuto, ma beſtemiando per ſempre l'anima di Rodrigo, fò voto al Cielo di cavarmi queſte luci,
ſe più ti rimireranno, e di ſvellerei queſta lingua
ſe riſonerà il tuo nome: m'impenno le piante,
per andare in luogo, ove non giunga di te
fama, ne grido. Fuggite, fuggite queſto moſtro, abhorrite queſto prodigio d'abbiſſo, accio

cheſſe Beliſe, a qui j'écrivois ce matin cette
Lettre que tu as vûe & lûe. Cette Dame, l'une
des premieres d'Arragon, ne pouvant réſiſter
à la violence de ſon amour pour le Prince mon
frere, l'a ſuivi juſqu'en cette Cour : n'étant
arrivée que cette nuit, je l'ai reçue, & l'ai
conduit dans mon Appartement ; ces cheveux
ce viſage, cette gorge, cette modeſtie, tout
doit te convaincre de la ſinceritée de mes diſcours. Mon frere, avant de quitter Sarragoce
lui donna ſa foi, & hier au ſoir, aprés lui
avoir ratifié cette promeſſe de l'épouſer, il la
remit lui-même entre mes mains pour cette nuit.
Voila ces embraſſemens que tu me reproches,
ces careſſes qui me deshonorent, cette tendreſſe qui me fait paſſer auprês de toi pour une
infâme ; pour avoir reçu ma belle ſœur avec
moi je te ſemble une proſtituée. Que regardes-
tu là ? c'eſt Thereſe ſa ſuivante ; elles ont pris
l'une & l'autre ce déguiſement pour ſatifaire
un amour legitime, ou plûtôt pour cauſer tous
nos malheurs, & pour m'expoſer aux emportemens d'un barbare, qui ne ſçait me témoigner
ſon amour qu'en détruiſant ma gloire, & qu'en
attaquant ma réputation. Adieu, je te laiſſe
Amant inſenſé, que la jalouſie prive non-ſeu-
lement de la raiſon, mais encore de tous les
ſentimens de l'humanité. Adieu. Ces larmes que
le dépit fait couler malgré moi de mes yeux,
vont éteindre les feux dont mon lâche cœur
avoit brûlé pour toi ; elles effaceront pour jamais de ma memoire juſqu'au ſouvenir de l'a-
mour que tu m'avois inſpiré. J'oublierai de t'a-
voir vû & de t'avoir connu. Oui ! ſi ces yeux
étoient aſſez lâches pour ſe tourner vers toi,
ſi cette langue étoit aſſez foible pour prononcer

reſtando egli ſolo con l'indiviſibil compagnia delle ſue furie ingeloſite , fra gl'errori piu tenebroſi di queſta notte , cominci ad' aſſuefare l'anima ſacrilega all' inclemenza d'inferno. Prendi quel lume tu Seguitemi Ducheſſa , et io fuggendo il maggior nemico dell'onor mio, parto per mai piu laſciarmi vedere o traditore. Partono.

SCENA VIII.

ARLICHINO, RODRIGO.

REſta Rodrigo immobile, & Arlichino viene con lume cercando di lui, e paſſa ſeco una Scena e quivoca, diſperandoſi il Re per l'acidente accadutogli, credendo Arlichino che parli del fatto cui viene ad aviſargli: in fine Arlichino gli ſcopre , che foreſtieri ſono in quella notte nel appartamento di Delmira , e Rodrigo diſperato cava la ſpada per uciderſi, del che ſpaventato Arlichino credendo che ſia contro di lui ſene fugge.

RODRIGO. *Puniſci , o Rodrigo , con la propria deſtra i falli di un'anima ſoſpettoſa , e ſii tu il giudice , e l'eſecutore di queſta ſentenza , che benche mortale, non baſta per punire la tua reità. Delmira tu non vuoi piu vedermi , ne vuoi piu ch'io ti miri eh? Or vedi mia bella ſe io ſono divenuto religioſo oſſervatore d'ogni tuo decreto. Per piu non ti vedere chiu-*

ton nom, je les arracherois pour me punir. Je
m'en vais chercher quelque lieu où la Renommée n'air point encore parlé de toi. Vous autres fuyez ce monstre vomi par l'enfer, laissez
le seul ici avec les furies qui le tourmentent, que
les tenebres & cette obscurité commencent son
supplice, & le préparent aux justes tourmens
qui lui sont destinez. Suivez-moi, Madame. Allons, fuyons du plus cruel ennemi de ma réputation, partons, & ne nous offrons plus jamais aux yeux de ce traitre.

SCENE HUITIE'ME

RODRIGUE ARLEQUIN.

R Odrigue demeure immobile. Arlequin vient
le chercher avec de la lumiere, & fait une
Scene d'équivoque avec lui. Le Roy se deses-
perant de ce qui vient d'arriver, & Arlequin
croyant qu'il veut parler de l'avis qu'il venoit
pour lui donner lui découvre qu'il y a des
Etrangers qui sont entrez cette nuit dans l'ap-
partemens de Delmire. Rodrigue qui ne l'écoute
pas, se livre au desespoir, & tire son épée
pour se percer. Arlequin croyant que c'est con-
tre lui, s'enfuit tout effrayê.

RODRIGUE. Punis de ta propre main, malheureux Rodrigue, les crimes dont tes soupçons
t'ont rendu coupable; execute un Arrest que tu
es contraint de prononcer toi même. Non, la
mort n'est pas encore capable d'expier un si
grand crime. Ah, Delmire! tu ne veux plus me
voir, tu ne veux plus que je te voye. Eh bien
Delmire, il faut executer tes ordres, il faut
remplir tes desirs; que la mort en couvrant

do gl'occhi in un perpetuo ſonno. Delmira addio. Chi t'adora ſi ucide.

SCENA ULTIMA

DELMIRA, RODRIGO, poi BELISA, D. PIETRO. TERESA, e DELIA con lumi.

DELMIRA.

Fermati traditore di te ſteſſo.
RODRIGO. E che ſei tu, che raffreni i colpi del-
la giuſtizia?
DELMIRA. Vengano lumi portati da Delia, e
Tereſa.

Se non ti ſcopre il cuore chi io mi ſia, te lo accerti-
no queſti lumi. Delmira io ſono.
RODRIGO. L'armonia della tua voce mi inſegnò
pur troppo, che tu eri Delmira, ma il conoſcermi
indegno d'averti vicina, mi fè ſoſpettare d'un illu-
ſione.

D. PIETRO. Troncate, o Rodrigo, il corſo di queſta impetuoſa geloſia, e ſpoſandovi à Delmira, delle
due paſſioni, che vi affliggono eſſo, e ſoſpetti,
una eſtinguendone l'altra ancora potrebbe perdere il
ſuo vigore: e contentatevi, che io vi ſerva d'eſ-
empio giurando in queſto punto alla Ducheſſa Beliſa
la fede di marito.

BELISA. E ben per me felice queſto incontro, ſe
accelera le mie fortune.
D. PIETRO. Rodrigo che riſpondete?

RODRIGO

mes yeux d'un sommeil éternel, leur interdise
ta vûe. Adieu adorable Delmire, c'est pour vous
plaire que votre Amant va cesser de vivre.

SCENE DERNIERE.

DELMIRE, RODRIGUE & puis BELISE
D. PEDRE, THERESE & DELIA,
avec des lumieres.

DELMIRE.

ARrête malheureux, songe que tes jours ne
sont pas à toi.

RODRIGUE. Et qui s'oppose à l'execution
d'un si juste Arrest.

DELMIRE.

Les lumieres paroissent.

Si ton cœur ne t'apprend qui je suis, que
ces lumieres t'en instruisent ; oui c'est Delmire.

RODRIGUE. Ah ! le son charmant de votre
voix ne me permettoit pas de m'y méprendre ;
mais comment un coupable tel que moi pouvoit-
il se flatter d'un pareil bonheur.

D. PEDRE. Terminez, Seigneur D. Rodrigue.
le cours de cette impetueuse jalousie. Deux passions déchirent votre cœur, les desirs & les
soupçons. Que la possession de Delmire éteigne
l'une & affoiblisse l'autre. Je vous en donnerai
moi même l'exemple, & dans ce moment je
jure à la Duchesse Belise qu'elle va devenir mon
Epouse.

BELISE. Heureuse rencontre pour moi, puisqu'elle hâte mon bonheur.

D. PIETRO. *Rodrigo che rispondete?*

RODRIGO. *Chiedetelo a Delmira.*

D. PIETRO. *Che dite voi dunque?*

DELMIRA. *Voi mi siete in luogo di Padre;
obbedirò al vostro comando.*

D. PIETRO. *Godo di vedervi così rassegnata.
Giurategli dunque la vostra fede.*

DELMIRA. *In questa mano ve la impegno.*

RODRIGO. *Siete dunque mia moglie?*

DELMIRA. *Lo comando mio Fratello.*
RODRIGO. *A pena credo quello che vedo.*

DELMIRA. *Mi amarete Rodrigo?*
RODRIGO. *Ah Delmira! queste richieste mi
fate.*
DELMIRA. *Voglio dire se sarete più geloso?*
RODRIGO. *Oh Dio! Delmira, questa passione è per ora bandita dal mio cuore. Io la
detesto; ma voi mi conoscete troppo, arrossisco
della mia debolezza, e doppo di avere in
questo giorno tante volte mancato a miei giu-
ramenti, io temo di divenir ancora sper-
giuro.*
DELMIRA. *La gelosia è figlia d'amore: o
geloso, o non geloso sarà Rodrigo l'anima
mia.*

F I N E.

D. PEDRE. Seigneur Rodrigue que répondez-vous ?

RODRIGUE. Ah ! Seigneur, interrogez Delmire.

D. PEDRE. Et bien, que dites-vous Princesse ?

DELMIRE. Seigneur, vous me tenez lieu de pere, pourrois-je résister à vos commandemens ?

D. PEDRE. Je vois avec plaisir que votre courroux est appaisé ; jurez donc à ce Prince d'être son Epouse.

DELMIRE. Je vous offre mon cœur avec ma main.

RODRIGUE. Ah ! Madame, vous êtes donc mon Epouse ?

DELMIRE. Seigneur, j'obéis à mon frere.

RODRIGUE. Ah ! je doute encore si ce n'est point une illusion.

DELMIRE. M'aimez-vous, Rodrigue ?

RODRIGUE. Ah, Delmire ! quelle question me faites-vous !

DELMIRE. Je veux dire, serez-vous encore jaloux ?

RODRIGUE. Helas ! Madame, cette passion est maintenant bannie de mon cœur, je la déteste, mais vous me connoissez ; je rougis de ma foiblesse; & après avoir tant de fois en un même jour violé mes sermens, je crains de me rendre encore parjure.

DELMIRE, Allez, Seigneur, la jalousie est produite par l'amour ; & jaloux ou non, Rodrigue sera toujours cher à Delmire.

F I N.

APPROBATION.

J'AI lû par ordre de Monfieur le Chancelier, *le Prince Jaloux, Comedie Italienne, & traduite en François*, dont j'ai crû que l'impreffion feroit agréable au Public. Fait à Paris ce vingt-neuf Mai mil fept cens dix-fept.

HOUDAR DE LA MOTTE.

APPROBATION.

J'AI lû par l'ordre de Monfeigneur le Garde de Sceaux, *le Nouveau Theatre Italien*; j'ai examiné en particulier les differentes pieces qui le compofent & je n'y ai rien trouvé que puiffe en empêcher l'impreffion. Fait à Paris ce 3. Novembre 1728.

DANCHET.

LA GRISELDA:

MONIZIONE.

QUefta fù la prìma che compofi : ne traffi il foggetto d'una novella di Bocaccio : fe ne poterà far' una Tragedia ; ma fono fempre ftata neceffitato a farne una Tragicomedia. Quando la compofi, era per ancora fbandita la Tragedia del Theatro Italiano, ma godendo adeffo l'honore di recitarla in Parigi , ftimo Arlichino un perfonagio neceffario al traftullo del publico e la mia unica attenzione farà fempre di lavorar à meritar quella bontà colla quale ci ha fin adeffo favoriti.

PERSONAGI.

GODOFREDO *Rè di Sicilia.*

GRISELDA *Conforte.*

ROBERTO, *Prenc. di Salerno,* ⎫ *Amici di.*
CORADO *zio di Roberto,* ⎰ *God.*

COSTANZA.

OTTONE, *Cavalier di Corte.*

GIANNOLLE, *Padre di Grifelda.*

PANTALONE, ⎫
⎰ *Servi di Corte.*
ARLICHINO, ⎰

EVERARDO, *Piccolo bambino, Figlio di Godofredo.*

AVIS

CETTE Piece est la premiere que j'ai com-
posée : le sujet en est tiré d'une nouvelle
de Bocace ; il étoit très-propre pour en faire
une Tragedie , mais je me suis toujours trouvé dans la necessité d'en faire une Tragi-Comedie. La Tragedie étoit encore bannie du
Théatre en Italie lorsque je l'écrivis ; & à present que j'ai l'honneur de la representer à Paris , je regarde l'Arlequin comme un personn-
nage necessaire au divertissement du Public ;
& mon unique attention sera toujours de travailler à contenter la bonté avec laquelle il
nous a souffert jusqu'à ce jour.

PERSONNAGES.

GODEFROY , Roi de Sicile.

GRISELDE son Epouse.

RUPERT , Prince de Salerne.

CONRADE , Oncle de Robert.

CONSTANCE.

OTON , Seigneur de la Cour.

GIANOLE , Pere de Griselde.

PANTALON, }
            } Bas Officiers de la Cour.
ARLEQUIN, }

EVERARD , Petit Enfant , Fils du Roi.

LA GRISELDA.

ATTO PRIMO.

SCENA I.

La Scena rapresenta un Atrio del Palazzo Reale con Trono.

CORADO, ROBERTO e COSTANZA.

CORADO. NON vi sorprenda che sino dentro il Reggio Palazzo noi siamo giunti, e non abbia il Re con publica dimostrazione fatto onore al nostro arivo. Tale è l'ordine che deve tenersi, e n'ebbi prima di giungere il suo comando. Vive ancora, ancor regna Griselda in questa Corte. Quella Griselda, che doppo tre lustri tolta dalla bassezza de suoi natali fù da Godofredo portata al l'ombre di sua Sposa, ed al grado di Regina. Oggi ella deve ritornarsene frà Boschi ove nacque, ne deve scoprirsi l'arivo della nuova Sposa, che doppo la partenza di Griselda. Costanza prepara dunque il tuo cuore al gran contento, che gli destina la sorte ne doi nomi di Sposa, e di Sovrana.

LA GRISELDE.

ACTE PREMIER.

SCENE I.

Le Theatre represente une Salle du Palais avec un Thrône.

CONRADE, RUPERT & CONSTANCE.

CONRADE. NE soyez pas surpris de ce que nous sommes arrivez jusqu'au Palais sans que le Roi, pour nous faire honneur, ait envoyé personne au devant de nous ; cela avoit été résolu ainsi, & j'avois reçu les ordres du Roi. Griselde est toujours dans cette Cour, elle y est encore assise sur le Thrône ; trois Lustres se sont écoulez depuis le jour où Godefroi la tira de la poussiere pour l'élever au rang de son Epouse, & lui donner le titre de Reine. Elle doit aujourd'hui s'en retourner dans les Bois où elle a pris naissance, & ce n'est qu'après son départ que l'arrivée d'une nouvelle Epouse doit être publiée. C'est donc à vous aujourd'hui ma chere Constance à recevoir avec plaisir les faveurs de la Fortune & les doux noms d'Epouse & de Souveraine.

A iij

LA GRISELDA.

COSTANZA. Io sò molto bene, o Signore, quanto vi devo; sò che devo à Corado la nobile educazione, che appreſſo di luì ho ricevuta, quantunque figlia ignota, e da miei genitori abbandonata: Sò che gli devo l'alto grado in cui al preſente mi porta; ma non ſempre nelle grandezze trova diletti un cuore. Prova l'alma un piacere che non intende. Mi piace il mio deſtino, e pure il vorrei men propitio: Tormenta il mio ſpirito fra mille inquietudine, e temo trovar diſaſtri, dove parmi veder da lunge le gioie.

CORADO. E' un affrontar la ſua ſorte ſe s'incontra con meſto ciglio, quando ne invita ridente; eh cangia penſiero, e godi di tua fortuna.

SCENA II,

ARLICHINO, e li ſopradetti.

Arlichino porta ſua ambaſciata à Corado, che il Rè lo dimanda, e lui deve condurlo nel ſuo Gabinetto, e doppo paſſati molti giocoſi complimenti con gli altri, con Corado ſi parte.

SCENA III.

ROBERTO, COSTANZA.

ROBERTO. LO ſperare ſin ora o Coſtanza fù una vana luſinga de l'amor mio;

CONSTANCE. Je sçai Seigneur, les obligations que je vous ai, je sçai que je dois à Conrade la noble éducation que j'ai reçûe de lui ; quoique fille inconnuë & abandonnée par ceux qui m'ont donné l'être, je sçai que je vous dois le Rang où je vai être élevée. Mais ce ne sont pas les grandeurs qui satisfont le plus. Mon ame se trouve dans une situation à laquelle elle ne se prête pas volontiers ; je trouve quelque douceur dans mon élevation. Cependant je souhaiterois que la fortune me fut moins favorable ; mon esprit agité de mille inquietudes, craint de trouver des disgraces dans un état où je n'envisage de loin que des plaisirs.

CONRADE. C'est s'opposer à sa fortune que de la recevoir avec chagrin lorsqu'elle nous rit. Prenez donc d'autres sentimens, & joüissez des faveurs que vous fait le ciel liberal.

SCENE II.

ARLEQUIN & les Acteurs de la Scene précedente.

Arlequin vient donner avis à Conrade que le Roi le demande, & qu'il a ordre de le conduire dans son Cabinet ; & après avoir fait aux autres plusieurs complimens facécieux, il sort avec Conrade.

SCENE III.

RUPERT & CONSTANCE.

RUPERT. MAdame, mon amour s'étoit flaté jusqu'ici d'une vaine esperance;

A iij

Ma qui si ferma il suo volo, perche gli tronca
l'ali il suo destino. Questa è pur quella corte ove
da tuoi bei sguardi prenderà leggi il tuo spose per
darle à suoi Popoli, e questo è pur quel infausto
giorno da me aspettato con tanta pena, e giunto
al tuo cuore, ed al mio con tanto affanno: Ma
forse non passaranno pochi momenti, che imparerà la tua mente pensier' assai dal passato diversi.

COSTANZA. Roberto, oh Dio! nome che mi
rauviva alla memoria i primi passi del nostro amore, perche pianga l'infausta meta à cui son
giunti, Crudele perche esponi à nuovi cimenti la
mia debolezza? Ha forse bisogno di maggior prova il mio amore?

ROBERTO. Perdona, o amata Costanza, à
trasporti del mio dolore; Ma pure perche più mi
piace de miei contenti il tuo fasto, m'avezzarò à
sofrire un affanno, che è fabro della tua grandezza.

SCENA IV.

GODOFREDO, CORADO, ARLICHINO,
e li sopradetti.

GODOFREDO. SEGRETIEZZA o amico.

CORADO. Ogni tuo cenno mi sarà legge.

GODOFREDO. Costanza ricevi in questa mano

mais l'état où me réduit la rigueur de mon sort, me rend le plus malheureux de tous les hommes : Nous voici donc arrivés dans un pays où le Prince lira dans vos yeux les loix qu'il dispensera à ses peuples ; voici le jour infortuné que j'ai tant apprehendé , & qui a fait depuis si longtemps d'avance le desespoir de mon cœur & du vôtre. Mais je crains bien que dans quelques momens votre ame ne prenne des sentimens plus ambitieux , & differens de ceux qu'elle a eus jusques ici.

CONSTANCE. Helas mon cher Rupert! que je rappelle avec plaisir à ma mémoire le souvenir de notre amour, mais en même tems qu'il me rend affreuse la situation où je me trouve. Ah cruel ! à quels combats exposez-vous ma foiblesse ! mon amour a-t-il besoin de si fortes épreuves ?

RUPERT. Belle Constance , la douleur dont je suis pénetré vous doit faire excuser mes transports. Cependant comme je souhaite avec plus d'ardeur votre élevation que ma satisfaction particuliere , je me ferai un effort pour supporter un malheur qui vous place sur le Trône.

SCENE IV.

GODEFROY, CONRADE, ARLEQUIN, & les Acteurs de la Scene précedente.

GODEFROY. JE vous le repete, mon ami, je vous demande le secret.

CONRADE. Seigneur , vos ordres sont des loix inviolables pour moi.

GODEFROY. Belle Constance , recevez ma

un pegno della mia fede ; O sia forza de tuoi lumi, o violenza della mia sorte sentoin stringerti,
ò bella, un eccesso di gioia, e tu mi colmi di co-
tenti, e di diletti.

COSTANZA. Mio Signore è tale la gioia del
mio cuore, che non sa esprimerla la voce. Mi porti à così alto grado ; che non hò in me che vaglia
per renderti grazie di tanto onore.

GODOFREDO. Amici, non mi nascoonde il core
rio che vi deve, entrambi mi conservaste un dolce pegno de miei più cari affetti, onde ad entrambi
dono gli affetti miei : Di ciò vi dia terta fede, à
te Corado la mia destra, à te Roberto il mio seno.

ARLICHINO. Fa suoi complimenti à Costanza.

GODOFREDO. Vanne Arlichino, e scorgi Costanza, e Roberto à gli Appartamenti assegnatili.

ARLICHINO. Doppo qualche sua facezia,
parte con Costanza, e Roberto.

SCENA V.

GODOFREDO e CORADO.

GODOFREDO. TU vedi, o Corado, il mio cuore nel più gran contrasto à
cui ragion di stato riducesse già mai un Regnante.
Ti confesso però, che non mi è affatto discaro un
tale incontro. Io credei sempre Griselda d'una somma virtù ripiena, ma qualche volta non lasciò
di turbarmi la mente lo strano sospetto, che agisse
in lei più l'Arte, che il vero, e che per guadagnarsi

main comme un gage de ma foi ; la force de vos regards ou celle de mon penchant me fait sentir en vous embraffant une douceur qui me comble de joie & de plaifir.

CONSTANCE. Seigneur, ma satisfaction eft fi grande, que la voix me manque pour vous la témoigner. Vous m'élevez à un fi haut degré, que je me fens incapable de vous remercier, comme le merite un tel honneur.

GODEFROY. Mes amis, mon cœur ne fe diffimule point ce qu'il vous doit; vous m'avez tous deux confervé ce qui me doit être le plus cher, & vous devez être perfuadés de mon affection. Ayez-en pour affurance, vous Rupert, la main que je vous prefente, & vous Conrade, cet embraffement.

ARLIQU.N *fait fes complimens à Conftance.*

GODEFROY. Arlequin va conduire Conftance & Rupert aux Appartemens qui leur font deftinez.

ARLEQUIN. *Après quelques plaifanteries, fort avec Conftance & Rupert.*

SCENE V.

GODEFROY & CONRADE.

GODEFROY. COnrade, tu me vois dans la plus cruelle fituation, où jamais la raifon d'état ait réduit un Roi. Je t'avoue pourtant que cette occafion ne m'eft pas tout à fait defagréable. J'ai toujours crû Grifelde la plus vertueufe de toutes les femmes ; mais cette opinion n'a pas empêché qu'il ne me vint quelquefois dans l'efprit certain

il mio cuore aveſſe uſato di una finta virtude? In
ſomma doppo trè luſtri ancora non bene intendo
come poſſa frà Boſchi eſſer nata alma ſì grande,
virtù ſì eccelſa, e però non diſaprovo di porre una
tale virtude ad'ogni cimento per conoſcere il vero.

CORADO. Io non ſò, che lodare la voſtra riſ-
ſoluzione, o Signore: V'è neceſſario un tal diſin-
ganno.

GODOFREDO. Ma tu non ſai quanto coſtarà
caro al mio cuore. Orſù non più; Tu vanne o Corado, e laſciami qui per decidere di coſì importante affare.

SCENA VI.

GODOFREDO, OTTONE, CORTIGIANI.

GODOFREDO. L'Eſſer nato grande o miei Popoli, è un dono della ſorte,
ed' il poſſedere uno ſtato, non è lo ſteſſo, che il me-
ritarlo. Depoſta in queſto giorno l'autorità di Signore intendo veſtirmi della condizion di Vaſſallo. Sdegnaſte che io toglieſſi Griſelda da Boſchi,
e dal baſſo ſtato d'infelice Paſtorella, l'inalzaſſi
ſino à quello di moglie, e di Regina non può ne-
garſi, errai. E' lecito ad ogni grado l'amore, ma
fuor del ſuo grado, ei non conviene. L'errore d'A-
mante ſaprà correggere il dovere di Re, Sa ciò,
che mi adimanda, il Popolo é giuſto, deve da me
comprarſi ad ogni coſto per non regnar da Tiranno. Perdaſi il dolce nome di marito, per veſtir
con più gloria quello di Padre della Patria. Torni

foupçon, que l'art avoit plus de part à fa vertu que la vérité ; & que pour gagner mon
cœur, elle avoit feint d'être ce qu'elle n'étoit
pas en effet. Il y a trois luftres que je l'étu-
die, & je ne comprens pas encore comment
une ame fi grande, une vertu fi parfaite, a pû
naître au milieu des bois, & je ne fuis pas fâ-
ché de la mettre à toutes fortes d'épreuve
pour connoître la vérité.

CONRADE. Seigneur, je fuis forcé d'approuver votre réfolution, vous avez befoin d'un
pareil éclairciffement.

GODEFROY. Ah! tu ne fçais pas ce qu'il en
coûtera à mon cœur. Mais c'en eft affez, retire-toi Conrade, & laiffe-moi ici réfoudre a-
vec mon confeil d'une affaire fi importante.

SCENE VI.

GODEFROY, OTON, *Courtifans.*

GODEFROY. MEs peuples, c'eft par une faveur de la fortune que je
fuis né votre Roi, & je fçai la différence qu'il
y a entre poffeder une Couronne & la mériter.
Je me dépoüille en ce jour de l'autorité qui
m'appartient comme à votre maître, pour me
réduire à l'obéiffance d'un vaffal.

Vous avez trouvé mauvais que j'aye tiré
Grifelde des bois & de la vile condition de
bergere, pour l'élever à la dignité de votre
Reine, & à l'honneur d'être mon époufe ; &
je ne puis difconvenir que je n'aye fait une
faute. L'amour eft permis dans quelque condition que l'on foit, mais nous ne devons pas
le placer au-deffous de nous. Je veux donc re-

pur frà lē selve chi non stimaste degna delle mie
nozze, e corregga l'errore d'Amore, un amor
più grande, qual è quel de Vassalli.

SCENA VII.

GRISELDA e detti.

GRISELDA. Seguendo l'honor del comando eccomi umil serva à tuoi cenni.

GODOFREDO. Non lieve affare o Griselda, fa
che sul primo apparire del giorno, io qui ti chiami, e per il quale impaziente ti attesi.
GRISELDA. Ansiosa attendo i tuoi cenni.

GODOFREDO. E' necessario, o Griselda, che
tu ravivi all'idea col raconto delle nostre passate
aventure quale io gia fui, e quale un tempo tu
fosti.
GRISELDA. Ad altra forsi che à Griselda, o
mio Signore parrerebbe strano un simil comando,
& odiarebbe una tal ricordanza A me però è di
gioia il ramentare senza rossori i passati diletti.
Tu invitto mio Godofredo traesti gloriosa origine
da mille Principi. Di me povera, e vile furone
Avì abbiettti, e miseri Pastori. Tu desti legge,

parer en Roi l'action inconfiderée que j'ai faite en amant. Ce que mon peuple me demande
eft jufte, & quoiqu'il m'en coûte, je dois le
contenter pour ne pas regner en Tiran. Re-
nonçons au doux nom de mari pour prendre
avec plus de gloire celui de pere de la patrie.
Renvoyons dans les bois celle que vous n'avez
pas jugée digne de l'honneur de ma couche, &
faifons prévaloir à un amour féducteur l'amour
légitime qu'un Souverain doit avoir pour fes
fujets.

SCENE VII.

GRISELDE, GODEFROY, & fes Courtifans.

GRISELDE. SEigneur, vous m'avez fait l'honneur de me mander, & me voi-
là prête à recevoir vos ordres.

GODEFROY. Grifelde, je t'ai appellée ici au
lever du foleil pour une affaire importante,
& je t'attendois avec impatience.

GRISELDE. Je brûle de fçavoir ce que vous
voulez de moi.

GODEFROY. Grifelde, il eft neceffaire que
tu rappelles dans ta memoire, & que tu ra-
contes ici ce qui nous eft arrivé à l'un & à
l'autre ce que j'étois, & ce que tu as été.

GRISELDE. Seigneur, un pareil commandement paroîtroit peut-être étrange à toute autre
que Grifelde, & un tel fouvenir lui feroit o-
dieux; mais pour moi je rappelle avec joye &
fans rougir, ce qui m'a fait tant de plaifir. Je
publie donc que mon illuftre époux compte
mille Princes parmi fes ayeux; & que née dans

come *suo Re à tuoi Popoli, ed io conduſſi come ſa* guida à paſcolar gli Armenti.

GODOFREDO. *Narra come ſaliſti al Trono.*

GRISELDA. *Piaque allà tua bontà di tanto inalzarmi, illuſtrando con i raggi di tua grandezza, il baſſo vapore del eſſer mio. Ebbi luogo come tua moglie ſopra il tuo ſoglio, e tu haveſti ſede immortale in queſto cuore; Frutto del noſtro nodo, fù una tenera figlia, che dal mio accerbo deſtino mi fù rapita à pena doppo i primi vaggiti.*

GODOFREDO. *Dimmi quánto t'affiſſe il duro caſo?*

GRISELDA. *Tanto, che il corſo di tre Luſtri non trovarebbe indebolito nel mio petto il dolore, ſe non lo frenava il tuo comando.*

GODOFREDO. *Sappi, ſuo deſtino infelice, che io fuì della noſtra Prole, e carnefice, e Padre. L'auverſo ſuo fato volle, che chi le diede la vita, le deſſe la morte.*

GRISELDA. *Oh Dio! ègli era tuo ſangue, e potevi ben ſpargerlo à tua voglia.*

GODOFREDO. *E' m'ami ancora ſpietato? Il ſangue di tua figlia non eſtingue il foco del tuo amore?*

GRISELDA. *Può eſtinguer la mia fiamma ſolo il mio ſangue perche ne eſtinguerà la vita; ma ſe il verſaſſe ancor la tua mano mi ſaria grata*

l'obſcurité

l'obscurité & dans la poussiere , j'ai reçû le jour de vils Pasteurs ; que vous imposiez en souverain des Loix à vos peuples , lorsque je n'avois point d'autre emploi que de mener paître des troupeaux.

GODEFROY. Rend-nous compte de la maniere dont tu es montée sur le Trône ?

GRISELDE. Ce fut par un effet extraordinaire de votre bonté , qu'il vous plût de m'élever si haut , & de répandre sur l'obscurité de ma condition les rayons de votre grandeur. Je pris place sur votre Trône comme votre épouse , & vous acquîtes un empire éternel sur mon cœur ; le ciel benit d'abord ce mariage de la naissance d'une fille ; mais elle ne fut pas plûtôt née , que mon cruel destin la fit disparoître à mes yeux.

GODEFROY. Dis-moi si cet accident t'affligea beaucoup ?

GRISELDE. Trois lustres se sont écoulés depuis, & ma douleur seroit encore aussi vive que le premier jour, si le respect que j'ai pour vos commandemens n'en diminuoient les atteintes.

GODEFROY. Apprens le cruel destin de cette fille, elle périt par mon ordre, & celui qui lui avoit donné la vie lui fit donner la mort.

GRISELDE. O Ciel ! mais c'étoit votre sang , & vous étiez le maître d'en disposer.

GODEFROY. Aime-tu encore un inhumain, & le sang de ta fille n'éteint-il point l'amour que tu avois pour ton époux ?

GRISELDE. Ma flamme auroit pû s'éteindre si vous aviez tiré tout le sang de mes veines ; encore trouverois-je agréable le coup qui par-

La Griselde. B

il colpo, ne cessarei d'amarti.

GODOFREDO. In fine nacque Everardo, e potè questo nuovo contento allegerire il tuo passato affanno, occupando egli tutta la gioia del tuo cuore. Ora mi ascolta. Nega di prestarmi obbedienza la Provincia Vassalla, e mi fà reo nel suo amore, perche fui di te troppo amante. Vuol che regni sopra i suoi Popoli un mio erede, ma ricusa d'averlo tuo figlio ; Onde m'astringe à provedermi di nobile sposa.

GRISELDA. Dunque la Sicilia soggetta, che mi soffrì tanti anni tua Sposa, or mene stima indegna ? Popoli amici, non dirò già Vassalli, perche più vostra Sovrana non sono, non premono sempre i Troni alme gentili, e se nelle Corti nascono tal ora de' mostri, san' partorire anco i Boschi tal volta dei Reggi. Se non nacqui sul soglio, non v'impressi però orme men degne del grado di Regina. Il mio figlio Everardo del gran Godofredo un figlio, non è giudicato da voi meritevole d'esservi Signore ? Ma che ! segui egli pure la mia sorte, ed il conoscerete ben degno di comando, all' or che cresciuto frà gl' agi d'una corte imperando à suoi sensi, saprà soffrire la condizione di privato. Io tornerò al mio nulla con men vanto di costanza di quella che eserciterà il mio figlio nel tolerar la caduta da quel grado ove nacque. Nulla, nulla togliesti à Griselda, levandole il fasto di Regina, molto levate al mio cuore, togliendoli il dolce nome di Sposa.

tiroit de votre main , & je ne cefferois de vous
aimer qu'en expirant.

GODEFROY. Everard notre fils vint au monde peu de tems après , & la naiffance de cet
enfant a pû moderer ta douleur & faire toute ta confolation. Ecoute à prefent ce que j'ai
à te dire. Mes fujets refufent de m'obéir ,
parce qu'ils déteftent l'amour que j'ai eu pour
toi. Ils veulent bien qu'un heririer de mon
fang regne fur eux , mais ils ne veulent point
de ton fils , & ils me forcent à prendre une
nouvelle époufe qui foit d'une naiffance illuftre.

GRISELDE. Helas ! ces peuples qui m'ont
vûe fi longtems votre époufe, me jugent donc
à prefent indigne de cet honneur. Ah mes
amis, je ne dis pas mes fujets , puifque je ne
fuis plus votre Reine. On ne voit pas toujours
de belles ames fur le Trône , & fi la Cour produit quelquefois des monftres , quelquefois
auffi les Rois naiffent au milieu des bois. Si je
ne fuis pas née Princeffe, je ne crois pas avoir
rien fait d'indigne de ce rang. Mon fils Everard eft fils du grand Godefroy , mais vous ne
le jugez pas digne d'être votre maître, & vous
voulez qu'il fuive mon fort. Cependant vous
pouriez juger un jour qu'il feroit digne de
vous gouverner , fi vous le voyez au milieu
des plaifirs de la Cour dompter fes paffions ,
& vivre avec conftance dans une condition
privée. Pour moi j'aurai moins de gloire que
mon fils à fupporter patiemment ma chute. Il
eft né dans les grandeurs. Vous n'ôtez rien à
Grifelde, en la dépouillant du fafte de la Couronne ; mais vous ôtez beaucoup à mon cœur
en me dégradant du doux nom d'époufe.

GODOFREDO. *Più non mi sei Spofa; e tu Ot-*
tone farai il Gouvernatore del mio Figlio.

GRISELDA. *Ah mio Signore fe quefto nome ti*
è odiofo finifca il mio vivere, e ftrappami dal pet-
to il cuore, che ne porta tutto il delitto. Popoli
vi rendo il grado di Signora, e tanto è lungi,
che io vel renda con pena quanto, che il foffrirei
con orrore, fenza quello di fpofa. Mi refta più
che fagrificare al crudo tenore della mia ftella.
Volete di più ò Popoli? Chiedi di più ò Godofredo?

GODOFREDO. *Grifelda addio. Parla il tuo Si-*
gnore (ma non di Godofredo il cuore) e par-
la con il labro de Popoli con la voce del Regno.
Con quefto Impero comando à Grifelda, che vi-
va, e fole fi perda in lei il carattere di Spofa, e
di Regina: Viva Grifelda. (E tu mori d'affanno
ò mio cuore.)

SCENA VIII.

OTTONE e GRISELDA.

OTTONE. *Regina io fon l'ultimo, che ti chia-*
mi con quefto nome, fe non vi è
fuddito in quefto ftato, che piu rivèrifca in te
quefto grado. Il Popolo ingrato non conofce la tua
virtù, fe ti ftima indegna di quella grandezza à
cui ti portano i tuoi freggi.

GRISELDA. *Mi diftingue dal comun volgo,*
l'impegno, che fi prefe la fortuna d'abbattermi,
e folo puo fegnalarmi frà grandi la fortezza di
tollerarne l'infulto; non ci voleva meno per far-

GODEFROY. Non vous n'êtes plus mon époufe. Et vous Oton je vous fais le Gouverneur de mon fils.

GRISELDE. Ah Seigneur ! fi ce nom vous eft odieux, effacez-le en me donnant la mort, en perçant le cœur qui ne peut y renoncer. Peuples, je vous rends la place que j'occupois fur le Trône, & bien loin de vous la rendre avec peine, je vous protefte qu'elle me feroit horreur féparée de la qualité de femme de votre Prince. Peuples, qu'exigez-vous de plus ? Seigneur, que defirez-vous encore ?

GODEFROY. Adieu Grifelde. Ton Prince te parle. *A part* (Helas ! mon cœur ne parle pas de même.) fuivant les fentimens de fon peuple, & avec la voix d'un Souverain. Avec cette autorité, j'ordonne à Grifelde de vivre & de renoncer feulement à la qualité d'Epoufe & de Reine. Conferve donc tes jours, Grifelde ? *A part.* (Et toi malheureux Prince, meurt de douleur.)

SCENE VIII.

OTON, GRISELDE.

OTON. Reine, je dois être le dernier à vous donner ce nom, puifqu'il n'y a point de fujet dans cet état qui vous honore plus que moi. Le peuple ingrat ne connoît pas votre vertu, s'il vous juge indigne du rang où votre merite vous a élevée.

GRISELDE. L'abaiffement où il a plû à la fortune de me réduire, m'éleve au deffus du commun, & je ne puis me diftinguer des Grands que par ma patience à fouffrir les

mi conoscer Regina, che perderne con costanza l'impiego.

OTTONE. Al certo Eroica è una tanta virtude, ma si compra à costo d'una pena infruttuosa; quanto è piu dolce usar in pace il comando di Regina, che depressa goderne solo la gloria, ed il merito. Io saprò renderti cio che indegnamente ti è tolto, e l'amante mio cuore, se ne gradisci gl'affetti, tutto tenterà per Griselda.

GRISELDA. Indegno Cavaliere! suddito traditore! mi conosci degna del gradò di Regina, e non di quello di Sposa! cio che mi vien tolto è un dono che posso lasciar senza pena, ma ciò che mi resta è un debito, che saprò serbarlo con gloria.

OTTONE. Che sovra altro capo passi il tuo Diadema, capisco che tu possa mirarlo senza affanno; ma che tu veda involarti la più tenera ragion del tuo core, e ti preggi di costante io non l'intendo. Chi veramente amò, non può vedersi rapir con pace il ben, che possiede. Io, se lo permetti, anco in seno al tuo sposo ucciderò la tua rivale, la dolorosa cagion de' tuoi affanni. Pensa, poiche ad un tuo cenno, e s'arma il mio braccio, e si rissolve il mio cuore.

GRISELDA. Barbaro! sin qui tu mi tenti? Chi seppe amare uno sposo, non saprà che adorarne i pensieri. Piu tosto porgerò voti al Cielo, ed à numi per la rivale, accio un influsso maligno non rubasse con la sua vita un conforto al mio Godo-

coups du fort ; il ne falloit pas moins pour me
faire connoître véritablement Reine, que d'en
perdre la qualité avec constance.

OTON. Il y a certainement beaucoup d'he-
roïsme dans cette vertu, mais on en acquiert
la gloire avec une peine trop infructueuse ; &
il est bien plus doux de vivre en paix dans la
grandeur, que d'avoir dans l'abaissement l'honneur ignoré de la meriter. Je sçaurai bien vous
rendre ce qu'on vous ôte avec tant d'indignité,
& mon cœur amoureux, si vous en agréez
l'hommage, tentera tout pour Griselde.

GRISELDE. Lâche Cavalier ! sujet perfide !
tu ne me crois pas indigne du nom de Princesse, & tu me crois indigne de celui d'Epouse ! Je puis renoncer sans peine à ce qu'n
m'ôte ; mais je sçaurai conserver avec gloire
ce qui me reste, & ce qu'on ne sçauroit m'ô-
ter.

OTON. Je conçois bien que vous pouvez
voir sans chagrin passer votre Couronne sur
la tête d'une autre ; mais je ne comprens pas
comment vous vous piquez de constance, lorsqu'on vous enleve un bien si précieux à votre
cœur. On ne perd point tranquillement ce
que l'on a véritablement aimé. Si vous me le
permettez . j'irai poignarder jusques dans les
bras de votre Epoux, cette rivale qui est la
cause de vos déplaisirs. Pensez-y, Madame ;
Je ne veux que votre consentement pour me
déterminer, & pour armer mon bras.

GRISELDE. Barbare ! à quelle affreuse résolution voudrois-tu me porter ? J'aime assez
mon Epoux pour respecter toutes ses volontez. Je ferois plûtôt des vœux au ciel pour ma
Rivale, pour détourner un accident funeste,

fredo. E' tu fpietato mi propòrni un partito tanto
crudele al mio grado, còfi contrario al mio cuore?
Ti lafcio con quel orrore che non provo in aban-
donnare tutta la pompa d'una Maeftofa grandezza. Reftane agitato da quelle furie, che merita il
tuo delitto, reftane, e fappi, che non puo effer
Grifèlda diverfa da fe fteffa, fe per Godofredo
ella viffe fapra morir per Godofredo.

SCENA IX.

OTTONE.

OTTONE. TU t'ingannafti ò mio Amore, Grifelda ha pur anco il fomento d'un
fafto fignorile, per non ceder fi tofto à gl' invici
de tuoi penfieri, forfe faran più dólci quei fguar-
di quando mi mirerà Grifelda Paftorella, di quel
che non furono quando mi mirò Grifelda fignora.
Con fi bella fperanza hò nudito il mio Amore, che
feppe rendermi accorto fino al fegno di fedurre la
Plebe à dichiarar Grifelda non degna di dar ere-
di à Godofredo, e Principi à quefto ftato. Una
tenerezza affettuofa, mi fugerì una crudeltà ne-
teffaria ne potevo procurarmi delizie fenza dif-
truggere gl' altrui diletti.

Fine del Atto Primo.

qui

qui, en lui ôtant la vie, priveroit mon Epoux
d'un objet qui lui feroit cher. Et tu as l'audace
de me faire une propofition fi cruelle, fi indigne de mon rang, & fi contraire à mes fentimens ? Va, je te regarde avec horreur, je t'a-
bandonne à toutes les furies qui doivent punir
ton crime ; Va fcelerat ; & fçache que Grifelde eft incapable de fe démentir ; & que fi
elle a vécu pour fon Roi, elle eft toute difpofée à moürir pour lui.

SCENE IX.

O T O N *feul.*

Oton. Ton amour t'a trompé, malheureux
Oton, Grifelde eft encore trop
pleine des grandeurs dont on la dépouille pour
fe rendre à tes defirs : elle fera peut-être moins
fiere en habit de bergere qu'en ceux de Princeffe, & elle me regardera avec d'autres yeux.
Cette efperance à nourri mon amour, & c'eft
ce qui m'a porté à féduire le peuple, & à l'engager de déclarer Grifelde indigne de donner
des heritiers au Roi, & des Princes à cet Etat.
Ma tendreffe m'a fuggeré une cruauté neceffaire & je ne pouvois me rendre heureux qu'en
détruifant le bonheur des autres.

Fin du premier Acte.

ATTO SECONDO.

SCENA I.

OTTONE, ARLICHINO.

OTTONE dà suoi ordini all'Arlichino perche stii pronto à portare in quel loco il
figlio, quando gliclo avisarà: Arlichino dice,
che farà prontamente il tutto, e partono,

SCENA II.

La Scena rapresenta la Camera di Griselda.

GRISELDA in abito di Pastorella.
PANTALONE, e servi.

Sopra un Tavolino vi sono bacili con le vesti
Reali di Griselda, Corona, e Scettro. Griselda termina di vestirsi da Pastorella.
PANTALONE, consola Griselda, e compiange
la sua sciagura.

SCENA III.

ARLICHINO, e li sopradetti.

ARLICHINO porta ordine à Griselda di partir
subito.

GRISELDA. Deggio partirmi? e come potrò
partire senz'anima? almeno

ACTE SECOND.

SCENE I.

OTON & ARLEQUIN.

OTON *donne des ordres à Arlequin, & il lui dit d'apporter promptement le Prince en cet endroit lorsqu'il l'en fera avertir. Arlequin répond qu'il executera ponctuellement ce qu'on lui ordonne, & ils sortent l'un & l'autre.*

SCENE II.

Le Theatre represente la Chambre de Griselde.

GRISELDE *en habit de Bergere,* PANTALON & autres Domestiques.

On voit sur une Table des Bassins avec les Ornemens Royaux de Griselde, sa Couronne, son Sceptre. Elle acheve de s'habiller en Bergere. PANTALON. *Il tâche à consoler Griselde, & la plaint dans son malheur.*

SCENE III.

ARLEQUIN, & les Acteurs de la Scene précedente.

ARLEQUIN *apporte à Griselde l'ordre de partir dans le moment.*

GRISELDE. IL faut que je parte. Helas ! qu'il me soit du moins permis de voir

C ij

mi sia conceſſo, che dal volto del mio Spoſo prenda con un ſolo ſguardo tanto ſpirito che baſti per uſcir dalla Reggia, e portarmi fra Boſchi a terminare con il mio vivere, il mio tormento.

ARLICHINO. Replica l'ordine avuto dal Rè, e che non vuol più vederla.

GRISELDA. Se non poſſo veder lo ſpoſo, perche mi ſi contraſta almeno di veder il figlio.

ARLICHINO. Fà nuova iſtanza, temendo lo ſdegno del Rè.

GRISELDA. Si vada, & voi partite, che Griſelda infelice ha aſſai corteggio nella crudel compagnia de ſuoi dolori.

PANTALONE. Conſolandola ſi parte.

GRISELDA ſola.

GRISELDA. Queſto è l'incontro dove hai da farla da grande. Amati alberghi addio: Voi che ſerbate la memoria gradita di quei caſti baci che furono il premio della mia fede, portate al mio conforte l'eco tormentoſa del mio funeſto affanno. Orſu non piu: Spoſo, figlio aſſai ſin ora toglieſti alla mia coſtanza, ſi vada, e torniamo ad uſare di una magnanima intrepidezza. Mi veda la corte in laſciarla Paſtorella qual gia mi vide, all' hora che l'incontrai Regina, e mi veda la mia ſorte nemica, quanto più depreſſa tanto più forte.

encore une fois mon Epoux, afin que je puisse prendre dans ses yeux assez de courage pour m'éloigner de la Cour, & pour m'aller confiner dans les Bois où j'espère terminer més peines avec ma vie.

ARLEQUIN *réitere l'ordre, & dit que le Roi ne la veut plus voir.*

GRISELDE. Si je ne puis voir mon Epoux, me refusera-t-on du moins la douceur d'embrasser mon fils?

ARLEQUIN *fait de nouvelles instances, craignant le courroux du Roi.*

GRISELDE. Partons donc, & vous, laissez-moi; je ne veux point d'autre compagnie que mes peines.

PANTALON *tâche encore de la consoler, & il s'en va.*

GRISELDE *seule.*

GRISELDE. Voici l'occasion de faire connoître la force de ton ame. Adieu aimables demeures! vous qui avez été les témoins des chastes caresses dûes à ma fidélité, faites entendre à mon Epoux l'écho de mes tendres soupirs & de mes plaintes. Mais non: cruel Epoux, mon cher fils, je ne dois plus penser à vous; vous avez assez éprouvé ma constance, & la tendresse de ces noms jette trop de trouble dans mon ame. Allons, reprenons notre intrépidité; que la Cour me voye la quitter comme Bergere avec le même visage, que je me suis offerte à ses yeux comme sa Princesse; & que la fortune ennemie qui a eu la force de m'humilier, n'ait pas celle de m'abattre.

C iij

SCENA IV.

GODOFREDO, e Detta.

GODOFREDO. BEllezza crudele, se ancor dipinta tormenti tiranne pupille, se ben che finte, uccidete.

GRISELDA. Questi è lo Sposo, resisti o mio cuore.

GODOFREDO. Bocca amorosa! quai contenti prometti se ancor non vera sei per arte sì vaga, e ridente?

GRISELDA. L'amor mio ciecco delira fra l'ombre di un dipinto volto.

GODOFREDO. Olà ancor nella corte dimora Griselda? Si poco si cura un mio comando, che non s'adempie, & si sprezza?

GRISELDA. Amato mio Rè, ne dico amato Sposo, perche non mel permetti, io parto. Il tuo incontro, sì come sorprese il cuore, così mi trattenne il piede. Passerò frà poco alle selve. Ma tu prima mirami avolta frà quei panni ne quali piacque al mio destino, che un giorno io ti piacessi, e che sempre ho serbati, per la memoria gradita, e del tuo affetto e della mia fortuna.

GODOFREDO. Non si parli d'altro amore, fuor di quello della nuova sposa. Un solo di quei sguardi mi rese Amante, poiche senza amare non può mirarsi quel volto, e se tu la vedesti l'amoresti tu ancora o Griselda.

SCENE IV.

GODEFROY, GRISELDE.

GODEFROY *Tenant un portrait.* BEauté cruelle vous n'ê-tes qu'une peinture, & vous me tourmentez : beaux yeux quelle est votre tirannie, si votre seule apparence me tue !

GRISELDE. Voici mon Epoux : soyez ferme mon cœur.

GODEFROY. Charmante bouche, quels plaisirs ne-promettez-vous pas ! puisque l'art, par une foible imitation, a sçû vous rendre si agreable & si riante.

GRISELDE. Mon avéugle Epoux est tout absorbé dans la contemplation d'un Portrait.

GODEFROY. Quoi Griselde est encore à la Cour ? Est-ce là le cas qu'elle fait de mes ordres ?

GRISELDE. Mon cher Prince, je ne dis pas mon cher Epoux, parce que vous ne me le permettez pas, je pars, votre rencontre a surpris mon cœur, & a retenu mes pas. Je m'en vais retourner dans mon bocage. Faites-moi la grace de me considerer dans ces habits avec lesquels mon bonheur a voulu autrefois que je vous plusse, & que j'ai toujours gardé en memoire de votre tendresse & de ma bonne fortune.

GODEFROY. Il ne faut plus parler d'autre amour que de celui que je porte à ma nouvelle Epouse. Un seul de ses regards m'a rendu le plus passionné des hommes, parce qu'on ne peut la voir sans l'aimer, & toi-même Gri-

GRISELDA. *Gli affetti di Grifelda prendono
legge da quei di Godofredo.*

GODOFREDO. *Tra queste ombre apunto ne
vagheggiavo lo splendore. Vedi.*

GRISELDA. *Oh Dei che miro? qual volto,
qual oggetto!*

GODOFREDO. *Che ti sembrà?*

GRISELDA. *Ah Signore, se non m'inganno,
quasi al vivo io veggo qui il tuo sembrante, e
quei lumi, e quel ciglio, e quella fronte, e tutto
quel volto in fine non è, che il volto di Godofredo, solo è questo men fiero del tuo, ma del tuo
non e men caro, o men gradito.*

GODOFREDO. *Conosci tu bellezza in lei?*

GRISELDA. *Quanta puo desiderarne un cuore,
e quanta si conviene al tuo merito.*

GODOFREDO. *E quanta basta ancora, per farmi seco godere giorni beati. Le toglie il ritratto.*

GRISELDA. *Io t'imploro dal Cielo sorte felice.
Ti sospiro in pacifico Regno anni beati, ed eterni-
tà di gioie ne tuoi Nepoti.*

GODOFREDO. *Non piu, vattene omai.*

GRISELDA. *Mio Rè mi parto, mio nume addio. Ah ben conosco, che le mie preghiere hanno
frapposto un importuno intoppo a tuoi diletti. Troppo qui ti trattenni lontano dal caro oggetto de tuoi
pensieri, e leggo ben nel tuo volto la violenza crudele, che ti facesti.*

GODOFREDO. *Vanne fra Boschi ascondimi
quel volto. A parte. Che se piu il miro lo cedo.*

felde je fuis perfuadé que tu l'aimerois.

GRISELDE. Seigneur, je fçai regler mes affections fur les vôtres.

GODEFROY. Vois-en quelques rayons dans
les ombres de ce Portrait.

GRISELDE. O Dieu que vois-je ! quel vifage, quel objet !

GODEFROY. Que t'en femble ?

GRISE DE. Ah Seigneur ! fi je ne me trompe, je vois ici votre vrai portrait, ce font vos
yeux, vos fourcils, votre front, & ce vifage
enfin n'eft autre que celui de Godefroy ; il paroît un peu moins fûr & moins majeftueux,
mais il n'en eft pas moins aimable.

GODEFROY. Tu la trouves donc belle ?

GRISELDE. Affez pour faire le bonheur d'un
cœur tel que le vôtre, & pour être digne de
Godefroy.

GODEFROY. Et pour me faire couler avec
elle des jours fortunés.

GRISELDE. Je prie le ciel qu'il vous comble de profperités, qu'il vous donne un regne
tranquile, & des enfans qui faffent toute votre
joye.

GODEFROY. C'en eft affez, tu peut partir.

GRISELDE. Adieu donc Seigneur, je vous
quitte. Je vois bien que mes vœux & mes prieres ont apporté trop de retardement à vos plaifirs. Je vous ai trop retenu éloigné du cher objet de vos defirs, & je lis fur votre vifage la
violence que vous vous êtes faite.

GODEFROY. Va-t'en, va te cacher dans les
bois. *A part.* O ciel ! fi je la voyois davantage,
je ne ferois plus maître de moi.

SCENA V.

ARLICHINO col Figlio, e GRISELDA.

ARLICHINO. *Le presenta il figlio.*

GRISELDA. O Caro *figlio ! frutto soave de miei piu fidi amori lascia ch' io bacci in te la miglior parte di me stessa. Io bacio in te il piu vivo ritratto del adorato mio sposo, ed il mio baccio lascia sul caro volto l'anima sciolta in un amaro sospiro. Lascia ô mio Figlio, che su quel baccio io mora ; ma contrastando la dolcezza della mia gioia con la crudeltà della mia pena mancano alle membra il moto, le potenze allo spirite, alle labra la voce, piétosa la morte esaudisce i miei voti ; Figlio io moro, e nel tuo seno io manco io spi......Sviene.*

ARLICHINO. *La sostiene e le dà qualche soccorso.*

GRISELDA. *Qual tiranna pietade mi risveglia dal soave lettargo di morte ? Caro figlio rimaro io dunque in vita per piangere eternamente fra le mie sventure, quella ancora della perdita di un figlio tanto amato ? Ah debole mio dolore, che non valesti ad uccidermi con tante pene!*

SCENE V.

ARLEQUIN avec le fils de Griselde, GRISELDE.

ARLEQUIN *présente à Griselde le Prince son fils.*

GRISELDE. MOn cher fils, doux fruit de l'amour le plus fidele, viens que j'embrasse en toi la meilleure partie de moi-même. Je vois sur ton visage le portrait naïf de l'Epoux que j'adore, & le baiser que j'y imprime avec un triste soupir, y porte mon ame toute entiere. Ah mon fils laisse-moi mourir dans ce baiser! Helas! le combat qui se fait en moi de la joie & de la douleur, m'ôte tout à coup le sentiment, mon ame m'abandonne, & ma voix se perd sur mes levres. Enfin la mort pitoyable se rend à mes vœux. Je me meurs entre tes bras, mon fils, je n'en puis... *Elle s'évanoüit.*

ARLEQUIN *la soûtient & tâche de la secourir.*

GRISELDE. Helas! quelle tirannique pitié me rappelle de la mort à la vie! mon cher fils faut-il donc que je reste sur la terre pour pleurer éternellement mes malheurs, & sur tout l'éloignement où je vais être d'un enfant que j'aime avec tant de tendresse? Ah ma douleur que tu es foible, puisque tu n'as pas eu le pouvoir de m'ôter la vie!

SCENE VI.

OTTONE e Detti.

OTTONE. E Seguisci il comando.

GRISELDA. Volto amato, gradito volto!
ARLICHINO. Vol partire.

GRISELDA. Oh Dio ancor per un momento.
ARLICHINO. Dice non potete e vol torle il figlio.

GRISELDA. Ah toglimi ancor la vita.
OTTONE. Che piu tardi affrettati.

ARLICHINO. Le toglie il figlio.
GRISELDA. Chi mai nutre un core si fiero, che ad una madre possa negar gl' amplessi d'un figlio?

ARLICHINO. Responde che dimandi al Signor Ottone, e parte.
OTTONE. Godofredo istesso.

GRISELDA. Nome amato da un labro abborito!

OTTONE. Crudele il Padre ti toglie il figlio, ed io se voi pietoso tel rendo.

GRISELDA. Ricuso il dono, ed il donatore abborisco.
OTTONE. Almeno ó crudele....
GRISELDA. Non piu, che per fuggire da te affretto il mio partire, ed' obbedisco piu presto al mio destino.
OTTONE. Senti.

SCENE VI.

OTON, GRISELDE & ARLEQUIN.

OTON à ARLEQUIN. EXecute les ordres
qu'on t'a donnés.

GRISELDE. Mon cher fils, aimable enfant !

ARLEQUIN *veut s'en aller & emporter l'enfant.*

GRISELDE. Ah laisse-le moi encore un moment !

ARLEQUIN *dit qu'il ne peut rester.*

GRISELDE. Ote-moi donc aussi la vie.

OTON à ARLEQUIN. Qu'attens-tu ? retire-toi.

ARLEQUIN *emporte le Prince.*

GRISELDE. Peut-on avoir le cœur assez
cruel pour refuser à une mere les embrassemens de son fils !

ARLEQUIN *dit que c'est au Seigneur Oton à
en dire la cause.*

OTON. C'est Gautier lui-même qui l'ordonne ainsi.

GRISELDE. Ah nom trop cheri ! peux-tu
sortir d'une bouche que j'abhorre ?

OTON. Madame, un pere cruel vous ôte
votre fils, & moi je vous le rendrai si vous
voulez.

GRISELDE. Je refuse ce present d'une main
que je déteste.

OTON. Du moins cruelle...

GRISELDE. Tai-toi. Ta présence avance
mon exil, & je presse mon départ plûtôt que
de souffrir ici ton odieux entrëtien.

OTON. Ecoutez,

GRISELDA. *Sò cosa voi dirmi, senti tu ciò ch' io ti dico Non puoi parlar d'amore à Griselda che non t'ascolti una Reina, una moglie, ed una in fine, che per serbare ad uno Sposo intatta la sua fede saprà perder la vita.*

OTTONE. *Forse che ti avverrà.*

GRISELDA. *Se la morte desio corvaggiosa l'attendo.*
OTTONE. *E l'amor mio sdegnato per contentarti l'affretta.*

Fine del Atto secondo.

ATTO TERZO.

SCENA I.

La Scena raprefenta una Campagna con Capanna in lontano.

ARLICHINO, PANTALONE.

Difcorrono della caccia ordinata dal Rè in quel giorno, ed in quella Campagna, dove è l'antica abitazione di Grifelda, ne fapere con quale intenzione: Doppo fatta fcena Pantalone dice voler partire per efeguire molti ordini dal Rè avuti per quella caccia, Arlichino dice dover ancor lui efeguire una cofa importante comandatagli dal Signore Ottone, e vedendo venire Grifelda, ogn'uno di loro parte per la fua via.

LA GRISELDE.

GRISELDE. Eh qu'as-tu à me dire ? Ecoute-toi-même. Tu ne fçaurois parler d'amour à Griselde fans être entendu d'une Epoufe, d'une Reine, d'une femme qui perdra plûtôt la vie que de ne pas conferver fon cœur tout entier à fon mari.

OTON. Cette vie n'eft peut-être pas trop en fûreté.

GRISELDE. Qui defire la mort, l'attend avec courage.

OTON. Mon amour au defefpoir fçaura vous fatisfaire.

Fin du fecond Acte.

ACTE TROISIE'ME.

SCENE I.

Le Theatre reprefente une Campagne & une Cabanne dans l'éloignement.

ARLEQUIN, PANTALON.

ILs parlent de la chaffe dont le Roi a donné les ordres pour ce jour : ce qui doit fe faire dans cette même Campagne où eft l'ancienne habitation de Grifelde. Ils tâchent d'en pénetrer le fujet. Après avoir fait une Scene de Lazis, Pantalon dit qu'il veut aller executer les ordres que le Roi lui a donnés pour cette Chaffe, & Arlequin dit qu'il a auffi quelque chofe d'important à faire de la part d'Oton ; enfin voyant arriver Grifelde, ils fe retirent chacun de fon côté.

SCENA II.

GRISELDA, Poi GIANNOLLE.

GRISELDA. SElve amate à voi ritorno, ma oh
Dio! quanto diversa da quella
che vi lasciai ritorno. Partii gradita Sposa, ed or
ritorno discacciata amante. Colà rimiro il caro
albergo ove nacqui, ed ove un tempo felice io vis-
si. Ma se nel venire à voi mi rubate lo Sposo;
deh rendetemi almen care foreste il genitor mio
dolce, ei forse al prato in frà i graditi oggetti
del nuovo Aprile, e del compagno Armenio di
Vecchieza solinga i guai consola. Ma vè chiamar-
lo alla Capanna in prima. O Gianolle,

GIANNOLLE. Chi chiama! oh Figlia, o cara!

GRISELDA. Oh Padre!
GIANNOLLE. Taci intendo, è giunto il giorno,
ch'io ti predissi in fin da prima. Attendi.

GRISELDA. Nel rivedere il Genitore antico
par che ancor più s'inaspri delle mie disventure
il censo acerbo; ò sia forse ch'io senta, oltre il
dolore onde traffitta io fui anco il dolor della pie-
tate altrui.
GIANNOLLE. Prendi Griseldà, prendi:
eccoti apunto quella stessa gonnella, che depo-
nesti al'ora, che il Signor di Sicilia Godo
SCENE

SCENE II.

GRISELDE & GIANOLLE *qui vient ensuite.*

GRISELDE. Aimables forêts, je reviens à vous ; mais helas que j'y reviens differente de ce que j'en suis partie. J'étois une Epouse aimée lorsque je vous quittai, & je vous revois comme une amante exilée. Voici la maison si chere à mon cœur où j'ai reçû la naissance, & où j'ai passé si heureusement les premieres années de ma vie. Mais si je ne puis jouir de votre douce retraite sans être privée de mon Epoux. Du moins aimables forêts rendez-moi mon cher pere. Peut-être est-il dans les champs occupé à considerer les beautez du Printems, au milieu de son troupeau qui le console dans sa vieillesse ? mais il faut d'abord l'appeller à sa Cabanne. Gianolle, Gianolle.

GIANOLLE. Qui m'appelle ! ah ma chere fille c'est vous !

GRISELDE. Ah mon pere!

GIANOLLE. Je t'entens sans que tu parles. Voici le jour que je t'avois prédit, n'est-ce pas ?

GRISELDE. Il semble que la vûe de mon pere augmente encore en moi le ressentiment que j'ai de mon malheur, & que la douleur d'une personne qui m'est si chere, rende plus vive la douleur dont j'ai été pénetrée.

GIANOLLE. Prens Griselde, prens: voici la même robe que tu quittas lorsque le Roi de Sicile te tira contre mon gré de notre Cabau-

La Grifelde. D

fredo ti venne à trar dalla Capanna ofcura à
fuoi chiari Imenei contra mia voglia. Io prefago
di queſto tuo miſero ritorno, per queſta nudità
te la ſerbai. Sventurata innocente ben de tuoi
fieri ſtrazzi in fin dentro il mio tetto à traffig-
ger mi venne il comun grido; ma perche ſue
menzogne ſempre garula fama al vero meſce,
deh mi narra diſtinti i veri affanni, che ti
reccò nella cangiata ſorte letto ſuperbo, e inſidioſa corte.

GRISELDA. Mentre torno à ridir quel ch'io
foſtenni, tornate pur memorie, aſpre, e pun-
genti à lacerar la piaga ancor ſtillante, che
già far non potete, che non venga con voi l'a-
mato nome del mio crudo conſorte; E quando
ancora, ô Padre, la tua pietà non renda dolce
il dolor delle memorie amare, e parte di conforto narrare altrui quel che ſi ſoffre à torto.
Doppo tre Luſtri tumultuante il Popolo richiedè,
che ſi diſciolga il nodo, che à Godofredo mi
ſtrinſe; e dallo Spoſo ingrato al fin l'ottenne,
e mi ſcoperſe ancora, che la figlia che venne
per primo frutto alla nemica luce morì per ſuo
comando.

GIANNOLE. O ſpietato Godofredo.
GRISELDA. Ed al ingrato volgo al fin ceden-
do, doppo aver dato maſchia prole al ſoglio,
da ſe mi ſcaccia, ed ignuda qual prima, alle
ſelve mi tolſe, alle ſelve or mi torna. Oi me
Godofredo puoi ben tormi ogni ſpoglia del tuo
ſublime ſtato; Ma degli affetti ſuoi il coſtante
cor ſpogliar non puoi.

ne pour t'honorer de fa main. J'ai prévû ce
qui devoit t'arriver, & je t'ai gardé cet hà-
billement pour ce malheureux retour que j'a-
vois trop prévû. Fille infortunée fans être coupable ! la renommée eft bien venue jufqu'ici
m'affliger du bruit de tes malheurs ; mais elle
ne publie jamais les chofes comme elles font.
Raconte-moi donc les difgraces qu'un trop
brillant himenée, qu'une Cour trompeufe t'ont
attirée.

GRISEDDE. Hélas ! raconter mes infortunes,
c'eft rappeller des fouvenirs affligeans c'eft rou-
vrir la playe de mon cœur toujours trop fenfible pour un cruël Epoux. Cependant mon
cher pere, fi votre compaffion n'apporte point
de foulagement à mes peines , ce me fera du
moins une confolation de vous faire connoître
que je n'ai point mérité le trifte état où l'on
m'a réduite.

Après trois luftres de mariage , le peuple
féditieux a demandé au Roi qu'il brisât un
lien que l'amour & la Loi avoient formé ; &
mon ingrat Epoux y a confenti. Après m'a-
voir fait entendre que le premier fruit de notre mariage , que ma fille avoit perdû la vie
par fon ordre.

GIANOLLE. Ah cruël Godefroy !

GRISELDE. Il a eu cette complaifance pour
fon peuple de me chaffer du Trône après l'a-
voir rendu pere d'un Prince aimable , & il me
renvoye dans ces bois telle que j'étois lorf-
qu'on m'en a tirée. Ah mon Roi ! vous pouvez bien me dépouiller des ornemens qui accompagnent la grandeur , mais vous ne m'ô-
terez jamais les tendres fentimensque j'ai pour
pour vous.

GIANNOLLE. *Chi dalle infide altezze al fuol ruina, nel core fventurato, ferbar non può, più dolorofa fpina, che il vano rimembrar del primo ftato. Vieni; e reftingi ô figlia i penfier tuoi nella Capanna angufta. Lafcia omai della corte ogni memoria, e di regnar procura fovra il tuo cuore in povertà ficura. Entra ch'io nuovi panni da una Ninfa vicina or or ti reco.*

GRISEDA. *Vengo, ô paglie paterne con l'affannato fianco à ripofare in voi l'animo ftanco. Deh ricevete omai quefta infelice, & alla voftra pace auvezzate il mio cuore.*

SCENA III.

ARLICHINO con il Figlio, Grifelda.

Arlichino chiama Grifelda, e le dice l'ordine avuto di condure il fuo figlio nel Bofco, e lafciarlo in abbandono, acciò fia divorato dalle fiere. Grifelda fi adolora, e piange.

SCENA IV.

OTTONE, e Detti.

OTTONE. *Ma tutta interà non fai la tua forte.*

GIANOLIE. Celui qui est précipité du faîte glissant de l'élevation, ne trouve rien qui l'afflige davantage que le souvenir de ce qu'il a été. Viens donc ma fille, & renferme tes pensées dans les bornes étroites de ma Cabanne; Oublie la Cour, & dans une pauvreté sûre, tâche à regner sur ton cœur. Entre donc; je vais chercher une Nymphe de notre voisinage, pour lui demander quelques hardes dont tu pourrois avoir besoin.

GRISELDE. Demeures rustiques de mes peres! demeures paisibles je viens chercher chez vous à rétablir par un peu de repos un corps fatigué, un esprit abattu. Recevez une infortunée qui a recours à vous, & accoûtumés mon cœur à votre tranquilité.

SCENE III.

ARLEQUIN *avec le* Prince, & GRISELD

Arlequin appelle Griselde, & lui dit l'ordre qu'il a reçû de mener le Prince dans le bois & de le laisser à la merci des bêtes feroces. Griselde pleure & s'afflige.

SCENE IV.

ARLEQUIN *paroît d'abord, & fait quelques Lazis.*

OTON, GRISELDE.

OTON à GRISELDE. VOus ne sçavez pas encore tous vos malheurs.

GRISELDA. *Da te non aspetto; che sciagure, che porti?*

OTTONE. *Con questa mano, ed in questo ferro del tuo figlio la morte.*

GRISELDA. *Alma mia se resisti, non sei sensibile al' affanno.*

OTTONE. *Tu, ò Arlichino, quando con più ferite avrò aperta la strada al' alma sua, prenderai il cadavere, ed in più parti diviso il getterai pasto à le fere dove è più oscuro il Bosco.*

ARLCHINO. Prega per il figlio.

OTTONE. *Perderai ancor tu la vita, se contendi.*

GRISELDA. *Infelice mio figlio in che peccasti mai?*

OTTONE. *Arlichino avicinati.*

GRISELDA. Respinge il servo. *Ah Ottone!*

OTTONE. *Che voi?*

GRISELDA. *Quella che umil ti prega, e che ti chiede pietà, ella è madre, e cio ti basti, se dalle fere stesse, che dovrebbero squarciar l'amato figlio, fosse da loro inceso, che sono madre, à quel tenero nome cangiareber natura, ed à miei prieghi cessariano d'esser crude, e diveriano pietose. A te che pur sei umano addimando pietade.*

OTTONE. *Tu che crudeltà dispensi non puoi chieder pietade, ed io giustamente la nego.*

GRISELDA. *Pensa che son donna, e Madre; se come donna t'irritai, come Madre io non t'offesi, e se pur voi vendetta, in me vendica il torto, perche non è il mio figlio reo del mio delitto. Per mercede pietà!*

OTTONE. *Anch'io ti addimando pietà.*

GRISELDE. Je n'attens rien de bon de toi. Que m'apportes tu ?

OTON. Voyez-vous ce fer ? ma main doit en donner la mort à votre fils.

GRISELDE. Ah mon aîné peux-tu être insensible à ce coup ?

OTON. Arlequin, quand je lui aurai ôté la vie, tu prendras son corps, tu le mettras en quartiers, & tu les jetteras aux bêtes dans les endroits du bois les plus épais.

ARLEQUIN *prie Oton de s'adoucir.*

OTON. Tu périras toi-même si tu résistes.

GRISELDE. Ah mon malheureux fils, de quoi es-tu coupable ?

OTON. Arlequin approche-toi.

GRISELDE *repoussant Arlequin.* Eh ! Oton !

OTON. Que faites-vous ?

GRISELDE *aux genoux d'Oton.* Vous voyez une mere à vos pieds, & ce nom seul doit suffire pour m'attirer votre pitié. Si ces bêtes feroces ausquelles vous voulez exposer mon fils, entendoient les plaintes d'une mere, ce tendre nom leur feroit changer de nature, & mes prieres les adouciroient. Ce n'est pas à des tigres, c'est à un homme que je demande grace.

OTON. Ce n'est pas à toi qui n'es pleine que de cruauté à demander grace, & c'est avec justice que je te la refuse.

GRISELDE. Songez que je suis femme & que je suis mere. Si je vous ai irrité comme femme, comme mere, je ne vous ai point offensé, & si vous voulez vous venger, punissez-moi seule, mon fils n'est point coupable. Ayez pitié de son sort.

OTON. Ayez donc pitié de moi.

GRISELDA. *Crudele à chi chiede pietà, pietà addimandi? qual pietade vuoi tu da me?*

OTTONE. *Quella, che ad un tenero amore fi conviene.*

GRISELDA. *Sarebbe indegna quella pietà, che mi rendeffe infida.*

OTTONE. *Quanto t'inganni, io non chiedó pietade, che fia delitto. Col Reale ripudio tu torni in libertade, ed io ti prefento un nodo non men cafio del primo, anzi del primo affai piu fermo. E repudiata, e fprezzata, anco in ruftico amanto anco frà Bofchi tu mi fei cara, e ti fofpiro in moglie, fe Reale Diadema non mi adorna la fronte, conto per Avi anch'io piu Reggi, e qual mi fia tu il fai.*

GRISELDA. *Ottone addio.*
   Ottone vuol uccidere il Figlio.

ARLICHINO. La chiama in foccorfo del Figlio.

GRISELDA. *Ah che l'amáto nome mi richiama pietofa. Ferma il colpo crudele, che benche figlio di Grifelda infelice, egli è però un germoglio della pianta Reale.*

OTTONE. *Godofredo vuol che s'uccida.*

GRISELDA. *O Crudeltà inaudita! Godofredo per effer fpofo fpietato Grifelda iffeffa ti fcufa; ma per effer Padre inumano nod troverai tra le furie, chi non ti abborifca, e non ti condanni.*

OTTONE. *E pure quefto crudel decreto Grifelda ancora conferma.*

GRISELDA. *Barbara anch'io! e come?*

OTTONE. *Perche fdegnofa col rifiuto m'offendi.*

GRISELDA. *Ne v'e pietade?*

GRISELDE.

GRISELDE. Cruel! tu demande grace à celle qui te la demande; mais quelle pitié veux-tu de moi?

OTON. Celle qui eſt dûe à un tendre amour.

GRISELDE. Cette pitié ſeroit injuſte qui me rendroit infidele.

OTON. Vous vous trompez, il n'y auroit point de crime dans ce que je vous demande; vous êtes libre puiſque le Roi vous a répudiée, & je vous offre un engagement auſſi legitime, & qui ſera plus ferme que le premier. Toute répudiée, toute mépriſée que vous êtes, vêtue en Bergere, releguée au milieu des Bois vous m'êtes toûjours chere, & je vous preſente ma main. Quoique je ne porte pas une Couronne, je compte des Rois parmi mes ayeux, & vous ſçavez qui je ſuis.

GRISELDE. Adieu Oton.

Oton fait mine de tuer le fils de Griſelde.

ARLIQUIN *appelle la mere au ſecours du fils.*

GRISELDE. Ah mon fils! cet aimable nom me fait revenir ſur mes pas: arrête cruel! Cet enfant quoique fils de la malheureuſe Griſelde eſt ſorti du ſang Royal.

OTON. C'eſt le Roi même qui veut qu'il meure.

GRISELDE. Ah cruauté inoüie! Roi barbare, Griſelde t'excuſe d'être un Epoux infidele; mais tu feras horreur même aux furies de l'enfer d'être un inhumain.

OTON. Cependant Griſelde conſent à cet ordre ſanguinaire.

GRISELDE. Moi! barbare & comment?

OTON. Parce que vos refus m'offenſent.

GRISELDE. Et la pitié ne te touche pas?

La Griſelde. E

OTTONE. *Se tu la vuoi, à tal prezzo l'ottieni,*

GRISELDA. *E se pietosa t'accolgo?*

OTTONE. *Avrai in dono un figlio, & la pace del cuore.*

GRISELDA. *Ed il comando di Godofredo?*

OTTONE. *Resterà schernito.*

GRISELDA. *Ed il mio pianto?*

OTTONE. *E infruttuoso.*

GRISELDA. *Ed il mio sangue?*

OTTONE. *Quando sei cruda, quel del figlio si svena.*

GRISELDA. *E col darti la fede?*

OTTONE. *Puoi salvar il figlio, placar l'amante, e disarmar del ferro la mia mano.*

GRISELDA. *Ubidisci al tuo Rè.*

SCENA V.

OTTONE e ARLICHINO.

ARLICHINO dice ad Ottone che sa però ch'egli finge.

OTTONE. *È Vero io fingo, ma per quanto abbi di verisimile vestita questa apparenza io ne resto deluso, e schernito. Se poco nel cuor di Griselda valsero le lusinghe, nulla li sdegnì, in fine tutto otterrà la forza. Devo combattere un gran cuore, non vuò più azardarmi à cimenti. Quando non può adoprarsi il corraggio, si ricorra all'insidie. Io vuò rapirla.*

OTON. Elle me touchera si elle vous touche.

GRISELDE. Et si je veux t'écouter?

OTON. Vous en aurez pour récompense la vie de vôtre fils & la paix de votre cœur.

GRISELDE. Et que deviendront les ordres du Roi?

OTON. Ils seront inutiles.

GRISELDE. Et mes pleurs ne peuvent rien?

OTON. Ils coulent en vain.

GRISELDE. Et tu aurois la cruauté de répandre mon sang?

OTON. Votre cruauté me fera verser celui de votre fils.

GRISELDE. Et si je te donnois la foi?

OTON. Vous sauveriez votre fils, vous appaiseriez votre amant, & vous desarmeriez son bras.

GRISELDE. Cruel, obéis à ton Roi.

SCENE V.

OTON & ARLEQUIN.

ARLEQUIN *dit à Oton qu'il sçait que tout cela n'est qu'une feinte.*

OTON. IL est vrai; mais quelque vrai-semblance qu'ait cette feinte, elle reste helas sans aucun effet. Mais si les prieres, si les menaces n'ont rien pû sur le cœur de Griselde, j'espere que la violence me mettra au comble de mes desirs. J'ai un grand cœur à vaincre, & je ne dois plus m'exposer au combat. Où le courage est inutile, il faut employer les embuches. Je veux l'enlever.

E ij

ARLICHINO. Configlia Ottone, à non far ciò poiche il Re fene offenderà.

OTTONE. Più tofto che offendere il Rè, io lo fervo, poiche fe lafcia Grifelda fino con la libertà di tornarfene a fuoi Bofchi, e non la vole in corte, fegno, che più di lei non cura, mentre che io mi difpongo all'opra, e mi porto à radunare di mia gente tanto, che bafti per guardarmi da gl'infulti di quefti ruftici, fe mi fia d'uopo; Tu lafciami il figlio, e fovra il tutto ferbami intiera fede. E parte.

SCENA VI.

ARLICHINO, PANTALONE.

ARlichino è forprefo da Pantalone, che gli addimanda cofa facci in quel luogo, e non fia col refto de' cacciatori: Arlichino con molti lazzi gli racconra che Ottone vuol rubare da quella Campagne Grifelda. Pantalone dice volerne avifare il Rè, e doppo lazzi con Arlichino, che gli raccommanda di non parlarne ad alcuno, partono.

Fine del Atto Terzo.

ARLIQUIN. *Il conseille à Oton de n'en rien faire,*
parce que le Roi en seroit offensé.

OTON. Bien loin d'offenser le Roi , je lui
rendrai service. Il chasse Griselde de sa Cour,
& la renvoye dans les bois, ce qui marque qu'il
ne pense plus à elle. Je vais tout disposer pour
mon entreprise, & assembler quelques-uns de
mes domestiques pour m'en servir en cas de
besoin contre les paysans de ce Canton. Cependant retourne à la Cour avec le Prince, &
sur tout garde-moi le secret. *Il sort.*

SCENE VI.

P Antalon *surprend Arlequin , & lui demande*
ce qu'il fait là , & pourquoi il n'est pas à la
suite de la Chasse. Arlequin lui raconte en faisant
beaucoup de Lazzis, qu'Oton veut enlever Gri-
selde. Pantalon dit qu'il en veut donner avis au
Roi. Arlequin le prie de n'en parler à personne ,
ils font ensemble plusieurs Lazzis & s'en vont.

Fin du troisiéme Acte.

ATTO QUARTO.

SCENA I.

*La Scena rapresenta la Cappanna aperta, e
Grisilda sul letto.*

GR'SELDA. Mᴇ*sti miei lumi cedete voi alla
stanchezza del pianto, ò all'-
affanno del cuore? Non può esser desio di riposo
quel, che vi opprime, poiche voi nol nutrite
quando il dolore tiene soggetto ogni mio spirito.
Se pur sei sonno, e non l'error de' miei mali, non
mi farai che crudo, poiche fra l'ombre tue non
mi porti, che larve tormentose, e funeste; vieni
e in sembianza di quiete fa vedere alla mente,
ò più crudele lo sposo, ò fatto esangue Il figlio.*
　　　　　　　　　　　　　　　　　　Dorme.

SCENA II.

Cᴏsᴛᴀɴᴢᴀ e Gʀɪsᴇʟᴅᴀ *che dorme.*

COSTANZA. Sᴇ*gue il Rè fra queste selve l'orme delle fiere più crude, ed io
qui fermo il passo, come ei m'impose per mio riposo, ma se ben sola io qui rimango, hò sempre meco la crudele mia pena, e in compagnia*

ACTE QUATRIEME.

SCENE I.

*Le Theatre represente la Cabanne ouverte, &
Griselde sur un lit.*

GRISELDE. MEs tristes yeux l'abattement
de mon ame, & les larmes
que vous avez répandues vous font succomber.
Helas! ce n'est point la douceur du repos qui
vous ferme, puisque de vives douleurs occupent tous mes esprits. Si ce que je sens est
pourtant un sommeil & non pas une langueur
que la violence de mes maux me cause, ce
sommeil ne peut m'être que cruel, & je ne
trouverai dans ses ombres que des images af-
fligeantes & funestes. Vient pourtant sommeil,
vient je m'abandonne à toi; quand tn devrois
au lieu de me donner du repos, me faire voir
mon Epoux encore plus cruel, & mon fils égor-
gé. *Elle s'endort.*

SCENE II.

CONSTANCE & GRISELDE *qui dort.*

CONSTANCE. TAndis que le Roi suit avec
ardeur la trace dés bêtes fe-
roces qu'il poursuit, il faut que je m'arrête
ici où le Roi m'a ordonné de venir me reposer.

d'entrambi il mio costante amore. Posa ò infelice entro questa vile cappanna col stanco piede l'affannato cuore....Che miro? qui è una donna, che ancor oppressa dal sono, par che gema, e che pianga? Oh Dio qual volto gentile nasconde sotto rustiche spoglie? E con qual moto sento nel mirarla aggitarmisi il sangue? Che vuol predirmi il cuore co' suoi ribalzi?

GRISELDA. *Vieni.* Dormendo.

COSTANZA. *Anco dormendo mi chiama à suoi amplessi, m'apre le braccia, oh Dio con qual violenza me lo consiglia il cuore! Più non resisto al forte impulso.*

GRISELDA. *Figlia diletta! oh Dio!* Si sveglia.

COSTANZA. *Pastorella gentile alcun timore non ti sorpenda, anzi col sonno lascia quel duolo che t'opprimeva: sonno indiscreto, che celavi in quei lumi il più bello di quel volto.*

GRISELDA. *Occhi miei siete voi chiusi ancora, vaneggiando frà sogni, ò m'inganni tu forse tiranno pensiero?*

COSTANZA. *Come attenta mi osserva.*

GRISELDA. *Io ben la rasiguro: all' aria, al volto al certo, è d'essa, è più d'ogn'altri me lo accerta il cuore, che ne serba l'imagine al vivo impressa. Questa è la nuova sposa del mio adorato.*

COSTANZA. *Onde tanto stupore? cessi la meraviglia.*

Mais quoique je reste seule, ma peine cruelle ne me quitte pas, & mon amour constant me suit par tout.

Infortunée ! que ton corps trouve du moins du soulagement auprès de cette vile Cabanne si ton cœur n'en sçauroit trouver. Que vois-je ? c'est une femme qui dort, & qui même en dormant semble gémir & se plaindre. Oh Dieu qu'elle est aimable malgré la bassesse de ses habillemens ! & quel trouble m'agite en la voyant ! Que me veut dire ce battement de cœur ?

GRISELDE *en dormant :* Viens.

CONSTANCE. Quoi même en dormant elle m'invite à l'embrasser, elle me tend les bras, & je ne sçai par quelle douce violence mon cœur m'y porte. Non, je n'y sçaurois résister !

GRISELDE. Ma chere fille. *Elle s'éveille.* Ah Ciel !

CONSTANCE. Aimable bergere ne craignez rien, & quittez avec le sommeil la peine cruelle qui vous tourmentoit. Que ce sommeil étoit injuste, puisqu'en fermant vos yeux il cachoit ce que vous avez de plus beau.

GRISELDE. Mes yeux êtes-vous encore fermés ? suis-je encore dans un songe ? ou me trompez-vous pensées tiranniques qui m'obse-dez ?

CONSTANCE. Avec quelle attention elle me considere.

GRISELDE. Je me la remets ; voilà sa taille, son visage, c'est elle assurément, & mon cœur me le dit mieux que tout le reste ; il en a gardé l'image vivement empreinte. C'est la nouvelle Epouse de mon cher Prince.

CONSTANCE. Pourquoi paroissez-vous si

GRISELDA. *Non è fuor di ragione. Qual destino mai ti trasse à questo rustico albergo, ò donna Reale, che tale io ti credo?*

COSTANZA. *Seguendo col Re mio sposo le fere di questi Boschi venni qui stanca per riposarmi.*

GRISELDA. *Ahi quanto errasti. Questa che miri, è stanza solo di duolo, non di riposo; e queste rustiche paglie se ad altri Boscarecci abitatori dispensan vera quiete, han imparato da me, perche infelice, à mesciere col riposo anco il tormento.*

SCENA III.

GODOFREDO, e Detti.

GODOFREDO. *TROPPO cò tuoi bei lumi onori questo rustico tetto, o mia Costanza. Il loco è indegno del tuo nobil soggiorno.*

COSTANZA. *La sua gentile abitatrice, non solo il sà far degno, ma ancora gradito.*

GODOFREDO. *Anco in mezo à piaceri tu vieni à tormentarmi?*

GRISELDA. *Fu ciò senza mia colpa: Se ben lo miri è questo l'antico mio povero soggiorno, e ben lo rafiguri, se tu lo chiedi à gli occhi non dico al cuore perche saria un delitto.*

COSTANZA. *Signore se in questo giorno, che è il primo di mia fortuna son fatta degna de*

étonnée ? cessez d'être interdite.

GRISELDE. Ce n'est pas sans raison que je le
suis, Princesse, (car je crois devoir vous donner ce nom.) Par quel hazard êtes-vous en ces
lieux champêtres ?

CONSTANCE. Lorsque je suivois la chasse
avec le Roi mon Epoux, je suis venue ici pour
me reposer.

GRISELDE. Ah quelle erreur a été la vôtre !
cette Cabanne est une maison de douleur &
non pas de repos, & les lits rustiques de ces
demeures, où les habitans de ces bois trouvent
du soulagement dans leurs fatigues, ont appris
de moi, d'une Infortunée à empoisonner des
plus cruelles peines le sommeil même.

SCENE III.

GODEFROY, & les Acteurs de la
Scene précedente.

GODEFROY. MA chere Constance, vos regards font trop d'honneur à
cette vile Cabanne, & ce lieu n'est pas digne de
vous.

CONSTANCE. Celle qui l'habite, sçait non-
seulement l'anoblir, mais encore le rendre a-
gréable.

GODEFROY à *Griselde.* Quoi tu viens me
troubler jusques dans mes plaisirs ?

GRISELDE. Seigneur, je ne suis point coupable. Si vous y prenez garde, c'est ici mon
ancien séjour, & vous vous en souviendrez si
vous en consultez, je ne dis pas votre cœur,
ce seroit un crime, mais vos yeux.

CONSTANCE. Seigneur, si dans ce jour qui

tuoi favori, e se i miei prieghi poffono impetrar nulla. . . . . .

GODOFREDO. *Sovra di me qual dominio non hai? non deve Coftanza che impor leggi al mio cuore. Parla se voi, che al tuo volere cedano gl'arbitrii miei.*

COSTANZA. *Bramo Signore, che coftei mi concedi, acciò alla corte mi fegua, ò compagna ò ferva, e s'appaghi cofì quel defio, che m'aftringe ad amarla.*

GODOFREDO. *A te vicina? T'è egli noto chi fia coftei?*

COSTANZA. *Se al ruftico ricetto, ed al'abito preftar dovefsi intiera fede, al certo vile mi raffembra, ma fe a quel volto, ed à quei lumi per nobile, e gentile la rafiguro.*

GODOFREDO. *Credo, che ti fia noto quella, che un tempo mi fu moglie, quella che amai per mia fventura, e quefta è d'effa.*

GRISELDA. *Oh Dio! quella io fono.*

GODOFREDO. *Quella che l'amor mio, e la tua viltade, han refa nota al mondo.*

COSTANZA. *Quefta dunque è Grifelda?*

GODOFREDO. *Taciafi il nome poiche il mio labro sfuggi ancor effo di proferirlo. Quefta è la ignobil, moglie, che viffe.*

GRISELDA. *Ma forfe ancora la più fedele.*

COSTANZA. *Ah mio Signore qual ella fiafsi, ofcura, e vile, fento, che à lei mi ftringe un non intefo amore, una forza à me ignota, e fe pur ti piace fà che mi fegua io te ne prego.*

eſt le premier de ma fortune vous me jugez digne de vos graces , & ſi mes prieres ont quelque pouvoir ſur vous....

GODEFROY. Quel empire n'avez-vous point ſur moi.! Conſtance eſt faite pour donner des loix à mon cœur ; parlez , & je n'aurai point d'autres volontez que les vôtres.

CONSTANCE. Je ſouhaite , Seigneur, que vous m'accordiez cette Bergere , afin qu'elle vienne à la Cour comme ma compagne , ou ſi vous voulez comme une de mes femmes , & que je ſuive le penchant qui me porte à l'aimer.

GODEFROY. Vous voulez l'approcher de vous , & ſçavez-vous qui elle eſt?

CONSTANCE. Si je m'en rapporte à ſa vile demeure & à ſes habits elle n'eſt pas d'une condition relevée, Mais ſi j'en crois ſes yeux & ſa beauté , elle a beaucoup de nobleſſe.

GODEFROY. Je crois que vous ſçavez que j'ai eu le malheur d'aimer & d'épouſer une perſonne d'une condition très-baſſe ? C'eſt cette même Bergere.

GRISELDE. Helas! oui c'eſt moi-même.

GODEFROY. Tu es celle que mon amour & l'obſcurité de ta naiſſance ont fait connoître au monde.

CONSTANCE. C'eſt donc la Griſelde?

GODEFROY. Il faut en ſupprimer le nom que ma bouche craint de prononcer. Vous voyez dans cette femme ce qu'il y a de plus vil au monde.

GRISELDE. Et peut-être auſſi ce qu'il y a de plus fidele.

CONSTANCE. Ah Seigneur! quelqu'obſcure qu'elle ſoit , je ſens que j'ai pour elle une affection dont j'ignore la cauſe : qu'elle me ſuive je vous en conjure.

GRISELDA. *Misera aprendi nov' arte di soffrire.*

SCENA IV.

PANTALONE, e Detti.

PANTALONE. Dice che avisato da Arlichino che pensa Ottone d'esser fra poco con gente armata per rapir Griselda, gli ne porta l'aviso, prima che succeda il fatto.

GODOFREDO. *Con gente Armata pensa Otto-*
  ze rapir Griselda!
PANTALONE. Anzi dice che adesso adesso farà in quel loco perche dall'aviso del servo poco può tardare.

GRISELDA. *Vi sono per me più maligni influssi, ò stelle !*

COSTANZA. *Con quel castigo, che si conviene ad un tanto ardire si punisca ô mio Rè si temerario eccesso.*

GODOFREDO. *Ogni uno si ritiri, e si lasci Griselda in preda al suo destino, nulla si perde per Godofredo perdendosi costei, ne disponga pur la sorte à suo talento, ed Ottone la involi à suo piacere.*

COSTANZA. *Ah mio Signore! con troppo rigore tratti questa infelice.*

GODOFREDO. *Così mi giova, e tu mia bella cedi, e ritirati.*

COSTANZA. *Quanto compiango il tuo destino, ma troppo crudo è il mio Signore, addio,*

GRISELDA. *E sia pur vero?*

GODOFREDO. *T'arresta.*

GRISELDE. Malheureuse, apprête-toi à de nouveaux genres de souffrances.

SCENE IV.

PANTALON & les Acteurs de la Scene précedente.

PANTALON *dit qu'il a appris d'Arlequin qu'Oton devoit venir dans peu avec des gens armés pour enlever Griselde, & qu'il est accouru pour en avertir le Roi.*

GODEFROY. OTon songe à enlever Griselde la force à la main!

PANTALON *dit qu'il croit qu'Oton arrivera pour cela dans le moment, & qu'il ne peut pas tarder suivant le rapport d'Arlequin.*

GRISELDE, O ciel! à quels nouveaux malheurs m'expose-tu?

CONSTANCE. Seigneur, il faut punir avec séverité une action si témeraire.

GODEFROY. Que chacun se retire. Livrons Griselde à son sort, je ne pers rien en la perdant, que la fortune en dispose, & qu'Oton l'enleve si bon lui semble.

CONSTANCE. Ah! Seigneur, vous avez trop de rigueur pour cette infortunée.

GODEFROY. Il le faut belle Constance, laissez-moi faire & retirez-vous.

CONSTANCE. Que je plains ton sort, mais le Roi est trop inflexible. Adieu.

GRISELDE. Ah Seigneur, il est donc vrai...

GODEFROY. Arrête.

GRISELDA. Godofredo *se ti racordi*, *vive Gri,selda per forza d'un tuo comando*, *poiche altrimenti*, *doppo il tuo sdegno sarebbe estinta*. *Pure se in tale stato ti compiaci del mio morire*, *e il mio dolore*, *non sa per mio danno essermi pietoso carnefice*. *Deh piu tosto che lasciar ad altra mano l'onor della mia morte*, *la tua stessa men'affretti il colpo*, *perche mi giunga con minor pena*.

GODOFREDO. *La guarda*, *e senza risponderle si parte*.

GRISELDA. *Altri che in me ô aversa sorte non trovi un bersaglio à tuoi furori? Qui non hai piu che tormi altro che il vivere*, *almen t'offretta*, *se mi toglierai con la vita anco la sciagura d'esser tanto felice*, *perche si mantenga eterno il mio tormento*. *Ma ecco l'indegno*, *questo dardo farà*, *se non la mia diffesa*, *perche la vita non curo*, *almeno il suo gastigo*.

SCENA V.

OTTONE SOLDATI, *e Detta*.

OTTONE. *Griselda qual debole diffesa cerchi dal tuo braccio! Sono deliri i tuoi trasporti. Tu non sai qual io venga; abbandona dunque ogni sdegno*, *e piu mite m'ascolta*.

GRISELDA, *Parlami ô traditore*, *non con altra lingua*, *che con quella d'un ferro*, *ed io t'ascolterò con gioia. Già sò à che tu me venga*, *fosti carnefice del figlio*, *vuoi esserlo ancor della*

GRISELDE'

GRISELDE. Seigneur, s'il vous en souvient vous m'avez ordonné de vivre. Sans cela, vos mépris m'auroient privée du jour ; mais si vous voulez à présent ma mort, & que ma douleur n'ait pas la force de me la donner, helas ! plûtôt que d'en laisser l'honneur à un autre, portez-moi vous-même le coup mortel, il me sera plus doux de votre main.

GODEFROY *la regarde , & s'en va sans lui répondre.*

GRISELDE. Helas ! il faut que la fortune n'ait que moi sur qui exercer ses fureurs ; tu n'as plus rien à m'ôter, cruelle, que la vie ; hâte-toi du moins pour terminer mes malheurs ; mais tu pousseras la cruauté jusqu'à me laisser vivre pour éterniser mon tourment. Voici le traitre qui s'approche, le hazard me fait trouver un dard , s'il ne sert pas à conserver ma vie dont je ne me soucie pas, il servira du moins à punir un amant que j'abhorre.

SCENE V.

OTON *& quelques Soldats* GRISELDE.

OTON. GRiselde, quelle foible défense cherche-tu dans ton bras , & quelle est la fureur de tes transports ? tu ignores quel est le dessein qui m'amene. Etouffe tout ressentiment, & écoute-moi avec tranquilité.

GRISELDE. Ne me parle, traitre que le fer à-la main & je t'écouterai avec joie. Je sçai pourquoi tu viens ici, tu as été le bourreau du fils, tu veux l'être encore de la mere

La Griselde. F

Madre. Esequiscilo ò crudo , e sol per mio contento fà che quel ferro, che tolse il vivere al mio figlio uccida anco Griselda, accio che del mio figlio il sangue, col mio sangue s'unisca, e ferisca il mio cuore quella punta fatale , che gia trafisse il suo petto.

OTTONE. *Quanto t'inganni! tu sei di me più cruda, che non ragiri per l'idea, che sdegni, che morti. M'hai tenuto uccisor del tuo figlio, quand'ei mi provo Padre, che non poteva Ottone nutrir per te un Amore, che divenisse omicida del tuo figlio.*

GRISELDA. *Vive il mio figlio ? Oh Dio !*

OTTONE. *Vive il tuo figlio, e più contento ei vivrà unito alla sua madre, ed'ambédue saranno il più bel piacer del mio cuore, se tu ti risolvi d'esser mia.*

GRISELDA. *Lo tenti in vano, sdegno del pari, e l'amor tuo , il tuo furore.*

OTTONE. *Se del mio amor non curi trema del mio furore, provalo ò ingrata.*

GRISELDA. *Cielo! non v'e fra voi un nume, che mi protegga?*

OTTONE. *A voi miei fidi, esequite il comando dei Re.*

SCENA VI.

GODOFREDO, COSTANZA, *Soldati, e Detti.*

GODOFREDO. *IL comando del Rè?*

OTTONE. *O cieli! qual sciagura e la mia?*

Execute ton deſſein cruel, & ſi tu veux me contenter, ſert-toi du même poignard qui a ôté la vie à mon fils, afin que ſon ſang s'uniſſe avec le mien, & que le même fer qui a percé ſon ſein, perce encore le mien.

OTON. Quelle eſt ton erreur, Griſelde, tu es plus cruelle que moi, puiſqu'il ne te roule dans la tête que des meurtres & des fureurs. Tu m'as regardé comme l'aſſaſſin de ton fils, dans un temps où je lui ai tenu lieu de pere. L'amour qu'Oton a pour la mere, étoit aſſez fort pour l'empêcher d'être le meurtrier du fils.

GRISELDE. O ciel! mon fils voit donc encore le jour?

OTON. Oui, il le voit, & il ne tient qu'à toi qu'il ne vive heureux avec ſa mere. Vous ſerez tous deux ce que j'aurai de plus cher au monde, ſi tu veux te réſoudre à être à moi.

GRISELDE. Tu l'eſperes en vain, je mépriſe également ton amour & ta fureur.

OTON. Si mon amour ne te touche pas, crains du moins ma fureur. Eprouves-en les effets, ingrate.

GRISELDE. O ciel n'y a-t-il point de Dieu pour me ſecourir?

OTON. Mes amis executez les ordres du Roi.

SCENE VI.

GODEFROY, CONSTANCE, & les Acteurs de la Scene précedente.

GODEFROY. L Es ordres du Roi.
OTON. Ah quel malheur eſt le mien!

GRISELDA. *Oh Dio! qual mano mi toglie al periglio?*

GODOFREDO. *In vero Ottone opra da fido Vassallo, chi sà, che preceda l'opra al comando: molto bene il comprendo, e non è giusto ch'io lasci senza premio un tanto zelo.*

GRISELDA. *Cielo benigno! fosti pur scudo à la mia innocenza.*

GODOFREDO. *E là sia nella Reggia condotto Ottone, e consegni la spada.*

OTTONE. *Obbediente a tuoi piedi la depongo. Sorte nemica! quanto ti meledico!*   Parte.

GODOFREDO. *Non più, à la corte.*

GRISELDA. *Signore quelle grazie, che posso umile ti rendo.*

GODOFREDO. *Rendile alla pietà di Costanza, ne lusingharti, che il tuo merito, ò il mio dono ti faccian degna d'un tal soccorso, tutto tu devi al favor della Sposa, e la tua salvezza è parto del suo volere. Vedi à qual segno, ò mia Costanza giungono i tuoi favori, poiche san render grata la vita ad un infelice sol perche ti fu cara?*

COSTANZA. *Gia che tanto mi concedesti, fà che sia perfetto il tuo dono. Permetti che tolta Griselda à queste selve, possa averla vicina.*

GODOFREDO. *Io non posso volere, se non quel che tu brami. Venga alla Corte, ma venga qual serva, ove gia visse Signora, ove un tempo fu moglie.*

GRISELDA. *A quali peripezie mi soggetti é fortuna!*

GRISELDE. O ciel ! quelle est la main qui vient me défendre ?

GODEFROY. Vous faites l'action d'un sujet fidele, j'entens fort bien comment vous executez mes ordres, & il ne seroit pas juste que tant de zele ne fut point récompensé.

GRISELDE. Ciel favorable, tu as protegé mon innocence !

GODEFROY. Que l'on conduise Oton au Palais, & qu'il me laisse son épée.

OTON. Vous me voyez à vos pieds, Seigneur, je vous la remets. *A part.* Fortune ennemie ! que je te déteste !

GODEFROY. C'en est assez : qu'on le mene à la Cour.

GRISELDE. Seigneur ! quelles graces n'ai-je point à vous rendre ?

GODEFROY. Rens-les à la pitié de Constance, & ne te flate pas que ton merite ou ma faveur t'ait rendue digne de ce secours. Tu n'en as l'obligation qu'à mon Epouse, & sa volonté a fait ta sureté. Voyez ma chere Constance, quel pouvoir vous avez sur moi ; c'est assez que la vie d'une malheureuse vous soit chere pour me la rendre précieuse.

CONSTANCE. Puisque vous avez commencé Seigneur à me faire plaisir, faites-le tout entier, & permettez que Griselde quitte ces bois pour être auprès de moi.

GODEFROY. Je ne puis vouloir que ce que vous souhaitez. Qu'elle vienne à la Cour, mais qu'elle y soit dans la dépendance après y avoir été Princesse, après y avoir été l'Epouse d'un Roi.

GRISELDE. Fortune bizare ! quelles sont tes révolutions?

GODOFREDO. *Tu che rispondi?*

GRISELDA. *Verrò ministra, e serva.*
GODOFREDO. *Ti scorderai qual gia fosti?*
GRISELDA. *Scorderò il grado, ma non potrò scordar l'amore.*
COSTANZA. *Venga come à te piace, pur che mi sia vicina.*

GODOFREDO. *Partiamo, ô sposa verso la corte.*

COSTANZA. *Seguo l'orme reali. E tu Griselda dà bando al duolo, Li stanca al fine la sorte, ne sempre si vive in pene. Se alcuna cosa potrà il mio amore non farai piu infelice. Sempre mi farai cara, avrai parte nel mio cuore, che doppo il primo amor del consorte, à te sola serbarà tutto intiero il suo affetto.*

GODOFREDO. *Bella andianne, che impaziente quest'alma sospira di vederti in questo giorno coronata Reina, e divenuta mia Sposa.*
COSTANZA. *incontro le disposizioni felici della mia sorte benigna. Griselda tu mi segui.*
GRISELDA. *Miei fatti, obbedisco.*

Fine del Atto Quarto.

GODEFROY. Et toi Grifelde, que dis-tu à cela ?

GRISELDE. J'obéirai.

GODEFROY. Oublieras-tu ce que tu as été?

GRISELDE. Je ne me fouviendrai plus du rang, mais je ne pourrai oublier l'amour.

CONSTANCE. En quelque qualité qu'elle vienne, pourvû qu'elle foit auprès de moi, je fuis contente.

GODEFROY. Ma chere Epoufe, retournons au Palais.

CONSTANCE. Seigneur, je vous fuis; & toi Grifelde fait tréve avec tes douleurs, la fortune fe laffe enfin de nous perfecuter, & l'on n'eft pas toûjours malheureux. Si l'affection que j'ai pour toi y peut quelque chofe, tes difgraces vont ceffer; tu me feras toûjours chere, tu auras part à mon cœur qui ne te préferera que mon Epoux.

GODEFROY. Allons Madame, & répondez à l'Impatience que j'ai de vous voir en ce jour couronner Reine, & devenir mon Epoufe.

CONSTANCE. Seigneur, je fuis fenfible à mon bonheur autant que je le dois. Suis-nous, Grifelde.

GRISELDE. J'obéis.

Fin du quatriéme Acte.

ATTO QUINTO.

SCENA I.

La Scena rapresenta un Atrio del Palazzo Reale.

GODOFREDO, e CORTE.

GODOFREDO. MI si conduca Ottone. Strana
condizione d'un grandè
se non può à sua voglia dispor di se stesso, e dè
suoi affetti. Chi mai vide sorte simile alla mia?
son Ré, è pur mi è tolto d'amare chi adoro: son
Sposo, ne mi è concesso stringere al seno il mio
bene. Deggio dar pene à chi amo, e languire in
quel tormento, che arreco altrui, Se questo sia
regnare sovra se stesso ditelo voi Anime avezze
al comando.

SCENA II.

GODOFREDO, e OTTONE.

OTTONE. OH Cielo! la sentenza fattale aspetto.
suplice, ed umile m'inchino al mio
Signore.
GODOFREDO. Ottone! ogni delitto confessato dal
reo divien minore, ma se lo tace, ò pur nega
aggiunge al primo fallo quello di contumace, ò

ACTE

ACTE CINQUIEME.

SCENE I.

Le Theatre represente une Sale du Palais.

GODEFROY, & sa Cour.

GODEFROY. Qu'on m'amene Oton. La condition des Grands est bien miserable, s'ils ne peuvent pas disposer d'eux-mêmes à leur volonté, & contenter leurs desirs. Qui vit jamais une avanture pareille à la mienne ? Je suis Roi, & il ne m'est pas permis d'aimer ce que j'adore ; je suis mari, & je ne puis faire connoître à mon Epouse la tendresse que j'ai pour elle : il faut que je tourmente une personne que j'aime, & que je ressente le premier toute la peine que je fais à une innocente. Si c'est là ce qu'on appelle regner sur soi-même, dites-le-moi grandes ames qui occupez les premiers Trônes de l'Univers ?

SCENE II.

OTON & GODEFROY.

OTON *A part.* O Ciel ! on va me condamner. *Haut.* Un suppliant se prosterne devant son Roi.

GODEFROY. Oton, la confession du crime en diminue l'atrocité ; mais si le coupable s'obstine à le taire ou à le nier, il joint à sa pre-

di bugiardo, narami il vero, e spera piu facile
il perdono.

OTTON⌷. *Ah mio Signore! Io temo un giudice
severo, un Principe sdegnato.*
GODOFREDO. *Osasti rapir Griselda?*

OTTONE. *Ciò che videro gl'occhi tuoi non può
negarsi, e tacendo il confermo.*

GODOFREDO. *Qual consiglio ti mosse?*

OTTONE. *Mio cuore ardire. Ah mio signore!
eccomi a piedi tuoi, pietà, perdono, fù grande
il fallo, sia maggiore la tua clemenza.*

GODOFREDO. *Sorgi, e scoprimi fedelmente il
tutto.*
OTTONE. *Ascolta piu che del labro i sensi del
cuore. Io chiamo il Cielo in testimonio del vero.
Egli ben sa, che mentre fù Griselda tua Sposa e
mia Signora io non osai mirarla, che con osequioso
sguardo di Vassallo, ma dalle sue sventure, e dal
tuo ripudio nacque dentro di me certa pietà per i
suoi casi, che poi fra poco divenne amore, e doppo
aver tentato con le lusinghe, e con preghiere otte-
nerne mercede, da disperato al fine ricorsi alle
violenze.*

GODOFREDO. *Or sù non piu. Scuso l'Amore, ed
al tuo merto, al sangue illustre degl'Avi, ed à
quello che tu à mio prò prodigamente spargesti
concedasti il perdono del tuo delitto.*
OTTONE. *E mi si conceda ancora la bella cagione, che mi fa reo.*

miére faute celle d'être un rebelle ou un men-
teur. Dis-moi la-verité ? c'eſt le moyen d'obtenir ton pardon.

OTON. Ah Seigneur ! je redoute en vous un
Juge ſévere, un Prince irrité.

GODEFROY. Tu as eu la témerité de vouloir enlever Griſelde ?

OTON. Je ne ſçaurois nier une action dont
vos yeux ont été les témoins, & mon ſilence
la confirme.

GODEFROY. Quel motif t'a porté à cette
entrepriſe ?

OTON. *A part.* Courage mon cœur. *haut.* Ah
Seigneur, vous me voyez à vos pieds ! pardon,
j'ai recours à votre pitié, & ſi ma faute a été
grande, que votre clemence ſoit encore plus
grande.

GODEFROY. Leve-toi, & rens-moi compte
de tout avec exactitude.

OTON. Ce n'eſt pas ma bouche, c'eſt mon
cœur qui va parler ; j'atteſte le ciel que je ne
dirai rien que de vrai. Il ſçait que tant que Griſelde fut votre Epouſe & ma Reine, je ne jet-
tai ſur elle que des regards reſpectueux &
convenables à un ſujet ; mais le malheur qu'elle a eu d'être répudiée, a fait naître en moi
des ſentimens de pitié, qui dans la ſuite ſont de-
venus amour ; & après avoir tenté de la fléchir
par mes prieres & par mon amour, deſeſperant
d'y réuſſir, j'ai enfin eu recours à la violence.

GODEFROY. C'en eſt aſſez ; j'excuſe l'amour,
& ton propre mérite. Le ſang que tu as reçû
de tes ancêtres, celui que tu as répandu à mon
ſervice me porte à te pardonner.

OTON. M'accorderiez-vous auſſi, Seigneur,
la cauſe de mon crime ?

G ij

GODOFREDO. *Grifelda ancora?*

OTTONE. *Ah mio Signore ufa con più gran-dezza degl'odii tuoi, quella, che un tempo fu la tua fpofa, è offefa di te fleffo ch'erri raminga fra Bofchi: folleva un tuo riffiuto, e permetti, che ereditando da te il nome di fpofo ami con doppio affetto i tuoi primi amori.*

GODOFREDO. *Or vedi Ottone, à che m'induce il tuo amore. Io ti prometto, anzi fu la mia fede ti giuro, che quando io giunga à ftringer como Spofa Coftanza, tu all'ora godrai come tua confurte Grifelda.*

OTTONE. *Lafcia che al tuo piede proftrato per cofi eccelfo dono io renda quelle grazie, che da generofo. , ...*

GODOFREDO. *Parti ad attenderne l'effetto.*

OTTONE. *Offequiofo m'inchino.*

GODOFREDO. *Ah'che pur troppo d'al amor di coftui, ebbero fomento le querele del Popolo, fu quefto amore la velenofa forgente da cui diramorono tanti rivi maligni di torbide diffenfioni; felicemente il Cielo mi fcoprirà il reftante. Giovami il procurar per ora da un picciol lume di tirar chiarezza maggiore.* Parte.

SCENA III.

COSTANZA, e ROBERTO.

COSTANZA. *CRudele! deftini d'abbandonar quefta reggia, dove il tuo cuore mi, e di dove il mio infelice m'involi, mio cuore come refifti à tanto affanno? Roberto già che cofi deftini, vattene pure, ancor io v'accon-*

GODEFROY. Quoi Griselde ?

OTON. Ah Seigneur ! moderez votre haine, & ne permettez pas que celle qui a été votre Epouse, soit errante au milieu des bois. Illustrez votre refus, & souffrez que vous succedant dans le nom de mari, je redouble mes affections pour une personne que vous avez aimée.

GODEFROY. Vois Oton à quelle condescendance ton amour me porte. Je te promets, je t'en donne même ma foi, que quand j'épouserai Constance, je te donnerai Griselde pour épouse.

OTON. Ah Seigneur ! permettez qu'à vos pieds je vous rende....

GODEFROY. Va attendre l'effet de ma promesse.

OTON. Seigneur, mon respect & ma reconnoissance ne peuvent aller plus loin.

GODEFROY *seul.* C'est sans doute l'amour d'Oton qui a fomenté les plaintes de mon peuple ; voilà la source empoisonnée des dissensions qui ont causé tout mon malheur, j'espere que le Ciel me fera découvrir le reste ; & le peu que j'en sçai peut me servir à m'instruire mieux dans la suite. *Il s'en va.*

SCENE III.

CONSTANCE & RUPERT.

CONSTANCE. CRuel ! vous voulez donc abandonner cette Cour, & y laisser mon cœur en proye à ma douleur ? Hélas ! comment pourrai-je résister à ma peine ? mais allez, partez, puisque vous l'avez résolu. Il

G iij

fento ; ma poiche rea mi lafci, fappi almen tutto il mio errore ; à difpetto della grandezza reale, della fedeltà di Spofa, altri ftringera à la mia mano, ma fol di Roberto farà quefto cuore.

ROBERTO. *Andrò poiche tu mel concedi, ma tu fenza alcun premio alla mia fede cofi dolente mi lafci ? Gia che il dono di Spofa per anco à Godofredo non t'unifce, lafcia che con un bacio fu la tua mano, prenda l'ultimo addio.*

COSTANZA. *Non può negarti il cuore l'ultimo conforto à le tue pene, e forfe farò pietofa à Roberto per effer piu crudele à me fteffa. Prendi pure della mia mano, l'ultimo tormentofo congedo.*

SCENA IV.

GRISELDA, ARLICHINO, e Detto.

GRISELDA. *L'Ultimo tormente ò concedo !*
COSTANZA. *Grifelda !*
ROBERTO. *Oh Dio !*
ARLCHINO. Scherza fopra ció.
GRISELDA. *Coftanza, con un cofi caro affetto tu t'en vai à lo fpofo ? E' tu Roberto con tal rifpetto venifti amico à Godofredo ? Quefta è la fede ilibata che ad Imeneo fi deve ? E quefta la fagra legge dell'Ofpitalità ? il primodi delle nozze nel iftefsa fua corte tu non ami un marito ? Tu non pavemi un fovrano ? O affetti indegni ! ò troppo vilipefa fede !*

faut bien que j'y confente, vous me laiffez
coupable en ces lieux, & vous ne fçavez pas
encore combien je le fuis malgré toute la grandeur qui m'eft deftinée, malgré la foi que je
dois à mon Epoux, un autre aura ma main,
mais mon cher Rupert aura feul mon tœur.

RUPERT. Helas! je dois donc partir, puifque vous y confentez : cependant le Roi n'eft
pas encore votre Epoux, & je ne vous demande pour toute confolation, pour toute récompenfe de mon amour, que l'honneur de vous
baifer la main en vous difant adieu.

CONSTANCE. Je ne refuferai point ce foible foulagement à vos peines, & votre départ
m'y autorife. Mon cher Rupert, cette main
que je vous prefente vous affure de mon cœur.
Il lui baife la main.

SCENE IV.

GRISELDE, ARLEQUIN, & les Acteurs
de la Scene précedente.

GRISELDE. VOus affure de mon cœur!...
CONSTANCE. V Voici Grifelde.
RUPERT. Ah ciel!
ARLEQUIN *badine fur cet évenement.*
GRISELDE. Conftance eft-ce là la tendreffe
que vous avez pour votre Epoux? & vous Rupert eft-ce là l'amitié que vous avez pour le
Roi? Où eft la foi inviolable de l'himenée? où
font les loix faintes de l'hofpitalité? Dans le
jour même du mariage, dans la Cour de votre
Mari, vous partagez vos affections. Et vous,
vous manquez de refpect pour un Roi. Quelle
indignité! quelle trahifon!

G iiij

COSTANZA. *L'affetto è innocente.*

GRISELDA. *Ma fon ben rei i fofpiri, e gli ampleſſi. Un onorata moglie non può aver cuore, non deve nutrir affetto, che per lo Spoſo. Fan gran machia al ſuo decoro ancor l'ombre leggiere, il lampo d'un ſguardo, la velocità d'un penſiero...*

SCENA V.

GODOFREDO, e Detti.

GODOFREDO. G*Riſelda..*
COSTANZA. *Qual ſventura ô Cieli!*
ROBERTO. *Il Re ſon morto!*
GODOFREDO. *Per qual cagione ſei tu, ô Griſelda ſi da lo ſdegno commoſſa? E voi Coſtanza, e voi Roberto, perche ſi confuſi vi miro?*

GRISELDA à parte. *E come potrò io dirlo? Nulla Signore.*

GODOFREDO. *Ella è fatalità, che egualmente m'offendi, ó ſe parli, o ſe taci.. Arlichino tu mel dirai.*

ARLICHINO. *Racconta tutto il ſucceſſo al Re.*

GODOFREDO. *Ben ſi comprende, che ſei nata frà Boſchi. E che forſe io ti traſſi da le ſelve, perche tu foſſi eſploratrice delle azioni altrui? Qui veniſti vil ſerva, però oblia qual foſti, ed oſſerva ciò che ti conviene ne t'avanzar tant'oltre.*

GRISELDA. *Signore quel zelo.....*

GODOFREDO. *Egli è un zelo indiſcreto, che non ti addimando,*

CONSTANCE. Mon affection est innocente.

GRISELDE. Il y a du crime dans vos soupirs, & encore plus dans votre complaisacce. Une femme d'honneur n'a un cœur, n'a de la tendresse que pour son mari, les moindres choses blessent sa délicatesse, un seul regard, une simple pensée.

SCENE V.

GODEFROY & les Acteurs de la Scene précedente.

GODEFROY. GRiselde!
CONSTANCE. Ah ciel quel malheur!
RUPERT. C'est le Roi, je suis mort.

GODEFROY. Griselde, qu'est-ce qui cause l'indignation que je vois sur ton visage? & vous Constance, & vous Rupert pourquoi paroissez-vous si surpris?

GRISELDE *à part.* Ah comment pourrai-je le dire! *haut.* Il n'y a rien Seigneur.

GODEFROY. C'est une necessité que tu m'offenses également, soit que tu parles, soit que tu gardes le silence. Arlequin c'est à toi à me dire ce qui s'est passé.

ARLEQUIN *rend compte au Roi de ce qu'il a vû.*

GODEFROY. On voit bien que tu es née dans les bois. T'en ai-je tirée pour épier les actions des autres? Tu n'es ici que sujette, & tu dois oublier la grandeur où tu as été élevée, & ne te mêler que de ce qui te regarde.

GRISELDE. Seigneur, mon zele....

GODEFROY. Tu as un zele indiscret que je ne demande pas.

GRISELDA. *il rispetto. . . . . .*

GODOFREDO. *Questo si doveva ad una Reggia Sposa.*

ARLICHINO. Dà ragione al Re.

GODOFREDO. *Non devono esser queste cure di Grisleda, avezzasti il tuo cuore à troppo delicate premure ; scordati qual fosti, e pensa qual sei, intendi.*

GRISELDA. *Qual mi conviene obbedirò soffriendo, e tacendo à parte. Affetti del mio sposo io non v'intendo.* Parte.

ARLICHINO. Dice che non ha mai veduto il più bon galantuomo , e parte.

SCENA VI.

GODOFREDO, ROBERTO, e COST.

COSTANZA. *Sorte io non son lieta al tuo favore.*

ROBERTO. *Cielo io non credo al tuo sereno.*

GODOFREDO. *Qual freda tema estingue in voi la casta fiamma da vostri ardori ? Forse rafrena in voi il dolce desio del affetto, il debito di fede, ò il riguardo dell' Amicizia ? Amate, amate entrambi con reciproche voglie nel altrui seno il vostro cuore. Perdono all' età, perdono al genio gentile, la tenerezza d'un affetto che ha per Padre il tempo, e per albergo il cuore.*

COSTANZA. *Signore questo perdono ricusarei rissoluta se il tuo, od'il mio onore ne restasse aggravato. E se avessi havuto cuore per l'errore, saprei averlo ancora per il castigo. Se il mio amore fù innocente prima ancor d'esser sposa, ora che non*

GRISELDE. Le refpect....

GODEFROY. Tu en as manqué pour l'Epoufe d'un Roi.

ARLEQUIN *dit que le Roi a raifon.*

GODEFROY. Grifelde ne doit pas s'embarraffer de pareilles affaires , ni avoir des attentions fi délicates. Encore une fois , oublie ce
que tu as été , & penfe à ce que tu es ; entens-tu ?

GRISELDE. J'obéirai, je fouffrirai , je me
tairai puifque je le dois. *A part.* Je ne comprens rien aux fentimens de mon Epoux.

ARLEQUIN *dit qu'il n'a jamais vû un mari*
plus galant homme que le Roi , & s'en va.

SCENE VI.

GODEFROY, RUPERT, CONSTANCE.

CONSTANCE. FOrtune , tes faveurs ne me
donnent point de joie.

RUPERT. Je ne fçaurois croire que le Ciel
foit auffi ferain qu'il me le paroît.

GODEFROY. Quelle crainte amortit en vous
la chafte ardeur de vos feux ? la foi promife &
les devoirs de l'amitié étouffent peut-être vos
defirs ; aimez-vous , aimez-vous , & que vos
cœurs fe livrent mutuellement l'un à l'autre.
Je pardonne à l'âge & à l'inclination un amour
que le cœur a reçû innocemment , & que le
temps a fortifié.

CON TANCE. Seigneur , je refuferois ce pardon fi votre honneur ou le mien en étoit offenfé. Et fi mon cœur avoit pû me porter à
quelqu'action indigne de moi, je fçaurois bien
l'en punir.

son più di me steffa, non sà in vn anima grande
divenir si facilmente reo ; e credi che sono voti
del cuore queste che esprime il mio labro.

GODOFREDO. *Orsù tacete, che assai più mi*
offende la discolpa, che lo stesso vostro amore. Cos-
tanza se fin qui non siete rea, la sarate d'or in
avanti se lasciarete d'amar Roberto, e tu più reo
Roberto se da lei t'allontani, proseguite ad amar-
vi io v'acconsento. Parte.

ROBERTO. *Costanza, che rissolviamo ?*

COSTANZA. *Pendo dal tuo volere.*
ROBERTO. *Rissolvo d'obbedire ancor con peri-*
glio.
COSTANZA. *Ed'io non cessero d'amarti se ben*
divengo rea.

SCENA VII.

La Scena raprefenta una Sala Reale con Trono.

GRISELDA, servi.

GRISELDA. *Ciascuno affretti l'apparato, e*
la pompa ; si ravivi il giorno
estinto coi lumi, e la Reggia più gioliva accolga i
voti del suo Monarca. Il mio Godofredo vuol ch'io
steffa l'affretti, perche il triunfo della mia sorte
divenga più Maestoso, e superbo. S'esequisca il
comando, e si compisca la Scena crudele d'una

Mon amour étoit innocent avant que je fuſ-
ſe devenue votre Epouſe, & à preſent que je
ne ſuis plus à moi-même, croyez que j'ai l'a-
me aſſez grande pour remplir tous mes devoirs, quoiqu'il m'en coûte ; croyez en même
temps que c'eſt mon cœur qui vous parle.

GODEFROY. C'en eſt aſſez ; vos excuſes me
choquent plus que votre amour. Conſtance ſi
vous n'avez point fait de faute juſqu'à preſent,
vous en feriez une dans la ſuite, ſi vous ceſ-
ſiez d'aimer Rupert, & vous Rupert, vous feriez encore plus coupable, ſi vous renonciez à
votre maîtreſſe. Continuez de vous aimer, j'y
conſens. *Il ſort.*

RUPERT. Quelle réſolution prenons-nous !
ma chere Conſtance ?

CONSTANCE. Votre volonté ſera la mienne.

RUPERT. Quelque danger qu'il y ait à obéir,
j'y ſuis réſolu.

CONSTANCE ! Et moi je ne ceſſerai point
de vous aimer quand on me le défendroit.

SCENE VII.

Le Theatre repreſente une Sale Royale avec un
Trône.

GRISELDE *ſeule.*

GRISELDE. QUe chacun s'empreſſe pour
la pompe qui ſe prépare, que
les flambeaux tiennent lieu du jour, & que la
Cour brillante réponde aux vœux de ſon Monarque, mon Roi veut que je paroiſſe ici pour
donner ſans doute encore plus d'éclat au
Triomphe de ma mauvaiſe fortune. Obéiſſons

Tragedia cosi fatale.

SCENA VIII.

GODOFREDO, CORADO, e Detta.

GODOFREDO. **G**riselda, che più vi resta?

GRISELDA. *Nulla più, che la tua persona, o il tuo comando*

GODOFREDO. *L'impaziente amor mio pena negl'induggi del tempo.*

GRISELDA. *Anco un di per Griselda mostrasti queste impazienze, e questi ardori.*

GODOFREDO. *Ma furono estinti da la tua viltade.*

GRISELDA. *Così benigno per l'illustre tua Sposa le faccia il Cielo ardere eterni. Ma tu più cauto, e men crudele non richieder da lei i non facili esempi della mia sofferenza, à Costanza non dimandargli, poiche cresciuta frà gl'ostri, e di sangue gentile, non è qual Griselda avezza a gli insulti d'una rigida sorte.*

GODOFREDO. *A parte. Mio cuore se non ti spezzi tu sei di sasso.*

CORADO. *Signore, che vuoi di più?*

GODOFREDO. *L'ultima prova d'una tanta virtude.*

mon cœur, & voyons la fin d'une Tragedie si cruelle pour toi.

SCENE VIII.

GODEFROY, CONRADE & GRISELDE

GODEFROY. GRiselde, manque-t-il quelque chose?

GRISELDE. Non Seigneur, il ne manquoit que votre personne & vos ordres.

GODEFROY. L'attente est une grande peine pour mon amour impatient.

GRISELDE. Seigneur, vous avez eu autrefois pour Griselde les mêmes impatiences & les mêmes ardeurs.

GODEFROY. Ta naissance les a fait cesser.

GRISELDE. Que le Ciel les rende éternelles pour votre illustre Epouse. Mais Seigneur, gardez-vous d'exiger d'elle les mêmes épreuves de patience, élevée parmi les délicatesses d'une condition relevée, elle n'est pas comme Griselde accoûtumée aux insultes de la fortune.

GODEFROY. *A part.* Mon cœur si tu n'étois pas vivement touché, tu serois plus dur que le marbre.

CONRADE. Seigneur, qu'attendez-vous?

GODEFROY *bas à* CONRADE. Un dernier effort de vertu, une derniere épreuve de patience.

SCENA ULTIMA.

COSTANZA, ROBERTO, OTTONE
e Detti.

GODOFREDO. *Coftanza fiedi mia compagna ful Trono.*

COSTANZA à Roberto. *Quefto, è il punto in cui perdo ogni bene.*

ROBERTO à parte. *Perche non m'uccidi ò crude dolore?*

GODOFREDO. *Ottone accoftati.*

OTTONE. *Eccomi à tuoi cenni, ó Sire.*

GODOFREDO. *Et tu pure, ó Grifelda.*

GRISELDA. *Non men pronta obbedifco.*

GODOFREDO à parte. *Che penfi, ó cuore? Corado, e che riffolvo?*

CORADO. *Vedi, ó Signore che la tua prova non ti diluda.*

GODOFREDO. *M'afichra la fua virtù.*

CORADO. *Oprò fin ora prodiggi, e non è al fin piu che donna.*

GODOFREDO. *Ma donna, che fvergogna il noftro feffo.*

CORADO. *Fa quanto ti agrada.*

GODOFREDO. *M'affifta Amore, Grifelda affai fin ora foffrifti, merita il tuo corraggio degna mercede. Già per te tutta la compaffione occupa il mio cuore. Tu per l'avanti ó Grifelda non farai piu infelice Paftorella frà Bofchi, ò pure vil ferva in corte, farai . . . . . .*

GRISELDA. *E che Signore?*

GODOFREDO. *(Mio cuor che tenti? Ah fi:) Sarai Conforte d'Ottone.*

SCENE

SCENE DERNIERE.

CONSTANCE, RUPERT, OTON,
& les Acteurs de la Scene précedente.

GODEFROY. Onstance, mettez-vous sur
mon Trône à côté de moi.

CONSTANCE *bas à Rupert.* Voici le moment
où je vais vous perdre.

RUPERT *à part.* Ah ma douleur, ne sçau-
rois-tu me donner la mort!

GODEFROY. Oton approche-toi.

OTON. Seigneur, vous me voyez prêt à
executer vos ordres.

GODEFROY. Venez aussi Griselde.

GRISELDE. Me voici, Seigneur.

GODEFROY. *A part.* Ah mon cœur que vas-
tu faire! Conrade quelle est ma résolution?

CONRADE. Prenez garde, Seigneur, que
vous ne soyez trompé dans votre épreuve.

GODEFROY. Sa vertu me rassure.

CONRADE. Elle a fait jusqu'ici des prodiges,
mais enfin elle est femme.

GODEFROY. Oui, mais une femme qui fait
honte à notre Sexe.

CONRADE. Contentez-vous donc.

GODEFROY. (Amour sois-moi favorable)
Griselde tu as assez souffert; & ton courage
est digne de récompense. Une juste compassion m'a pénetré le cœur pour toi. Doresna-
vant tu ne seras plus bergere au milieu des
bois, ni dans la bassesse à la Cour.

GRISELDE. Eh quoi Seigneur?

GODEFROY. *A part.* (Que vais-je dire? il
le faut.) Tu seras femme d'Oton.

La Griselde. H

OTTONE. *O mia felice forte!*

GRISELDA. *Io d'Ottone?*

GODOFREDO. *Sì : ed à lui porgi la féde di spofa.*

GRISELDA. *Ah mio Signore. . . . . .*

GODOFREDO. *Non più : comanda il tuo Re, e tu devi obbedire.*

GRISELDA. *Ad obbedire io non fui già mai tarda , e tu ben sai , mio nume, mio spofo un tempo , se sempre mi fei legge de tuoi voleri. Dillo tu steffo , e voi con lui dileto , ô Popoli, che il vedefte. Pria mi togliefti il grado di Regina m'imponefti l'efiglio , e tornata alle felve mi richiamafti pur di nuovo alla corte , e negl'ufficii di vil ferva fui Miniftra à tuoi fponfali , e pure, mai ti diffi cradele , ma ti chiamai fpietato. Ma che d'Ottone io divenga fpofa ? che à lui doni il mio amore ?-fcufa mi, ô mio Godofredo , questo è l'unico bene , ch'io mi ferbai illefo dal tu comando. Se fui di te fin che viffi farò tua fin che mora ô fpofo adorato.*

GODOFREDO. *Refiftete ô miei spiriti. Appunto fcieglì, ciò ! che più ti piace , ô la morte, ò Ottone.*

GRISELDA. *La morte , la morte , ô Signore, io fcieglo ! e non temer gia mai , ô mio adorato Godofredo, che colà fra gli Elifi à l'ombre de gl'Amanti più fidi io faccia riffuonar le querele de tuoi crudi rigori. Più d'ogn'altro io ti fcufo ; fo che Grifelda vivendo rimprovera a i tuoi affetti una troppo fiera vergogna , e peró contenta io moro. Sì morte , morte ô Signore. Servi che più fi bada ? Alcun di voi fatto pietofo ne miei do-*

OTON. Ah quel eſt mon bonheur!

GRISELDE. Moi, femme d'Oton!

GODEFROY. Oui: donne-lui la main.

GRISELDE. Ah Seigneur!

GODEFROY. Ne me replique pas, ton Roi le commande, & tu dois obéir.

GRISELDE. J'ai toujours été promte à exe-cuter vos ordres, & vous qui avez été mon Epoux, vous ſçavez ſi votre volonté ne m'a pas toujours tenu lieu de loi. Vous pouvez me rendre ce témoignage, & les peuples qui en ont été témoins me le rendroient bien auſſi. Vous m'avez dépouillée de ma dignité, vous m'avez exilée & renvoyée dans mes Foreſts, vous m'avez enſuite rappellée à la Cour, où dans la plus vile condition, j'ai été obligée d'ordonner les apprêts de votre mariage. Au milieu de tant de maux, je ne vous ai jamais appellé cruel. Mais que je devienne l'Epouſe d'Oton? que je lui donne mon cœur? non mon Roi; pardonnez-le moi, il n'en ſera rien, c'eſt mon dernier bien que je conſerve indé-pendant de vos ordres. J'ai été à vous tant que j'ai vêcu, mon cher Epoux, je ſerai à vous juſqu'à la mort.

GODEFROY. *A part.* Courage mon cœur. *haut.* Choiſis ou la mort, ou Oton.

GRISELDE. La mort, la mort, Seigneur, voi-là mon choix; & ne craignez pas, mon cher Epoux, que dans les Champs éliſés, j'aille au milieu des amans fideles faire entendre mes plaintes contre vos rigueurs. Je ſçais vous ex-cuſer, je ſçais que Griſelde vivante vous repro-che un amour qui ne vous a pas fait honneur, & cette penſée me fera mourir contente. Qu'on me donne donc la mort, que vos Miniſ-

lori, refo giufto dal voler del mio fpofo, ò fpre-
ma ne veleni, ò pur aguzzi ne ferri tutti i tormenti della mia morte. Chi di voi piu s'affretta?
Chi avrà di voi la gloria del primo colpo? Ah
mio fpofo lo chiedo dalla tua deftra, e lo chiedo
proftrata, e fuplicante; fe pur non penfi, che
il cader traffitta dalla tua cara mano, fia piu tofto un gloriofo vivere; che un penofo morire. Ma
fia come piace al mio fato, ò mia pena, ò tuo
dono, lo chiedo alla tua mano. Permetti ch'io
men vada à gl'Elifi Ombra gloriofa con tutto
l'onore d'efferti fida, e che in quefto mio cuore
moftri le doppie ferite de tuoi lumi, e del tuo
braccio. Morte, Morte ô Signore.

GODOFREDO. Piu refifter non poffo. Amata fpofa folevati, e lafcia, ch'io ti ftringa al mio feno.

OTTONE. Oh me infelice!

GODOFREDO. Vedete ô popoli qual Regina vi
deftinai, qual moglie mi eleffi; fe quefta virtù
fia degna di calcare un foglio ditelo voi fteffi?
Siete rei verfo del voftro Re, ma con il penti-
mento, che in voi facile io fpero vi perdono l'errore.

OTTONE. Mio Signore tutta la colpa del tuo
Popolo è colpa d'Ottone. Io fui, che moffo dal
amor di Grifelda conduffi il volgo à dolerfi. Negli Animi Plebei valfero i doni, e ne Grandi il
mio efempio. Ecco che umile ti chiedo perdono.

GODOFREDO. Col tuo dolore abaftanza io ti
punifco. Ti perdono. Tu tacci Grifelda, e non
ridi in faccia al tuo Amico deftino? Forfe non è
perfetto il tuo godere?

tres s'avancent & par compaffion pour mes
peines, ou pour executer les ordres de leur
maître, qu'ils me faffent perir par le fer ou par
le poifon. Qui de vous autres fera le plus dili-
gent ? Qu'eft-ce qui dura la gloire du premier
coup ? Ah mon cher Epoux, je le demande
de votre main ! c'eft une priere que je fais à
vos pieds, à moins que vous ne me jugiez indigne de cette grace, & que vous ne croyez
cette mort trop douce pour moi. Helas accor-
dez-la moi cette grace ! je vous en conjure;
afin que mon ombre defcende glorieufe aux
enfers avec tout l'honneur de vous avoir été
fidelle, & d'avoir eu deux bleffures précieufes,
l'une de vos yeux, & l'autre de votre main.
La mort, la mort, Seigneur.

GODEFROY. Je ne fçaurois plus m'en défendre. Ma chere Epoufe levez-vous, venez que
je vous embraffe.

OTON. Ah malheureux que je fuis !

GODEFROY. Voyez mes peuples quelle Reine je vous avois donnée, quelle Epoufe je
m'étois choifie. Si une telle vertu eft bien digne du Trône, vous étes bien coupables envers votre Roi ; mais je vous pardonne votre
faute dans l'efperance que j'ai de votre repentir.

OTON. Seigneur, la faute du peuple eft celle d'Oton, c'eft moi, qui amant de Grifelde,
ai porté vos fujets à fe plaindre ; mes prefens
ont gagné les petits, & mon exemple ont ani-
mé les grands. Je vous en demande pardon à
vos pieds.

GODEFROY. Je laiffe à tes remords à te punir, & je te pardonne. Vous ne dites rien
Grifelde : comment recevez-vous votre bonheur ? ne le fentez-vous point encore ; où man-

GRISELDA. *Appunto mi duole lo stato di Cos-tanza , ella era degna di Godofredo.*

GODOFREDO. *Come mai puol esser moglie del Padre la Figlia?*

GRISELDA. *Come ?*

COSTANZA. *Che sento ?*

GODOFREDO. *Corado v'assicuri.*

CORADO. *Si generosa Griselda Costanza è la Figlia , che gia piangesti uccisa , e che io custo-dii per comando del tuo consorte.*

GRISELDA. *Cara Figlia !*

COSTANZA. *Amata Genetrice !*

GRISELDA. *Ah ch'io non intesi le voci del cuore.*

GODOFREDO. *Roberto , Costanza è tua , godi del frutto delle tue speranze.*

ROBERTO. *Magnanimo Signore grazie ti ren-do , ed'a voi mia Costanza osequioso in questa destra consegno il cuore.*

COSTANZA. *Ed il mio vi consagro.*

GODOFREDO. *Tu mia cara meco ritorna al comando , e chi mi e fido applaudisca al mio volere.*

TUTTI. *Viva Griselda , viva.*

FINE.

que-t-il quelque chofe à votre joie?

GRISELDE. La fituation de Conftance me fait de la peine ; elle étoit digne de Godefroy.

GODEFROY. Une fille peut-elle être femme de fon pere ?

GRISELDE. Comment ?

CONSTANCE. Qu'entens-je !

GODEFROY. C'eft à Conrade à vous en affurer.

CONRADE. Oui généreufe Grifelde , Conftance eft la fille dont vous avez pleuré la mort, & que j'ai élevée par les ordres du Roi votre Epoux.

GRISELDE. Ah ma fille !

CONSTANCE. Ah ma mere !

GRISELDE. Je n'avois pas bien compris la voix de mon cœur.

GODEFROY. Rupert, Conftance eft à vous, recueillez le fruit de vos efperances.

RUPERT. Grand Roi je vous rens des graces infinies ; & vous, charmante Conftance, recevez mon cœur avec ma main.

CONSTANCE. Je vous confacre le mien.

GODEFROY. Ma chere Grifelde reprenez l'auto.ité qui vous appartient , & que mes fideles fujets applaudiffent à ma volonté.

Tous enfemble. Vive Grifelde.

F I N.

APPROBATION.

J'AI lû par l'ordre de Monseigneur le
Garde des Sceaux, *le nouveau Théatre Italien*; j'ai examiné en particulier
les differentes pieces qui le composent,
& je n'y ai rien trouvé qui puisse en empêcher l'impression. Fait à Paris ce 3.
Novembre 1728.

DANCHET.

A PARIS,
Chez BRIASSON, rue saint Jacques,
à la Science.

ADAMIRE,

ou

LA STATUE
DE L'HONNEUR.

PERSONE.

INDAMORO Rè di Norveggia

ADAMIRA, sua Figlia.

PANTALONE, Confidente del Re.

ARLICHINO, Servo di Corte.

ENRICO, Figlio del Rè di Suezia.

PASQUELLA, vechia.

PERIDEO, creduto figlio di Pasquella.

DIONISIA, Figlia del Rè di Dania, sotto nome di Laureno, Vignaiuolo di Corte.

SCARAMUCCIA, Confidente di Enrico.

Due Sicarii.

La Scena è in Nicosia Metropoli della Norveggia.

ACTEURS.

INDAMORE Roy de Norvege.

ADAMIRE fille d'Indamore.

PANTALON confident du Roy.

ARLEQUIN suivant de Cour.

ENRIQUE fils du Roy de Suede.

PASQUELLE, vieille

PERIDE'B crû fils de Pasquelle.

DIONISIA fille du Roy de Dannemarck, sous le nom de Laurenò Jardinier d'un des Jardins du Roy.

SCARAMOUCHE Confident d'Henrique.

Deux Assassins.

La Scene est en Nicosie Capitale de Norvege.

ADAMIRA.

ATTO PRIMO.

La Scena rapresenta Atrio del Palazzo Reale.

SCENA I.

ARLICHINO, Due Sicarii.

ARLICHINO dice alli due, che se servitanno la signora Lesbia sua patrona col ucidere Laureno il Vignaiolo di Corte, che haveranno buona ricompensa: Li due sicarii promettono, Arlichino fà nasconderli per aspettarlo, essendo ogni mattina di passaggio per quella parte. Resta solo Arlichino parlando della sua patrona che vorebbe molti inamorati, mentre non contenta di essere favorita dal Rè, ha pregato d'amore il Vignaiollò, e perche l'hà sprezata vuol farlo ucidere, e che in oltre ha ordine di fare un ambasciata il Principe Enrico quel Signore forestiero di poco capitato alla Corte di cui ancora è invaghita: lo vede venire si ritira.

ADAMIRE.

ACTE PREMIER.

Le Theatre represente le devant du Palais du Roy de Norvege.

SCENE I.

ARLEQUIN, Deux affaffins.

ARLEQUIN *promet une récompenfe confide-rable aux deux Affaffins, en cas que fuivant l'ordre de Lesbia fa Maîtreffe, ils poignardent Laureno l'un des Jardiniers du Roy; fur l'affu-rance qu'ils lui donnent d'executer fes volontez, il les pofte dans un endroit par où Laureno a ac-coûtumé de paffer tous les matins. Il refte feul fur la Scene, & parle de fa Maîtreffe, qui non contente d'être aimé du Roy, veut encore avoir d'autres amants; il dit que fe voyant méprifée par Laureno, à qui elle a découvert la tendreffe qu'elle a pour lui, elle en eft fi outrée, qu'elle lui a donné ordre de le faire affaffiner; & que pour fe dépiquer, elle lui a commandé de voir de fa part le Prince Henrique, cet Etranger arrivé de-puis peu à la Cour, pour lequel elle reffent une*

A iij

SCENA II.

ENRICO, SCARAMUCCIA, poi ARLICHINO.

Viene Enrico lagnandofi per lo sfortunato amòre che porta della Principeſſa Adamira figlia del Rè, che lo abborifce : Scaramuccia lo confola ; in tanto ſi accoſta Arlichino : e gli fà ambaſciata da parte di Lesbia che lo ama. Enrico gli ordina di dire alla ſua Signora che ſi contenti di eſſer amata dal Rè, e ſi aſſicuri che lui non l'amerà già mai, e maltrattandolo: parte Arlichino mortificato, va per render riſpoſta à Lesbia.

SCENA III.

PERIDEO, poi PASQUELLA.

PERIDEO. *Eccomi in Nicoſia. Ecco la Reggia l'Indamoro. Oh fortuna è quando ti ſtancherai di funeſtarmi?*

Cangiai clima per ſottrarmi à tuoi ſtrali, laſciai la Corte di Dania per ſuggire gli incontri d'un pianeta nemico. Vergo ſotto un Cielo ſtraniero per ricovrarmi al ombra della corona del Rè Norvegio.

*extrême paſſion, comme il voit venir le Prince
Henrique avec Scaramouche, il ſe retire pour un
moment.*

SCENE II.

HENRIQUE, SCARAMOUCHE, ARLEQUIN.

HENRIQUE *déplore le malheur qu'il a d'aimer la Princeſſe Adamire fille du Roy de
Norvege qui le mépriſe & le fuit. Scaramouche
ſon Confident fait tous ſes efforts pour le conſo-
ler. Arlequin ſurvient qui lui expoſe l'ordre qu'il
a reçû de Lesbia de lui déclarer l'amour qu'elle à
pour lui. Henrique lui répond qu'elle doit ſe contenter de l'honneur qu'elle a d'être aimé du Roy
ſans chercher à le trahir, & l'aſſure qu'elle n'aura jamais aucun empire ſur ſon cœur. Arlequin
veut repliquer, Henrique le maltraite de parole,
il eſt très-mortifié d'avoir ſi mal réüſſi dans ſon
Ambaſſade amoureuſe, & ſort pour en aller rendre compte à Lesbia.*

SCENE III.

PERIDE's, PASQUELLE.

PERIDA'E. ME voici donc enfin en Nico-
ſie, & j'apperçois le Palais
du Roy : ah fortune cruelle ! ne te laſſeras-tu
jamais de me perſecuter ? J'ay changé de cli-
mat dans l'eſperance de n'être plus en butte à
tes traits ; j'ay quitté la Cour de Dannemark
pour éviter les malignes influances d'une pla-
nette ennemie, & je viens ſous un Ciel étran-

ADAMIRA.

Fortuna ti supplico di tregua. Mia Madre ovè sete? Mia Madre? Penso averla con me, e non la vedo torno à cercarla.

PASQUELLA. *Una mano dì furbi siete, pezzi di sciagurati vituperosi, canaglia plebea, scolatura di forfanti, e quintessenza di bricconi.*

PERIDEO. *Mia Madre con chi l'avete, vi è stato fatto insulto?*

PASQUELLA. *Se voi fosti omini da bene, baderesti à fatti vostri, è lasciereste stare le donne onorate, ladri impiccati beccaci.*

PERIDEO. *Con chi l'avete in buon ora? Sensitemi se volete.*

PASQUELLA. *Oh Perideo tu sei qui ah? Scusami figliuolo, perche quando io ho colera non conosco una paglia da un campanile; tu sai come io son fatta, e sai se la mi monta da vero.*

PERIDEO. *E che vi è successo, dove sono costoro. . . . .*

ger pour y trouver du repos à l'ombre de la Couronne de Norvege. Fortune Déeffe inconstante, accorde du moins quelque treve à mes maux.....Mais qu'eft devenue ma mere, elle me fuivoit, & je ne la vois plus ; je cours fur fes pas.

PASQUELLE *fort en colere, & parlant à la Cantonnade.*

Vous n'êtes que des fourbes & des fcelerats, de la canaille maudite, des gueux, des infolens ; en un mot, vous êtes la quinteffence & l'élixir de la friponnerie.

PERIDE'E. Qu'avez-vous donc ma mere, pour être fi émüe ? Vous a-t-on fait quelqu'infulte ?

PASQUELLE *parlant toûjours à la Cantonnade.*

Si vous étiez d'honnêtes gens, vous feriez occupez à vos affaires, & laifleriez en repos les femmes d'honneur ; mais vous n'êtes que des marauts à pendre....des faquins, des....

PERIDE'E. Et à qui donc en avez-vous s'il vous plaift ? il y a une heure que vous parlez avec un emportement extrême, & que vous ne vous appercevez pas feulement que je fuis ici.

PASQUELLE Ah Peridée, te voilà ! laiffe-moi refpirer, mon fils ; quand la colere me tranfporte, je fuis fi hors de moi, que je ne vois perfonne ; tu connois ma vivacité, & tu fçais que le feu me monte aifément à la tête.

PERIDE'E. Auriez-vous été infultée ? & qui font les infolens qui ont été affez hardis ?....

PASQUELLA. Paſſammo da quella Piazzetia
dove è quel'Oſteria del Toro, e tu eri paſſato un
po più inanzi, et'eri fermato da quel Merciaio,
ſul cantone quivi nel Oſteria à prima giunta vi
era una mano di bricconi, che bevevano come
tanti porci; io vo per fatto mio, & uno di loro
dice a me, ò bella giovine, vi degnareſti d'una
tazza di vino? Alla prima faccio viſta di non
ſentire, e paſſavo via : Viene un altro e dice,
almeno riſpondete ſe non volete degnarvi, & io
nulla, e tiro inanzi ſenza riſponder verbo, alla
fine ſcappano fuori del Oſteria tutti come tanti
diavoli ſcatenati, con i bicchiere in mano, con il
boccale, e mi cominciano a ſaltar intorno come ſe
io foſſi ſtata una buffona di Comedia.

PERIDEO. Ah, ah, ah.

PASQUELLA. Di che ridi tu ? Vedete beſtia,
ſta a vedere che tu eri d'accordo con quelli baro-
nacci.

PERIDEO. Oime che direte ? Io d'accordo anzi
ſon pronto à caſtigarli, ſeguite pure.

PASQUELLA. Oh io non ti vo dire ſe il cancaro
mi portava via, mi volſi ad uno di qui maſcal-
zoni, che aveva uno sfrigio ſul viſo, e li diedi
uno ſchiaffo che peſava quanto una balla di lana,

PASQUELLE. Nous paſſions par cette place où eſt l'Hôtellerie du Taureau, & tu marchois devant moi, pendant que je me ſuis arrêtée un moment à parler à ce Marchand qui fait le coin de cette Hôtellerie, où il y avoit une troupe de fripons qui buvoient; dans le temps que je quittois ce Marchand, l'un de ces garnimens s'approche de moi : ma belle & jeune fille, me dit-il, voudriez-vous nous faire la grace d'accepter un verre de vin; d'abord je feins de ne le pas entendre, & je veux continuer mon chemin, un autre m'abordant d'un air mocqueur, ma charmante, me dit-il, ſi vous ne voulez pas boire, daignez du moins nous honorer d'une réponſe gracieuſe : à cela je ne réponds mot, & je veux m'échapper de leurs mains; mais étant tous ſortis de l'Hôtellerie comme autant de diables déchaînez avec les verres & les bouteilles à la main, ils commencent à danſer autour de moi, & à me bafoüer comme ſi j'euſſe été un perſonnage ridicule de Comedie.

PERIDE's *rit.* Ah, ah, ah!

PASQUELLE. Comment infâme, tu ris auſſi? mais voyez l'inſolence; je crois bonnement qu'il eſt d'accord avec ces yvrognes pour ſe mocquer de moi.

PERIDE'E. Moi d'accord avec ces inſolens! non ma mere; & pour vous faire voir que je prens part à l'inſulte qu'on vous a faite, venez avec moi, & vous verrez la vengeance que j'en vais prendre.

PASQUELLE. Tu peux t'imaginer l'extrême colere dans laquelle j'étois; je me tourne du côté d'un de ces fripons qui avoit une balafre ſur le viſage, & je lui applique un ſoufflet

è taffe, ſecondo che la rabbia mi rodeva, gli rõm-
po la bocca, e gli eſce il ſangue dal nazo ſpezza
il bichiere, gli caſca di mano il boccale, e fra la
briachezza, la percoſſa, e la paura, caſca in terra come morto.

PERIDEO. Orſù datevi pace, che ſarà mia cura il rimediarci. Or che penſiamo di fare?

PASQUELLA. Che ſo io per me. Tu puoi credere adeſſo, come adeſſo io ho un cuore di Baſiliſco.

PERIDEO. Vorrei che procuraſſimo introduzio-
ne dal Re Indamoro, e preſentargli la Lettera
del Rè, e della Regina di Dania à noſtro favore.

PASQUELLA. Eccomi quà ſon teco, e teco vo
morire s'io credeſſi caſcar à pezzi.

PERIDEO. Ecco gente di qua è un vilano, mà
eſce di Corte, e vien molto ardito. Anco dalla
gente più baſſa ſi ſuol ricevere corteſi informa-
zieni. Fermiamo ci qui, e vedremo di abboc-
carci ſeco.

PASQUELLA. Tù a dire, & io a fare.

auffi pefant qu'un balot de laine , paf. Et comme ma fureur me donnoit de la force , le coup
a été fi violent, que je lui ay caffé le nez &
les dents , dont il a jetté une grande quantité
de fang ; le verre & la bouteille lui font échap-
pez des mains ; & foit qu'il fut yvré , foit du
coup, foit de la peur, il eft tombé à terre comme un homme-mort.

PERIDE'E. Tranquillifez-vous, ma mere ,
j'apporteray bientôt remede à vos chagrins;
mais fongeons, je vous prie, à nos affaires.

PASQUELLE. Que veux-tu que je te dife ?
je fuis encore fi tranfportée de colere, que je
ne me connois pas ; fi mes forces répondoient
à mon courage, ou que j'euffe eu en ce moment le pouvoir du bafilic , mes yeux étoient
fi étincelans de rage, que je les aurois tous
fait mourir par mes regards furieux.

PERIDE'E. Vous aviez une jufte raifon de
vous fâcher, mais retournons à nos affaires ; je
voudrois pouvoir feulement nous prefenter à
Indamore Roy de ce Pays, & lui remettre les
Lettres que le Roy & la Reine de Dannemark
lui écrivent en nôtre faveur.

PASQUELLE. Eh bien donc, me voici prête
à te rendre fervice, & à mourir même pour
toi, mon cher enfant, s'il en étoit befoin.

PERIDE'E. Il me paroit que voici un homme du pays ; ce n'eft qu'un Villageois, mais
il fort du Palais, & vient à nous avec une con-
tenance qui ne fent pas ce qu'il eft : c'eft ordinairement de ces fortes de gens que l'on apprend ce que l'on veut fçavoir ; arrêtons-nous
ici, & prenons le moment favorable pour l'a-
border.

PASQUELLE. Volontiers mon fils, je fuis
prête à faire tout ce que tu voudras.

SCENA IV.

LAURENO, e li sopradetti

LAURENO. **A**Ncor vivo, ancor spiro? Vedi il perfido Enrico idolatrar le bellezze di Adamira; scorgo il fellone calpestar la fede maritale, vede l'esequie del onor mio, e non mi si stacca l'anima dal seno? Povera Dionisia, schernita Principessa. Oh Dio: Eccomi esule volontaria dal Regno di Dania, per questo tiranno de' miei affetti, e di mia riputazione. Odo gente alla volta mia torno Laureno.

PERIDEO. Lasciate vi prego parlar à me. Ti salvi il Cielo amico.

LAURENO. Buon giorno compagni, v' occorre cosa ch'io possa.

PERIDEO. Ti vidi uscir di Corte, vi hai forse alcuna conoscenza?
LAURENO. Anzi son de Corte anch'io.

PERIDEO. Dì grazia lascia li scherzi, e dimmi.
LAURINO. E chè volete ch'io vi dica se non mi credete son di Corte, vivo in Corte e servo al Rè Indamoro.

SCENE IV.

LAURENO, PASQUELLE, PERIDE'E.

LAURENO. PUis-je vivre, après avoir été témoin de la perfidie du traître Henrique, qui adore la Princesse Adamire ? Quoi ce scelerat est prêt de fouler aux pieds la foy de mariage qu'il m'a promise, la perte de mon honneur est certaine, & je respire encore ? Ah malheureuse Dionisia, Princesse méprisée : faut-il que l'amour t'exile volontairement du Trône de Dannemark, pour courir après le Tyran de ton cœur ? mais j'apperçois des étrangers. J'ay interêt de n'être pas connue ; reprenons le nom de Laureno.

PERIDE'E *à sa mere qui veut parler la premiere à Laureno, dont elle devient amoureuse.*

Permettez ma mere ; que je puisse dire un mot à ce Paysan. *A Laureno.* Que les Dieux vous soient favorables, mon cher ami.

LAURENO. Bon jour, Monsieur, bon jour ma bonne mere, vous puis-je être utile à quelque chose ?

PERIDE'E. Je vous ay vû sortir du Palais, vous y avez sans doute quelque connoissance.

LAURENO. Oüi vrayment, puisque je suis de la Cour.

PERIDE'E. Laissons-là la plaisanterie, obligez-moi de me dire.....

LAURENO. Et que voulez-vous que je vous dise, si vous n'ajoûtez aucune foi à mes paroles ; Je vous repete que je suis de la Cour, que

PERIDEO. *E che carica è la tua? mi vien da ridere.*

PASQUELLA. *Tu sei pur bestia lasciai dire se tu vuoi.*

LAURENO. *Sono il Vignaiolo della Vigna Reggia che e contingua al Giardino di Corte.*

PASQUELLA. *Uh egli è anco un peccate.*

PERIDEO. *Oh questo può essere.*

LAURENO. *Siete voi forse forestieri.*

PERIDEO. *Veniamo di Dania, dove habbiamo dimorato tre mesi, e che per un accidente ha bisognato ci partiamo, & habbiamo Lettere di favore di quella Maestà appresso il Rè Indamoro, e la Principessa Adamira sua figlia, per me, e per mia Madre.*

LAURENO. *Questa è vostra Madre.*

PASQUELLA. *Io son quella bambolone.*

LAURENO. *Perdonatemi se non vi ho fatte le dovute accoglienze, havete un figlio che è la stessa cortesia, e ben si vede ne suoi amabili costumi ch'egli è vostro parto.*

PASQUELLA. *Vorrei poter essere una Regina Sabba per rispondere à queste tue gentilezze.*

LAURENO. *Vi resto obligatissimo di queste espressioni, ma poiche venite di Dania, ditemi*

iy

j'y demeure, & que je suis au service du Roy
Indamore.

PERIDE'E. Tu me fais rire, mon enfant,
quelle est donc ta charge ?

PASQUELLE *à son fils.* Si tu veux qu'il te le
dise, laisse-le donc parler.

LAURENO. Je suis Jardinier d'une partie des
Jardins du Roy, celui dont j'ay la charge, touche aux murs de ce Palais.

PASQUELLE. Quel dommage que ce ne soit
là qu'un Jardinier ?

PERIDE'E. Il n'y a rien que de vrai-sembla-
ble à ce que me dit ce jeune homme.

LAURENO. Il y a apparence que vous êtes
étrangers dans ce pays.

PERIDE'E. Oüi mon ami ; nous arrivons de
Dannemark, où nous avons demeuré pendant
trois mois. Une affaire qui nous y est survenue,
nous a obligé d'en partir, & nous avons ma
mere que voici, & moi, des lettres de recommandation de leurs Majestés Danoises auprès
d'Indamore & de la Princesse sa fille.

LAURENO. Quoi cette bonne vieille est votre mere ?

PASQUELLE. Oüi mon bel enfant.

LAURENO. Excusez ma chere Dame, si j'ai
manqué à quelque chose à votre égard ; vous
avez un fils qui est le plus poli de tous les hommes, & l'on voit bien à ses manieres hon-
nétes que c'est vous qui lui avez donné le jour.

PASQUELLE. Ah mon mignon, je voudrois
avoir tout l'esprit de la Reine de Saba pour
pouvoir répondre à un compliment aussi gra-
cieux.

LAURENO. Voilà des termes des mieux choi-
sis & des plus obligeans ; mais ma bonne mere

Adamire. B

portate alcuna novità di quella Corte? Io per dirvela son nato nelle campagne di Dania, però compatite la mia curiosità vi prego.

PERIDEO. Si fanno gran diligenze per sapere ove sia gita la Principessa Dionisia figlia del medisimo Rè.

LAURENO, Si si quella, che scappò quatro mesi sono. Oh gran caso fù quello; si dice la causa della sua fuga?

PERIDEO. Chi dice che è fugita perche amava un tal Principe figlio del Rè di Suezia, che se n'era venuto in questa corte. Chi dice che lei s'era amazzata per la disperazione, ogn'uno vol dire il suo capricio. L'effetto è, la dama non si trova, non ostante, che come ho detto, non si manchi di quelle diligenze, che possono far i grandi.

LAURENO. In somma che devo far per voi; eccomi a servirvi se posso.

PASQUELLA. Non bisogna ch'io lo guardi, perche darei nelle pazzie, e farei qualche sproposito.

PERIDEO. Vorremmo udienza da S. M. ma quanto prima.

puifque vous venez de Dannemark , dites-moi
je vous prie des nouvelles de cette Cour.
A vous parler naturellement , je fuis né dans
un des villages de ce Royaume , & vous me
feriez un fenfible plaifir de fatisfaire à ma curiofité , en m'apprenant ce qui s'y paffe de
nouveau.

PER DE'E. Puifque vous êtes curieux de nouvelles , je vous diray qu'on y fait toutes les re-
cherches poffibles de la Princeffe Dionifia fille
du Roy de Dannemark.

LAUREN O. Je fçay qu'elle a difparue de la
Cour du Roy fon pere , il y a environ quatre
mois. C'eft un très-grand malheur pour le
Monarque ; mais encore fçait-on la caufe de
fon abfence ?

PERIDE'E. Les uns difent qu'elle a quitté la
Cour , parce qu'elle aime un Prince qui eft fils
du Roy de Suede , & qui eft à prefent en Norvege ; d'autres affurent que le départ de ce
Prince du Royaume de Dannemark lui a caufé
un tel defefpoir , qu'elle n'a point héfité de fe
donner la mort. Enfin chacun en parle fuivant
fon caprice ; mais ce qu'il y a de vrai , c'eft que
la Princeffe ne fe trouve plus , quelque diligence , comme je vous l'ay déja dit , que les
plus qualifiez du Royaume ayent pû faire pour
découvrir ce qu'elle eft devenue.

LAU RENO. Je fuis très-content de votre
complaifance ; mais que puis-je faire pour
vous , & en quoy vous puis-je rendre fervice ?

PASQUELLE. Non , je ne veux pas regarder
davantage ce beau Jardinier ; je fuis fi émûe ,
qu'il ne me faut plus qu'une œillade pour me
faire faire quelqu'action extravagante.

PERIDE'E. Puifque vous êtes fi obligeant ,

B ij

LAURENO. *Basta à me il cuore d'introdurvi fra mez'ora, e non più.*

PASQUELLA. *Tu sei bello, e gentile! Uh poveretta me, mi sento tutta infocata.*

LAURENO. *Venite meco che entreremo in corte dalla porta del Giardino; il vostro nome, qual è?*

PERIDIO. *Perideo al tuo piacere.*

LAURENO. *E voi?*
PASQUELLA. *Pasquella figlia di Baccio.*
LAURENO. *Orsù venite io vi fo la strada.*

SCENA V.

Sicarii, poi PANTALONE conGuardie, e li sopradetti.

LI due Sicarii affaltano Laureno, e lo feriscono. Perideo lo diffende. Escono Soldati di Corte con Pantalone che li seguitano. Perideo, e Pasquella sostenendo Laureno entrano, e termina l'Atto Primo.

pourions-nous par votre moyen avoir une au=
diance prompte & favorable de Sa Majesté.

Laurino. C'est une chose très-facile , &
je vous rendray bientôt contents.

Pasquelle. Qu'il est beau , qu'il est gra-
cieux ! Ah je me sens toute je ne sçay comment
à la vûe de ce jeune garçon.

Laureno. Venez avec moi , je vais vous
faire entrer par la porte du Jardin ; mais auparavant faites-moi , je vous prie , la grace de
m'apprendre votre nom.

Peride'e. Peridée , pour vous rendre service.

Laureno *à la vieille.* Et vous ?

Pasquelle. Pasquelle fille de Baccio.

Laureno. Suivez-moi , je vais vous montrer le chemin.

SCENE V.

Les Acteurs de la Scene précédente.
Les deux Assassins , & ensuite Pantalon avec la Garde du Roy.

DAns le moment que Laureno se dispose à
partir les deux Assassins postez par Arlequin,
l'attaquent & le blessent, Peridée met l'épée à la
main pour sa défense. Pantalon qui survient , ap-
pelle la Garde du Roy, elle vient au secours du
Jardinier. Peridée & Pasquelle soûtenant sous
les bras Laureno blessé, entrent dans le Palais, &
terminent le premier Acte.

ATTO SECONDO.

SCENA I.

ADAMIRA *sola*, e poi INDAMORO.

DOVE mi guidi, ô troppo violento defio? ma cieca ch'io fono! Quafi non fappi, che non ricetta penfiero la mia mente, ne move paffo il mio pede, che non fegua gl'impulfi d'un trabochevole amore. Nume tiranno quando confoli il mio tormento? Finito appèna il corfo dell'età mia puerile, ed appena apperto all'Idea il conofcimento del verò tu m'infegnafti ad amare; Io t'obbedi, ed amai chi non conobbi, ed amo ancora chi non conofco. Le prime dottrine di mia educazione furono lo fpiegarmi dell'onore i pregi. Intefi che per l'onore fuda il Gueriero, agifcon gli Eroi, e le Regine refpirano; E che più dogn'altro infine deve la donna effer il Tempio di quefto nume; E tanto però, o riverit' Onore, mi fi accefe per te nel cuore brama, ed affetto, che altro non potendo adoro quel faffo che ne Reali Giardini in bel fimulacro la tua riverita deità rapprefenta; ma fi acerbo è il mio cordoglio.......Ma ecco mio Padre parto per minor male.

ACTE SECOND.

SCENE I.

ADAMIRE seule. & ensuite INDAMORE

OU me conduit une aveugle passion ? Mais insensée que je suis, puis-je ignorer que mon cœur forme d'autres vœux, que mon corps ne reçoit d'autres mouvemens que ceux qui lui sont inspirez par un amour dangereux ? Cruelle Divinité, quand finiras-tu mes tourmens ? A peine j'étois sorti de l'enfance, à peine j'avois atteint l'âge où la raison nous éclaire, que tu m'as soûmis à tes Loix ; tu m'as blessé pour un objet que je ne connoissois pas, & je brûle encore pour lui sans le connoître. Les premières leçons que j'ay reçû dans l'âge le plus tendre, m'ont parlé de l'honneur. On m'apprenoit que c'est pour lui seul que les guerriers s'exposent à tant de fatigues ; que c'est à lui que les Heros offrent toutes leurs actions ; que les Princesses ne respirent que par lui. Enfin, qu'il suffit d'être femme pour être obligée de se consacrer toute entière à cette Divinité. C'est par le respectable honneur que mon cœur s'est enflâmé pour toi d'une ardeur si vive. Que ne pouvant faire davantage, je brûle pour un marbre insensible, pour la Statue qui te represente dans les

INDAMORO. *Fermateti Adamira, e dove andavate al mio arivo ?*

ADAMIRA. *A converfare con il mio dolore.*

INDAMORO. *Ditemi ô figlia che v'affligge? Paléfaleṁi la cagione di quefte voftre fventure-? e fe la mia vita potrà riparare alli voftri danni, ecco un Padre amorofo, che di buon cuore fagrificarà alla voftra falute quegl'anni che gl'avanzano.*

ADAMIRA. *Padre fentite. Il mio male fù prodotto per effere infinito, & immortale. Siete Re, mi amate, ma la voftra autorità, i voftri affetti non hanno potere per riffanarmi.*

INDAMORO. *Ogni veléno ha il fuo antidoto, quando l'infermo vuol effer curato, fon riffoluta faper il tutto da voi.*

ADAMIRA. *Tanto è poffibile il confolarmi quanto voler dar moto, e fenfo à chi nacque fenza moto, e fenfo.*

INDAMORO. *Adamira voi mi tormentate.*
Jardius

jardins du Roy. Mais cependant ma douleur eſt
ſi grande, que.....Ah j'apperçois mon pere, je
quitte ces lieux pour éviter encore de nouveaux déplaiſirs.

INDAMORE. Arrêtez un moment, ma fille,
mon abord en ces lieux doit-il vous en chaſſer?

ADAMIRE. Non Seigneur, mais j'allois m'entretenir toute ſeule de la douleur qui m'accable.

INDAMORE. Ne puis-je donc ma chere fille, ſçavoir le ſujet de cette douleur? Pourquoi
vous obſtiner à me la cacher? oüi Adamire, ſi
mon ſang peut apporter quelque ſoulagement
à vos maux, je ſuis prêt à le verſer pour vous,
& à avancer des jours que je ſacrifierai ſans regret pour conſerver les vôtres.

ADAMIRE. Ah Seigneur, mon mal eſt d'une
nature incurable! vous êtes mon pere & mon
Roy, votre tendreſſe pour moi eſt extrême;
mais quoique votre pouvoir & votre amour
ne ſoient point bornez, ils ne peuvent apporter remede à la violence des maux que je ſouf-
fre.

INDAMORE. Il n'y a point de venin qui n'ait
ſon contre-poiſon; & quand un malade a confiance en ſon Medecin, il eſt à moitié guéri.
Ne me cachez donc plus ma chere Adamire,
le ſujet de votre douleur, puiſqu'auſſi-bien je
ſuis abſolument réſolu de le connoître.

ADAMIRE. Ah Seigneur! votre curioſité eſt
inutile: vous ne pouvez me guérir; & cela
vous eſt auſſi impoſſible, que de vouloir donner le mouvement & la vie à qui nait ſans l'un
& ſans l'autre.

INDAMORE O ciel que ce ſilence obſtiné me
cauſe de douleur!

Adamire.   C

SCENA II.

ARLICHINO, poi LAURENO,
e li sopradetti.

ARLICHINO porta ambasciata che è il Vig-
narolo. Re lo fa entrare. Viene Laureno
quale presenta delle vue della vigna Reale, e
poi dimanda grazia di far entrare due Foresticri
al udienza : Rè si contenta.

SCENA III.

PASQUELLA, PERIDEO,
e li sopradetti.

PASQUELLA. STà savio parla apuntato, e non
far il bue veh?

LAURENO. Spiegate il vostro concetto, ecco
S. M.

PASQUELLA. Ch'io crepi s'io non mi ero in-
dovinato ch'egl'era lui.

PERIDEO. Il più umil servo à vostri piedi
s'inchina ò Re; mio Signore qual mi sia suplico V. M. à degnarsi d'intenderlo da questa carta à lei diretta, & à me consegnata dal Re di
Dania à cui hò servito.

INDAMORO. E quella chi è?

PERIDEO. E mia madre. Mia Madre fatevi
avanti.

PASQUELLA. A me?

SCENE II.

ARLEQUIN, LAURENO, INDAMORE, ADAMIRE.

A Rlequin vient dire au Roy que le Jardinier voudroit lui parler. Le Roy ordonne qu'il entre. Laureno vient avec un panier de raisins qu'il présente au Roy, & lui demande la grace de pouvoir introduire en sa presence deux étrangers qui lui demandent audience ; le Roy le lui permet.

SCENE III.

PASQUELLE, PERIDE'E, & les Acteurs de la Scene précedente.

PASQUELLE à Peridée. PEridée, songe au moins à né parler que bien à propos, ne vas pas dire quelque sottise, ni faire la bête. Entens-tu ?

LAURENO à Pasquelle. Voilà le Roy, songez vous-même à ce que vous ayez à lui dire.

PASQUELLE. C'est là le Roy ! que je puisse mourir, si je ne m'en suis doutée.

PERIDE'E. Seigneur, vous voyez à vos pieds le plus soumis de tous vos Esclaves ; daignez s'il vous plaît faire la lecture d'une lettre que le Roy de Dannemark mon maître m'a chargé de rendre à Votre Majesté.

INDAMORE. Et quelle est cette bonne femme ?

PERIDE'E. Seigneur, c'est ma mere ; avancez ma mere.

PASQUELLE. Moi ?

C ij

LAURENO. *A voi sì, non udite che di voi dimanda?*

PASQUELLA. *Uh Signore di grazia scusatemi, s'io vi havessi tenuto a bada.*

INDAMORO. *Che bramate?*

PASQUELLA. *Credo che appresso poco averete
inteso che noi eravamo nella Corte del Rè di
Dania, che ci voleva un ben pazzo. E così.....
Oh scusatemi quella Giovine che io non vi havevo badato. Dite il vero voi siete la Principessa figlia del Rè?*

INDAMORO. *Si sì è d'essa.*

PASQUELLA. *In fatti credo saver il diavolo
addosso a conoscere le genti al fiato. Signora quando havrò cicalato con vostro Padre, verrò ancora
à voi. Ora come io dicevo stavamo nella Corte
di Dania di dove ci convenne partire, per certa
Dania, che s'inamorò di mio figlio, e lui non
voleva ascoltarla: basta, e così ce ne siamo ve-
nuti.*

INDAMORO. *Avete altro da di e?*

PASQUELLA. *Per ora non ho altro Signor no.*

LAURENO. *E la Lettera?*

PASQUELLA. *Oh Signore perdonatemi ci las-
ciava il più, & il meglio. Ah Laureno assassi-
no, sei tu che mi fai uscire di sentimento. Io hò*

LAURENO à *Pasquelle.* Oüi, est-ce que vous
n'avez pas entendu ce que le Roi vient de dire?

PASQUELLE *au Roy.* Excusez Sire, si j'ai été
si long-temps à vous répondre.

INDAMORE. Eh bien ! que souhaitez-vous de
moi?

PASQUELLE. Je croi Sire, que vous avez
déja entendu que nous venons de Dannemark;
franchement le Roy de ce pays-là étoit un bon
homme, il nous aimoit à la folie, mon fils &
moi; ...mais excusez, vraiment, je n'avois
pas apperçû cette jeune personne; dites la verité ma Bonne, je gage que vous êtes la Princesse Adamire la fille du Roy?

INDAMORE. Vous ne vous trompez pas,
c'est la Princesse ma fille. .

PASQUELLE. Oh, il faut que je sois sorcie-
re pour connoître ainsi les gens du premier
coup d'œil. *à la Princesse.* Ma belle Dame,
quand j'aurai eu un petit quart d'heure de conversation avec votre pere, vous aurez votre
tour. *au Roy.* Je vous disois donc, mon bon
Prince, que nous vivions fort tranquilles en
Dannemark, lorsqu'une certaine Dame y étant
devenue folle de mon fils que voici, & lui ne
voulant point répondre à sa tendresse, cela
nous a obligé d'en partir en diligence, & nous
voici enfin arrivez à cette Cour.

INDAMORE. Avez-vous quelqu'autre chose
à dire encore pour le present?

PASQUELLE. Non vrayement, Sire, en voila bien assez.

LAURENO à *Pasquelle.* Et votre Lettre?

PASQUELLE. Bon! j'oubliois bien le meil-
leur. Ah Laureno petit fripon, tyran de mon
ame! c'est toi qui me brouille ainsi la cervelle.

una Lettera della Regina, che và alla Principessa vostra figlia. Vi contentate ch'io gl'ela dii!

INDAMORO. Perche no ?

PASQUELLA. Che sò io. La cosa delle figlie è cosa gelosa ; dove diavolo sara ella andata? L'ho pur d'haver in seno; Tu ci sei se tu arrabiasti. Signora ecco la Lettera calda, calda tenete.

INDAMORO. In che v'impiegò il Re di Dania nella sua Corte ?

PASQUELLA. Giardiniera del Giardino del Re Signore. Io son nata in campagna, e per conto di questo mestiero, oltre che la natura mi porta ch'o una mano benedetta.

INDAMORO. Voglio secondare il vostro genio. Arlichino farai consegnare à questa donna le chiavi del Giardino di questo Palazzo, e gli farai assegnare gl'Appartamenti contigui: e voi sarete la principal Giardiniera.

PERIDEO. V. M. lega i nostri cuori con saldissime catene di un'eterna schiavitù.

J'ai encore, mon Prince, une Lettre de la Reine de Dannemark pour votre fille, mais je ne la lui donnerai pas sans votre permiſſion.

INDAMORE. Oh! vous pouvez le faire, je ne m'y oppoſe pas.

PASQUELLE. Mon Dieu, que ſçait-on; les Lettres que l'on donne aux filles ſont ſujettes à caution, elles peuvent donner martel en tête à leurs parens.....Mais où diantre ay-je fouré cette maudite Lettre? il me ſemble pourtant que je l'avois ſerré dans mon ſein. Je crois que je deviendrai folle ſi je ne la trouve: ah la voilà à la fin; tenez ma Princeſſe, elle eſt encore toute chaude.

INDAMORE. Ma bonde mere, quel étoit votre employ en Dannemark?

PASQUELLE. C'étoit moi Seigneur, qui avois ſoin des Jardins de Sa Majeſté Danoiſe. je ſuis née à la Campagne, j'entens, Dieu merci, aſſez bien le jardinage; mais outre que la nature m'a toujours donné beaucoup de goût pour mon métier, j'ai encore la main la plus heureuſe du monde pour tout ce que je plante.

INDAMORE. Puiſque cela eſt ainſi, à la recommandation du Roy de Dannemark, je veux bien ſeconder votre inclination; Arlequin aura ſoin de remettre à cette femme les clefs du Jardin de ce Palais, & lui fera donner auſſi un appartement tout proche. Vous ma bonne mere, vous aurez l'inſpection principale de ces Jardins.

PERIDE'E. Tant de bontez Seigneur, nous attacheront éternellement à votre auguſte perſonne, & Votre Majeſté peut compter ſur un dévoüement éternel, & des plus reſpectueux de notre part.   C iiij

INDAMORO. *Adamira che dite à costoro?*

ADAMIRA. *La Regina Dionora mi scrive con caldezza in vostro raccommandazione, il Rè mio Padre adempirà così efficaci preghiere.*

PASQUELLA. *Signore già che havete fatto tanto vorrei un altro favore, e poi non altro.*

INDAMORO. *Dite pure.*
PASQUELLA. *Vorrei (ma vedete l'avete à fare) che vos facesse impicare quelli due, che hanno voluto ammazzare il povero Laureno. Signore fatteli impicare, e se non vi è altri l'impicherò io con le mie mani.*

INDAMORO. *E chi vi move à chieder giustizia per Laureno?*

PASQUELLA. *Vi dirò prima, egli è stato affassinato, secondo egli hà aria di buon figlio, terzo (tiratevi in quà, che non voglio che Perideo senta,) se io dicessi di non volergli un poco di bene io mentirei per la gola.*

INDAMORO. *Come dire?*
PASQUELLA. *Io son vedova, e lui è garzone, e quando havessi à pigliare il quarto marito non cambiarei lui per un altro: impicategli Si-*

INDAMORE. Et vous ma fille, vous ne dites rien à ces deux personnes.

ADAMIRE à *Pasquelle*. La Reine Dionore m'écrit avec beaucoup de bonté en votre faveur; & j'espere que le Roy mon pere répondra aux vives prieres que leurs Majestés Danoises nous font à votre sujet.

PASQUELLE. Seigneur, puisque vous êtes si bon, faites-moi, je vous prie, encore une petite grace.

INDAMORE. Eh bien, quelle est-elle?

PASQUELLE. Je voudrois, Sire....mais n'allez pas au moins me refuser; car songez qu'il est de votre devoir de m'accorder cette grace; Je voudrois, dis-je, seulement que vous fissiez pendre les deux scelerats qui ont voulu assassiner le pauvre Laureno: vous voyez bien que ce n'est qu'une bagatelle; mais je suis si outrée contre ces coquins, que si vous manquiez de gens pour en faire justice, je les pendrois plûtôt de mes propres mains.

INDAMORE. Et quel interêt avez-vous de demander vengeance du crime commis envers Laureno?

PASQUELLE. Je vais vous le dire, Sire, j'en ai plusieurs bonnes raisons. Premierement, il est certain qu'on a voulu l'assassiner: En second lieu, il a tout l'air d'un bon vivant. Enfin, (mais tirons-nous un peu à l'écart, ceci doit être un secret pour Peridée,) tenez, franchement, si je vous disois que je ne l'aime pas un peu, je mentirois bien serré.

INDAMORE. Comment?

PASQUELLE. Ecoutez, Sire, je suis veuve, il est garçon, & ayant à choisir un quatriéme mari, je ne donnerois pas celui-ci pour un au-

gnore, e castigate questi assassini.

INDAMORO. Orsù vedremo. Perideo avete udito. Adamira ritiratevi, & habbiate più prudenza. e parte.

ADAMIRA. Non può haver prudenza chi vede precipizzi inevitabili. e parte.

PERIDEO. Laureno vieni, ó resti?

LAURENO. Presto verrò alla Vigna. Abbiamo gl'Appartamenti attaccati insieme, i on mancherà tempo di rivederci.

PASQUELLA. Ah ladrino! poteva ella balzarmi meglio? Perideo. Addio.

PERIDEO. Alegramente mia Madre.

PASQUELLA. Laureno?
LAURENO. Che vi piace?

PASQUELLA. Guardami in viso.

LAURENO. Volontieri.
PASQUELLA. Ah occhi vituperosi, adesso si che io son sul-frugnuolo da dovero.

tre; ainſi vous voyez bien pourquoi Laureno m'eſt cher : faites donc pendre, Sire, ces deux Aſſaſſins, je vous en conjure.

INDAMORE. Allez ma bonne mere, vous ſerez contente. Peridée vous avez entendu mes ordres ; vous Adamire, rentrez dans votre appartement, & ſoyez un peu plus tranquille que vous n'êtes.

Le Roy ſort.

ADAMIRE. Ah! l'on n'a guere lieu de l'être, quand l'on voit devant ſes pas un précipice inévitable, & que l'on s'y jette malgré ſoi.

La Princeſſe ſort.

PERIDE'E à *Laureno.* Laureno reſte-t-il en ces lieux, ou s'il vient avec nous ?

LAURENO. Je vous joins dans un moment au Jardin;comme nos appartemens ſe touchent, nous aurons aſſez de temps de reſte pour nous voir.

PASQUELLE. Que ce petit fripon eſt joli! ô Ciel! pouvoit-il m'arriver rien de plus heureux, j'en ſaute de joye.

PERIDE'E. Fort bien, allons, guay ma mere, je ſuis charmé de vous voir de ſi bonne humeur.

PASQUELLE. Laureno ?

LAURENO. Que voulez-vous ma bonne mere?

PASQUELLE. Regarde-moi un peu en face mon petit cœur.

LAURENO. Eh bien?

PASQUELLE. Ah que ces beaux yeux ſont charmans & dangereux, l'excès de ma joye paſſe l'imagination, j'en ſuis toute hors de moi-même.

Ils ſortent.

SCENA IV.

La Scena rapresenta Giardini Reali con Statue.

ARLICHINO, SCARAMUCCIA.

Parlano de' nuovi Giardinieri , e doppo passau Scena di lazzi si partono.

SCENA V.

PASQUELLA, LAURENO.

PASQUELLA. ELLA è appunto come in ti dico: Conserva in quelle Lettere che io t'ho date , e quanto il parerò che sia tempo, tu scopriral questo gran segreto al Rè. Tu devi essere mio marito, e devi sapere tutti li fatti miei.

LAURENO. Di una sola cosa stupisco, che voi siate stata nella Corte di Dania, e non habbiate il tutto scoperto à quel Rè.

PASQUELLA. Ho havuto paura che mi faccia morire , e non ne hò mai voluto dir niente allo stesso Perideo perche non mi scoprisse.

LAURENO. Il Rè di Dania vi haverebbe più tosto premiato.

PASQUELLA. Prendi ancora per caparra del nostro matrimonio questa gioia , che è quella che

SCENE IV.

Le Theatre change & represente les Jardins du Roy, ornez de plusieurs Statues.

ARLEQUIN & SCARAMOUCHE.

Arlequin & Scaramouche s'entretiennent entr'eux des nouveaux Jardiniers ; & après une Scene toute de Lazzis, ils se retirent.

SCENE V.

PASQUELLE, LAURENO.

PASQUELLE. CEla est comme je te le dis, mon enfant, conserve bien seulement les lettres que je viens de te donner ; & quand tu le jugeras à propos, tu découvriras au Roy le grand secret que je viens de t'apprendre ; comme tu dois être bientôt mon mari, je n'ai rien de caché pour toi.

LAURENO. Cela est fort bien ; mais je suis surpris qu'ayant été si longtemps à la Cour de Dannemark, vous n'ayez pas découvert ce secret à Sa Majesté Danoise.

PASQUELLE. Quelque sotte l'auroit fait, mais moi j'ai eu peur qu'il ne me fit mourir. Je n'en ai pas même voulu parler à Peridée, de peur qu'il n'alla divulguer ce mystere.

LAURENO. Le Roy de Dannemark, loin de vous punir, vous auroit plûtôt récompensé d'une découverte qui lui devoit faire tant de plaisir.

PASQUELLE. Tiens, mon cher bon homme, voilà encore le bijoux qui étoit dans les langes

haveva nelle fascie il bambino.

LAURENO. *Io la prendo, e la conservo come cosa vostra.*

PASQUELLA. *Questa sera verrai dunque à cena meco?*

LAURENO. *Vel ho promesso, non mancherò.*

PASQUELLA. *Addio cor mio, mio fegato, miei polmoni.* Via.

LAURENO. *Quali peripezie rivolgi mai ò destino? fù gran fortuna che la vecchia mi scoprisse un arcano così importante; saprò valermene à suo tempo.*

SCENA VI.

PERIDEO, LAURENO.

PERIDEO. Sorte *nemica ancor non sei stanca di perseguitarmi!*

LAURENO. *Perideo! qual ombra funesta oscura il sereno del vostro volto? Dianzi tutto lieto, Ora sì mesto? A me nulla dovete tener nascosto. Io vi devo la vita, e forse maggior catena allaccia i nostri cori: Parlate.*

le l'enfant dont je t'ai parlé; je te le donne pour arrhes de notre futur mariage.

LAURENO. Je l'accepte de bon cœur, & je le conferverai comme 'venant d'une perfonne qui m'eft cheré.

PASQUELLE. Mon petit mignon, tu fçais bien que tu m'as promis de venir fouper ce foir avec moi.

LAURENO. Vous pouvez compter fur ma parole, je ne manquerai pas de m'y rendre.

PASQUELLE. Qu'il eft aimable ! Adieu........ adieu mon petit homme ; non, cet enfant m'eft mille fois plus cher que mes petits boyaux.

Elle fort.

LAURENO. Que les révolutions du deftin font extraordinaires ! Eh ! quel bonheur pour moi que cette vieille folle m'ait découvert un fecret de cette importance ! je fçaurai m'en fervir à propos.

SCENE VI.

PERIDE'E, LAURENO.

PERIDEE. Sort cruel, ne cefferas-tu jamais de me perfecuter?

LAURENO. Quelle fombre trifteffe Peridée, eft répandue fur votre vifage, la joye que l'on voyoit regner il n'y a qu'un moment dans toutes vos actions, a bientôt fait place à la douleur : je vous dois la vie ; & fi l'extrême reconnoiffance que j'ai de ce fervice, peut vous engager à m'ouvrir votre ame fans referve, je vous conjure de me faire part de vos chagrins, quelque motif encore plus fort que cette reconnoiffance, lie fans doute nos cœurs d'une ami-

PERIDEO. *Eh Laureno mio son morto.*

LAURENO. *E che vi tormenta?*

PERIDEO. *Sentimi, compatisci, sgridami, ma sopra il tutto taci. Adoro la Principessa Adamira.*

LAURENO. *Mi credevo qualche gran cosa.*

PERIDEO. *E ti par poco questa ferita?*

LAURENO. *No; ma il vostro maggior male è che voi amate un cuor di macigno, che non sà, ne vuol sapere che cosa sia amore.*

PERIDEO. *Men male non proverò gelosia, tacero, arderò tra me stesso, e mi sforzerò non mirarla per non invigorire i miei danni.*

LAURENO. *Eh Perideo! Quando amor fà da vero non si può far forza à se medesimo.*

PERIDEO. *Di il vero, Laureno, ancor tu vivi amante, e poco venturoso.*

LAURENO. *Non cercate di vantaggio vi supplico.*

tié si parfaite. Parles-moi donc avec confiance mon cher Peridée.

PERIDE'E. Ah Laureno, mon cher ami, ma mort est certaine !

LAURENO. Quelle est donc la cause d'une douleur si profonde ?

PERIDE'E. Ecoute mon cher Laureno la source de tous mes maux, mais garde-moi sur tout un secret inviolable, plains mon malheur, blâme-moi si tu veux. Puisque tu me force à te l'avoüer.....j'adore la Princesse Adamire.

LAURENO. Quoi ce n'est que cela qui vous chagrine ?

PERIDE'E. Comment? tu traites mon amour de bagatelle.

LAURENO. Je ne dis pas cela; mais ce qu'il y a de plus cruel pour vous, c'est que vous aimez une Princesse qui a le cœur plus dur qu'un diamant, qui ne connoit point l'amour, & qui ne veut pas même entendre prononcer son nom.

PERIDE'E. Ah Laureno ! ce que tu me dis, loin de m'affliger, me cause une sensible joye : si la Princesse est sans amour, je serai sans jalousie, je brûlerai des plus beaux feux sans en parler à Adamire ; je renfermerai ce violent amour dans mon cœur, & j'éviterai même la vûe de celle que j'adore, pour donner quelque relâche à mes maux.

LAURENO. Ah Peridée ! quand l'amour a pris un aussi grand empire sur nos ames, il est bien difficile de se contraindre au point que vous l'esperez.

PERIDE'E. Avoüe la verité, Laureno, tu aime, & tu n'a pas lieu apparemment de te loüer de l'amour.

LAURENO. Mon cher Peridée, ne poussez

Adamire. D

plico. *Vi amo Perideo, ed hò molte ragioni per farlo. Prometto aiutarvi in questi vostri affetti nascenti. Ma vedo da lontano la Principessa, fuggite, e lasciatemi quì forse per vostro vantaggio.*

PERIDEO. *Laureno à te mi raccommando.*
             Via.

LAURENO. *Per servire il povero Perideo convien penetrare il core di Adamira. Ella delirando suol frequentemente passeggiare questi Giardini, servarò in luogo non veduto, udirò quanto frà se ragiona; e mentre fabrichero gl'avantaggi di Perideo, distruggerò le speranze del mio traditore Enrico. Ella giunge, mi nascondo.*

SCENA VII.

ADAMIRA, LAURENO nascosto.

ADAMIRA. *Eccomi sola; ma questa solitudine è sempre accompagnata dalla tirannide d'Amore. Eccomi oh Dio, eccomi appresso la Statua del Onore, à quel sasso da me tanto amato, e riverito. Oh caro mio sasso, adorata scoltura, ecco la tua Adamira, eccola tua Vassalla. Spiritelli d'amore, perche non pene-*

pas plus loin votre curiofité , je vous en conjure par tout ce que vous avez de plus cher au
monde; des raifons effentielles me forcent à garder le filence fur ce fujet, qu il vous fuffife feulement de fçavoir que je vous donnerai tous les
fecours poffibles dans votre nouvelle paffion...
Mais j'apperçois d'affez loin la Princeffe , elle
tourne fes pas de ce côté; retirez-vous, & laif-
fez-moi feul ici, je trouverai peut-être bien-
tôt le moyen de vous rendre quelque fervice
auprès d elle.

PERIDE'E. Ah m on cher ami! je parts puifque tu le fouhaite, & je te recommande mes
interêts.   *Il fort.*

LAURENO. Pour commencer à fervir Péridée , il faut tâcher de découvrir les fentiméns
de la Princeffe Adamire ; elle a coûtume de venir frequemment dans ces lieux pour y entretenir la noire mélancolie qui l'accable ; je vais me
cacher , peut-être qu en écoutant ce qu elle
dira toute feule , je trouverai l occafion de travailler pour Peridée , & je pourrai détruire les
efperances de mon traître Henrique. Elle approche, retirons-nous dans cet endroit obfcur.

SCENE VII.

ADAMIRE , LAURENO *caché.*

JE puis enfin réver feule en ces lieux ; mais
cette folitude ne fait que me rappeller fans
ceffe la tirannie que l amour exerce fur mon
cœur. O ciel me voici donc encore en prefence
de la Statue du Dieu d honneur , de cette Statue pour laquelle je brûle d une flâme fi vive
quoiqu'infenfée. Ah chere Divinité , adorable

D ij

trate pietosi nelle viscere di questa morta Deità?
accio'vi parli, spiri, e mi consoli. Povera Ada-
mira non sei nata per la speranza, ma sol per le
pene!

LAURENO. *Intesi à bastanza, do foco alla*
machina.

ADAMIRA. *Ecco Laureno: taci lingua soffri*
o cuore. Laureno?

LAURENO. *Chi mi.....Oh Signora perdonate-*
mi, venivo sopra pensiero, e non vi havevo
veduta.

ADAMIRA. *A che pensavi?*

LAURENO. *Che sò io, hò la testa piena di no-*
vità.

ADAMIRA. *E quali sono? hò piacere d'in-*
tenderle.

LAURENO. *Mi è intravenuto il più strano a-*
cidente che si possa immaginare al mondo. Oggi
sono otto giorni cpunto, che ero nella vigna, e
vennemi à caso fissato l'occhio nel sassasello vi-
cino alla grotta de l'abete, e vedo nel luogo più
profondo una pietra larga un piede, del colore

Statue! vois à tes pieds ton Adamire foumife
à tous tes defirs! & toi amour, anime, je t'en
conjure, cette Divinité privée de tous fentimens, & amolis par ta puiffance la dureté de
celui que j'adore. L'état déplorable où je fuis,
devroit bien t'engager à faire ce miracle en ma
faveur......Je m'égare, ô Ciel!......Mais fi ces
plaintes font frivoles, elles confolent du moins
une malheureufe Princeffe accablée des maux
les plus cruels. Pauvre Adamire! dénuée de toute efperance, ah! tu n'eft fur la terre, que pour
être en proye à la douleur la plus vive.

LAURENO *fe montrant.* J'efpere que ce que
je viens d'entendre fervira utilement à Peridée.

ADAMIRE. J'apperçois Laureno, garde le
filence malheureufe Adamire, & renferme tous
les chagrins dans le fond de ton cœur. Laureno?

LAURENO *feignant de n'avoir pas vû la Princeffe.*

Qui m'appelle? ah! Princeffe excufez. La rê-
verie m'a conduit dans ces lieux, & je ne m'é-
tois pas apperçû que vous les honoraffiez de
votre prefence.

ADAMIRE. Quel étoit donc le fujet de ta rê-
verie?

LAURENO. J'ai la tête fi remplie de ce qui
m'eft arrivé depuis peu......

ADAMIRE. Et que t'eft-il arrivé de fi extraordinaire? tu me ferois un fenfible plaifir de
m'en inftruire.

LAURENO. L'avanture la plus étrange que
l'on puiffe jamais s'imaginer. Il y a environ huit
jours qu'étant dans le Jardin à travailler, je jet-
tai la vûe par hazard dans le foffé qui eft proche
de la porte des Sapins, j'y apperçûs dans l'endroit le plus profond une pierre large d'un pied

del *Agatha* pare à me. *La curiofità mi configlio à vedere che foffe, alzo la pietra, & fotto d'effa trovo una caffetta di plombo, apro per forza la caffetta ne trovo un altra di legno, apro la feconda, e vedo dentro un libro di cento carte, guardo il titolo dice cofì : Arte mirabile, occulta ma vera ; leggo più à dentro, e trovo i più mirabili fecreti della natura compendiati in quella fcritura. Alcuni ne provai riofcono à copella, fì che mi pare haver trovato un ricco teforo, onde ftavo dubiofo fe dovevo confidar il tutto al Re mio Signore, e però penfofo comparvi davanti à V. A.*

ADAMIRA. *Sono fecreti naturali, o magici?*

LAURENO. *Ve n'è dell'una, e dell'altra forte.*

ADAMIRA. *E che fecreti fon quefti?*

LAURENO. *Vi è il modo d'intenerire il ferro come cera. Vi è il modo di fcolorire il Zafiro, e ridurlo alla durezza del diamante, vi è la maniera di formare un foniffero che fà reftar come morto per ventiquatro ore. Quefti fono tutti naturali, gli altri fono magici. Per divenir invifibile, per far impazzire, per dar moto ad una Statua, per far un amante..,..*

ADAMIRA. *Come? Come?*

LAURENO. *Che forfe non mi credete? per*

d'une couleur toute pareille à celle de l'agathe; la curiosité me fit descendre dans le fossé, je levai la pierre, & je trouvai dessous cette pierre une cassette de plomb, j'en fis l'ouverture avec assez de peine, j'y vis un petit coffre de bois qui renfermoit un livre d'environ cent feuillets, j'en lû le titre avec avidité : voici ce qu'il contenoit. Secrets admirables & éprouvez. Je parcourû le livre, & j'y trouvai en effet l'abregé de toutes les merveiles les plus curieuses de la nature, & que la plûpart de ces secrets avoient été mis à l'épreuve. L'inquietude donc où Votre Altesse vient de me voir, provient de la découverte de ce Tresor, & de l'irrésolution où j'étois si j'en parlerois, ou non, au Roi mon maître.

ADAMIRE. Mais Laureno, ces secrets sont-ils naturels ? ou bien s'ils empruntent le secours de la Magie.

LAURENO. Il y en a de l'un & de l'autre façon.

ADAMIRE. Mais encore de quoi parlent ces secrets ?

LAURENO. Il y en a pour amolir le fer comme de la cire, pour faire changer de couleur au Saphir, & lui donner la dureté du diamant; j'y ai vu la composition d'un Somnifere, qui fait croire une personne morte pendant vingt-quatre heures, ce sont là les secrets naturels ; voici maintenant les Magiques. Secret pour se rendre invisible, secret pour rendre quelqu'un insensé, secret pour faire mouvoir une Statue, secret pour qu'un amant.....

ADAMIRE. O Ciel ! arrête un moment je té prie.

LAURENO. Comment est-ce que vous croyez

far impazzire.

ADAMIRA. *E quel altro?*

LAURENO. *Dar moto, e senso à una Sta-*
tua.
ADAMIRA. *Ah Laureno! tu parli da scherzo.*

LAURENO. *Eh Signora non si scherza con i*
patroni. Guardi V. A. avanti ch'io parteci, i cosa
alcuna ad altri, s'ella hà capriccio alcuno, e se
non le faccio vedere miracoli di natura dica che
Laureno è un menzognero. Vuole che io facci
impazzire alcuno.

ADAMIRA. *No, senti; Oh Dio! pur conve-*
nien parlare, e fidarsi di costui. Laureno se ti
basta il cuore di rendere mobile, e sensitiva una
Statua che ti dirò, ti costituisco Signore d'ogni
mia fortuna.

LAURENO. *Or via eccomi pronto, e negozio*
breve, e presto ve lo do fatto. Qual è la Statua,
che deve avivarsi.
ADAMIRA. *Segretezza sopra il tutto. Questa*
è la Statua, opra la quale deve cader la fortuna.

qu'il

qu'il foit fi difficile de rendre une perfonne infenfée ?

ADAMIRE. Eh non , ce n'eft pas là ce que
je fouhaiterois fçavoir , l'autre fecret me tou-
cheroit bien davantage.

LAURENO. Lequel ? de faire agir une Statue.

ADAMIRE. Ah Laureno tu plaifante mal-à-
propos ! la chofe eft abfolument impoffible.

LAURENO. Eh Madame , je fçais trop le
refpeft que je vous dois pour me divertir aux
dépens de ma maîtreffe ; que Votre Alteffe
regarde feulement avant que je communique
mes fecrets à quelqu'autre , fi elle fouhaite
faire l'épreuve de quelqu'un de ceux qui font
dans mon livre , & fi je ne lui fais pas voir un
prodige de nature , qu'elle regarde Laureno
comme un impofteur ; je voudrois feulement
qu'il prit envie à Votre Alteffe pour fe réjoüir
de priver quelqu'un de fon bon fens, elle verroit bientôt.....

ADAMIRE. Non Laureno , ce n'eft pas là
ce que je voudrois.....Mais ô Ciel, faut-il que
je découvre le plus fecret de mes penfées à
ce jardinier ? Eh bien donc , puifqu'il faut te
le dire , je fouhaiterois pouvoir rendre fenfible une Statue que je te ferai voir ; ah Laureno , je te rends maître par cet aveu de toute ma fortune !

LAURENO. Dites-moi ma Princeffe quelle
eft la ftatue que vous voulez animer ? me voici
difpofé à vous obéir dans le moment même.

ADAMIRE. Sur-tout garde-moi le fecret.
Voici (faut-il que je te l'avoue) voici la Statue à laquelle je voudrois donner du mouvement.

Adamire. E

LAURENO. E la Statua dell'Onore?

ADAMIRA. Quella appunto.

LAURENO. Vado à preparare quanto abbisogna per l'incanto. A meza notte farò con voi in questo luogo, e subito fatto il primo scongiuro sentirete voi stessa che la Statua articolerà acenti, quanto ogn'uomo. Passate poi altre ventiquatr'ore verrete voi sola replicarete l'incanto & oltre il parlare la Statua prenderà moto, e sara disposta à seguirvi. volete di più?

ADAMIRA. E che vuoi tu che possa più valere? Nella tua promessa consiste ogni mio bene.

LAURENO. Per ora si siamo intesi, à meza notte.

ADAMIRA. A meza notte.

LAURENO. Quì.

ADAMIRA. Quì.

LAURENO. Non dico di più, vado à preparar la magia.

ADAMIRA. Parto ad attender l'ora oportuna. Ore sparite tempo, affrettati contenti non mi ucidete, Idolo mio attendimi.

Fine del'Atto Secondo.

LAURENO. La Statue du Dieu d'Honneur?

ADAMIRE. Oüi Laureno, elle-même.

LAURENO. Je cours, ma Princesse, préparer tout ce qui m'est necessaire pour faire mon enchantement, je me rendrai ensuite ici à l'heure de minuit, où je vous ferai voir dès la premiere conjuration, que cette Statue parlera aussi distinctement que vous & moi ; & si vingt-quatre heures après il vous prend envie de venir seule en ces mêmes lieux éprouver la force de cet enchantement, les paroles mystérieuses qui sont dans mon Livre, forceront non-seulement la Statue à parler, mais encore elles la feront mouvoir, & l'obligeront à vous suivre par tout où il vous plaira ; eh bien ma Princesse, en souhaitez-vous davantage ?

ADAMIRE. Ah mon cher Laureno, ç'en est assez, tu mets le comble à mes desirs, mon bonheur dépend entierement de toi ; tiens-moi seulement la parole, je t'en conjure.

LAURENO. A minuit précise je serai dans ce Jardin.

ADAMIRE. Ah je m'y rendrai à cette heure.

LAURENO. Dans ce même endroit.

ADAMIRE. Oüi mon cher Laureno.

LAURENO. Cela suffit, je cours tout préparer.

ADAMIRE. Je parts de ces lieux, & j'attens déja avec une extréme impatience le moment qui doit dissiper tous mes chagrins. Heures coulez promptement, temps évanouissez-vous ; plaisirs dont j'espere joüir, ne m'ôtez pas la vie par trop de douceur ; & toi Idole de mon cœur, adorable Statue, plût aux Dieux que tu fusses aussi sensible que moi à la joie de nous revoir.

E ij

ATTO TERZO.

La Scena raprefenta Atrio del Palazzo Reale.

SCENA I.

LAURENO, PERIDEO.

LAURENO, PERIDEO. **P** Erideo. Laureno.

LAURENO. *Son ftanco in ricercarvi.*

PERIDEO. *Che novelle mi apporti?*

LAURENO. *Le più care, le più foavi, che poffe defiderare.*
PERIDEO. *Non mi tener fofpefo ti prego.*

LAURENO. *Penetrai (io per me impazzo) il cuore di Adamira, intefi ch'ella adora una Statua.*
PERIDIO. *Laureno che dici?*

LAURENO. *Dico verità. Adamira crede che per arte magica io poffa conferir fenfo, e moto à quella, e fe ne verrà fu la meza notte, e voi nafcofto fecondarete le fue folie amorofe, non dovendo la Statua che parlare in quefto primo incanto, e cio hò fatto penfatamente per aver campo nel giorno di dimani di preparare cio che bifognerà per abigliarvi come la Statua, e mettervi fu la fua bafe venuta la notte, per potere*

ACTE TROISIEME.

Le Theatre represente le devant du Palais du Roi

SCENE I.

LAURENO, PERIDE'E.

LAURENO. PEridée ?
PERIDE'E. Laureno.

LAURENO. Il y a une heure que je vous cherche.

PERIDE'E. Eh mon ami, as-tu quelque a-gréable nouvelle à m'annoncer ?

LAURENO. Très-agréable, & qui surpassera votre esperance.

PERIDE'E. Apprens-la moi donc au plus vî-te, mon cher Laureno ; de grace ne me tiens pas davantage en suspens.

LAURENO. Et bien donc, j'ai découvert a-droitement ce qui se passe dans le cœur de la Princesse Adamire ; elle adore une Statue....

PERIDE'E. Une Statue ! ô Ciel ! que me con-tes-tu là ?

LAURENO. La verité toute pure ; mais ce qu'il y a de plus plaisant, c'est que cette Prin-cesse est devenue si crédule à mon égard, qu'el-le est persuadée que par une puissance surnature-relle, & dans laquelle il y entre un peu de Ma-gie, je puis animer cette Statue : dans cette es-perance, elle doit se rendre seule à minuit à l'endroit que je lui ai marqué, pour se prêter à un amour aussi extraordinaire. Je vous ferai

E iij

con il secondo incanto finger di prender moto, &
esser con essa.

PERIDIO. *E se Adamira si acorgesse...*

LAURENO. *E di che volete che si accorga una*
pazza? vi dico che non vede l'ora, e poi non v'l
più facil impresa, quanto persuadere ad una fe-
mina per vero ciò che desidera. Prendete la chia-
ve del mio Appartamento, andate e là attende-
temi.

PERIDEO. *Laureno non più la vita, ma l'a-*
nima ti devo. Parto volando.

SCENA II,

LAURENO, ADAMIRA.

LAURENO. Mentre cercò consolare altrui,
Amore non abandonarmi in ciò

tâcher dans le même endroit : & comme dans
le premier enchantement j'ai promis seulement
à la Princesse de faire parler la Statue, il faudra
que du lieu ou je vous aurai posté, vous secon-
diez adroitement mon entreprise. Je n'ai pas
crû devoir pousser la chose plus loin, afin d'a-
voir le tems entre-ci & demain, de tout préparer pour achever ce que je me suis proposé, &
de vous faire faire un habit qui imite parfaitement la Statue : alors déplaçant pendant la
nuit cette Statue, je vous mettrai sur son pied
d'Estal ; & par un second enchantement aussi
merveilleux que le premier, je prétens donner
donner à la Statue & le mouvement & le pouvoir d'aller par tout avec la Princesse.

PERIDE'E. Cela est inventé le mieux du
monde ; mais mon cher ami, si Adamire vient
malheureusement à s'appercevoir de la tromperie.

LAURENO. Eh comment voulez-vous qu'elle la découvre ? Son amour extravagant l'aveugle, cette Scene se passera dans l'obscurité ; &
il n'est rien de plus facile que de persuader à
une femme ce qu'elle souhaite ardament. Voici
la clef de ma chambre, allez seulement vous y
enfermer, & attendez que j'aille vous y prendre.

PERIDE'E. Ah Laureno, je te dois plus que
la vie, je m'en souviendrai éternellement, & je
cours executer ce que tu m'ordonne.

SCENE II.

LAURENO, ADAMIRE.

LAURENO. PEndant que je m'occupe à sou-
lager les peines d'autrui, l'a-

E iiij

che penso à mio avantaggio. Vado à trovar Ada-
mira.

ADAMIRA. *Ed io vengo à cercar Laureno,*
e bene?

LAURENO. *Il tutto è al ordine Signora, hò*
fabricato l'incanto, ed altro non manca se non
che doppo fatto il primo incanto voi mi diate
quest'abito medesimo che havete adosso per com-
pirlo nella notte seguente.
ADAMIRA. *Cosi farò, Oh caro Laureno, e*
che posso io far per te in ricompensa di tante o-
bligazioni?
LAURENO. *Di un solo favore vi suplico o Si-*
gnora.

ADAMIRA. *Comanda che subito farà fatto.*

LAURENO. *Vorrei che V. A. vedendo il Prin-*
cipe Enrico fingesse se non di amarlo, almeno di
non lo sprezzare, e mi onorasse di dirgli che si
rimmeta in tutto quello che gli dirà Laureno.

ADAMIRA. *Dirò che io l'amo, che moro sen-*
za lui, e dirò in ultimo che tu come segretario de
miei amori li dirai quel più che m'occorre, ti bas-
ta così?

LAURENO. *Son contento; ma eccolo che se-*

mour me traite avec une rigueur extrême, & me rend la plus malheureuse Princesse de l'Univers; mais je vais trouver Adamire.

ADAMIRE. L'impatience où je suis te dispense de cette peine : eh bien mon cher Laureno, à quoi en sommes-nous ?

LAURENO. Princesse tout est prêt, il ne me manque plus, quand notre premier enchantement aura eu son effet, que d'avoir l'habit que vous portez actuellement pour parvenir à celui qui doit donner l'accomplissement à vos desirs.

ADAMIRE. Très-volontiers mon cher ; mais comment pourrai-je m'acquitter envers toi de tant d'obligations ?

LAURENO. Ah ma Princesse, vous êtes trop bonne ; mais puisque Votre Altesse daigne me témoigner tant de bienveillance, j'oserai lui demander une grace.

ADAMIRE. Tu n'as qu'à parler, sois sûr que je ne te refuserai rien.

LAURENO. Eh bien Princesse, je prens donc la hardiesse de vous prier, lorsque vous verrez le Prince Henrique de vouloir feindre, si non de l'aimer, du moins de n'avoir plus pour lui le mépris que vous lui témoignez ordinairement, & que vous me fassiez l'honneur de lui dire qu'il fasse exactement tout ce que lui dira Laureno.

ADAMIRE. Ah s'il ne tient qu'à cela, mon ami, je lui dirai que je l'adore, que son absence me tue, que tu es le dépositaire de mes pensées les plus cheres, & de la violence de mon amour pour lui ; enfin je lui dirai tout ce que je croirai de plus avantageux pour te rendre service. Cela te suffit-il ?

LAURENO. Je suis plus que content ; mais

guita come suole i vostri passi. Signora volete fare adesso quest'officio?

ADAMIRA. E di buon chore.

SCENA III.

ENRICO, e Detti.

ENRICO. E D'essa non m'ingannai, è meglio che men ritorni.

ADAMIRA. Principe Enrico così presto vi ritirate.

ENRICO. Move il ragionamento meco? Da parte là.

LAURENO. Perdonatemi Signore, Oh Dio!

ENRICO. E che volete che io faccia mia Signora? mi ritiro per piangere le mie sventure.

ADAMIRA. E che vi tormenta?

ENRICO. Ancor non lo sapete?

ADAMIRA. E tanto gran cosa il dirmelo di nuovo?

ENRICO. La vostra crudeltà.

ADAMIRA. Orsù Enrico sappiate che son donna che hò spiriti di amore, e non ferini, mi su-

Princesse le voici qui suit vos pas comme de coûtume, l'occasion est très-favorable, & si vous vouliez bien dans ce moment même mettre à execution ce que vous venez de me promettre.....

ADAMIRE. De très-grand cœur, mon cher Laureno.

SCENE III.

HENRIQUE, ADAMIRE, LAURENO.

ENRIQUE. C'Est la Princesse elle-même, je ne me trompe pas; il faut que je me retire.

ADAMIRE. Quelle est donc la raison Prince, qui vous fait quitter si promptement ces lieux.

ENRIQUE. Ces paroles me surprennent. *à Laureno.* Éloigne-toi de nous, mon ami.

LAURENO. Seigneur, excusez la liberté que j'ai prise de rester ici. *à part.* ô Ciel !

ENRIQU. Pourquoi, Madame, me faire une pareille demande ? ignorez-vous si je sors de ces lieux, que c'est pour aller pleurer en secret les malheurs qui m'accablent ?

ADAMRE. Quelle est donc la cause de ces violens chagrins ?

ENRIQUE. Eh Madame, le sujet peut-il vous en être caché ?

ADAMIRE. Vous est-il si pénible de le repeter ?

ENRIQUE. Eh bien ma Princesse, puisqu'il m'est permis de vous le dire encore, tous mes maux ne procedent que de votre cruauté.

ADAMIRE. Prince j'ai toutes les foiblesses des personnes de mon sexe, l'amour & non la

ſi crudele per provare la voſtra coſtanza. Or ch'io
ſon certa che il voſtro amore è di perfetta lega
mi confeſſo amante ; vi donno tutta me ſteſſa;
volete altro da me ?

ENRICO. Dubito di ſognare, e parmi ad ogni
momento di riſvegliarmi dal ſonno , e ritrovar-
mi in braccio à gli uſati tormenti.

ADAMIRA. Acciò vediate che queſti non ſono
ſogni. Parlate con Laureno, egli è mio conſiden-
te , à lui ſvelai più ripoſti arcani del'anima mia,
& à quanto vi dira Laureno in tutti riferiſce la
Principeſſa Adamira. Principe addio Laureno
parlai à tuo guſto ?

LAURENO. A meraviglia.

ADAMIRA. Ti attendo per quello che ſai.
LAURENO. Vengo fra due momenti.

SCENA IV.

LAURENO, ENRICO.

ENRICO. Laureno perdonami ti prego ſe poch'-
anzi t'offeſi.
LAURENO. Signore il vilano ſcrive in polve
l'offeſe de voſtri pari. Comandate coſa alcuna
dove io poſſa ſervirvi ?

cruauté m'ont fait uſer de feinte à votre égard; j'ai voulu éprouver juſqu'où pourroit aller votre conſtance. Je ſuis enfin convaincue de la perfection de votre tendreſſe, j'avoue ma défaite en ce moment ; je vous aime Enrique, je me donne à vous : diſpoſez de ma main. Que ſouhaitez-vous de plus ?

ENRIQUE. Ciel ! réve-je ? Et ce que j'entens eſt-il croyable ? ah ! ſi ce n'eſt qu'un ſonge, grands Dieux, laiſſez-moi toujours dormir pour ne point retomber à mon réveil dans les mêmes tourmens que j'endure depuis que j'aime la Princeſſe.

ADAMIRE. Non mon cher Enrique, non, vous ne rêvez point ; informez-vous de cette vérité à Laureno, il eſt le confident de mes plus ſecretes penſées, & comptes que c'eſt la Princeſſe Adamire qui s'expliquera avec vous par ſa bouche. Adieu Prince. *à Laureno.* Et bien Laureno, es-tu content de ma complaiſance ?

LAURENO. Ah ma Princeſſe, on ne peut l'être davantage !

ADAMIRE. Je t'attens pour ce que tu ſçais.

LAURENO. Je ſuis à vous dans le moment même.

SCENE IV.

ENRIQUE, LAURENO,

ENRIQUE. EXcuſe mon cher ami, ſi je viens de te faire une malhonnêteté.

LAURENO. Seigneur, les gens de ma ſorte oublient aiſément les offenſes qu'ils reçoivent de vos pareils ; & pour vous marquer mon peu de reſſentiment, ſi je puis vous être utile à

ENRICO. *Or dimmi mi ama dunque Adamira?*

LAURENO. *Non solo vi ama, ma vi ha sempre amiato da che vi vide ; ma non s'è mai assicurata che V. A. potesse amarla da dovere.*

ENRICO. *E pure ogni mia azione indicaua le più umili adorazioni d'un cuore inamorato.*

LAURENO. *In fine hà voluto haverne le maggiori sicurezze , e doppo acertatasi del amor vostro sapete che mi disse ?*

ENRICO. *Deh non mi tener più sospezo ti prego.*

LAURENO. *Che la notte ventura vi attenderebbe nel Giardino per ricevervi , e trovarsi con voi nelle mie stanze.*

ENRICO. *Parli tu da senno ?*

LAURENO. *L'esperienza e maestra di tutte le cose.*

ENRICO. *Laureno tu rendi la vita ad Enrico, Enrico ti deve l'anima.*

LAURENO. *Verrete ?*

ENRICO. *E di cio mi dimandi ?*

quelque chofe, vous n'avez qu'à commander.

ENRIQUE. Quoi, je ferois donc affez heureux pour être aimé de cette belle Princeffe?

LAURENO. Seigneur, puifqu'il m'eft permis de parler, non feulement elle vous aime, mais elle a conçû de la tendreffe pour vous dès le premier moment qu'elle vous a vû; & fi elle ne vous l'a pas plûtôt témoignée, c'eft qu'elle avoit de la peine à fe perfuader que Votre Alteffe eut pour elle une paffion fincere & véritable.

ENRIQUE. Eh pouvoit-elle en douter un moment? toutes mes actions ne lui faifoientelles pas connoître que j'étois le plus amoureux & le plus foumis de tous les hommes?

LAURENO. Enfin Seigneur, elle vouloit en être bien certaine; mais depuis qu'elle en eft convaincue, devineriez-vous bien ce qu'elle m'a ordonné de vous dire?

ENRIQUE. Ah ne diffère pas un moment de me l'apprendre, je t'en conjure, mon cher Laureno par.....

LAURENO. Elle m'a ordonné de vous dire que la nuit prochaine elle viendra vous trouver dans les Jardins de ce Palais, & qu'elle fouhaite avoir dans ma chambre un long entretien avec vous.

ENRIQUE. Parles-tu férieufement?

LAURENO. Très-férieufement, & il ne tiendra qu'à vous d'en faire bientôt l'experience.

ENRIQUE. Ah mon cher, tu me rends la vie par cet efpoir fi doux!

LAURENO. Eh bien Seigneur, vous trouverez-vous au Jardin?

ENRIQUE. Peux-tu, Laureno, en douter un feul moment?

LAURENO. *Per poterlo rifferire à chi bisogna.*

ENRICO. *Và dà Adamira acertala della mia fede, atteftále il mio gioire, e che non manchirò di trovarmi ove mi chiama. Laureno ti refto fchiavo.* e parte.

LAURENO. *Affetti che machine m'infegnate? E di già avanzata la notte, vado à trovar Adamira per l'incanto, e per avere l'abito di lei per ingannar quefto traditore.*

S C E N A V.

INDAMORO, ARLICHINO.

ARLICHINO dalla fua Patrona Lefbia comandato fi'e portato alle ftanze del Re e fingendo molta afflizione, lo ha pregato d'effere negli Appartamenti della fua Signora, e per ftrada gli racconta che il Principe Enrico inamorato di Lefbia, che lo ha fempre rifiutato, in quella notte havendo penetrato il cenno di S. M. quando da lei fi porta lo ha contraffatto, ed'involto nel mantello fi è introdotto da lei; ma che alla fine fcoperto l'inganno della Signora Lefbia, lo ha da fe difcacciato, e tutta piangente lo ha mandato à cercare di lui, e doppo quefto racconto, nel quale fra fe fteffo fa conofcere che è tutto un inganno
LAURENO.

LAURENO. Il faut que je porte une réponse positive à ma Maîtresse.

ENRIQUE. Va trouver l'adorable Adamire, mon cher Laureno, assure-la de toute ma fidelité, ne lui laisse pas ignorer, je t'en conjure, quel a été l'excès de ma joie en apprenant une nouvelle si peu attendue, & dis-lui sur-tout que je ne manquerai pas au rendez-vous. Adieu Laureno, que d'obligations ne t'ai-je pas ?

Il sort.

LAURENO. O amour ! quels ressorts me fais-tu joüer aujourd'hui.....Mais la nuit s'avance, je cours trouver la Princesse pour faire notre prétendu enchantement, & chercher l'habit dont j'ai besoin pour tromper mon perfide amant.

Tout le reste de l'Acte se passe dans la nuit.

SCENE V.

INDAMORE, ARLEQUIN.

A RLEQUIN par ordre de sa Maîtresse Lesbia, a été trouver le Roy dans son Appartement, & feignant une extrême tristesse, il lui a dit qu'elle le supplie de vouloir bien sur le champ l'honorer d'une visite. Lorsqu'ils sont en chemin, il lui raconte que le Prince Enrique est amoureux de Lesbia qui a toûjours rebuté sa passion ; qu'ayant apparemment découvert le signal auquel Sa Majesté se fait ouvrir la porte quand elle vient voir sa Maîtresse, il a pendant cette même nuit contrefait ce signal, & s'est introduit chez Lesbia le visage caché d'un manteau ; que cette Dame ayant bientôt reconnu la tromperie, elle l'a chassé de sa presence, & qu'alors fondant

Adamire. F

di Lesbia per precipitare Enrico che la disprez̃
za , si parte ad avisare la Patrona che viene sua
Maestà.

SCENA VI.

INDAMORO, poi ENRICO.

INDAMORO. *SIN quì può arivare l'insolenza
di un Cavagliere che voglia ol-
traggiarmi nella parte più sensibile delle mie in-
clinazioni.*

ENRICO. *Enrico che puoi desiderar di vantaggio ? O sole affretta il tuo corso, acciò tosto à noi
ritorni e precipitoso al accaso ti porta.*

INDAMORO. *Enrico mi pare.*

ENRICO. *Ma tacci Enrico , e sia il tuo cuore
fido secretario delle tue vicine felicità.*

INDAMORO. *Principe Enrico?*
ENRICO. *Il Rè.*
INDAMORO. *Non vi celate nò io ben vi co-
nobbi.*
ENRICO. *Io celarmi à V. M. eccomi per abbe-
dirvi , e servirvi.*

en larmes, elle l'a envoyé promptement vers Sa
Majesté, pour la prier de venir jusques chez el-
le. Après ce recit pendant lequel Arlequin fait
connoître par des (à parte) que cette plainte
n'est qu'une fourberie de Lesbia pour se venger
d'Henrique qui la méprise, & qu'elle veut per-
dre absolument; il sort pour aller avertir sa
Maîtresse de l'arrivée du Roy.

SCENE VI.

INDAMORE, ENRIQUE,

INDAMORE. O Ciel ! jusqu'où peut aller
l'insolence d'un Cavalier qui
veut m'outrager dans la partie la plus sensible
de mon cœur !

ENRIQUE. Heureux Henrique que peux-tu
souhaiter de plus ! & toi Soleil, bel astre du
jour, avance je t'en conjure ton cours, afin
qu'étant plûtôt de retour vers nous, tu puisse
aussi en finissant plûtôt ta carriere, nous ramener une nuit qui me doit être encore plus favorable que celle-ci.

INDAMORE. Je crois entendre parler le
Prince Enrique.

ENRIQUE. Mais garde le silence, & renferme dans ton cœur toute la félicité que tu attens.

INDAMORE. Enrique ?

ENRIQUE. Ciel ! c'est le Roi lui-même.

INDAMORE. Je vous connois, Prince, il est
inutile de vouloir ici vous cacher.

ENRQUE. Moi me cacher, Seigneur ! &
sur-tout à Votre Majesté, non, non, me voici
prêt à recevoir vos ordres, & à les executer,

INDAMORO. *Un Rè offeſo non gradiſce obbedienza , ne ſervitù. Ah Enrico queſto è il riſpettò che ſi deve alla mia perſona? Coſi maltrattate la convenienza dovuta alla mia oſpitlità ?*

ENRICO. *Oime il Rè ſa tutto. Gran Rè non più eccomi à voſtro piedi , eccomi Reo , confeſſo il mio fallo.*

INDAMORO. *Narratemi come fù.*

ENRICO. *Ben dovéva V.M. ſaperlo una volta. Venni in queſta Corte ed appena quelle bellezze.....*

INDAMORO. *Già ſò tutto il Principio , voglio ſapere il fatto di queſta notte.*

ENRICO. *Il tutto ſi riſtringe nell'ordine ch'eſſa mi fece dare col meza di un ſuo confidente di portarmi nel Giardino per eſſere con lei frà l'ombre della notte.*

INDAMORO. *Voi dunque non adopraſte l'inganno , nè la violenza.*

ENRICO. *Guardimi il Cielo.*

INDAMORO. *A me venne diverſamente rapreſentato.*

ENRICO. *Mente chi diverſifica il fatto , ed io non addurrò altro teſtimonio del vero che la ſteſſa Principeſſa Adamira.*

INDAMORO. *E che dirà Adamira?*

ENRICO. *Confirmarà quanto io diſſi.*

INDAMORE. Un Roi juſtement offenſé, ne veut ni de votre obéïſſance ni de vos ſervices. Ah Prince, eſt-ce là le reſpect que vous devez à ma perſonne ? & devriez-vous payer ainſi d'ingratitude le ſéjour honorable que vous faites dans ma cour ?

ENRIQUE *à part.* Oh Ciel! le Roi eſt pleinement informé de mon ſecret. *haut.* Eh bien Seigneur, vous voyez à vos pieds un Prince criminel. J'avoue ma faute, &.....

INDAMORE. Ce n'eſt pas tout, Hénrique, je veux ſçavoir juſqu'aux moindres circonſtances de votre crime.

ENRIQUE. La choſe ne pouvoit longtemps vous être cachée ; Je vins donc Seigneur en cette Cour, & à peine y eus-je vû cette excellente beauté.....

INDAMORE. Paſſons; Je ſçai cela, c'eſt de ce qui s'eſt paſſé cette même nuit que je veux être inſtruit de votre propre bouche.

ENRIQUE. Je vais Seigneur vous le dire en deux mots; ſon confident m'ayant donné ordre de ſa part de me rendre au Jardin pour paſſer la nuit avec elle.....

INDAMORE. Quoi, vous n'y avez employé ni tromperie ni violence ?

ENRIQUE. Le Ciel m'en préſerve!

INDAMORE. On me l'a pourtant rapporté tout autrement.

ENRIQUE. On ne vous a donc pas dit la vérité, Seigneur; mais je ne veux pas d'autre témoin que je n'en impoſe point à Votre Majeſté, que la Princeſſe Adamire elle-même.

INDAMORE. Eh que me dira-t-elle ?

ENRIQUE. Elle vous certifiera que ce que j'ai l'honneur de vous dire, eſt vrai.

INDAMORO. *Enrico voi vaneggiate. Confessate voi di averla pregata, e ripregata à vostri amori?*

ENRICO. *Verò.*

INDAMORO. *Ed'ella non rifiutò sempre le vostre preghiere?*

ENRICO. *Verissimo.*

INDAMORO. *Non la tentaste con doni?*

ENRICO. *Mente chi ve lo disse ò Sire.*

INDAMORO. *Ricordate vi bene.*

ENRICO. *Ah Signore non farei Cavagliere se havessi tentato con l'oro una Principessa.*

INDAMORO. *E che volete inferire?*

ENRICO. *Ho ben amata, ho riverita, ho adorata la Principessa Adamira.*

INDAMORO. *Parla di Adamira! questo è altro che Lesbia.*

ENRICO. *Ma non l'hò già mai tentata con doni, e questa notte la mia costanza hà vinta la sua crudeltà, come vedo che il tutto sapete, sì che per la ventura notte, mi promise che nel Giardino ci saressimo ritrovati per ultimare le mie felicità con un congresso, in cui come suo sposo mi averebbe ricevuto.*

INDAMORE. Vous extravaguez, Enrique, avoüez naturellement que vous lui avez parlé plus d'une fois de votre amour, & que vous avez tout mis en usage pour en obtenir des faveurs.

ENRIQUE. Je n'en disconviens pas.

INDAMORE. Qu'elle vous a toûjours fi rement rebuté.

ENRIQUE. Cela est encore véritable.

INDAMORE. Que vous avez même voulu la séduire par des presens.

ENRIQUE. Ah Seigneur ! avec tout le respect que je dois à Votre Majesté, quiconque vous a fait ce rapport est un imposteur.

INDAMORE. Rappellez votre memoire, Enrique.

ENRIQUE. Je suis Cavalier, Sire, & je croirois m'être deshonoré d'avoir cherché à gagner le cœur d'une Princesse par des presens.

INDAMORE. Belle conclusion !

ENRIQUE. Non Seigneur, je ne suis point capable de cette lâcheté ; j'ai eu tout l'amour, toute la vénération & les sentimens les plus tendres pour la Princesse Adamire....

INDAMORE _à part_. Il parle d'Adamire ; ô Ciel ! qu'est-ce que cela signifie ? Voici bien une autre affaire, mais écoutons-le jusqu'au bout.

ENRIQUE. Je conviens de tout cela, Seigneur, mais je n'ai jamais attaqué son cœur par des presens ; ma constance seule a sçû vaincre cette nuit l'indifference de la Princesse, je ne l'ai plus trouvé cruelle ; & puisque Votre Majesté est informée de tout, je lui avoüerai qu'elle m'avoit promis la nuit prochaine dans le même Jardin, de mettre le comble à mon bon-

INDAMORO. *Dunque Adamira vi diſſedera per marito, e volete eſſe ſuo ſpoſo?*

ENRICO. *Tanto è ver ô Signore.*

INDAMORO. *E ſenza prima conſultare il vôler mio?*

ENRICO. *Amore ne reſe ciechi.*
INDAMORO. *Lieve diſcolpa.*
ENRICO. *Lo aprovate adunque?*
INDAMORO. *Ci penſarò.*
ENRICO. *Queſta dilazione mi tormenta.*
INDAMORO. *Feſti amante troppo inconſiderato.*
ENRICO. *L'amore.....*
INDAMORO. *Andate.*
ENRICO. *Attenderò la grazia.*

INDAMORO. *Andate dico.*
ENRICO. *Obbediſco.*

SCENA VII.

INDAMORO, poi PERIDEO.

INDAMORO. *Quali ſciagure hò ſcoperte fortunamente in queſta notte? Buon per me, che ſono in tempo di ripararle.*

PERIDEO. *Torno dall'havere riſpoſto à tempo, naſcoſto dietro la Statua, al finto incanto di Adamira, oh con quale impazienza attendo io mai la ventura notte.*

heur

heur, & de m'y recevoir comme son époux.

INDAMORE. Ainsi donc Adamire vous a choisi pour son époux ; & vous, vous la souhaitez pour votre femme ?

ENRIQUE. C'est notre unique but, Seigneur.

INDAMORE. Eh vous aviez pris l'un & l'autre cette belle résolution , sans consulter auparavant mes volontez ?

ENRIQUE. L'amour est aveugle.

INDAMORE. L'excuse est plaisante.

ENRIQUE. Daignez l'approuver , Seigneur.

INDAMORE. Ah ! nous y penserons à loisir.

ENRIQUE. Que ce délai m'est cruel.

INDAMORE. Votre conduite est un peu trop inconsiderée.

ENRIQUE. L'amour seul....

INDAMORE. Retirez-vous.

ENRIQUE. J'attendrai ma grace de Votre Majesté.

INDAMORE. Retirez-vous, vous dis-je.

ENRIQUE. J'obéis , Seigneur. *Il sort.*

SCENE VII.

INDAMORE, PERIDE'E.

INDAMORE. Quel bonheur pour moi d'avoir découvert aussi à propos ce qui s'est passé cette nuit contre mon honneur ; mais heureusement il est encore temps de réparer ma honte.

PERIDE'E. Je sors enfin de l'endroit où j'étois caché, & d'où j'ai aidé à merveille au feint enchantement de la Princesse Adamire. O Ciel ! avec quelle impatience ne dois-je pas

Adamire. G

INDAMORO. Io, non so se s'intese già mai un ardire così sfrontato?

PERIDEO. Il Rè!

INDAMORO. Nella mia Corte, nel mio Palazzo, ne' miei Giardini, si tentano queste sciagure?

PERIDEO. Come?

INDAMORO. Così sotto l'ombre d'una Reale ospitalità si ricopre una perfidia diretta ad esterminio della mia riputazione?

PERIDEO. Oh Dio!

INDAMORO. Con una Principessa, con una figlia d'Indamoro à tanto s'inoltra?

PERIDEO. E non moro?

INDAMORO. Non è più da pensare: Trovarò Adamira, e prima contra di lei si sazierà l'ira mia.

PERIDEO. Non è da perder tempo, salvisi il mio bene, e perdasi la vita, Signore, Signore.

INDAMORO. Chi parla quà?
PERIDEO. Son Perideo.
INDAMORO. E che vuoi à quest'ora?

PERIDEO. Eccomi à vostri piedi, ecco l'armi in mano à vostra Maestà, e confessando il mio fallo, offerisco il collo ad colpo di morte.

INDAMORO. Che tu vuoi tu dire?
PERIDEO. Già sò che à V. M. il tutto è noto; non giungo adesso in questo loco, nel esagerazione di V. M. udii tutto il processo de' miei errori. E

attendre la nuit prochaine ?

INDAMORE *parlant à lui-même.* A-t-on jamais parlé d'une effronterie pareille ?

PERIDE'E. C'est le Roi lui-même.

INDAMORE. Dans ma Cour, dans mon Palais, dans mes Jardins on a la hardiesse de me traiter ainsi !

PERIDE'E. Qu'est-ce que cela veut dire ?

INDAMORE. Un homme à qui je donne l'hospitalité, nourrit ainsi dans son cœur une perfidie qui détruit l'honneur de ma fille, & qui ternit ma réputation.

PERIDE'E. Juste Ciel ! je suis découvert.

INDAMORE. Commettre une action aussi hardie avec une Princesse, avec la fille d'Indamore.

PERIDE'E. Que ne suis-je cent pieds sous terre ?

INDAMORE. Oüi, voici ma résolution prise en ce moment, allons trouver cette lâche Princesse, & commençons par elle à satisfaire une juste vengeance.....

PERIDE'E. Il n'y a plus de temps à perdre, sauvons Adamire en lui sacrifiant ma vie.... Seigneur.... Seigneur ?

INDAMORE. Qui parle ici ?

PERIDE'E. Peridée, Seigneur.

INDAMORE. Eh, que veux-tu de moi à cette heure ?

PERIDE'E. Me voici à vos pieds, Sire, je remets mes armes entre vos mains ; je suis criminel ; frappez, & donnez-moi la mort que je merite.

INDAMORE. Qu'est-ce que cela signifie ?

PERIDE'E. Votre Majesté vient de me faire connoître qu'elle n'ignore plus combien je suis coupable envers elle, j'ai entendu ses justes

ADAMIRA.

vero che nella ventura notte mi dovevo trovare
con la Principessa Adamira ; ma la vostra figlia
non hà altra colpa, che quella di amar ciccamen-
te ; mia è tutta la reità, me dunque solo punite.

INDAMORO. E chi rissisterebbe à tai colpi ?
Ancora costui amico di Adamira ? Che so l'uci-
do ? O mi uccido per la vergogna ? E chi ti move à confessar quest' infamia ?

PERIDEO. Il sapere che V. M. di tutto è con-
sapevole, e per sottrare Adamira da vostri rigori.

INDAMORO. Partiti di quà, ne mai venir
mi più davanti, ô infame.

PERIDEO. Ah fortuna ! ove n'andarò ?

INDAMORO. Con due amanti in una sol notte accorda di abboccarsi l'immodesta mia figlia !
Che so, che penso, che rissolvo ? Ov'è l'impudica, ov'è Adamira ?

plaintes, & le châtiment qui m'eft dû; j'en conviens, Seigneur, je devois me trouver la nuit prochaine avec la Princeffe Adamire ; mais elle n'a commis d'autre faute que celle d'être entraînée par une paffion aveugle & fans raifon : je fuis le feul fur qui tombe tout le crime, & fur qui doit auffi tomber la punition.

INDAMORE. Ciel, qui pourroit réfifter à tant d'affaut fi cruels ? Quoy voici encore un amant favorifé d'Adamire; grands Dieux ! quel parti prendre dans une pareille occafion ? Laverai-je mon affront dans mon fang, ou dans celui de cette indigne Princeffe. *A Peridée.* Et toi malheureux, qui te pouffe à découvrir ainfi mon infamie.

PER DE'E. Je ne l'aurois pas fait, Seigneur, fi Votre Majefté n'en avoir pas déja paru inftruite, & fi je n'avois pas efperé par là de fouftraire la Princeffe à votre vengeance.

INDAMORE. Sors de ces lieux, infâme, & ne te prefente jamais devant mes yeux.

PERIDE'E. Ah fortune, où conduirai-je mes pas ? *Il fort.*

INDAMORE. Ma lâche fille prend deux rendez-vous differens avec des hommes en une feule nuit, & ternit ainfi fon honneur & le mien : Que dois-je faire ? que dois-je penfer? & quelle réfolution faut-il que je prenne ? où eft maintenant, où eft cette indigne Adamire? dois-je enfin la traiter comme une débauchée, ou comme ma fille.

Pafquelle en entrant fur la Scene entend les dernieres paroles du Roy.

SCENA VIII.

INDAMORO, PASQUELLA cou lume,
& invoglio.

PASQUELLA. SI Pè costì che la cova. Eh Signore siete messo in mezzo, &
io sono assassinata.

INDAMORO. Di, parla, che rovine apporti?

PASQUELLA. Oime! voi mi fate venire i va-
pori al capo con questa vostra furia. Laureno, Signore, hà traditi voi, e me in un medesimo tempo.

INDAMORO. Come dire?
PASQUELLA. Io aspettavo questo furbetto
che venisse à cena meco, come mi aveva promesso,
e doppo aver atteso fino à meza notte, ecco sento
Laureno, che entra nella sua stanza, che è à muro
con la mia, e sento che serra la porta. Sto in ore-
chie & odo la voce della Principessa vostra figlia, che diceva: oh fortunata Adamira, tu sei
là più contenta donna del mondo; e poi soggiun-
geva caro il mio Laureno da te conosco tutta la
mia felicità. E doppo sentii Laureno che diceva
Signora roccordatevi la promessa fatta mi di
darmi questi abiti che tenete, ed Adamira sog-
giunse: io voglio lasciarteli in questo punto, aiu-
tami tù à levarmeli di dosso, & in fine doppo
qualche tempo sento che Adamira si parte, & io
all'ora vado à bussare alla porta di Laureno, che
subito mi apre, e fatta doglianza per avermi
mancato di parola, cercando lui con belle frottole
d'appagarmi cerco di cogliere il tempo, e veduto

SCENE VIII.

INDAMORE, PASQUELLE avec de la
lumiere, & un pacquet fous fon bras.

PASQUELLE. BOn! il y a longtemps que les
oifeaux font dénichés : allez,
Sire, nous fommes tous deux trompez le plus
vilainement du monde.

INDAMORE. Parle, quelle nouvelle affli-
geante m'apporte-tu encore?

PASQUELLE. Helas, Seigneur, modérez un
peu cette colere, elle eft capable de me faire
évanoüir tout d'un coup....Je vous dirai donc
que Laureno nous trahit l'un & l'autre.

INDAMORE. Qu'eft-ce à dire?

PASQUELLE. Ce petit fcelerat devoit venir
fouper avec moi ce foir, fuivant fa promeffe.
Après l'avoir vainement attendu jufqu'à minuit, je l'entens entrer doucement dans fa
chambre, qui n'eft féparée de la mienne que
par une legere cloifon; je prête l'oreille, & je
reconnois la voix de votre fille qui parloit ainfi: ô Adamire, quelle femme dans le monde
peut s'eftimer plus heureufe que toi! elle ajoû-
toit enfuite, oüi mon cher Laureno, c'eft toi
qui fais aujourd'hui tout mon bonheur: voici
maintenant ce que Laureno lui répondoit. Souvenez-vous, ma Princeffe, que vous m'avez
promis l'habit dont vous êtes couverte : ô très-
volontiers, repliquoit votre fille, je veux m'en
dépoüiller fur le champ, & que tu fois mon valet de chambre en cette occafion. Et enfin quelque temps après, j'entens la Princeffe qui fort,
& qui s'en va toute feüle je ne fçai où; alors je

l'abito di Adamira nascosto in un canton della Camera di furto lo piglio, e me ne vado, e subito in traccia di voi mi sono portata per raccontarvi il tutto, acciò vediate che l'onore di vostra figlia è andato in luogo, di dove non tornarà più con buona salute.

INDAMORO. S'io più dimoro in questo loco toccaro con mano che Adamira è la più impudica fra tutte le donne. Sentite voi, tacete quanto mi narrasti.

PASQUELLA. Or ch'io l'ho detto à voi ho fatto l'ultima.

INDAMORO. Lasciate à me queste spoglie.

PASQUELLA. Tenete; ma pensate à castigare i ribaldi.

INDAMORO. Lasciatene la cura à me.

PASQUELLA. Fatelo, Signore, non si tratta d'un Asino, ne di un Bue, Signore, si tratta della riputazione che come là si perde una volta non occorre taccar i cartelli per ritrovarla.

INDAMORO. Vi raccammando il silenzio. Andate.

PASQUELLA. Uh prima morire che di fede man-

cours heurter à la porte de Laureno, il m'ouvre; je me plains à lui de ce qu'il a manqué au rendez-vous; & pendant qu'il tâche de m'amuser par de belles paroles, je me saisis adroitement de l'habit de la Princesse qu'il avoit caché dans un coin de sa chambre; je l'emporte sans qu'il s'en apperçoive, & je suis venue vers vous, mon bon Prince, pour vous raconter le tout, afin que vous pourvoyez promptement à l'honneur de votre fille qui vient de sortir d'un endroit, où j'apprehende bien qu'elle ne l'ait laissé.

INDAMORE. Helas! pour peu que je reste plus longtemps dans ce lieu, je ne serai bientôt que trop convaincu que ma fille est la plus infâme de toutes les femmes. Vous ma bonne mere, je vous ordonne de garder le silence sur tout ce que vous venez de m'apprendre.

PASQUELLE. Oh Sire! dormez en repos, vous serez le seul à qui j'en parlerai.

INDAMORE. Laissez-moi les habits de la Princesse.

PASQUELLE. Tenez, les voilà;....au moins songez à châtier comme il faut ce débaucheur de filles.

INDAMORE. J'en aurai soin, je vous en répons.

PASQUELLE. Oh que vous ferez bien! vertu de ma vie, il ne s'agit pas ici d'un bœuf ni d'un âne, Sire, qui auroit été égaré; il s'agit de l'honneur qui ne se recouvre plus, lorsqu'il est une fois perdu, quand même on mettroit des affiches par toute la ville pour le retrouver.

INDAMORE. Pasquelle, souvenez-vous au moins que je vous défens absolument de parler de tout ceci; allez, retirez-vous.

PASQUELLE. Je vous l'ai promis, Sire, & j'ai-

care buona notte à V. S. Laureno l'hà fatta à me,
& io l'hò fatta à lui. In somma non mi mozzicò
mai cane, ch'io non mi volessi medicare con del
suo pelo.

INDAMORO. *Enrico, Perideo, Laureno: Un*
Principe, un infelice, un vilano son drudi d'A-
damira! Oh Dio! eccomi senza onore, e senza
onore non son Rè, non son uomo, non son vivente.

SCENA IX.

INDAMORO, ARLICHINO.

ARLICHINO viene mandato di nuovo da
Lesbia per pregare il Rè à non tardar da-
vantaggio ad esser da lei; ma vendendolo adi-
rato, e parlar fra se, pensa che sia contro il
Principe Enrico, fa la sua ambasciata, il Rè non
lo ascolta trasportato del nuovo caso che ha inteso spettante alla sua figlia, e scaccia da se
Arlichino, ovale credendo, che il Rè sia sdegnato contro d'Enrico temendo, che non abbi
ottenuto qualche favore da Lesbia, con inganno, con molti lazzi gli prottesta, che appena
Lesbia si avvide del errore che prendeva si diede à gridare, e lo fece fugire, e mandò lui ad
avisarlo di tutto. Il Rè stanco d'ascoltarlo da se
furiosamente lo scaccia, e termina l'Atto.

ſerois mille fois mieux mourir que de manquer
à ma parole. Adieu mon Prince , je vous ſouhaite une nuit bien tranquille....Laureño a fait
avec moi; c'eſt un petit traître , je n'en veux
plus entendre parler : ah , ah! jamais chien ne
m'a mordu que je n'aye eu de ſon poil pour
mettre ſur la playe.　　　　*Elle ſort*

INDAMORE, Enrique, Peridée, Laureño, un
Prince , un malheureux inconnu , un Jardinier
ſont les lâches corrupteurs de ma fille ; grands
Dieux! ſuis-je donc ſans cœur & ſans honneur:
ah je renonce à la qualité de Roi , d'homme, &
je dois même renoncer à la vie.

SCENE IX.

INDAMORE, ARLEQUIN.

*Leſbia impatiente , renvoye Arlequin vers le
Roy pour le prier de ne pas tarder davantage ; la colere où il le voit lui fait croire qu'il mé-
dite quelque choſe de funeſte contre le Prince Enrique , dont il déplore le ſort connoiſſant ſon innocence ; il fait ſon meſſage au Roi , qui ne l'é-
coute pas , tant il eſt hors de lui-même ; après
pluſieurs Lazzis , Indamore qui eſt bien plus touché de la prétendue débauche de ſa fille , que des
plaintes de Leſbia , le renvoye bruſquement , ſes
diſcours équivoques font croire à Arlequin que
le Roi s'imagine qu'Enrique a arraché des faveurs
à Leſbia dans l'obſcurité , & que c'eſt là le ſujet
de ſa fureur ; il lui jure avec des ſermens ridicu-
les qu'il n'en eſt rien,que Leſbia ſe connoît trep
bien en hommes pour s'y laiſſer tromper , & qu'à
ſa marche ſeule, elle ne l'a pas eu plûtôt reconnu,
qu'elle a fait un vacarme terrible,& qui a obli-*

ATTO QUARTO.
SCENA I.
PERIDEO, LAURENO.

PERIDEO. Laureno son morto.

LAURENO. Che farà Perideo?

PERIDEO. Al Rè hò confessato tutto il seguito fra me, & Adamira.

LAURENO. E perche gl'elo dicesti?

PERIDEO. Già sapeva il tutto.

LAURENO. Son io nominato?

PERIDEO. Guardami il Cielo.

LAURENO. Ma in fine che diceste al Re? Parlaste della finta maggia, de gli amori della Statua, del principiato inganno, & di cio che si stabilirà nella prossima notte?

PERIDEO. Nulla di questo io dissi, ma solo che amavo Adamira, e nella vicina notte, dovevo trovarmi con lei, non spiegando però ne il come, ne il loco.

gé ce Prince indiscret de se retirer avec sa honte.
Le Roi las des discours d'Arlequin, le chasse de
sa presence, & finit ainsi l'Acte.

ACTE QUATRIEME.

SCENE I.

LAURENO, PERIDE'E.

PERIDE'E. AH Laureno, mon cher Laureno,
je suis perdu sans ressource !

LAURENO. Comment ?

PERIDE'E. Je viens d'avoüer au Roi tout ce
qui s'est passé entre la Princesse & moi.

LAURENO. Oh Ciel ! mais quelle raison
peut donc vous avoir obligé à faire cet aveu ?

PERIDE'E. Helas mon cher ami, le Roi étoit
informé de tout.

LAURENO. Tant pis ; mais m'avez-vous
nommé, & sçait-il que j'aye part dans cette
belle affaire ?

PERIDE'E. M'en préserve le Ciel !

LAURENO. Enfin qu'avez-vous dit à Sa Majesté ? lui avez-vous parlé de notre feinte Ma-
gic, de l'amour d'Adamire pour cette Statue,
de la fourberie que nous avons déja commencé, & de ce que nous devions executer la nuit
prochaine.

PERIDE'E. Nullement, mon cher Laureno,
je lui ai seulement dit que j'aimois la Princesse,
& que je devois pendant la nuit prochaine me
trouver en rendez-vous amoureux avec elle ;
mais je me suis bien gardé de lui expliquer de

LAURENO. I! Rè che diſſe?

PERIDEO. Immaginati ſu le furie.

LAURENO. In queſto fátto io temo di qualche errore. Il Rè non ne hà ancora parlato ad Adamira, perche lei ſteſſa in queſto punto ſi moſtrò meco, anſioſa, che paſſaſſe ſretoloſamente il reſto di queſto giorno per ultimare la facenda; andate nella mia camera, dove tutto e preparato per gl' abigliamenti da Statua, e là attenderemi, che non dovete penſare, che à voſtri contenti.

PERIDEO. Ma ſe il Rè......
LAURENO. Quando il Re non sà il loco, e come dovete trovarvi con Adamira non temete di alcun male, e poi io vi ſarò ſempre vicino, e vi aſſicuro eſente da ogni pericolo.

PERIDEO. Ecco il Re, è meglio che ci ritiriamo.

SCENA II.

INDAMORO, PANTALONE.

PANTALONE. Signore trovai il Principe Enrico, gli diſſi per parte di V. M. che quà ne veniſſe, & egli prontamente ſe ne viene à queſta volta.

quelle maniere cela devoit s'executer, ni du lieu où nous devions nous trouver.

LAURENO. Et comment le Roi a-t-il reçû cet aveü si injurieux pour son honneur?

PÉRIDE'E. Tu peux, Laureno, t'imaginer quel a été l'excès de sa colere.

LAURENO. Je crains bien qu'il n'y ait de la surprise ou de l'équivoque en tout ceci; le Roi sans doute n'a point encore témoigné son ressentiment à la Princesse, puisque dans le moment même elle vient de me marquer une extrême impatience de voir la fin de ce jour pour donner un entier accomplissement à ses souhaits; allez cependant dans ma chambre, vous y troüverez tout l'équipage convenable au Rôle que vous devez joüer; attendez-moi seulement sans impatience, & ne pensez uniquement qu'à l'extrême plaisir que vous devez bientôt recevoir.

PÉRIDE'E. Mais si le Roi....

LAURENO. Vous n'avez aucun sujet de rien craindre de sa part, puisqu'il ignore le lieu du rendez-vous, & de quelle maniere vous devez vous trouver avec la Princesse; de plus, je ne serai point éloigné de vous, & je vous garantis exempt de tout danger.

PÉRIDE'E. J'apperçois le Roi, retirons-nous.

SCENE II.

INDAMORE, PANTALON.

PANTALON. SEigneur, j'ai trouvé le Prince Enrique; & suivant vos ordres, il doit se rendre ici dans le moment même.

INDAMORO. *Chiamiſi Adamira? che ſubito venga à me.*

PANTALONE. *Obbediſco. e parte.*

INDAMORO. *Spoſarò Adamira ad Enrico, perch'egli non è avisato di queſte ſciagure, poſcia ſegretamente morirà Perideo, e Laureno, e con loro morirà la vecchia conſapevole di queſti avenimenti; E cercarò in tal modo di riſarcire il perduto onore. Enrico, ed Adamira non reſtoranno in vita che per breve tempo.*

SCENA III.
INDAMORO, ENRICO, ADAMIRA.

VIENE Arlichino à parlar al Rè per parte di Lesbia che ſi duole, che lui non ſi poi ſtato la notte à ritrovarla, e che l offeſa ricevuta dal Principe Enrico non ſia ſtata caſtigata e doppo paſſata una Scena di lazzi col Re, al arrivo d'Enrico; ed Adamira il Re fà partirlo.

SCENA IV.
INDAMORO, ENRICO, ADAMIRA, PANTALONE, poi LAURENO.

INDAMORO ADAMIRA, *Enrico udite; in queſto punto vi dichiaro mio*

INDAMORE

INDAMORE. Va appeler aussi de ma part la Princesse Adamire, & dis-lui que je l'attens en ces lieux.

PANTALON. Vous allez être obei, Seigneur.

INDAMORE. Enrique ignore encore ma honte, & l'indigne conduite de ma fille ; profitons de ce moment pour la lui faire épouser ; une mort précipitée me vengera bientôt de Péridée & de Laureno; & cette vieille Pasquelle si bien instruite de mon deshonneur, ne tardera guere par mes ordres à leur aller tenir compagnie : c'est le seul moyen de réparer l'injure que j'ai reçue; je ne prétens pas même épargner Enrique ni ma fille, & je ne les laisserai pas jouïr longtemps de l'outrage qu'ils m'ont fait en ce jour.

SCENE III.

INDAMORE, ARLEQUIN.

Arlequin survient, & témoigne la douleur où est Lesbia sa maîtresse, du mépris apparent du Roi, qui ne lui a pas rendu visite comme il le lui avoit promis ; il appréhende que l'innocence du Prince Enrique ne soit reconnuë & d'être puni du faux rapport qu'il a fait. Cette Scene est toute de Lazzi entre Indamore & lui : A l'arrivée d'Adamire & d'Enrique, le Roi le renvoye.

SCENE IV.

INDAMORE, ENRIQUE, ADAMIRE, PANTALON, & ensuite LAURENO.

INDAMORE. Ecoutez-moi, Adamire; vous Enrique prêtez-moi attention.

Adamire.   H

genero. Adamira tocate la mano al Principe Enrico è vostro sposo.

ADAMIRA. Come Signore dunque in un subito!....

INDAMORO. Ancor si replica. E non riconos-
cete questi miei decreti, come effetti di mia somma clemenza? Adamira, Adamira, non più: da-
tegli la mano,

ADAMIRA. Oh Dio! son morta. Padre uditemi.

INDAMORO. Non è tempo d'udire, troppo sò,
troppo intesi.

ADAMIRA. E come volete....

INDAMORO. Ancor tanto sfacciata? Intendo,
intendo dove vanà ferire queste ostinazioni. O
sposate Enrico, o mi cadrete morta à piedi.

ADAMIRA. Porgo la mano ad Enrico per obbedire.
INDAMORO. Principe Enrico datele la mano.

LAURENO. Oime che veggio! Fermate o Re
questo matrimonio; non si sdegni la V. M. d'as-
coltar in questo punto fattale le parole di un vilano. Signore io rompo, lacero, annullo questi
sponsali.

ENRICO. E che ardire è questo?

Je vous fais aujourd'hui mon Gendre, que la Princesse vous donne la main, & que....

ADAMIRE. Eh Seigneur, par quelle raison précipitez-vous si fort un mariage....

INDAMORE. Il vous convient bien, Princesse, de me repliquer, & de ne pas obéir sur le champ à mes suprêmes volontez ; vous devriez les regarder comme les effets d'une bonté dont vous n'êtes pas digne ; exécutez mes ordres, vous dis-je, &....

ADAMIRE. O Ciel ! que ne suis-je morte mille fois....Mon pere, de grace...

INDAMORE. Vous perdez le temps en vains discours ; je n'en sçais que trop, lâche Adamire, & j'en ai entendu beaucoup plus que je ne voulois.

ADAMIRE. Mais comment voulez-vous, Seigneur ?

INDAMORE. Encore ? quelle imprudence ! je ne connois que trop le but de cette obstination ; je n'ai plus qu'un mot à vous dire, ou préparez-vous à épouser sur le champ le Prince Enrique, ou à recevoir la mort dans ce moment même.

ADAMIRE. Je vous dois obéir, Seigneur, mais....

INDAMORE. Vous Enrique, recevez la main de la Princesse....

LAURENÇ. Ah Seigneur ! que vois-je, & qu'allez-vous faire ? suspendez s'il vous plaît vos ordres, & ne dédaignez pas d'écouter un homme de ma sorte dans une conjoncture si délicate. Le mariage que vous voulez faire entre Adamire & le Prince, ne se peut conclure ; il y a des nullitez invincibles, & je suis en droit, Seigneur, de m'opposer....

ENRIQUE. Quelle insolence !

H ij

ADAMIRA. Oh sia benedetto Laureno!

INDAMORO. E con tanta temerità qui t'innoltri? di, parla, e se averai parlato senza fondamento attendi di pagar la pena con la tua morte.

LAURENO. Son nelle vostre forze. Parlero verità, e giustificarò ogni mio detto. Per quanto vedo intende V. M. di sposare la Principessa Adamira con il Principe Enrico, figlio del Rè di Suezia, non è così?

INDAMORO. E che vorai dire?

LAURENO. Poco, ma di somma importanza. Udite, il Principe Enrico è ammogliato.

ENRICO. Come....
LAURENO. Non parlo con voi, non ho che trattar con voi. Parlo al Rè Indamoro.

INDAMORO. Ammogliato il Principe, e con chi?
LAURENO. La Principessa Dionisia figlia di Sueno Re di Dania è sua moglie.
ENRICO. Signore costui vanteggia.
LAURENO. Fate Signore tacer costui, o io come disperato farò qualche rissentimento.

INDAMORO. Adamira tornate agli Appartamenti, ne di colà vi partite senza mio ordine.

ADAMIRA. E con che gusto, Cielo aiuta mi, Laureno in te confido. Vin.

ADAMIRE. Ciel seconde les desseins de Laureno.

INDAMORE. Malheureux, qui te rends assez hardi pour venir sans raison interrompre nos discours? ta mort payera bientôt une témérité...

LAURENO. Vous êtes maître de ma vie & de ma mort, Sire, l'un & l'autre sont entre vos mains; mais il me sera fort aisé de vous faire voir l'innocence de ma cause, en vous découvrant une verité qui vous interesse fort. Autant que je l ai pû comprendre, Votre Majesté prétend marier la Princesse Adamire avec Enrique Prince de Suede; ne sont-ce pas là ses intentions?

INDAMORE. Eh bien, que prétends-tu dire à ce sujet?

LAURENO. Deux mots seulement, Seigneur, mais qu'il vous est de la derniere importance de bien graver dans votre memoire. Le Prince Enrique est marié.

ENRIQUE. Comment! Qu'est-ce à dire?...

LAURENO. Ce n'est point à vous que je parle, Prince, c'est au Roi que ce discours s'adresse.

INDAMORE. Enrique marié! & à qui?

LAURENO. La Princesse Dionisia fille du Roi de Dannemark, est sa femme, Seigneut.

ENRIQUE. Cet homme extravague, Sire.

LAURENO. Seigneur, si vous n'imposez silence au Prince, mon desespoir me portera peut-être à quelqu'action....

INDAMORE. Princesse, rentrez dans votre Appartement, & n'en sortez point sans mon ordre.

ADAMIRE. Quel plus grand bonheur pouvoit m'arriver! Ciel favorise mon amour! Ah

INDAMORO. *Lasciatelo dire, Principe Enrico, se ei sarà mendace morirà. Ma tu che rincontri mi dai di questi tuoi detti?*

LAURENO. *Che rincontri? Verità più chiare della luce del sole sono per apportarvi oSignore. Questo è un ladrone in abito di Principe. Uditemi, e stupite. Enrico con promessa di matrimonio, lusingò, allettò, orsu dispose alle sue voglie la povera Dionisia, che doppo esser stata abbandonata da questo tiranno, dispose l'animo ad una disperata fuga, e mendica, e raminga va ricercando il modo, o di ricuperare il perduto, o di vendicarsi contro questo fellone; ond'io informato di questi successi vedendo ch'egli, stà in atto di trapassare alle seconde nozze con la Principessa vostra figlia mi trovo in necessità di publicar questi arcani per salvezza del altrui riputazione.*

INDAMORO. *E quando finiranno i miei flagelli? Segui il restante.*

LAURENO. *Io sò molto bene che la negativa d'Enrico atterrarebbe in un punto quanto che ho detto. Non mi fermo qui nò, vengo alla giustificazione. Ha cognizione V.M. del carattere d'Enrico?*

Laureno, mon cher Laureno, je fonde fur toi
toutes mes efperances. *Elle fort.*

INDAMORE. Prince, laiffez parler ce Jardinier fans vous émouvoir, & foyez fûr s'il m'en
impofe, que la mort fera bientôt le châtiment
de fon effronterie. *à Laureno.* Toi, quelle
preuve as-tu de ce que tu viens d'avancer avec
tant de hardieffe ?

LAURENO. Quelles preuves, Sire ? j'en ai
de plus claires que l'aftre qui nous donne le
jour; j'ofe le dire, Seigneur, cet Enrique n'eft
qu'un fcelerat fous l'habit d'un Prince, préparez-vous à m'écouter avec étonnement ; la
miferable Dionifia a été lâchement trompée
par une promeffe de mariage que lui a donné
Enrique, fes careffes l'ont féduite, & fes fermens l'ont enfin difpofée à lui accorder ce qu'u-
ne femme ne doit point refufer à fon Epoux ;
mais enfuite fe voyant abandonnée par le perfide, fon defefpoir l'a portée à fuir du Royaume
de fon pere, & la neceffité l'a fait errer de Province en Province comme une Vagabonde pour
retrouver ce qu'elle a perdu, ou pour fe vanger
du traître qui l'a abufée. La certitude, Sire, où
je fuis du mauvais cœur d'Enrique, l'effronterie avec laquelle je le vois prêt à paffer à de
fecondes nôces, m'obligent de vous découvrir
ce fecret, autant pour fauver votre honneur,
que pour réparer, fi je puis, celui de l'infortunée Princeffe de Dannemark.

IODAMORE. Oh Ciel ! quand mes malheurs
prendront-ils fin ? mais pourfuis ton recit.

LAURENO. Je fçai, Seigneur, que les fermens que vous feroit Enrique, pour vous affurer du contraire de ce que j'avance, pour-
roient peut-être trouver crédit dans votre ef-

INDAMORO. *Sì molto bene.*

LAURENO. *Questa è una scrittura da lui fatta à Dionisia, scritta e firmata di sua mano. Questa contiene l'inviolabile stabilimento; anzi in questa confessa d'esser marito alla Principessa Dionisia; vi furono presenti, Iddio che tutto vede, Dalida, e Florinda ch'erano cameriere di quell'infanta. Signore tenete, leggete pure, leggete o Re, e piangete in un medesimo tempo le ruine di Dionisia, & i perigli che vi soprastavano.*

INDAMORO. *Enrico formasti voi questa scrittura?*

ENRICO. *Conviene ch'io la veda.*

INDAMORO. *Già ve la mostro. Son vostri caratteri questi.*

ENRICO. *Vado vedendo.*

INDAMORO. *In fine che dite è vostro carattere, o nò?*

ENRICO. *Dico che è mio carattere, ma dico di più che Dionisia è morta, e perche la morte scioglie ogni legame, ha liberato ancor me d'ogni promessa.*

LAURENO. *Signore se Dionisia è morta, io voglio morire infame.*

prit,

prit, si je n'en tenois à ce que je viens de dire
à Votre Majesté ; mais je vais bientôt lui prouver que je ne suis point un imposteur, elle connoit sans doute l'écriture du Prince Enrique?

INDAMORE. Oüi, son caractere ne m'est
point inconnù.

LAURÉNO. Eh bien Seigneur, voilà la promesse qu'il a faite à la Princesse Dionisia ; elle
est écrite & signée de sa propre main, elle con-
tient l'engagement qu'il a pris avec elle , & il
y convient formellement qu'elle est sa femme.
Dalinde & Florinde , Demoiselles de la Princesse de Dannemark , furent témoins de ces
nœuds secrets. Lisez, Seigneur, lisez cette promesse d'un bout à l'autre, déplorez en la lisant la ruine inévitable de la malheureuse Dionisia, & tremblez vous-même du peril dans lequel vous alliez vous précipiter sans les sages
avis que je viens de vous donner.

INDAMORE. N'est-ce pas là votre écriture,
Enrique ?

ENRIQUE. Seigneur, il faut que je la voye
auparavant.

INDAMORE. Vous la voyez suffisamment ,
Prince : enfin cela est-il écrit de votre main ?

ENRIQUE. Donnez-moi du moins le temps
de l'examiner.

INDAMORE. Et bien , conviendrez-vous de
la vérité ?

ENRIQUE. Je ne puis nier, Seigneur , que
cette promesse soit de moi, j'en conviens ;
mais je n'en suis pas moins libre , puisque la
mort qui casse tout engagement , m'a ravi la
Princesse de Dannemark.

LAURÉNO. Autre imposture, Seigneur ; je
me soûmets à perdre la vie avec la derniere

ENRICO. *E che puoi tu saper di questo?*

LAURENO. *Parlo con Indamoro, non parlo con voi; se volete parlare, parlate con S. M. Signore torno à dire che Dionisia è viva.*

INDAMORO. *Se Dionisia è viva, voi siete abbastanza convinto, avendomi già confessato che passa fra voi, ed Adamira una secreta intelligenza di ritrovarvi assieme nella vicina notte; onde ad altro non pensava il vostro capricio, che à togliermi onore, se già siete maritato.*

LAURENO. *Ah mio Re! se questo solo vi indusse ad accoppiar vostra figlia con il Principe Enrico tutto è infruttuoso, è vano, avendovi il Principe affirmata una falsità.*

INDAMORO. *Dichiarati meglio?*

LAURENO. *Egli vi disse che doveva la ventura notte trovarsi con Adamira, e disse il falso, mentre altra donna è quella che doveva abboccarsi con esso.*

INDAMORO. *Quale è dunque la donna che doveva trovarsi con Enrico? Tu sei sì bene informato che devi saper ancor questo.*

LAURENO. *Gran cose ricercate, o Re, con-*

infamie, fi Dionifia ne joüit pas encore de la lumiere du jour.

ENR QUE. Mais qui peut t'avoir fi bien inftruit du fort de cette Princeffe?

LAURINO. Eh Prince, je vous le repete, ce n'eft point à voûs que ces difcours s'adreffent, c'eft au Roi; fi vous voulez lui expliquer vos raifons, vous pouvez le faire. Je reviens donc Sire, à mon propos; oüi, Dionifia cette infortunée Princeffe eft en vie, & fi....

INDAMORE. Enrique, s'il eft vrai que Dionifia foit vivante, jufqu'où pouffez-vous la perfidie? vous m'avez avoüé vous-même la fecrette intelligence qui regne entre vous & ma fille, & le rendez-vous où vous deviez vous trouver avec elle la nuit prochaine; c'étoit donc votre feul caprice, ou votre inconftance qui vous pouffoit à m'outrager dans l'honneur? quel autre but pouviez-vous av oir, puifque vous étiez déja marié?

LAURENO Ah Sire! fi ce feul aveu du Prince Enrique vous obligeoit à lui donner Adamire en mariage, votre confentement devient encore nul; il vous a affuré un fait très-contraire à la verité.

INDAMORE. Comment me feras-tu voir encore cette fauffeté?

LAURENO. Ce Prince vous a avoüé, dites-vous, qu'il devoit paffer la nuit prochaine avec Adamire; non Seigneur, rien n'eft moins vrai, une autre perfonne étoit deftinée pour le rendez-vous.

INDAMORE. Puifque tu es fi bien inftruit des affaires du Prince, quelle étoit donc cette femme?

LAURENO. Ah Sire! Votre Majefté m'en

L ij

di saper ciò meglio di ogn'altro, ma non sono per dirlo già mai.

INDAMORO. Già che dici saperlo ti comanda il palesarlo.

LAURENO. Se V. M. comanda, non resta à me che l'obedire, eccomi pronto. Sapete Signore chi era la Dama?

INDAMORO. Chi?

LAURENO. Enrico sturate l'orecchie, che vi bisogna. Senta V. M. la dama, che doveva essere con Enrico e la Principessa Dionisia.

ENRICO. Come?

LAURENO. Dico che è la Principessa Dionisia, io non parlo già Arabo, Or vedete Signore s'ella è morta come diceva Enrico, ò viva came io l'affermavo. Enrico nella vicina notte harebbe accolta la moglie, e non Adamira, ed aurebbe esercitati gl'atti della fedeltà, quando havrebbe creduto trionfare dell'onore di vostra figlia.

ENRICO. Ma come potrai tu?.....

INDAMORO. Tacete voi. Et ora dove è Dionisia? per rinscontrare intieramente questo fatto.

LAURENO. Eh Dio, che non è più tempo di

demande plus que je n'en voudrois dire : je n'ignore pas, je l'avoue, quelle est cette femme ; mais je la supplie instamment de me dispenser de la lui nommer.

INDAMORE. Non, non, puisque tu conviens de la connoître, je veux absolument sçavoir son nom.

LAURENO. Votre Majesté me l'ordonne, je vais lui obéir ; eh bien Seigneur, pourriez-vous bien vous imaginer quelle est cette Dame ?

INDAMORE. Non, je t'en assure.

LAURENO. Je vais vous le dire, Seigneur, que le Prince me prête une oreille attentive, vous sçaurez donc que cette Dame n'est autre que la Princesse Dionisia elle-même.

ENRIQUE. La Princesse Dio.....

LAURENO. Oüi, la Princesse Dionisia, je m'explique assez, & mon langage n'est point obscur ; jugez à present Seigneur, si cette pauvre Princesse est morte, comme vous l'assuroit tout à l'heure ce traître, ou si elle vit encore comme je suis prêt d'en donner des preuves ; oüi le perfide Enrique devoit cette nuit prochaine recevoir sa femme dans ses bras à la place de la Princesse Adamire ; au lieu de triompher comme il croioit de l'honneur de votre fille, il n'auroit fait, Seigneur, que remplir les devoirs de fidelité qu'il doit à sa legitime épouse, &......

ENRIQUE. Mais comment pourrois-tu me convaincre ?....

INDAMORE. Mais, Laureno, pour me faire connoître entierement la verité de ce que tu avance, peux-tu nous dire où est à present la malheureuse Dionisia ?

LAURENO. Oüi Seigneur, & je dois enfin

parlare in fre. Ora farà qui o traditore la tormen̄=
tata Dionisia. Su impugna quel ferro o mio nemico, mentre io sbaragliando questi arnesi vila-
ni, e scoprendo sotto le spoglie di un finto Laureno, la vera e real Dionisia trasformo in spada questo rozo bastone per affrontarti per ucidet-
ti. Ecco la sfortunata Dionisia, o Re,ecco la Principessa tradita da quel fellone, ecco la mia destra
pronta alle vendette. Su all'armi traditore,denu̇=
da quella spada, e nel picciolo modello delle mie
ferite impara à temere i fulmini di Dio vendica-
tore.

ENRICO. Eh Dio! che vedo? Ah Principessa
Dionisia pur troppo ora vi riconosco,acquietate-
vi,vi prego.

LAURENO. La mia quiete consiste nello spar-
gimento del tuo sangue ; o pon mano alla spada,
o ch'io t'uccido.

ENRICO. Non sarà mai vèro, ch'io per tema
di morire voglia diffendere i torti ch'io vi feci;
Ucidetemi pure..

LAURENO. Si ch'io t'ucciderò, si ch'io laverò
le machie del mio onore con il tuo sangue.

ENRICO. Ucidetemi pure, ne sperate ch'io mi
diffenda, eccovi il seno, faziatevi, ma voi non
dovresti trattar così con quel Enrico, che tanto
amaste?

cesser de parler par Enigme. Prépare-toi perfide Epoux à reconnoître bientôt l'infortunée Princesse de Dannemark, mets l'épée à la main scelerat, puisqu'après m'être dépouillée de ces vils habits qui cachent à tes yeux Dionisia, je prétens t'ôter la vie avec le fer, que ce bâton noüeux renferme. Oüi Sire, vous vous voyez devant vous cette Princesse si lâchement trahie par ce perfide ; mais j'espere que mon bras me fera bientôt raison de son infidélité : Allons traître, mets-toi en défense; & par cet échantillon de la fureur que tu vois sur mon visage, apprens dans ce jour pour la premiere fois à craindre les foudres des Dieux vengeurs du parjure.

ENRIQUE. Ciel ! qu'apperçois-je ? ah Princesse, je vous reconnois sans peine, moderez, je vous en conjure, cette colere.

LAURENO. Non, scelerat, elle ne cessera qu'après que j'aurai versé la derniere goutte de ton sang ; mets donc l'épée à la main, traître, ou je ne t'épargnerai pas davantage.

ENRIQUE. La crainte de la mort n'a jamais trouvé place dans mon cœur, ce n'est point elle qui me fait reconnoître les mauvaises raisons que j'ai eu de vous traiter avec tant d'indignité, ni l'injustice que j'ai commise envers vous ; je conviens volontairement de mon crime, frapez donc Princesse.

LAURENO. Oüi, perfide, je frapperai, & je laverai bientôt dans ton sang les taches que tu as imprimées sur mon honneur.

ENRIQUE. Eh bien, frappez Dionisia, percez ce sein que je vous presente sans défense, rassasiez votre juste vengeance ; mais helas pourriez-vous traiter avec tant de dureté un

LAURENO. Ne voi dovevate trattar così con quella Dionisia, che tanto vi amò?

ENRICO. Inneridisco al aspetto de miei errori; ucidetemi, che ben mi è dovuta la morte.

LAURENO. Ch'io v'uccida? Guardami Dio. Tutto-sei per racquistar voi, senza di cui non hò vita, non hò spiriti, non hò onore. Eh mio caro Enrico tornate alla vostra Dionisia, e riconoscendo nelle mie generose disperazioni la perfezione, de miei affetti, ricevete nelle braccia colei, che è vostra moglie, vostra serva, e vostra schiava.

ENRICO. Ah Dionisia mia! il pianto mi vieta il parlare.
LAURANO. Signore.....

INDAMORO. Non più, io sono instupidito fra queste novità meravigliose. Principessa Dionisia vi accolgo come figlia di un gran Rè, e mio caro Amico. Celebrarò le vostre nozze, quietarò Sueno vostro Padre. Enrico seguite vostra moglie.

Prince que vous avez aimé si tendrement ?

LAURENO. Eh devois-tu, indigne Epoux, user
de tant de cruauté envers une Princesse qui
t'adore ?

ENRIQUE. C'est le souvenir de ce crime o-
dieux qui me rend en horreur à moi-même ;
percez donc sans regret ce perfide cœur, ma
chere Princesse, & faites-en un sacrifice à l'a-
mour outragé.

LAURENO. Que je vous perce le cœur, Enrique ! ah me préservent les Dieux d'une telle
barbarie ; helas tout ce que je viens de faire
n'a été que pour recouvrer celui sans lequel,
après la perte de mon honneur, la vie m'étoit
odieuse. Eh mon cher Enrique, rendez toute
votre tendresse à l'infortunée Dionisia ; & que
la violence de mon desespoir serve à vous faire
connoître celle de mon amour ; daignez donc
mon adorable Prince, daignez encore recevoir
entre vos bras votre malheureuse Epouse : que
dis-je, votre Epouse, ah je serai trop contente
de la qualité de votre Esclave.

ENRIQUE. Ah Dionisia, ma chere Dionisia !
la douleur & les larmes m'ôtent la parole.....

LAURENO. Quoi je serois assez heureuse,
mon cher Epoux....

INDAMORE. Ah mes enfans, c'est assez vous
attendrir ! tant d'évenemens surprenans me
mettent hors de moi-même : Vous Princesse,
assurez-vous que vous serez traitée dans ma
Cour comme la fille d'un grand Roi, dont l'a-
mitié m'a toujours été chere, & que vos nôces
que je vais faire celebrer, rendront bientôt au
Roi de Dannemark la joie & le repos dont il
étoit privé depuis votre absence ;.... & vous
Prince suivez la Princesse votre Epouse.

LAURENO. *Viva immortale il grande Inda-*
moro.

INDAMORO *folo. In poche ore grandi ftrava-*
ganze io vidi. Pur fon ficuro che Enrico s'ingannò
quando mi diffe che doveva effere con Adamira,
già che Dionifia èra la donna che doveva feco
trovarfi; e la Vecchia s'inganno ancor effa, men-
tre Laureno è donna. Tutto il male fi riduce à
Perideo; ricuperai quando meno mel penfai due
terzi dell'onore, ma fe tutto non fi ricupera nulla
acquiftai fon qui: oh giorno prodigiofo per me!

SCENA V.

ARLICHINO, PANTALONE.

DOPPO che fi è partito il Rè, Pantalone
refta ful Teatro facendo rifleffioni fopra
il paffato. Arlichino fopraviene, e paffa feco
una Scena di lazzi, che termina l'Atto.

LAUREO. Que les Dieux comblent de prosperitez le grand Roi de Norvege.

INDAMORE *seul.* Tout ce qui s'est passé aujourd'hui d'extraordinaire dans mon Palais, me fait clairement connoître qu'Enrique se trompoit, quand il m'a dit qu'il devoit se trouver cette nuit avec Adamire, puisque Dionisia devoit remplir cette place. La vieille Pasquelle étoit pareillement dans l'erreur au sujet de ma fille, Laureno se trouvant être femme : tous mes maux n'ont donc plus pour objet que le seul Peridée. J'ai déja à ce compte recouvré une partie de mon honneur que je croiois entierement perdu, & cela lorsque j'y pensois le moins ; mais si je manque d'éclaircissement sur le reste, je n'en suis pas plus avancé pour avoir jusqu'ici découvert l'innocence d'Adamire. Ah ce jour est rempli d'évenemens qui sont pour moi les plus étranges dont l'on puisse jamais entendre parler ! *Il sort.*

SCENE V.

PANTALON, ARLEQUIN.

Après qu'Indamore est retiré, Pantalon reste sur le Theatre à faire ses reflexions sur tous ce qui vient d'arriver, & sur la tristesse qui regne sur le visage du Roi ; Arlequin survient, & fait avec lui une Scene de Lazzis qui termine le quatriéme Acte.

ATTO QUINTO.

La Scena raprefenta Giardino con Statue.

SCENA I.

INDAMORO, ARLICHINO, e Guardie.

INDAMORO ordina ad Arlichino che vadì ad affertate la Principeffa Adamira à portarfi in quel loco dove ha fatto chiamarla. Arlichino parte.

INDAMORO.

ENrico ingannatò da Dionifia in confeffarmi un delitto che non aveva commeffo, crede dire il vero, ma s'ingannò. La vecchia infofpettita di Laureno per l'abito di Adamira credò palefarmi il vero, e mi narro una buggia. Il toccar con mano quefti errori mi mette in forfe l'acidente di Perideo. Attendo Adamira in quefto loco, l'efaminarò deftramente per cercar di faperne l'intiero.

SCENA II,

INDAMORO, ADAMIRA, ARLICHINO

ADAMIRA. MI chiama à queft'ora il Rè! te-mio il fuo fdegno. Eccomi, ò

ACTE CINQUIE'ME.

Le Theatre represente le Jardin du Roi orné de Statues.

SCENE I.

INDAMORE, ARLEQUIN, La Garde du Roi.

INdamore commande à Arlequin d'aller presser la Princesse Adamire de venir dans le Jardin où il lui a ordonné de se rendre ; Arlequin sort pour aller executer les volontez du Roi.

INDAMORE seul.

LE Prince Enrique trompé par Dionisia, m'avoue un crime qu'il n'a pas commis. La vieille Pasquelle soupçonnant Laureno de trahison, à cause de l'habit de la Princesse qu'elle a vû entre ses mains, s'imagine me découvrir un grand secret, & ne me raconte que des extravagances. Ces deux évenemens me feroient croire que Peridée pourroit bien aussi n'être pas coupable. J'attens Adamire dans le Jardin en l'interrogeant avec adresse, je vais tâcher de tirer d'elle la verité de toutes ces avantures.

SCENE II.

INDAMORE, ADAMIRE, ARLEQUIN.

ADAMIRE. MOn pere, me fait appeller à une pareille heure! ah j'ai tout

Padre, à ricevere i vostri comandi.

INDAMORO. *Ogni uno si ritiri. Sentite Adamira. Vi feci chiamare in quest'ora, e sola per parlar con voi con ogni secretezza, voi disponetevi à dirmi la verita, dalla quale potendo io argomentar la sincerita, dell'animo vostro, possa ancora dispormi, à compatire ogni accidente fin qui occorso. E parte da Rè l'esser pietoso, e officio da Padre il perdonare.*

ADAMIRA. *Così pietoso? Signore chi nacque figlia d'Indamoro non sa mentire, attendo le interogazioni di V. M. per rispondervi sinceramente.*

INDAMORO. *Or ditemi dove andaste hier sera doppo che furono licenziate le mense.*

ADAMIRA. *Venni in questi Giardini, & in questo stesso loco ove noi siamo.*

INDAMORO. *E per qual fine?*
ADAMIRA. *Per dar tregua agli affanni, e per arrichirmi di contenti.*

INDAMORO. *Vi sortì quanto speravate?*

ADAMIRA. *Provai tutti i più perfetti contenti.*

INDAMORO. *Dunque veniste, in questo luogo per parlare con persona che amate?*
ADAMIRA. *Così per apunto.*

INDAMORO. *Ma chi fù colui, che vi rese felice?*

sujet d'appréhender son couroux....Me voici
Seigneur prête à recevoir vos commandemens.

INDAMORE. Que chacun se retire. Vous
Princesse, écoutez-moi avec attention, je vous
ai fait venir ici seule, & à cette heure pour m'expliquer avec vous en secret : la douceur & la
clémence doivent être les vertus ordinaires des
Rois, & il est d'un bon pere de pardonner ; dis-
posez-vous donc à me dire la verité, puisque
la sincerité avec laquelle vous me parlerez,
m'obligera à oublier tout ce qui s'est passé contre mon honneur.

ADAMIRE. Dois-je me fier à cette bonté
apparente ? Seigneur, la fille d'un Prince tel
que vous, n'est point faite au mensonge. Votre
Majesté peut me demander ce qu'il lui plaira,
me voici prête à lui répondre.

INDAMORE. Puisqu'il est ainsi ; dites-moi,
je vous prie, où vous allâtes hier après le souper ?

ADAMIRE. Je vins Seigneur dans ce Jardin
& dans l'endroit même où nous sommes actuellement.

INDAMORE. Et qu'y veniez-vous faire ?

ADAMIRE. J'y venois, Seigneur, pour donner quelque relâche à ma douleur extrême,
ou plûtôt pour y chercher un plaisir infini.

INDAMORE. Et l'avez-vous trouvé ce plaisir que vous esperiez goûter ?

ADAMIRE. Oüi Seigneur, j'y ai ressenti les
douceurs les plus parfaites.

INDAMORE. Vous veniez donc en ces lieux
pour vous y entretenir avec quelque amant ?

ADAMIRE. Puisqu'il faut vous l'avoüer,
Seigneur, c'est la verité.

INDAMORE. Mais encore me direz-vous

ADAMIRA.. *Un Marmo.*

INDAMORO. *Come un Marmo?*

ADAMIRA. *Non volete voi da me verità?*

INDAMORO. *Altro non chiedo.*
ADAMIRA. *Un Marmo.*

INDAMORO. *E che Marmo fù questo?*

ADAMIRA. *Fù un Marmo ridotto in forma di*
Statua.
INDAMORO. *E che passò fra voi, e la Statua?*

ADAMIRA. *Intese le mie preghiere, s'intenerì*
à miei pianti, e mi diede fede d'essermi sposo.

INDAMORO. *E da quando in quà si maritano*
le statue?
ADAMIRA. *Da quel ora che una Statua mi*
diede fede di marito.

INDAMORO. *E parlava?*
ADAMIRA. *Formava à mio udito acenti di pa-*
radiso.
INDAMORO. *Ma in fine che si concluse?*

ADAMIRA. *Lo lasciai con promessa di ritro-*
varmi questa notte di nuovo con lui, e compir le
nostre nozze.
INDAMORO. *Adamira, o voi siete pazza, o*
siete bugiarda,

quel

quel eſt cet heureux amant?

ADAMIRE. Seigneur, c'eſt une piéce de marbre.

INDAMORE. Qu'eſt-ce à dire une piéce de marbre?

ADAMIRE. Ne m'avez-vous pas ordonné, Seigneur, de vous dire la verité?

INDAMORE. Sans doute!

ADAMIRE. Et bien je le répéte, l'origine de tous mes plaiſirs vient d'un marbre.

INDAMORE. Mais encore, quel eſt ce marbre?

ADAMIRE. C'eſt un marbre dont la main des hommes a formé une Statue.

INDAMORE. Et que s'eſt-il paſſé entre cette Statue & vous?

ADAMIRE. Seigneur, elle a exaucé mes vœux, mes douleurs & mes plaintes l'ont attendrie, & elle m'a juré de s'unir avec moi par les nœuds les plus doux du mariage.

INDAMORE. Et depuis quand donc, Princeſſe, les Statues ſe marient-elles?

ADAMIRE. J'ignore, Seigneur, ſi cela eſt fort en uſage; mais je ſçai bien qu'il y en a une qui m'a donné ſa foi.

INDAMORE. Et cette Statue parloit?

ADAMIRE. Oüi Seigneur, & ſes paroles étoient ſelon moi d'une douceur infinie.

INDAMORE. Et bien quelle a été la concluſion d'une entrevûe ſi particuliere?

ADAMIRE. J'ai quitté cet amant chéri avec promeſſe de le venir trouver cette nuit pour terminer notre mariage.

INDAMORE. Adamire, ou vous avez entierement perdu l'eſprit, ou vous me dites la plus inſigne menterie....

Adamire. K

ADAMIRA. *Padre offendete à torto là mia sin-*
cerità.

INDAMORO. *Adamira voglio sapere chi sia*
questo marito.

ADAMIRA. *Lo spirito d'Amore! un simulacro*
animato.

INDAMORO. *E non sapete più oltre?*

ADAMIRA. *Signore se vi dissi il più vi dirò*
anco il meno.

INDAMORO. *E come facefte à far parlare una*
Statua?

ADAMIRA. *Sparsi preghiere, versai pianti,*
esalai sospiri.

INDAMORO. *E questa notte prenderà moto,*
e vi farà sua moglie?

ADAMIRA. *Così mi ha promesso.*

INDAMORO. *Adamira non eseguite cio che ave-*
te pensato, poiche vi precipitarete in braccio all'-
infamia.

ADAMIRA. *Anzi mi poserò in braccio all'o-*
nore.

INDAMORO. *Se ciò facefte per me non vi sa-*
rebbe più onore.

ADAMIRA. *Perche tutto farebbe mio.*

INDAMORO. *Ma in somma chi è costui?*

ADAMIRA. *L'Onore.*

INDAMORO. *L'Onore farà vostro Spofo?*

ADAMIRE. C'eſt alors Seigneur, que vous doutez de ma ſincerité.

INDAMORE. Enfin Princeſſe, je veux ſçavoir abſolument quel eſt ce belEpoux que vous vous deſtinez.

ADAMIRE. Eh Seigneur, je vous l'ai déja dit, c'eſt une Statue, mais une Statue animée par l'amour même.

INDAMORE. N'avez-vous autre choſe à me dire?

ADAMIRE. Seigneur, je vous ai découvert le principal de cette avanture, je ſuis prête à vous en raconter encore les moindres circonſtances.

INDAMORE. Mais de quel moyen vous êtes-vous ſervi pour faire parler une Statue?

ADAMIRE. J'y ai employé les vœux les plus ardens, j'ai verſé des larmes en abondance, & mon cœur a pouſſé les ſoupirs les plus vifs.

INDAMORE. Et cette Statue à laquelle vos vœux ont donné les mouvemens, doit, dites-vous, vous recevoir cette nuit pour ſa femme?

ADAMIRE. Elle me l'a promis.

INDAMORE. Eh ma fille, ſongez que vouloir executer cet extravagant projet, c'eſt vous livrer à une infamie éternelle.

ADAMIRE. Au contraire, Seigneur, c'eſt l'honneur ſeul qui me guide aujourd'hui.

INDAMORE. Vous me l'ôteriez ſans reſſource cet honneur, ſi vous ſuiviez votre deſſein.

ADAM RE. J'en conviens, mon pere; mais au moins je le poſſederois entierement.

INDAMORE. Enfin quel eſt cet Epoux d'un genre ſi nouveau?

ADAMIRE. L'honneur, Seigneur?

INDAMORE. L'honneur ſeroit votre Epoux?

K ij.

ADAMIRA. *Ed io farò sua moglie.*

INDAMORO. *Io non v'intende.*

ADAM RA. *Perche non mi credete.*

INDAMORO. *Vi vedo vicina ad essere disono-* *rata , ma non so chi vi renderà tale.*

ADAMIRA. *Come disonorata ! Sarò sua mo-* *glie.*

INDAMORO. *Di chi ?*
ADAMIRA. *Dell'Onore.*
INDAMORO. *Sia maledetto l'Onore già che* *per me è perduto.*
ADAMIRA. *Ah Padre non bestemiate la bontà* *del mio Sposo!*
INDAMORO. *Ma per che mi confondo ? Una* *Statua parla, promette, moverassi ! Chi non com-* *prehende che vi si cela inganno ? Ah che in questo* *simulacro , o in questa base si rachiude la machi-* *na d'un tanto miracolo. Chi si immaginò d'ingan-* *nare mia figlia nascose qui dentro tutto l'artifi-* *cioso mistero ch'io non intendo. Voglio acertame-* *ne. Olà.*

SCENA III.

INDAMORO, ADAMIRA, ARLICHINO
Guardie con lumi.

INDAMORO. *SI distrugga , si atteri questà Sta-* *tua, e si riduca in minuta polve*

ADAMIRE. Oüi Seigneur, & je compte dans
peu devenir son Epouse.

INDAMORE. Je ne comprens rien à ce discours.

ADAMIRE. Je serois plus intelligible, si
vous ajoûtiez plus de foi à mes paroles.

INDAMORE. Ah Princesse abusée ! je vous
vois sur le point de perdre entierement l'honneur ; mais ce qui cause tous mes chagrins,
c'est que j'ignore l'auteur de ma honte.

ADAMIRE. Et comment le perdrois-je cet
honneur, ne vous ai-je pas dit, Seigneur, que
je vais être sa femme ?

INDAMORE. Femme, de qui ?

ADAMIRE. De l'honneur.

INDAMORE. Eh maudit soit l'honneur, puisqu'aujourd'hui je m'en vois privé entierement!

ADAMIRE. Ah Seigneur, ne blasphémez
pas ainsi contre mon Epoux.

INDAMORE. Mais dans quelles pensées m'é-
garois-je ? une Statue parle, une Statue promet de s'émouvoir! Ah qui ne démêlera pas la
fourberie cachée là-dessous? Oüi, la machine
qui doit produire ce miracle est sans doute ren-
fermée dans cette Statue ou dans la baze qui
la soûtient ; l'imposteur qui a formé le criminel
projet de séduire ma fille, a cherché là-dedans
les ressorts de ce prodige, je veux m'en éclair-
cir. Hola, Gardes.

SCENE III.

INDAMORE, ADAMIRE, ARLEQUIN
& la Garde du Roi avec des flambeaux
allumez.

INDAMORE. GArdes, que l'on abbatte cette Statue, qu'on la brise en

ancor la sua base.

ADAMIRA. *Ah Signore che fate ? deh prima che atterrare la Statua da me adorata , sbranate questo petto , laceratemì il cuore.*

INDAMORO. *Levati impazzita ; e voi atterrate quel simulacro.*

Le Guardie vanno con aste contro la Statua per atterrarla, e Perideo che è sotto quella figura, saltando dalla base si getta à piedi del Rè dicendo.

PERIDEO. *Ah mio Signore siate pietoso verso un infelice.*

Arlichino , e le Guardie , parte cadono spaventati , e parte fugono.

INDAMORO. *Oh Cieli che è questo ?*
ADAMIRA. *Non temere o mio Sposo.*

INDAMORO. *Chi sei tu? demone o pur vomo.*

PERIDEO. *Sono l'infelice Perideo, à questo eccesso ridotto da un trabochevole Amore.*

ADAMIRA. *Perideo !*
INDAMORO. *Questo è lo Sposo eh?*

ADAMIRA. *Padre mi è caro questo inganno, e confesso che amo Perideo , che seppe per un eccesso di amore immaginarlo.*

mille pieces, & qu'elle soit réduite en poudre.

ADAMIRE *se jette aux genoux du Roi.*

Ah Seigneur, qu'ordonnez-vous ? Avant de faire détruire l'aimable Statue que j'adore, déchirez ces entrailles, percez ce cœur....

INDAMORE. Levez-vous, extravagante Princesse. (*à la Garde.*) Et vous executez mes ordres sans differer davantage.

Dans le temps que les Gardes se disposent à abbattre la Statue, Peridée qui est sous la figure du Dieu de l'Honneur, saute en bas du Pied d'Estal, se jette aux pieds du Roi, & lui dit :

PERIDE'E. Ah Seigneur, daignez pardonner à un malheureux.....

Arlequin & les Gardes sont tellement épouvantez, qu'une partie d'eux tombent de frayeur, & les autres s'enfuient.

INDAMORE. O Ciel ! que vois-je ?

ADAMIRE à *Peridée.* N'apprehende rien, mon cher Epoux.

INDAMORE. Qui es-tu traître ? te doit-on regarder comme un esprit ou comme un homme ?

PERIDE'E. Seigneur, je suis le malheureux Peridée qu'un amour excessif a forcé de commettre un crime.....

ADAMIRE. Peridée ?

INDAMORE. Eh bien Princesse, c'étoit donc là ce digne Epoux ?

ADAMIRE. Ah Seigneur ! cette tromperie m'est chere, & puisqu'un excès d'amour l'a fait imaginer à Peridée, j'avoue que je ne puis me dispenser de l'aimer.

INDAMORO. E là ſia Perideo condotto frà
cattene in un orrida prigione, dov'e à momenti non
dovrà aſpettar che la morte.

Guardie conducono prigione Perideo.

SCENA IV.

LAURENO in abito di donna, e detti.

LAURENO. SIRE vedo condur Perideo alle car-
ceri, non precipiti V. M. alcuna
ſentenza contro di lui, che è innocentelo, commiſi
tutto l'errore ; l'infelice à me confido l'amor ſuo,
ed io immaginai l'invenzione, e ne ingannai la
Principeſſa.

INDAMORO. E perche o Dioniſia....

ADAMIRA. Dioniſia ! Laureno è donna ?

INDAMORO. E perchè dico à danno del onor
mio penſare un tale ſtrattagemma ?

LAURENO. Penetrai l'amore che aveva Adamira per la Statua ; ordii l'inganno ſenza farne
motto à V. M. eſſendomi neceſſario prima ſanar
lei della ſua frenetica paſſione col provederla d'u-
no Spoſo ſenza propporle un vomo, al che mai ſi
ſarebbe ridotta.

INDAMORE.

INDAMORE. Hola Gardes, que ce perfide soit lié de chaînes, & conduit dans la prison la plus affreuse, où il ne doit attendre qu'une prompte mort.

Les Gardes conduisent Peridée en prison.

SCENE IV.

LAURENO en habit de femme, & tous les Acteurs de la Scene précedente.

LAURENO. JE viens Seigneur, de voir conduire Peridée en prison, je conjure Votre Majesté de ne point écouter sa véngeance contre un innocent avec trop de précipitation. Je suis seule coupable, & cet amant malheureux m'ayant fait confidence de sa passion, c'est moi qui ai imaginé cette tromperie pour le rendre possesseur de la Princesse Adamire.

INDAMORE. O Ciel! Et pourquoi Dionisia.....

ADAMIRE. Dionisia! Quoi Laureno seroit une femme?

INDAMORE. Pourquoi, dis-je, Princesse, être l'auteur d'un stratagême qui ne tend qu'à m'ôter l'honneur?

LAURENO. J'avois découvert, Seigneur, l'amour d'Adamire pour une Statue; pour lui ôter de l'esprit une passion aussi extraordinaire, il falloit lui presenter un Epoux qu'elle pût aimer; ce n'étoit pas le moyen de la guérir de sa frénesie, que de lui proposer un homme, & j'ai crû devoir user de cette tromperie sans en rien découvrir à Votre Majesté.

Adamire. L

INDAMORO. *Meglio fora per me di avere una figlia impazita, che vederla ad un vile marito accopiata.*

LAURENO. *Perideo è mio frattello, leggete questa lettera, & esplorate questa medaglia.*

ADAMIRA. *Voi siete destinata ad essere la mia difesa : e come Laureno, e come donna sempre degnamente vi amai ; mà chi siete voi?*

LAURENO. *Dionisia figlia di Sueno Rè di Dania.*

ADAMIRA. *O cara & amata Principessa.*

INDAMORO. *Questa medaglia io posi nelle fascie dell'infante Corrindo figlio di Leonora moglie del amico Sueno. Questa Regina se ne venne in mia Corte, ad onorar le mie nozze con la sua presenza, dove assalita da dolori del parto diede alla luce il nominato infante, fui necessitato di trasmettere il bambino in Dania con somma prestezza, richiestò mi dal di lui Padre assalito da mortale acidente : fù predata la siluca da Corsari, ne mai più s'ebbe del infante novella, e questa lettera è la stessa che col bambino in compagnia della balia, ed altri doni doveva al Re essere presentata, E chi è Corrindo?*

LAURENO. *Lo stesso Perideo, e meglio il tutto intenderà dalla Vechia che sopragiunge.*

INDAMORE. Ah j'aimerois bien mieux que ma fille n'eût point été guérie de son amour extravagant, que de la voir ainsi deshonorée par un homme de si basse condition.

LAURENO. Seigneur, Peridée n'est pas d'une extraction si vile, il est mon frere ; cette Lettre & cette Médaille vous feront connoître la verité de ce que j'avance : considerez l'une & l'autre avec attention.

ADAMIRE. Ah Madame, vous êtes destinée à prendre toûjours ma défense : Et comme Laureno & comme femme, vous m'avez toûjours été très-chere ; mais faites-moi du moins la grace de me dire à qui j'ai tant d'obligations.

LAURENO. Madame, je suis fille de Sueno Roi de Dannemark, & l'on m'appelle Dionisia.

ADAMIRE. Ah ma chere Princesse !

INDAMORE. Oüi je reconnois la Médaille que je mis moi-même dans les Langes de Corinde fils de Leonore & de Sueno Roi de Dannemark mon intime ami. Cette Reine vint à ma Cour honorer mes nôces de sa presence, & surprise des douleurs de l'enfantement, elle y donna le jour à un Prince que j'envoyai ensuite précipitamment en Dannemark à la priere de Sueno qui y étoit tombé dangereusement malade ; le bâtiment qui portoit ce jeune Prince, fut pris des Corsaires, sans qu'on ait pû jusqu'à ce jour en sçavoir aucune nouvelle, & cette Lettre est la même que l'on devoit remettre par mes ordres avec plusieurs presens au Roi de Dannemark, en lui presentant son fils & la nourrice.....Mais où est ce Corrinde?

LAURENO. C'est Peridée, Seigneur, qui est le même Prince Corrinde, & Votre Majesté peut en être encore mieux instruite par la vieille Pasquelle que j'apperçois. L ij

SCENA V.

PASQUELLA, e li sopradetti,

PASQUELLA. AH *Signore misericordia verso il povero mio figlio, che avete fatto condur prigione da birri.*

INDAMORO. *E là sia qui condotto Perideo. Dimmi tu chi aveva in dosso questa medaglia?*

PASQUELLA. *Ah ah è la medaglia che diedi à Laureno. Signore l'aveva in dosso un bambino, che mio marito, che era Corsar di mare, mi porto à casa già sono vent'anni, che disse aver rubato con altre richezze qui nel Golfo che passa tra Norvegia, e la Dania, e questa sola mi e rimasta di tutte le involate richezze.*

INDAMORO. *Vi disse alcuna cosa vostro marito della balia dell'infante?*

PASQUELLA. *Signore si, mi disse che per la resistenza ch'ella fece ad un Soldato, colui l'aveva amazzata.*

INDAMORO. *E il bambino dov'è?*

PASQUELLA. *Nelle vostre forze, è lo stesso Perideo.*

INDAMORO. *Alzatevi.*

SCENE V.

PASQUELLE, & tous les Acteurs de
la Scene précedente.

PASQUELLE. AH Sire, grace, grace pour
mon pauvre fils que vos ar-
chers viennent de trainer en prison par vos ordres.

INDAMORE. Hola, que l'on amene ici Péridée. (*à Pasquelle.*) Vous ma bonne femme,
dites-moi un peu à qui appartenoit cette Médaille.

PASQUELLE. Ah, ah! c'est vraiment celle
que j'avois donné à Laureno; & bien cette Médaille est à un enfant que feu mon pauvre mari
qui étoit un honnête Corsaire, m'apporta un
jour à la maison il y a environ vingt ans, &
qu'il me dit avoir dérobé avec quantité de ri-
chesses dans le Golphe qui traverse de Norvege
en Dannemark, & cette piece est la seule qui
me soit restée de tout ce que mon mari avoit
volé avec cet enfant.

INDAMORE. Et votre mari ne vous parla-t-
il pas de la Nourrice de ce jeune enfant ?

PASQUELLE. Pardonnez-moi, Sire, il me
dit que cette femme ayant fait beaucoup de ré-
sistance, un soldat l'avoit tuée dans la chaleur
du combat.

INDAMORE. Mais qu'est devenu cet enfant ?

PASQUELLE. Il est entre vos mains, mon
bon Prince, & c'est ce même Peridée pour
lequel je vous demande grace.

INDAMORE. Levez-vous ?

SCENA ULTIMA.

PERIDEO, ARLICHINO, Guardie, e li sopradetti.

PERIDEO. AH mio Signore eccomi à piedi vostri.

INDAMORO. Perideo vi accolgo come Genero, e come figlio vi stringo al seno. Voi siete Corrindo figlio di Sueno Re di Dania.

PERIDEO. Oh Dio che sento?

INDAMORO. Adamira ricevetelo come vostro Sposo.

ADAMIRA. Padre....Corrindo mio....non ho cuore bastante à tanta gioia.

PERIDEO. Oh Dio! oh Adamira mia, mia Sposa adorata.

INDAMORO. Doppo tali ravolgimenti si vada al riposo, dimani avisaro il Re Sueno della ritrovata Dionisia, e del ricuperato Corrindo, e nella mia Reggia si celebraranno così fortunati Imenei.

FINE.

SCENE DERNIERE.

PERIDE'E, ARLEQUIN, les Acteurs
précédens & les Gardes.

PERIDE'E. VOus me voyez, Seigneur, pro-
sterné à vos pieds.

INDAMORE. Levez-vous, Peridée, je vous
reçois comme mon gendre, & vous embrasse
comme mon propre fils ; sçachez que vous
êtes le Prince Corrinde, & que le Roi de Dannemark est votre pere.

PERIDE'E. Oh Ciel ! qu'entens-je ?

INDAMORE. Ma fille, recevez ce Prince
pour votre Epoux.

ADAMIRE. Mon pere....mon cher Corrinde....Ah mon cœur ne peut suffire à tant de
joie !

PER DE'E. Oh Dieux! ah ma chere Adamire, mon adorable Princesse....

INDAMORE. Après des évenemens aussi extraordinaires, il est temps de songer à prendre
du repos ; je donnerai ordre demain que le Roi
de Dannemark soit informé du recouvrement
de sa fille & de celui du Prince Corrinde, & l'on
celebrera bientôt dans ma Cour vos heureux
Hymenées.

F I N.

APPROBATION.

J'AI lû par ordre de Monseigneur le Chancelier une Piece Italienne, traduite en François, intitulée : *Adamire, ou la Statue de l'Honneur*, dont j'ai crû que l'impression feroit plaisir au Public. Fait à Paris ce 17. Juillet 1717.

HOUDAR DE LA MOTTE.

APPROBATION.

J'AI lû par l'ordre de Monseigneur le Garde des Sceaux, *le nouveau Theatre Italien* ; j'ai examiné en particulier les differentes pieces qui le composent, & je n'y ai rien trouvé qui puisse en empêcher l'impression. Fait à Paris ce 3. Novembre 1728.

DANCHET.

A PARIS.
Chez BRIASSON, rue saint Jacques, à la Science.

HERCULE,

Par **Luigi Riccoboni**, dit **Lelio**, cy-devant Comedien Italien ordinaire du Roy.

PERSONE.

ERCOLE.

DEJANIRA.

LICO.

TESEO.

JOLE.

ANTEO.

VIOLETTA.

ARLICHINO.

SACERDOTI.

GUARDIE,

GIOVE.

GIUNONE.

Coro di Dietà Celesti.

Coro di Dietà Terestri.

ACTEURS.

HERCULE.

DEJANIRE.

LYCUS.

THESÉE.

JOLE.

ANTÉE.

VIOLETTE.

ARLEQUIN.

LES PRESTRES.

LES GARDES.

JUPITER.

JUNON.

Cœur des Dieux Celestes.

Cœur des Dieux Terrestres.

A S.A.S. MONSEIGNEUR
LE DUC.

MONSEIGNEUR,

    Si les hommes avoient toûjours eu devant
les yeux leur peu de merite & la foibleſſe de
leurs forces, ils n'auroient jamais rien hazardé
de grand : néanmoins ſi je n'avois enviſagé la
clémence de V. A, S. plûtôt que ma condition,
& le prix de ce que je lui preſente, jamais je
n'euſſe oſé lui dédier cet Ouvrage, qui par
l'aſſemblage équivoque & bizarre de ſes parties
eſt indigne du nom de Tragedie, & ne peut cependant porter celui de Comedie. C'eſt encore
un de ces monſtres enfantés autrefois par notre
Theatre Italien ; c'eſt le mélange d'un Spectacle, j'oſe dire grand, avec des Scenes riſibles.
Alliage que nous ſommes contraints de faire
pour rendre quelquefois notre ſérieux ſuporta-
ble àdesSpectateurs accoûtumés à voir ſans ceſſe les Perſonnages comiques ſur notre Theatre.
    Mais enfin, quel que ſoit le merite de cettePie-
ce je la mets à vos pieds, MONSEIGNEUR, & je
ne crains point de dire qu'elle me ſera très-pré-
cieuſe, puiſqu'elle me fournit le moyen de con-
ſacrer à V.A.S. les vœux ardens, ſoûmis & reſpectueux que mon cœur oſe former, & l'occa-
ſion d'apprendre à tout le monde que vous voulez bien jetter un regard favorable ſur moi, &
me permettre l'honneur infini de me dire.

DE VOTRE ALTESSE SERENISSIME,

Le très-humble, très-reſpectueux
très-dévoué ſerviteur, LUIGI
RICCOBONI, dit LELIO.

ERCOLE,

ATTO PRIMO.

SCENA I.

Monte con Caverna.

ERCOLE, che ftrafcina Cerbero
incatenato.

RUoti vanamente le unghie feroci, e vanamente fcuoti le moftruofe tue tefte, ó moftro
ad ogni altro terribile, fuorche ad Alcide. Il
mio formidabile braccio, che infegnò alle furie
à temere, e che impreffe rifpetto fe non ifpa-
vento nel rigido cuor di Plutone, faprà alla
fine, tuo malgrado ftrafcinarti à vedere l'abbor-
rita luce del giorno. Soffra Cerbero il pefo della
cattena, e legato à quefto faffo, lafci libero il
calle al retrogrado paffo di Tefeo conceduto alle
mie preghiere (diffi quafi al mio comando) dal
ineforabile mio Zio. Percuoti pure con l'orrida
coda le ftanche membra, & adora le gloriofe
vittorie, del gran figlio di Giove.

HERCULE.

ACTE PREMIER.

SCENE I.

Le Theatre represente une Montagne & une Caverne.

HERCULE entraînant Cerbere.

ENvain tu découvres tes griffes menaçantes,
en vain tu ouvres tes trois ideuses têtes,
monſtre redoutable au reſte des mortels, mais
non pas à l'intrépide Alcide. Mon bras, ce formidable bras qui éfraye les Furies, qui vient
d'inſpirer du reſpect & peut-être de l'épouvan-
te à l'inflexible Pluton ; ce bras ſçaura te contraindre malgré tes efforts à ſupporter l'odieuſe lumiere du jour qui t'éclaire. Que le poids
accablant de cette chaîne te retienne au pied
de ce rocher & te force de laiſſer un libre chemin au retour de Theſée, de cet ami que l'inexorable Dieu des morts n'a pû refuſer à ma
priere, pour ne pas dire à mes commandemens.
C'eſt en vain que tu frappes avec ton effrayan-
te queue tes flancs épuiſez : reconnois que le
fils du grand Jupiter eſt enfin ton vainqueur.

A iiij

SCENA II.

TESEO che forte della Caverna, ed
ERCOLE.

TESEO. Eccomi tua mercede, ó Divino Eroe,
riccondotto à vedere i chiari raggi del
Sole, ed eccomi à tuoi piedi, ad offrirti il facri-
fitio de miei affetti.

ERCOLE. So gi dolcissimo amico, e lascia che
nella tenerezza de tuoi amplessi cominci à guſta-
re il piacere del mio trionfo.

TESEO. Alla fine, ó grande Alcide, domaſti
lo ſteſſo inferno; ne credo che più reſti all'odio
ineſtinguibile di Giunone ſperanza alcuna di
perderti.

ERCOLE. Il cuore ſdegnato della ſuperba matrigna avendo eſercitato ſopra di me tutto il
ſuo furore, è giuſto, che mi laſci alla fine qualche ripoſo; Pure ſe doppo ſoggiogate le furie,
qualche coſa reſta alle vane ſperanze di ſua
vendetta, fulmini pure qualche nuovo comando.
Facia ſorger nel mondo qualche moſtro peggior
delle Eumenidi, & additi à miei paſſi trion-
fanti un ſentiero più formidabile di quello dell'
Erebo. Se potei ſmorzare la face in pugno ad
Ecate, non v'è più impreſa, che poſſa arreſ-
tare il corſo della mia gloria.

TESEO. Non permetterà più l'omnipotenza di
Giove tuo gran Padre alle geloſie della moglie lo
sfogo de rigidi ſuoi comandi, e ſicuro delle fatiche
ripoſerà l'invincibile Alcide nell'amoroſo grembo
della ſua Dejanira.

SCENE II.

THESE'E sortant de la Caverne, HERCULE.

THESE'E. GRand Heros, c'est à vous seul que je dois le bonheur de revoir la lumiere, je viens en embrassant vos genoùx vous rendre graces d'un tel bienfait.

HERCULE. Leve-toi, cher ami, souffre que dans la douceur de tes embrassemens je goûte les fruits les plus précieux de ma victoire.

THESE'E, Enfin, le grand Alcide triomphe de l'enfer même, & Junon votre implacable ennemie doit perdre l'espoir de satisfaire par votre perte la haine qui la dévore.

HERCULE. Il est enfin temps que cette superbe marâtre laisse Hercule en paix, après avoir épuisé sur moi tous les traits de son injuste couroux. Si les monstres de l'enfer foumis à ma valeur ne suffisent pas, s'il lui reste encore quelque vain espoir de vengeance, qu'elle s'arme pour me forcer à quelque nouveau combat ; qu'elle fasse sortir un nouveau monstre plus terrible que les Eumenides ; qu'elle me marque un chemin plus dangereux que celui du Tartare pour aller combattre ce monstre ; si j'ai pû éteindre le flambeau d'Hecate entre les mains de cette redoutable divinité ; quelle entreprise pourroit deformais m'arrêter ?

THESE'E. Non, le puissant Jupiter ne souffrira pas que sa jalouse épouse exerce plus long-temps un injuste empire sur le grand Alcide, sur le fils du plus grand des Dieux. Ce Heros va goûter entre les bras de sa chere Déjanire,

ERCOLE. La dolcezza di questo nome risveglia nel mio cuore, un'amorosa impatienza. A Tebe, amico, à Tebe andiamo ad offrire a i piedi della mia adorabile sposa tutto il fasto de miei trionfi. Andiamo ad assicurarla con nostra presenza dello spavento, che gli avrà forse causato l'incertezza del mio ritorno. Mà prima sciolgasi del suo supplicio il trifauce mastino.

TESEO à parte. Sento ancora nel cuore una reliquia d'inferno alla vista del orribile mostro.

ERCOLE. Faggi inesorabile custode del Tenebroso Regno dell'ombre, ritorna all'orribile tuo albergo, e colà resta per monumento eterno della mia gloria.

SCENA III.

DEJANIRA con seguito.

TESEO. Signore ecco la bella Dejanira la tua adorabile sposa.

DEJANIRA. Concedi mio dolcissimo sposo, che ti stringa al mio seno, e che assicuri il mio cuore dello spavento d'averti perduto.

ERCOLE. Mia Divina Dejanira nella dolcezza de tuoi amplessi perdo la memoria de miei periceli, ed il fasto de miei trionfi. E ben contento sacrifico al tuo gran merito tutta la gloria d'aver vinto l'inferno. Mà come cara mia sposa non sei tu in Tebe?

DEJANIRA. L'incertezza del tuo ritorno n'è la sola cagione. Impaziente di più ignorar de

un repos que rien ne retroublera plus.

HERCULE. La douceur de ce nom cheri rallume dans mon cœur l'impatience de rejoindre cette épouse. Allons à Thebes, ami ; allons mettre aux pieds de l'adorable Dejanire la gloire dont m'a couvert ma victoire ; allons par ma préfence diffiper les mortelles craintes que lui caufe l'incertitude de mon fort ; mais avant tout délivrons ce monftre, & finiffons fon fuplice.

THESE'E. Son horrible vûe réveille dans mon cœur un refte de cette terreur qu'infpire l'affreux féjour des morts.

HERCULE. Fuis inexorable gardien des portes du ténébreux Royaume des ombres, retourne dans ces lieux redoutables, & fois-y un monument éternel de ma gloire & de mon triomphe. *Il détache Cerbere.*

SCENE III.

DEJANIRE & fa fuite, HERCULE, THESE'E.

THESE'E. SEigneur, voilà la belle Dejanire votre adorable époufe.

DEJANIRE. Ah, cher époux, fouffrez que je vous embraffe, & que je raffure mon cœur contre la crainte de vous avoir perdu.

HERCULE. Ah, charmante Dejanire, la douceur de ces embraffemens me fait perdre le fouvenir de mes dangers paffez, & tout l'orgueil que m'infpiroit ma victoire : qu'il m'eft doux d'apporter à vos pieds la dépouille des enfers fubjuguez. Mais, chere époufe, pourquoi n'êtes-vous point à Thebes ?

DEJANIRE. L'inquietude où j'étois de votre retour me l'a feule fait quitter. Impatiente de

tuoi casi me ne venni in questa parte, sperando
di te qualche nuova, ove felicemente doppo sì
longhi spasimi hò il gran piacere d'abbracciarti.
Mà dimmi, caro mio sposo, come passasti l'in-
ospite via, che guida agli abbissi? come libe-
rasti l'amico Teseo? dimmi ti prego tutta la serie
de tuoi pericoli? perchè io possa intieramente godere la gloria della tua memorabile impresa.

ERCOLE. Nulla alla mia sposa si nieghi, ascolta. Giunto all'antro orribile di quel Monte,
posi il piede nel tenebroso sentiero dell'ombre.
Una luce incerta, quale apunto ritrovassi negli
ultimi confini della notte, e del giorno, accom-
pagnò i primi de miei passi, mà quanto più io
m'inoltrava dilattavasi il calle, e crescevano le
tenebre. Non penosa ò difficile è la spaventc-
vole via, anzi declinando precipitosa, pare
ch'ella stessa stimoli il passo, ed al suo termine
ci spingha. Vi gemono i Guffi, egli Avoltoi, e
loro risponde con ecco infausta l'orrida Stige.
Pèr essa vegonsi coronati di lugubre Tasso, il
Sonno, la Fame, la vergogna, e la Vecchiezza.
Giunsi alla fine allo squallido margine d'Ache-
ronte, vidi il Nocchiero fatale, che ritornava
col legno vuoto per l'imbarco dell'ombre, che lo
attendevano sù la riva. Orrido egli d'aspetto, e
di veste, d'occhi sanguinosi, e biechi, d'ispida
ed incolta barba, regge col braccio robusto un
longo remo, e con esso governa la spaventevole
sua Nave. Gridai da lunge che approdasse veloce-
mente per condurre Alcide all'inferno; si ritirarono
per rispetto l'altre ombre; ma gridò Caronte, dove
ò folle t'inoltri; arresta il passo. Io cui era noioso
ogni indulgio balzai d'un salto nel legno, e tolto

favoir votre fort, je fuis venue dans ces lieux où j'efperois en être inftruite ; je vous y retrouve enfin, je puis en vous embraffant diffiper les mortels foupçons qui m'agitoient : Mais, cher époux, dites-moi comment avez-vous pû traverfer le chemin redoutable qui conduit aux enfers ? Comment avez-vous pû rendre la liberté au fidele Thefée ? Racontez-moi, de grace, toute l'hiftoire de vos travaux, & que je goûte dans votre recit le plaifir de votre victoire.

HERCULE. Que puis-je vous refufer, chere époufe ? Ecoutez ; arrivé près de l'antre affreux qui eft au pied de ce mont, j'entrai dans le ténébreux fentier refervé aux ombres ; une foible lueur femblable à cette lumiere incertaine, qui fépare le jour d'avec la nuit, accompagnoit mes premiers pas ; mais l'obfcurité s'augmentoit à mefure que j'avançois ; le fentier formidable s'élargiffoit à chaque pas, la route n'étoit pas difficile, le terrain qui s'abaiffe en pente rapide femble hâter vos pas & vous précipiter vers le terme fatal. Là gémiflent fans ceffe les Hiboux & les Vautours, & fans ceffe l'écho leur répond des bords funeftes du Styx. Là voltigent de toutes parts les lugubres fantômes couronnez d'If & de Cyprès ; le fommeil, la faim, la honte, la crainte, la douleur, le dueil, les pleurs, les maladies, la guerre, & l'affreufe vieilleffe.

Enfin j'arrivai fur le terrible rivage de l'Acheron ; j'apperçûs le fatal Nocher qui ramenoit fa barque vuide pour prendre les ombres qui l'attendoient fur la rive. Son afpect, fes vêtemens infpirent de l'horreur, fes yeux font menaçans, fes regards louches, fa barbe heriffée & épaiffe ; fon bras nerveux étoit chargé d'un pefant aviron avec lequel il conduit l'épouven-

à Caronte di pugno il remo io steſſo, con iſpaventa del nochiero, ſolcai quei taciturni flutti. Quaſi affondò per il gran peſo la Nave, ed i moſtri che ſul oppoſta riva oſſervavano la mia audaccia, doppo eſſere ſtati qualche tempo immobili per lo ſtupore, corſero per lo ſpavento nelle più remote parti di ſtige. Poſi doppo longo travaglio, il piede sù quelle arene fatali, e vidi l'orribile ſceſa dell'ineſorabile Dite. Veglia all'ingreſſo d'eſſa Cerbero il Trifauce: Egli primo terrore dell'ombre perdute, ſcuote colà le rigide Teſte; ſpumano ſangue le ſue horride fauci, e fa riſſonar tutta ſtige con l'orrendo latrato; poichè egli ſenti il ſuono del mio piede, avezzo à non ſentire che i paſſi leggieri dell'ombre, uſci dall'oſcura Caverna, e battuto con la coda velenoſa l'orribil fianco, ſpaventò coi latrati i genii felici. Io all'ora toltomi dagli omeri la ſpoglia Nemea l'oppoſi all'arabbiato nemico, e copertomi con il gran Teſchio vibrai feroce i colpi della mia Quercia, da quali più volte perçoſſo l'invincibile moſtro, ceſſe per la prima volta alla ſuperbia di queſta titolo. Vinto alla fine, e debellato ſotto il mio piede abbaſſo le ſqualide Teſte; indi rintannatoſi nell'antro cieco mi laſciò libero il paſſo. Crebbe il pallore alle furie al mio arrivo; ſi fermò Siſſo ſotto al peſo del ſaſſo inconſtante; laſciò l'avvoltoto in ripoſo il cuore di Titio, ſoſpeſe il corſo d'Iſione la ruota, e ſcordatoſi Tantalo della ſua ſete, rivolſe dall onda fugate le arſicie ſue labra. Siedeva ſopra un Trono lugubre il crudele Germano del mio gran Padre; ſcuoteva con la rigida deſtra un infocato Bidente, e in volto la Maeſtà di Giove, mà fulminante, mi chieſe qual'io mi foſſi. Il diſſi, e parve che innarcaſſe al mio

table Nacelle. Je lui criai auſſi-tôt d'aborder
en hâte pour conduire Hercule aux enfers, les
ombres s'écartent par reſpect; Caron me crioit,
arrête, inſenſé, où veux-tu porter tes pas. Moi
ſans lui répondre, impatient, je me lance d'un
ſault dans ſa Barque, & lui arrachant des mains
l'aviron, je traverſai les muettes ondes du Styx
à la vûe du Nocher effrayé. La Barque ſurchar-
gée de ce poids inacoûtumé fut prête d'enfon-
cer; & les monſtres qui m'obſervoient du rivage oppoſé, témoins de mon audace, reſterent
quelques inſtans immobiles, & coururent ſe cacher dans leurs plus obſcures retraites. Enfin,
après une pénible navigation, j'abordai ſur le
rivage fatal, & j'apperçûs l'horrible entrée de
l'abîme ténébreux, le redoutable Cerbere veille pour la défendre, ces trois têtes ouvrent trois
gueules menaçantes toûjours ſouillées de ſang
& d'écumes, & qui rempliſſent ſans ceſſe de terreur les ombres infortunées; de ſes trois goſiers,
ſortent des heurlemens qui font retentir tout le
Tartare. A peine entendit-il le bruit de mes pas
plus peſans que ceux des ombres legeres, qu'il
ſortit de ſon obſcure caverne, & que ſe battant
les flancs de ſa queue venimeuſe, il effraya de
ſes terribles abboyemens juſqu'aux ombres for-
tunées. Auſſi-tôt détachant la peau du Lion
Nomeen qui me couvroit, je l'oppoſai aux attaques du Chien infernal, & lui portant pluſieurs coups de ma peſante maſſue, le monſtre
juſqu'alors invincible abandonna toute ſa fierté,
s'abaiſſa à mes pieds, & me reconnut pour ſon
vainqueur; après quoi ſe retirant dans ſon antre ténebreux, il me laiſſa le paſſage libre.

A mon abord, la pâleur des furies s'augmen-
ta, Siſyphe s'arrête malgré le poids du rocher

nome l'ispide sue ciglia. Chiesi con una preghiera, che aveva un aria di comando, che mi rendesse Teseo per ricondurlo trà vivi ; ed egli movendo apena il labro non auvezzo alle gratie , concesse il dono per sotrarsi all'ingiuria della rapina. Io accolto fra le braccia l'amico Teseo ritornai dove ancora gemeva Cerbero , sotto al dolore delle percosse. Il lusinghai con la destra, ei con le trè lingue lambilla ; indi postoli al triplice collo una catena, il trascinai sino al confine del nostro mondo , e così ritrovò Teseo sicuro il calle al ritorno. Sciolto poscia il custode d'Abbisso lo rinspinsi al suo nero covile , doppo aver egli sofferta con indicibile pena la luce del nostro giorno. Così doppo essermi reso formidabile alle deità feroci del Baratro , mi rendo agli amori ed alle tenerezze della mia Dejanira.

DEJANIRA. Oh invincibile Eroe!

qui

qu'il roule fans ceffe; le Vautour cruel qui déchire le cœur de Titye, ceffa pour quelques
momens de le tourmenter; la rouë d'Ixion fuf-
pendit fon cours; & Tantale perdant le fouvenir de fa foif, détourna fes levres arides de cette eau fugitive qu'il cherche fans ceffe. Le cruel
frere de mon pere, du grand Jupiter étoit fur un
trône où regne fans ceffe la trifteffe, un Tri-
dent embrazé armoit fa main, & il avoit fur
le vifage la majefté de Jupiter, mais de Jupiter
irrité & prêt à lancer la foudre; il me demanda
qui j'étois, je le lui dis, & il parut qu'à ce nom
il fronçoit fon fourcil épais. Je le priai, mais
d'une maniere qui fembloit un commandement,
de me rendre Thefée pour le reconduire parmi
les vivans; ce Dieu ouvrant à regret fa bouche,
peu accoûtumée à faire des graces, m'accorda ce que je demandois pour éviter la honte
d'y être forcé : alors prenant mon ami Thefée entre mes bras, je retournai vers le lieu où
j'avois laiffé Cerbere, je le trouvai gémiffant
encore de la douleur des coups qu'il avoit reçû;
je le flattai d'une main qu'il léchoit avec ces
trois langues, & dans ce même temps entou-
rant fon triple col d'une chaîne, je l'entraînai
jufque fur les frontieres de notre monde, &
Thefée ayant trouvé un paffage libre pour fon
retour, je remis en liberté le gardien des gouffres du Tartare dans lefquels il fe replongea
avec joie pour éviter l'odieufe lumiere du jour
que fes yeux ne pouvoient fupporter. Ainfi a-
près avoir été porter l'effroi dans le cœur des
cruelles divinitez du noir Tartare, je viens me
rendre tout entier à l'amour & la tendreffe de
ma chere Dejanire.

DEJANIRE. Invincible Heros !

Hercule.   B

TESEO. *Oh memorabile impresa!*

ERCOLE. *Egli è ormai tempo, ô mia Dejanira che tu deponga il lutto di queste vesti già che tutta è dissipata ogni ragion di terrore per il mio vivere.*

DEJANIRA. *Oh Dio!*

ERCOLE. *Andiamo à ricevere frà le braccia del tuo Creonte le marche sincere dell'amor suo.*

DEJANIRA. *Ah mio sposo! un mostro più detestabile di tutti quei d'ell'inferno avanza alla gloria della tua destra. Lico.... Lico regna in Tebe.*

ERCOLE. *Come?*

DEJANIRA. *Egli hà svenata al suo intolerabile, & ingiustissimo fasto una vittima coronata. Cadde sotto alle furie della sua spada il mio padre onorato. Stilla ancora il detestabile brando del sangue de miei fratelli. Aggiungi un delitto non meno infame del paricido. Egli hà osato chiedere à Dejanira amplessi di moglie; egli hà insidiata la consorte di Alcide, e perche la mia fede detesto il suo nodo profano, e la mia fortezza, sprezzò le sue sanguinose minaccie; giurò di far ardere in un incendio funesto tutto il tuo sangue: i tuoi, i miei figli sono olocausti destinati al suo furore, ed egli si lusinga di poter trionfare della tua gloria, come trionfo della famosa mia stirpe. Deh accorri ò Prode al comune pericolo; queste lagrime, e di dolore, e di sdegno ch'io spargo â tuoi piedi, muovano, ti priego, il cuor tuo generoso alla comune vendetta.*

ERCOLE. *Cottanto hà potuto ardir Lico? Nè*

Thésée. Mémorable entreprise !

Hercule. Il eſt temps enfin, ma chere Dejanire, de quitter ces lugubres vêtemens, puiſque vous voyez toutes vos craintes diſſipées.

Dejanire. Helas !

Hercule. Allons recevoir dans les bras de Créon votre pere, les ſinceres témoignages de ſa tendreſſe.

Dejanire. Ah mon cher époux, un monſtre plus affreux que tous ceux des enfers, eſt échapé à votre bras victorieux; Lycus, ledéteſtable Lycus regne maintenant à Thebes.

Hercule. Quoi ?

Dejan. Helas, ce barbare a ſacrifié mon pere à ſon ambition, ſon fer impie fume encore du ſang de mes freres; mais ce ne ſont pas les plus grands de ſes crimes. Il a oſé jetter un œil témeraire ſur Dejanire, il a voulu contraindre l'épouſe d'Alcide à devenir la femme d'un infame aſſaſſin, & parce que mon amour pour vous & ma fidelité au nœud ſacré qui nous lie, m'ont fait rejetter ſes offres & réſiſter à ſes menaces, il a juré de perdre tout ce qui reſte de votre ſang; vos enfans & les miens doivent ſervir de victimes à ſa fureur, & l'orgueilleux ſe flatte de ternir votre gloire auſſi facilement qu'il a pû éteindre mon illuſtré famille. Seigneur, l'offenſe nous regarde tous deux : Vengez mon ſang que le barbare a fait couler; vengez le vôtre qu'il eſt prêt à répandre. Ah, Seigneur ! que ces larmes que le dépit & la douleur me font verſer à vos pieds touchent votre cœur & le portent à nous venger tous deux.

Hercule. Quoi, Lycus a porté ſon inſo-

B ij

è giunta là mia fama ad insinuarli un rispetto
nel cuore? Credette il Tiranno così grave il peso del mondo, che non potessero scuoterlo gl'omeri d'Alcide? Si persuase d'essere più sicuro dentro
alle mura di Tebe, che non sono le Eumenidi di-
là dalle rive oscure di Flegetonte? Ombre coronate di Creonte, e de figli, lacrime adorate de
Dejanira, nome d'Ercole vilipeso à voi gia consacro il sacrificio di questo mostro esecrabile. Vengo, si vengo Lico qual mi vide Briarco, qual
mi provò Gerione, qual mi senti Radamanto.
Non Euristeo, non Giunone stimolano gli sdegni di questo braccio! La mia gloria oltraggia-
ta, il mio amore insultato, sono le furie che mi
agitano. Calpesterò le tue guardie, opprimerò la
tua tiranide, e sveltati dal detestabile tuo seno
l'anima infame, renderò à Cocito un Cambio di
Teseo.

SCENA IV.

ARLICHINO, e VIOLETTA.

ARlichino con pelle d'Asino racconta che
mentre il Padrone è stato all'inferno, lui
è rimasto nelle Campagne attorno il Monte, e
che hà trovati molti mostri frà i quali il più
feroce, che all'esempio del suo Padrone contro del Leone Nemeo lo hà combattuto, vinto, e scorticato, e finalmente mangiato'; mostra la spoglia à Violetta, e fanno sopra di ques-

lence jufque-là ? Quoi, le bruit de mes fameux
exploits ne l'a point arrété ? A-t-il crû qu'Alcide refteroit écrafé fous le poids du monde
entier ? S'eft-il flatté que les foibles remparts
de Thebes le défendroient contre le couroux
de cet Alcide qui fait trembler les redoutables
Eumenides au delà des fleuves infernaux ? Ombres cheres ! ombres auguftes de Creon & de
fes enfans ! larmes facrées de Dejanire ! nom
d'Alcide outragé ! c'eft à vous que je vais immoler cet execrable monftre. Tu vas me voir,
Lycus, oui tu vas me voir, mais tel que m'ont
vû les fiers Titans, tel que j'ai paru aux yeux
du redoutable Gerion ; ce ne font plus les injuftes commandemens d'Euriftés, ce n'eft plus
l'odieufe Junon qui allume le courage qui
m'embrafe. Ma gloire outragée, mon amour
offenfé, voilà les divinitez qui m'excitent à la
vengeance. Je vais égorger ta garde, renver-
fer ton trône criminel, j'ouvrirai ton déteftable
ble fein, j'en arracherai ton ame impie, & je
la ferai defcendre fur le Cocyte pour rempla-
cer celle de Thefée.

SCENE IV.

ARLEQUIN & VIOLETTE.

*ARlequin couvert de la peau d'un afne raconte
à Violette que tandis que fon maître eft def-
cendu aux enfers, il eft demeuré dans la plaine
aux environs de la montagne ; que là il a trouvé
un grand nombre de monftres, & que voulant
fuivre l'exemple de fon maître il a attaqué le plus
feroce de tous, il en fait une defcription pompeu-
fe, ajoûtant qu'après l'avoir vaincu il l'a écorché,*

to una Scena ridicola, con la quale finisce il primo Atto.

ATTO SECONDO.

Lido del Mare con Ara.

SCENA I.

JOLE, VIOLETTA, ANTEO.

ANTEO. BEllissima Jole, siavi pure chi vanti un cor di macigno, egli non potrà resistere al fulmine degli occhi tuoi. Io che sono sortito dal seno della terra, e che come hò robuste le membra, così hò fiero lo spirito, non posso con tutto questo diffendermi dal dichiararmi tuo schiavo; ti offerisco il mio amore, e se Lico offerisce alla tua bellezza quanto può la sua corona, io ti esibisco all'incontro quanto puote il mio braccio.

VIOLETTA. Che complimento da bravo!

JOLE. Anteo tu sai che una donna amata da un Monarca, non si abbassa per corispondere ad amori vulgari; il mio cuore è tutto impegnato negli affetti del Rè, ed il tentar di cangiarlo è un impresa da disperato.

VIOLETTA. Non vi perdete d'animo. Non

l'a mangé tout entier, & qu'il en porte la peau fur
lui pour marque de fa victoire : c'eft la peau dont
il eft couvert qu'il montre à Violette, & qui for-
me entr'eux une fcene rifible qui finit le premier
Acte.

ACTE SECOND.

Le Theatre reprefente le rivage de la Mer, avec
un Autel.

SCENE I.

JOLE, VIOLETTE, ANTE'E.

ANTE'E. CHarmante Jole... quel cœur feroit
affez infenfible pour réfifter à l'é-
clat de vos beaux yeux? La terre m'a donné la
naiffance, & j'ai reçû d'elle avec un corps in-
vulnerable, un courage inflexible ; mais fes
dons n'ont pû me défendre de porter vos fers
& de devenir votre efclave. Acceptez un cœur
qui brûle pour vous, Lycus vous offre un Sceptre ; mais pour vous meriter les exploits de ce
bras toûjours victorieux vallent bien tous les
brillans d'une couronne.

VIOLETTE. La déc'aration d'amour eft un
peu cavaliere.

JOLE. Antéé, vous fçavez qu'une femme a-
dorée par un Souverain, dédaigne de recevoir
les hommages d'un amant ordinaire ; mon cœur
eft tout rempli de l'amour du Roi, & c'eft une
entreprife témeraire, que d'en vouloir chaffer
cette paffion.

VIOLETTE. Allez, allez, ne perdez point

v'è donna che alla prima dica di sì.

ANTEO. *Alla fine chi è egli codesto gran Rè? se gli cadesse dimano una volta lo Scettro, che egli hà rapito, io gli saprei bene strapare il cuore dal petto, e porlo à te nelle mani, acciò tu stessa vi levassi l'immagine, che vi hai impressa.*

VIOLETTA. *Questa espressione non è molto obligante!*

JOLE. *Con sì poco rispetto parli del tuo Rè? così poco temi di provocarmi allo sdegno?*

VIOLETTA. *Qui vi vuole un poco di sommissione.*

ANTEO. *Eccomi prostrato à tuoi piedi per chiederti perdono di ciò, che ti hà potuto dispiacere.*

VIOLETTA. *O così và bene.*

JOLE. *Questa è troppa viltà per un semideo quale tù sei.*

VIOLETTA. *Seguite pure così. Qui vi voglione due sospiri, e quatro lagrimucie, stropiciatevi gli occhi.*

ANTEO. *Placati mia adorabile Iole, credimi che faccio il possibile per piangere, e voglio male agli occhi miei perchè non ancora hanno preso l'uso di farlo.*

VIOLETTA. *Che spropositato.*

JOLE. *Orsù mi è grata la tua bona disposizione di farlo; levati, e contentati che per adesso ti dica, che non ti levo d'ogni speranza.*

VIOLETTA. *Che ne dite? siete contento?*

ANTEO. *Ditemi ò cara questa speranza quan-*
                                        courage,

courage, une femme fe rend-t-elle aux premieres tentatives ?

ANTE'E. Mais après tout, Madame, où
donc eft le pouvoir de ce Monarque ? Si le
Sceptre qu'il a ufurpè, venoit à tomber de fes
mains, pourroit-il me réfifter ? J'arracherois
de fa poitrine ce cœur que vos yeux ont embrazé ; je le remettrois entre vos mains pour que
vous en effaciez l'image qu'ils y ont imprimé.

VIOLETTE. Ce difcours n'eft pas trop galant.

JOLE. Hé quoy, ofe-tu parler ainfi de ton
Roi ? crains-tu fi peu d'irriter mon couroux ?

VIOLETTE. Allons donc, un peu de foumif-
fion.

ANTE'E. Ah, Madame, me voici à vos pieds
pour vous demander pardon de ce qui vous a
pû déplaire.

VIOLETTE. Cela va bien de cette façon.

JOLE. Ah, cet abaiffement eft honteux pour
un demi Dieu tel que vous.

VIOLETTE. Continuez, il faudroit encore
ici quelques foupirs, & trois ou quatre larmes.
Là frotez-vous les yeux.

ANTE'E. Adorable Jole, appaifez-vous, de
grace....Vous voyez il ne tient pas à moi de
verfer des larmes ; que je veux de mal â mes
yeux qui me les refufent ; mais quoy ils n'en
ont jamais connu l'ufage.

VIOLETTE. Quel animal !

JOLE. Allez, votre bonne volonté me fuffit, levez-vous, & contentez-vous que je ne
vous défende point d'efperer.

VIOLETTE. Eh bien, que répondez-vous ?
êtes-vous content ?

ANTE'E. Mais, charmante Jole, quand ver-

Hercule.   C

ìo potrà ftare ad effettuarfi?

VIOLETTA, *Havete troppo fretta.*

JOLE. *Servi con fedeltà, foffri con toleranza, ed ama con generofità, che forfe doppo non molti anni ti concederò qualche fguardo, mà fopra il tutto guardati dall'annojarmi col farti fentire con foverchia frequenza à favellare dell'amor tuo.* Via.

VIOLETTA. *Potete defiderare di più?*

ANTEO. *Pare à me, che non potevo fperare dimeno. Poteva rifpondere con più fafto ad un Eroè qual fon'io? Se non gradifce il mio amore, fi guardi dal mio fdegno. Senti Violetta, ò Iole deve effer mia, ò quefta reggia farà da me ridotta in polvere, penfatici bene.* Via.

VIOLETTA. *La mia Padrona foffre quefto pazzo, ed io lo lufingo, perchè è un certo animale, che farebbe capace di farci qualche infolenza; mà viene il Rè, non voglio rendergli conto di ciò; che facevo qui, è meglio, che mi ritiri, e che ritorni poi qui con la Padrona.*

SCENA II.

LICO e feguito per facrificare à Nettuno.

LICO. *Iole precedette i miei paffi, perche mai non'e ella ancora arrivata? Mà mi pare di vederla poco lunge. Vieni mia bella Dea ad affiftere ad un facrificio, che fenza la tua prefenza non piacerebbe forfe à Nettuno.*

rai-je cette efperance fatisfaite !

VIOLETTE. Ah, vous êtes un peu trop preffé.

JOLE. Servez avec fidelité, fouffrez avec patience, aimez avec courage, peut-être au bout de plufieurs années vous accorderai-je un regard favorable ; mais fur tout gardez-vous de me fatiguer par le trop fréquent entretien de votre paffion. *Elle s'en va.*

VIOLETTE. Que pouvez-vous fouhaiter de plus ?

ANTE'E. Il me femble que je ne devois rien attendre de moins. Pouvoit-èlle parler avec plus d'orgueil à un Heros tel que moi ? Si mon amour l'offenfe qu'elle fe garde de mon couroux. Ecoute, Violette, fi Jole n'eft bien-tôt à moi, je réduirai ce Palais en pouffiere. Qu'elle y penfe.

VIOLETTE. Ma maîtreffe fouffre cet extravagant, & moi je l'amufe ; parce qu'après tout il feroit capable de quelque emportement facheux. Mais le Roi s'avance, je ne veux pas me mettre à la neceffité de lui rendre compte de ce que je faifois ici, il vaut mieux que j'aille rejoindre ma maîtreffe pour revenir avec elle.

SCENE II.

LYCUS & fa fuite, avec les préparatifs d'un facrifice à Neptune.

LYCUS. JOle me devançoit, pourquoi n'eft-elle pas en ces lieux ? mais je l'apperçois. Venez, adorable Princeffe, foiez prefente au facrifice, qui fans vous ne pourroit être agreable à Neptune.

SCENA III.

JOLE, VIOLETTA, RE', e Detti.

JOLE. ECco mio Rè la tua serva, stati propizio il Nume, ed esaudisca i voti del mio cuore, che non hà più affetti, che non siano per te.

LICO. Ti volli meco, mia Iole, per render più Maestosa la pompa della fonzione, e perchè senza di tè, che sei la mia vita, sarebbe troppo languido il mio spirito per poter intraprendere cosa alcuna di grande. Già preparata è l'Ara, e il Dio del Mare attende, che al suo gran Nume arda la sacra fiamma.

SCENA IV.

ERCOLE, e Detti.

ERCOLE. E Già presta la vittima, ed il Sacerdote è già pronto.

LICO. Che vedo? Ercole!

JOLE. O Cieli, che mai farà?

VIOLETTA. La veggo molto imbrogliata.

ERCOLE. Leggi, ò Tiranno, nella mia fronte l'alto decreto della tua stragge. Errano l'ombre Reali di Tebe insepolte sù queste arrene, del tuo sangue protervo avide, e sittibonde. Già spalanca l'ingorde fauci l'abbisso per ingoiare il tuo dettestabile spirito, e le Deità dell'inferno attendono con impatienza l'ombra tua scelerata.

LICO. Di più tosto che quelle Deità ti rispinsero sino al mio piede, per che à me restasse

SCENE III.

LE ROY, JOLE, VIOLETTE &
les Acteurs précedens.

JOLE. SEigneur, me voici prête d'executer
vos ordres. Que les Dieux vous foient
favorables, qu'ils exaùcent les vœux d'un cœur
qui n'en peut former que pour votre bonheur.

LYCUS. Belle Jole, votre préfence embelli-
ra la pompe de la Fête, fans votre vûë mon
cœur languiffant & mon efprit abattu ne pourroit former aucune entreprife : l'Autel eft déja
préparé, & le Dieu des Mers attend que le bucher embrafé confume le facrifice.....

SCENE IV.

HERCULE, & les Acteurs précedens.

HERCULE. LA victime eft préparée, & le
Prêtre va l'immoler.

LYCUS. Que vois-je? Hercule en ces lieux!

JOLE. Oh Dieux, que va devenir tout ceci?

VIOLETTE. Ma foi les affaires s'embrouil-
lent beaucoup.

HERCULE. Tiran, lis fur mon front le de-
cret de ta perte : les manes des Princes de Thebes errans encore fur ces rives attendent ton
fang impie dont elles font alterées : le Tartare
fe prépare à recevoir ton ame abominable, &
les Déitez infernales s'occupent à préparer les
tourmens que meritent tes crimes.

LYCUS. Dis plûtôt que ces mêmes Déitez
t'ont renvoyé fur la terre pour me donner la

la gloria di reſtituir loro il tuo eſecrabilé genio: Giove, di cui tu indegnamente uſurpi la figlio- lanza, præſta al mio braccio un fulmine per ven- dicarlo : à voi Soldati.

ERCOLE. *Contro d'Alcide debole eſercito.*

Fà ſtragge di loro, e uccide Lico.

Ecco adempti i miei voti, placate l'ombre di Creonte, e vendicata la mia Dejanira. Mà qual dolente bellezza mi ballena ſù gl'occhi?

JOLE. *Hà perduto il mio volto un Reali Idola- tra, à me non reſta che piangere la mia diſgracia.*

ERCOLE. *Bella dimmi chi ſei ? e quale inſano dolore ardiſce profanar con le lagrime la ſerenità di quegli occhi?*

JOLE. *Laſciami, ò crudele, laſciami piangere, queſto è il ſolo bene, che mi reſta. Una infelice fanciulla, che ſotto l'ombra della Clamide Reale di Lico ritrovava l'unico aſilo contro la ſua nemi- ca fortuna, può ben pretendere dalla tua barba- rie il diritto di dolerſi.*

ERCOLE. *Giunge quel volto à penetrarmi nel cuore. Gran fatalità del mio deſtino ? non v'è moſ- tro, che io non abbatta, è non v'è Donna che non mi vinca. Rinunzia ò Giunone i tuoi ſdegni ad amore, egli ſolo può vendicarti, anzi t'a vendi- cata, ſe ad ogn'ora uno ſguardo trionfa della mia gloria, e turba il mio ripoſo.*

JOLE. *Mi guarda Alcide ; chi sà? forſe non ſono tanto infelice quanto mi credo.*

ERCOLE. *Deh raſſerena, ò Bella, il tuo Divino ſembiante, ed aſſicurati che ſaranno à tuo pro im-*

gloire de leur rendre ton ame execrable. Le
puiſſant Jupiter dont tu te dis le fils, va me
prêter ſa foudre pour venger ſa gloire que tu
ſoüilles. Allons, Soldats.

HERCULE. Contre Alcide leurs efforts ſe-
ront foibles.

Il met les Soldats en fuite & renverſe Lycus.

Mes vœux ſont accomplis, les manes de
Creon ſont appaiſez, Dejanire mon épouſe eſt
vengée. Mais quelle eſt cette beauté dont l'é-
clat vient frapper mes yeux ?

JOLE. J'ai vû perir le Prince qui m'adoroit.
Helas ! il ne me reſte plus qu'à verſer des larmes ſur la perte que mes appas ont faite.

HERCULE. Aimable perſonne apprenez-
moi qui vous êtes, & quel ſujet de douleur
peut faire couler ces larmes qui offuſquent
l'éclat de vos beaux yeux.

JOLE. Ah, cruel ! laiſſe-moi verſer des pleurs,
c'eſt le ſeul bien qui me reſte. Pourrois-tu t'of-
fenſer des larmes que répand une fille infortunée, après avoir vû renverſer avec le thrône
de Lycus l'unique azile qui lui reſtoit contre
la fortune ennemie ?

HERCULE. Que ces traits agiſſent puiſſam-
ment ſur mon cœur ! Quelle eſt la bizarrerie
de mon deſtin ? Nul monſtre ne peut me réſiſter, & je ſuis vaincu par toutes les femmes.
Junon, remets à l'Amour le ſoin de ſervir ta
haine ; lui ſeul peut te venger, ou plûtôt, helas, il ne t'a que trop vengé ! Un ſeul regard
triomphe de ma gloire & trouble mon repos.

JOLE. Si Alcide me regarde, mon ſort ne
ſera peut-être pas ſi fâcheux que je le craignois.

HERCULE. Ah, de grace, divine beauté,
calmez le trouble qui vous agite ; croyez que

piegate tutte le forze di questo invincibile braccio.

JOLE. *Se fosse così fortunato il mio dolore che potesse risvegliare nel petto d'Ercole una bella pietà io sarei tenuta alle mie stesse sciagure.*

ERCOLE. *Egli ottenne ancor più se alla pietade è successo l'amore.*

JOLE. *L'amore! oh Dio! quale spavento m'opprime?*

ERCOLE. *E di che temi, ò Bella?*

JOLE. *Temo tutte le vendette di Dejanira : Ella Signore è tua sposa, e la gelosia d'una moglie è il più terribile d'ogni mostro.*

ERCOLE. *Nelle braccia d'Alcide non v'è mostro, che tu debba temere.*

JOLE. *E poi l'anima d'Alcide sagrificata alla gloria non può, che di volo portare qualche voto ad amore.*

ERCOLE. *Anzi fù sempre amore, che mi fè scorta alla gloria.*

JOLE. *Se io credessi?*

ERCOLE. *Credi pure che già io tutto ardo del tuo bel fuoco, e che tu sempre sarai il più adorabile oggetto de miei pensieri.*

JOLE. *E tu credi che sarà per te immutabile la mia fede, e che sarà sempre una costante idolatra del tuo merito, ne mai s'estingueranno per te le fiamme dell'amor mio.*

ERCOLE. *Sia dunque Jole l'anima d'Alcide.*

le bras de l'invincible Alcide ne combattra jamais que pour vos interêts.

JOLE. Ah, que je cherirois mes malheurs si les larmes qu'ils me font verser pouvoient exciter dans le cœur d'Alcide une pitié qui m'est si glorieuse.

HERCULE. Ah, Madame! que ne pourrez-vous point si la pitié dans son cœur s'est changée en amour?

JOLE. De l'amour! oh Dieu! quelle est ma surprise, que je crains!

HERCULE. Et que pouvez-vous craindre, aimable Jole?

JOLE. Je crains la vengeance de Dejanire, Seigneur, elle est votre épouse; le plus terrible monstre est moins redoutable que la jalousie d'une épouse.

HERCULE. Entre les bras d'Alcide est-il quelque chose à redouter?

JOLE. Mais Alcide qui n'est sensible qu'aux charmes de la gloire peut-il ressentir de l'amour? Non, il se prête pour un moment aux douceurs d'une passion passagere.

HERCULE. Ah, Madame! l'amour seul a conduit tous les pas que j'ai fait vers la gloire.

JOLE. Si j'osois m'en flatter....

HERCULE. Ah, pourquoi refuser de m'en croire? Je brûle du beau feu dont vous m'avez embrasé. Oui, vous serez toûjours l'objet de mes adorations.

JOLE. Et vous, Seigneur, croyez que je vous serai toûjours fidelle, que pénetrée des sentimens que doit inspirer le grand Alcide, rien n'éteindra l'ardeur des feux que vous allumez dans mon cœur.

HERCULE. Alcide ne vivra donc plus que pour Jole.

JOLE. *Ed Alcide sia il cor di Jole.*

SCENA V.

DEJANIRA e detti.

DEJANIRA. *R* Espiro pure, tua mercè, adorato mio sposo l'aria libera di
questo Cielo. Il tuo invincibile biaccio placo l'ombra del mio gran Padre è....ma che veggo? Come mai tu degni della divinità de tuoi sguardi una
donna quale costei? Un avanzo degli amori di
Lico potrebbe forse avere qualche forza su'l magnanimo core d'Alcide?

ERCOLE. *Un Eroica virtù non è libera della
legge di cortesia: La dignità del suo sesso....*

VIOLETTA. *La veggo molto imbrogliata.*

JOLE. *Eh nò, Signore, non è giusto che il mio
volto infelice, turbi la calma nel cuore della tua
Dejanira. Io mi allontano.*
ERCOLE. *Nò, ferma. E Dejanira assai pruden-
te per sapere resistere a i stimoli d'una gelosia im-
portuna. Deh caro cor mio non piangere,* (à Jole.)
*Non ti scomponga lo sdegno di Dejanira, dove
Ercole è presente non v'è chi abbi diritto di comandare.*
DEJANIRA. *Cotanto ascolto, e non moro. Sarai tu ritornato dall'inferno per gettarne una parte sì grande dentro al mio core. Mi averai sottra-
ta dalle mani d'un Tiranno per sottopormi al
martirio d'una gelosia disperata? Senti troppo ardita....*
ERCOLE. *Dejanira meno d'orgoglio. So qual*

JOLE. Jole ne refpirera donc plus que pour Alcide.

SCENE V.

DEJANIRE & les Acteurs précedens.

DEJANIRE. ENfin, cher époux, c'est par vo-tre valeur que je refpire un air libre en ces lieux ; votre invincible bras a ven-gé l'ombre de mon illuftre pere &....Mais que vois-je ? Quoi vous ne craignez pas de fouil-ler vos regards par la vûe de cet objet ? cette femme, vil refte des amours du Tyran pourroit-elle quelque chofe fur le magnanime du cœur d'Alcide.

HERCULE. L'heroïfme ne difpenfe pas des loix de la bienféance, les égards dûs à fon fe-xe....

VIOLETTE. Les voilà, ma foi, bien embaraf. fez.

JOLE. Hé, Seigneur, non, il n'eft pas jufte que cette infortunée trouble la paix de votre hymen, fouffrez que je m'éloigne.

HERCULE. Non, demeurez; Dejanire a trop de raifon pour ne pas réfifter aux importuns foupçons de la jaloufie qui l'agite : chere Jole, que le vain couroux de Dejanire ne vous trou-ble pas en préfence d'Alcide ; vous êtes fouve-raine.

DEJANIRE. Je puis entendre ces difcours fans mourir. N'eft-tu retourné de l'enfer que pour m'en faire éprouver les plus cruels tour-mens ? ne m'as-tu tiré de l'efclavage d'un Ty-ran barbare que pour me mettre aux pieds de celle qu'il adoroit ? Ecoute malheureufe....

HERCULE. Dejanire, moins d'emportemens,

fedelta io debbe al carattere di tuo spoſo. La bel-
lezza di Jole sà piacermi ſenzá offeſa della mia
virtù, e ſenza oltraggio dell'amor tuo. Jole allon-
tanati ſi vedremo fra poco nelle tue fianze.

JOLE. *Alcide impaziente ti attendò.*

'Arlichino & Violetta partono con ſuoi lazzi.

ERCOLE. *Piange Dejanira doppo tanti trioſi-*
ſi d'Alcide?

DEJANIRA. *Laſcia, ò crudele, che tanto io*
pianga fino che tutto per gli occhi mi ſi diſtilli il
cuore; e ſe queſte mie lagrime ſono un prezzo
troppo vile per meritare gli affetti tuoi, ſquar-
tiami tutte le vene, e prendine un maggior nel
mio ſangue Soffrirò con pace Ercole Parricida;
mà non poſſo ſoffrirlo infedele: amerò la tua cru-
delta nella mia morte, mà non ſaprei amarla nel
tuo tradimento. Sè non voi eſſermi fedele ſiami
almeno pietoſo con darmi la morte; degna d'un
guardo la tua deſolata Dejanira. Coſa debbo ſpe-
rare? Reſpondi.

ERCOLE. *Riſpondò. Che doppo ſoggiogato l'in-*
ferno, io ancora ſoggiogare le mie paſſioni. Di-
co, che infrante le leggi di ſtige non hò più leg-
ge, che mi ſovraſti; che gli Eroi miei pari non
hanno altro Idolo, che la gloria: che Jole non può
vincere Alcide; mà che Dejanira non hà diritti
sù'l di lui cuore. e parte.

Alcide ne connoît point de maître : je sçai ce que je dois aux loix de l'hymen, je suis sensible aux charmes d'Iole sans offenser ma gloire & sans blesser votre amour : Jole, daignez vous retirer, nous nous reverrons bien-tôt.

JOLE. Illustre Alcide, je vous attendrai avec impatience.

Arlequin & Violette partent avec beaucoup de lazzi.

HERCULE. Eh quoi, Dejanire verse des larmes après le triomphe d'Alcide ?

DEJANIRE. Ah, cruel, laisse couler mes pleurs ; en puis-je trop répandre lorsque tu m'abandonne ? Helas ! ces pleurs ne peuvent rien pour ramener mon époux. Prend mon sang, barbare, je le verrois couler avec joie s'il pouvoit me rendre ton cœur ; la mort ne me feroit point trembler, même de la main de mon époux ; s'il ne m'étoit point infidele, je lui pardonnerois sa cruauté, & je ne puis lui pardonner sa perfidie. Cher époux tu me vois à tes pieds, si tu ne veux pas me rendre ton cœur ; du moins ne me refuse pas la mort que je te demande. Hé quoi ! tu refuse même un regard à l'infortunée Dejanire ? Oh Dieux ! que dois-je attendre ? vous ne répondez point.

HERCULE. Hé bien, je répondrai. Après avoir vaincu l'enfer, je sçaurai vaincre mes passions ; après avoir vaincu l'enfer je ne connois plus de loix qui puissent me gêner ; les Heros tels que moi n'obéissent qu'à celles de la gloire. Jole ne peut soumettre Alcide ; mais Dejanire n'a plus de droits sur son cœur.

Il part.

SCENA VI.

DEJANIRA, poi TESEO ed ANTEO.

DEJANIRA. ED egli mi lascia? che parlo? che
disse? ah Teseo? Ercole mi tra-
disse, Ercole m'abbandona, egli ama Jole:
Jole dunque diverrà nuora di Giove? Jole
darà germani ai figli miei?

TESEO. Ah che mai sento?

DEJANIRA. Dunque io non sono stata moglie
d'Alcide se non quando vi fù che temere? ora che
non vi sono più mostri, una indegna rivale go-
derà il frutto de voti miei? per essa dunque mi
esaudisse o Numi? per essa ritorno salvo da tanti
rischi. Ah non fia vero. Truciderò l'ardica rivale, mi vendicherò contro il marito infedele. Lo
sdegno d'uno sposa sarà forse più fatale ad Alcide
di quello d'una matrigna. Con le mie mani istes-
se men vado à portar la morte à chi mi levò la
vita; ucidero l'uno e l'altra, o accrescerò il numero alle fatiche d'Alcide. Morrò forse, mà non
inulta.   *parte.*

TESEO. E giusto lo sdegno di Dejanira; mà
vuò seguirla per impedirne gli effeti funesti.

ANTEO. Ercole ama Iole? ed io l'intesi fin
hora senza fremerne, senza infuriarne; Voglio

SCENE VI.

DEJANIRE, puis THESE'E & ANTE'E.

DEJANIRE. IL me laisse...quels discours!quels adieux! Ah, Thesée, je suis trahie, Hercule m'abandonne. Jole deviendra donc l'épouse du fils de Jupiter? Quoi! ses enfans seront les freres de mes fils?

THESE'E. Ah. Madame! qu'entends-je ?

DEJANIRE. Hé quoi, je n'aurai donc été l'épouse d'Alcide que pour partager ses perils? que pour craindre de le perdre ? Maintenant que l'Univers assujetti n'a plus de monstre à lui opposer, une indigne rivale me l'enleve; elle viendra ceüillir le fruit de mes vœux! Étoit-ce donc pour elle, Dieux tout-puissans, que je les formois ? étoit-ce pour elle que vous m'avez exaucé? que vous avez ramené Hercule vainqueur de tant de perils ? Non, il ne sera pas vrai; elle perira par mes propres mains, cette rivale insolente; je me vengerai d'un époux infidele, & peut-être le couroux d'une épouse jalouse sera plus funeste pour Alcide que celui de sa marâtre. Allons porter la mort aux Auteurs de mes maux, ils périront l'un & l'autre par mes mains ; j'augmenterai le nombre des travaux d'Alcide, du moins je mourrai son épouse, je mourrai vengée.
Elle sort.

THESE'E. Son couroux est trop juste ; mais suivons-la, tâchons d'en prévenir les funestes effets.

ANTE'E. Hercule ose aimer Jole! & je l'apprends sans colere, sans fureur ! Avant que ce

vedermi seco prima che spiri il giorno ed apprendergli ad aver più rispetto per un semideo quale son io.

SCENA VII.

ARLICHINO, e Detto.

'ANTEO. A Scolta : dove si trova Ercole ?
'ARLICHINO. Dice non saperlo.

ANTEO. *Digli che lo chiamo frà due hore sù questo lido, o in questa foresta per seco vedermi.*

ARLICHINO. . . . . ,

ANTEO. *Si crede egli perchè è stato all'inferno che tutto il mondo debba temerlo.*

ARL. CHINO. . . . . .

ANTEO. *Non hà ancora provato quali siano le forze di Anteo.*

ARLICHINO. . . . .

ANTEO. *Non mi scaperà dalle braccia quando Giove il volesse.*

ARLICHINO. . . . .

ANTEO. *Non hó pace se non lo veggo à miei piedi abbattuto deppresso, spirante.*

ARLICHINO. . . . .

ANTEO. *Vengo domatore de mostri, vengo à trovarti, ed à punire il tuo fasto.* e parte.

ARLICHINO. Con suoi lazzi fà terminar l'Atto Secundo.

jour expire je veux le voir , je veux qu'il apprenne à respecter les amours d'un demi-Dieu
tel que moi.

SCENE VII.

ANTE'E, ARLEQUIN.

ANTE'E. ECoute, où est Hercule ?
Arlequin répond qu'il n'en sçait rien.
ANTE'E. Dis-lui que je l'attends sur ce rivage, ou dans ce bois dans deux heures pour
me voir avec lui. Croit-il que pour être des-
cendu aux enfers il est devenu redoutable à
l'Univers entier ? Il n'a pas encore éprouvé
quelles sont les forces d'Antée. Non, Jupiter
lui-même ne pourroit l'arracher de mes bras.
Non, je ne puis avoir de repos si je ne le vois
à mes pieds étendu sans mouvement & sans vie.
Dompteur de monstres attends-moi , je vais te
chercher, je vais punir ton orgueil.
Il part.

*Arlequin qui a interrompu cette Scene par des
lazzis , termine le second Acte.*

ATTO TERZO.

SCENA I.

Atrio del Palazzo Reale.

ARLICHINO, VIOLETTA.

TRattano della deliberazione presa da Ercole di voler sposar Iole in quel giorno, e del sagrificio preparato.

ARLICHINO. Dice avere un ambasciata per Dejanira.

VIOLETTA. Vede venirla, e parte.

SCENA II.

DEJANIRA, TESEO, ARLICHINO.

DEJANIRA. AHi amico Teseo: qual furia uscì con Ercole dall'inferno per flagellare con gli aspidi il mio cuore infelice? Può dunque stabilirsi una sì stretta alleanza frà la massima delle virtù, e la pessima d'ogni colpa? Alcide purgarà da suoi Mostri la Terra, e poi si lascerà oprimere dal dettestabile Mostro d'un adultero tradimento?

TESEO. Acheta il tuo dolore per pochi instanti; Alcide non può longo tempo restare avvinto da lacci indegni di Jole. La virtù, la gloria, la fede gli parleranno troppo forte al cuore per richiamarlo alla sua Dejanira.

ACTE TROISIE'ME.

Le Theatre repréſente l'entrée d'un Palais.

SCENE I.

ARLEQUIN, VIOLETTE.

ILS s'entretiennent de la réſolution que vient de prendre Hercule, d'épouſer Jole le jour même du ſacrifice que l'on prépare. Arlequin dit qu'il eſt chargé d'une ambaſſade pour Dejanire, & Violette la voyant venir ſe retire.

SCENE II.

DEJANIRE, THESE'E, ARLEQUIN.

DEJANIRE. AH, cher ami, quelle impitoyable furie eſt ſortie des enfers avec Hercule pour lancer dans mon cœur ſes plus cruels ſerpens. Hé quoi, le plus grand, le plus généreux des mortels eſt capable d'un crime ſi noir ? Cet Alcide, qui purge la terre de monſtres, ne peut défendre ſon cœur des déteſtables traits d'un amour adultere.

THESE'E. Madame, ſuſpendez pour quelque inſtant les tranſports de la douleur qui vous agite. Alcide ne portera pas long-temps les indignes fers d'Iole ; la vertu, la gloire, le devoir, parlent à ſon cœur avec trop de force pour ne pas le rappeler auprès de ſa chere Dejanire.

D ij

ARLICHINO. Si accosta à Dejanira per parte di Ercole le dice che parta subito da Tebe
senza vederlo, e non ritorni senza il suo comando.

DIJANIRA. *Ah mio sposo, e potesti profferire*
contro di me una si crudele sentenza. T'inganni
se speri che ti obbedisca ; ti seguiro anche negli
abbissi se colà più ritorni; soffrirai in onta tua la
mia odiata presenza, ò mi leverai la vita.

TESEO. *E quando, o servo, ti diede Ercole tal*
romando?

ARLICHINO. Dice che gl'elo hà dato nel
Tempio poch'anzi quando ordinò à Sacerdoti
il sagrificio da farsi in quel giorno per le sue
nozze gia stabilite con Jole.

DEJANIRA. *Con Jole !*

TESEO. *Ah che dicesti? parti infelice.*

DEJANIRA. *Che fai gelosa moglie di Giove?*
che non stimoli contro d'Alcide un Mostro che ven-
dichi il tuo dispetto, ed i miei torti? Diverrai
forse placati solo quando mi sarebbe caro il tuo
sdegno? Sono forse distrutte tutte le fere? Cangia
ti prego l'anima mia in qualche cosa d'atroce;
dammi un effigie simile al mio dolore. Non è
duopo che scuoti gl'ultimi confini della terra, nè
che cerchi sin negli abbissi le furie. Dentro il mio
petto ritroverai con che perderlo. Che tardi ò
neghitosa Giunone? serviti dell'odio mio, e la
vendetta è sicura. Oggi finì per me l'amor suo,
oggi forse terminerà di più vivere.

TESEO. *Che mai dici, ò Dejanira? tu uccide-*
rai lo sposo? frena ti prego il furor tuo.

ARLEQUIN *s'approche de Dejanire, & lui* ordonne de la part d'Hercule, de partir de Thebes sans le voir, & de n'y point rentrer sans ses ordres.

DEJANIRE. Hé quoi, mon époux a pû prononcer une si cruelle sentence contre moi ? ah tu te trompe, époux barbare, si tu crois que je t'obéirai : je te suivrai jusques dans les abîmes du Tartare si tu y retournes, ma vue que tu abhorres te reprochera sans cesse tes trahisons, ou tu me raviras le jour.

THESE'E. Mais dis-moi, quand Hercule t'a-t-il donné cet ordre ?

ARLEQUIN *dit qu'il le lui a donné dans le tems même qu'il ordonnoit aux Prêtres de préparer un sacrifice pour la cérémonie de son mariage avec* Jole.

DEJANIRE. Avec Jôle ?

THESE'E. Ah, que dis-tu ! part malheureux, sort d'ici.

DEJANIRE. Epouse de Jupiter que fais-tu maintenant ? Que n'envoye-tu un nouveau monstre contre Hercule pour venger ta gloire & mon amour outragée ? Ton couroux s'appaiseroit-il quand il me deviendroit cher ? Tous les monstres sont-ils détruits ? N'en cherche point de nouveaux au bout de l'Univers ; ne tire point les furies des gouffres du Tartare ; tu trouveras au fond de mon cœur dequoi satisfaire ta vengeance ; qu'attends-tu tranquille Déesse ? employe ma fureur, & ta vengeance est sûre. Il m'ôte aujourd'hui son amour, que ne puis-je lui ravir le jour.

THESE'E. Ah, Madame, que dites-vous ! Vous voulez faire périr votre époux, moderez ces transports.

DEJANIRA. *Egli è sposo di Jolo ; à me più non resta che vendicarmi, o morire. Mà qual speranza mi si risveglia nel cuore ? ah Teseo ! Ercole forse mi renderà il suo cuore. Ascolta : ben sai l'aventura di Nesso ? Egli morendo mi diede un lino intriso dentro il suo sangue ; e mi disse essere valevole à rendermi l'amòr dello sposo, se mai per sciagura lo perdessi. Posto sopra le di lui carni mi giurò il centauro esser sicuro l'effetto. Si tenti, e si speri. Assistimi ti prego, amico Teseo, perchè io possa esequire il mio dissegno.*

TESEO. *Come potrai far questo ?*

DEJANIRA. *Io mene vado, e addatto ad una veste il lino insanguinato, e poi à te la consegno, su cortese gli e la porterai à nome mio nel Tempio, ove vuol oggi sollennizare le nozze profane, lo pregharai, mi conceda quest' ultimo dono, di ornarsi di una veste tessuta per le mie mani. Non credo che vorrà negare alla mia memoria, ed alla tua intercessione un così piciol favore.*

TESEO. *Così secondi il Cielo i tuoi voti come io non trascurerò cosa alcuna per renderti servita.*

DEJANIRA. *Andiamo non più s'indagi. Santi Numi del Cielo protegete, vi supplico la giustizia della mia causa. Ritorni frà le mie braccia lo sposo, e detesti l'incendio mal concepito ; quando questo mi si conceda, piego la fronte alla parca, e vado con tutta pace alla Tomba. Muora Dejanira moglie d'Alcide fedele e morirà contenta.*

DEJANIRE. Il est l'époux d'Iole, ce n'est plus le mien ; je ne desire plus que la vengeance & la mort. Mais quelle esperance se réveille dans mon ame ? Thesée, peut-être qu'Hercule me rendra son cœur. Ecoute, tu sçais l'aventure de Nessus, en mourant il remit entre mes mains un linge teint de son sang, & me dit qu'il serviroit à me rendre le cœur de mon époux si je venois à le perdre, en l'engageant à le porter sur lui : éprouvons & esperons. Cher ami aide-moi dans l'execution de ce dessein.

THESE'E. Que puis-je faire, Madame ?

DEJANIRE. Je m'en vais cacher dans une Robe ce voile ensanglanté ; je te la remettrai ; tu la lui porteras de ma part dans le Temple où il se prépare à celebrer son himen sacrilege; tu le prieras de m'accorder la derniere faveur de se parer dans cette occasion d'un voile tissu de mes mains ; je ne crois point qu'il refuse à ma demande & à tes instances une grace si legere.

THESE'E. Que le Ciel soit aussi favorable à vos projets que je serai attentif à les executer.

DEJANIRE. Allons, ne tardons plus. Dieux protecteurs de l'innocence, voyez la justice de ce que j'entreprens ; rendez-moi mon époux, qu'il détéste les feux de sa honteuse flâme. Pourvû que j'obtienne cette grace je recevrai la mort sans peine; je descendrai avec joie dans le tombeau. Que Dejanire meure, mais qu'elle meure épouse d'Alcide fidelle.

SCENA III.

Bosco.

ANTEO, e ARLICHINO.

ANTEO. Dicesti al tuo Padrone che qui l'attendevo?

ARLICHINO. Dice di sì.

ANTEO. La sua tardanza mi fa comprendere che Ercole teme. Se si arrende alla giustizia delle mie raggioni lo dispensero da un cimento, che ben sà egli gli costerebbe la vita. Mà eccolo.

SCENA IV.

ERCOLE, e detti.

ERCOLE. Eccomi, Anteo, dove tu m'invitasti: da me che chiedi?

ANTEO. Se la tua fama giungesse à porre spavento fino ad amore, egli non avrebbe certamente osato di assalirti con uno sguardo di Jole. Egli dunque ti soggiogò, e già annovera frà le sue spoglie l'Anima debellata d'Alcide. Questo fà grande la sua gloria, mà non conviene alla tua. E giusto che tu scuota questo ingiurioso servaggio, ed abbandonando questa bellezza al mio merto tu ricuperi quella libertà, che è il primo onor degli Eroi. Tanto da te richiedo, e quando non ti caglia della tua gloria. Io t'intimo un mortale cimento. La lotta frà noi decida, e sò'l cadavere del vinto passi il vincitore agli abbracciamenti di Jole.

SCENE

SCENE III.

Le Theatre represente un Bois.

ANTE'E, ARLEQUIN.

ANTE'E. AS-tu dit à ton Maître que je l'attends ici?

ARLEQUIN *répond qu'ouy.*

ANTE'E. Le retardement d'Hercule me fait voir qu'il craint. S'il reconnoît la bonté de mon droit, je le dispenserai d'un combat qui lui coûteroit la vie : mais je le vois...

SCENE IV.

HERCULE, & les Acteurs précedens.

HERCULE. ANtée, me voici, je viens au rendez-vous sçavoir ce que tu veux de moi.

ANTE'E. Si ta renommée avoit inspiré du respect à l'amour, il n'auroit point osé t'attaquer avec les traits d'Iole ; mais il t'a vaincu, & compte au nombre de ses captifs le cœur du grand Alcide. Ce triomphe augmente sa gloire, mais offense la tienne. Il est juste que tu sorte de ce honteux esclavage, & qu'abandonnant cette beauté que je merite mieux, tu recouvres ta liberté qui fait l'honneur des Heros. Voilà ce que je veux de toi. Et si la gloire ne te touche pas assez, je te défie à un combat mortel ; que la lutte décide entre nous deux, & que la possession d'Iole soit le prix de la victoire.

Hercule. B

ERCOLE. È questa la prima volta che Alcide sente una voce, che lo disfidi. Egli à in uso di andare incontro agli cimenti, e non di attenderli. Iole è, e deve esser mia, ed il tuo folle ardimento mi renderà più degno de suoi affetti col rendermi più glorioso.

ANTEO. Che più dunque si tarda?

ERCOLE. A noi.

Segue la lotta, nella quale cade Anteo, e poi risorge.

ERCOLE. Sei vinto.

ANTEO. Non ancor quale il credi.

Segue la seconda lotta, in cui Anteo pure riccade, e risorge, ed in questo tempo si sente una scossa di terremotto.

ERCOLE. Doppo la caduta è più forte il contrasto. Prende nuova lena il figlio della terra sua Madre. Mà se non è Alcide vario di se medemo deciderà il terzo assalto della nostra contesa. Giove non abbandona il tuo figlio.

ANTEO. E sotto al peso delle mie braccia morirà l'invincibile.

Ripiglia di nuovo il terremotto e si vedono in aria lampi, e si sentono tuoni. Lottando la terza volta Ercole abbraccia Anteo, lo soleva da Terra in aria, e tanto lo stringe fin che egli muore, poi lo getta su'l suolo.

ANTEO. Hai vinto Alcide, hai vinto, già spiro l'anima, e discendo. . . . .

ERCOLE. Ora che il genio altero abbandonò le redde membra rendo alla terra il peso inutile del cadavere e sangue. Mia bellissima Iole consacro alla sua bellezza questa spoglia non vile.

HERCULE. Alcide jusqu'à ce jour n'avoit point été appellé au combat, il est accoûtumé d'aller chercher les dangers, & non de les attendre. Jole est à moi, & ta témeraire hardiesse me rendra encore plus digne d'elle en me couvrant d'une nouvelle gloire.

ANTE'E. Qu'attendons-nous plus long-tems?

HERCULE. Allons.

Ils luttent, Antée tombe, mais se releve.

HERCULE. Tu es vaincu.

ANTE'E. Ne t'en flatte pas, je ne le suis pas encore.

Ils recommencent à lutter une seconde fois. Antée tombe encore & se releve, & cependant l'on entend le bruit d'un tremblement de terre.

HERCULE. Après sa chûte il est encore plus fort. Ce fils de la terre tire de nouvelles forces des embrassemens de sa mere ; mais si Hercule n'est point changé, ce troisiéme assaut va décider notre combat. Grand Jupiter n'abandonne pas ton fils.

ANTE'E. L'invincible Alcide va trouver la mort dans mes bras.

On entend de nouveau le tremblement de terre.

On voit les éclairs, & l'on entend le tonnerre.

La lutte recommence. Hercule embrasse Antée, l'éleve de terre, le soûtient en l'air, le serre entre ses bras jusqu'à ce qu'il ait perdu la vie, & le jette par terre.

ANTE'E. Tu as vaincu, Alcide, tu as vaincu, j'expire & je descends sur....

HERCULE. Maintenant que son ame altiere a laissé ses membres glacez, je rends à la terre l'inutile fardeau du cadavre de son fils. Belle Jole, c'est à ta beauté que je consacre ce trophée.

E ij

SCENA V,

ARLICHINO.

Vedendo il corpo eſtinto d'Anteo gli fà molti lazzi à torno, e per ultimo volendolo inſultare ancor morto, ſi ſente all'improviſo una ſcoſſa di terremotto, che fà fuggire Arlichino ſpaventato, e termina l'Atto Terze.

ATTO QUARTO.

Tempio con Altare, e Statua di Giove.

SCENA I.

ERCOLE, JOLE, Sacerdoti con vittima.

ERCOLE. Eccomi, ô bella Iole, dinanzi all'Ara del mio gran Padre, qui di mia fede avrai malevadore il ſuo Nume.

JOLE. Or più non dubito d'eſſere felice. Io dunque diverrò ſpoſa del grande Alcide?

ERCOLE. E ſpoſa, e Signora.

SCENE V.

ARLEQUIN.

Voyant le corps d'Antée mort, fait plusieurs lazzi autour, & voulant encore l'insulter on entend un bruit de tremblement de terre qui fait fuir Arlequin fort effrayé, ce qui termine le troisiéme Acte.

ACTE QUATRIEME.

Le Theatre represente un Temple avec un Autel, & la Statuë de Jupiter.

SCENE I.

HERCULE, JOLE, Troupe de Sacrificateurs conduisant la Victime.

HERCULE. BElle Jole, nous voici devant l'Autel de mon pere, que ce Dieu soit le garand de mes promesses.

JOLE. Je ne doute plus de mon bonheur. Il est donc vrai que je vais devenir l'épouse du grand Alcide?

HERCULE. Et son épouse, & sa souveraine.

E iij

SCENA II.

Teseo, Arlichino con veste, e detti.

TESEO. DEjanira tua sposa t'invia questa veste
tessuta per le sue mani. Ella ti prega,
Signore, gradire quest'ultimo dono dell'amor suo,
abbigliandotene per il sacrificio. Le sue lagrime,
ed il suo cuore meritan bene questa grazia.

JOLE. Concedi, mio caro Alcide, quest'ultimo
dono alla figlia di Creonte; adornati ti priego
di quella veste, ben lungi che questo possa dispia-
cer mi, che anzi accresce il mio contento, ed il
mio trionfo.

ERCOLE. Si veste. Facciassi poichè ti piace.
Diasi principio in tanto al sacro rito. Siedi mia
Iole, e tu pure, Amico Teseo, ti voglio presente
alla grande funzione.

Si suona e fansi le ceremonie da Sacerdotti.

ERCOLE. Venga omai all'Ara la Vittima, si
spargano gli Altari d'Arrabici incensi; ed à me
si presti la corona di piopo. Assisti tu al grande sacrificio ô compagna delle mie fatiche Pallade sacra. Empiano il tempio tutti quanti sono i Numi
del Cielo fratelli miei, pur che della matrigna
Giunone figli non siano.

TESEO. Finiscano una volta le grandi fatiche,

SCENE II.

THESE'E, ARLEQUIN, portant une Robe, & les Acteurs précedens.

THESE'E. SEigneur, c'eſt votre épouſe Dejanire qui vous envoye cette Robe
qu'elle-même a tiſſuë de ſes mains, elle vous
conjure de ne pas refuſer ce dernier preſent
que vous fait ſon amour, & de la vouloir porter pendant le ſacrifice ; ſes larmes & ſon a-
mour meritent cette grace.

JOLE. Mon cher Alcide, accordez cette
derniere faveur à la fille de Creon : ornez-vous
de cette Robe, je vous en conjure ; loin de
me déplaire, ce ſera augmenter ma joye &
mon triomphe.

HERCULE prenant la Robe. C'eſt aſſez que
vous le ſouhaitiez ; cependant que l'on commence le ſacrifice. Aſſeyez-vous, charmante
Jole, & toi, cher ami, ſoit preſent à la cérémonie, je te l'ordonne.

*La Symphonie ſe fait entendre pendant que les
Prêtres font les cérémonies du ſacrifice.*

HERCULE. Que l'on amene la Victime, que
l'encens fume ſur les Autels, que l'on me donne une couronne de Peuplier. Venerable Mi-
nerve, compagne perpétuelle de mes exploits,
ſois préſente à ce ſacrifice. Que ce Temple
ſoit rempli de mes freres des fils du grand Jupiter, de ces Dieux auſquels Junon ma marâtre n'a point donné le jour.

THESE'E. Que vos travaux prennent fin, &
E iiij

e conceda l'Eterno tuo Genitore. . . . .

ERCOLE. Io prima di svenar l'olocausto concepirò le preghiere degne di me, e di Giove. Riposino sovra i loro cardini il Cielo, e la terra. Sia sempre sereno il vasto campo dell'Aria, ed habbino ben regolato il loro corso le sfere. Nodrisca un'alta pace le genti, non si vedan più spade, ne s'adopri che nè vomeri il ferro. Non vi sia più procella, che ponga il mare in tumulto, ne più escano fulmini dalla mano di Giove sdegnato. Scorrino quieti i Torrenti nell'Alveo loro senza insidiare sopra i campi le Messi. E non regnino più i sanguinosi tiranni, se ancora può sorgere qualche mostro dal sen della Terra affretti la sua venuta e rechi à me la gloria di soggiogarlo. Mà d'onde mai viene questo fuoco, che mi lacera il cuore? Cingaono la sommità del giorno le tenebre! Febo senza nube si oscura! Chi mette in fuga la luce, e la rispinge all'Oriente? Com risplendono nel merigiò tante stelle! Ecco la nostra prima faticha il Leone, che risplende nella più eccelsa parte del Cielo. Eccolo che avampa d'ira, e già arruta alle straggi, e il dente, e l'unghia. Egli spalanca le fervide Zanne, egli respira fiamme, e scuote l'orrida Giuba.

TESEO. O che empio il nume Alcide, ò che Alcide delira.

JOLE. Io non posso riguardarlo senza spavento.

que le Souverain des Dieux accorde....

HERCULE. Avant que l'on immole la Victime, c'est à moi de former des vœux dignes de moi & de Jupiter. Que le Ciel & la Terre reposent sans cesse sur leurs inébranlables fondemens : Que nuls orages ne troublent l'immense étendue des airs : Que rien ne dérange le cours des Spheres célestes : Que les orages ne soulevent plus les flots : Que la main de mon pere ne s'occupe plus à lancer la foudre : Que les Torrents coulent dans leur lit & ne ravagent plus les moissons : Qu'une éternelle paix regne sur la terre : Que les hommes oublians l'usage du glaive meurtrier, n'employent le fer qu'à forger les utiles instrumens du labourage : Que les Tyrans cruels cessent de persecuter les bons , & s'il reste encore quelque monstre, qu'il se hâte de paroître, qu'il sorte du sein de la terre, qu'il augmente ma gloire par sa défaite.

Mais , qui produit le feu qui me dévore ? D'où viennent ces ténebres qui me cachent le jour ? Phebus perd sa lumiere sans être couvert d'aucun nuage. D'où vient rebrousse-t-il son cours & retourne-t-il se cacher entre les bras de l'Aurore ? Pourquoi ces étoiles brillent-elles en plein midi ? Ah je vois le Lion le premier de mes exploits occuper la partie du Ciel la plus élevée : Je le vois étincellant de rage qui prépare ses griffes & ses dents menaçantes pour de nouveaux carnages : Je le vois qui vomit des flammes & qui secoue sa redoutable chevelure. . . . . .

THESE'E. Est-ce une fureur divine qui trouble le grand Alcide ? est-ce sa raison qui s'égare ?

JOLE. Je ne puis soûtenir sa vûe sans trembler.

ERCOLE. *Oh che angoſcioſo tormento , oh che crudele Martirio ! Oh Dio non potrò liberarmi da queſta veſte ? Ella mi divora le carni. Qual inſidia è mai queſta ?*

TESEO. *Ah Dejanira , che mai faceſti ?*

ERCOLE. *Già domata è la Terra , già vinta la ſuperbia del maré , già ſoggiogato l'Inferno. Il ſolo Cielo e immune dagli ſdegni d'Alcide ; Queſta e pure un impreſa ch'e degna di me : ſi : ſallirò le più ſublimi regioni dell'Aria , occupero l'Ætra ; il Padre già mi promette delle sfere il poſſeſſo. E che ſarebbe quando ancora egli me lo negaſſe ? Non può Capire Ercole la Terra anguſta. Egli già ritorna ſu'l Cielo. Tutta la grande aſſemblea dè Numi m'invita : la ſola Giunone me lo contraſta : Laſcia libero il ſentiero ad Alcide o inſidioſa matrigna , ſe non voi che atterri la parte del mondo tuo contumace. Non temi ? Scioglierò dalle cattene Saturno , e contro il Regno impotente del Padre in fingardo armerò l'Avo. Apparechino una nuova guerra i Titani , mi averanno per loro duce.*

TESEO. *Ah Ercole , ah mio Signore raffrena ti prego l'impeto della tua mente.*

ERCOLE. *Mà qual fuoco và ſerpendo per le mie membra ? ardo , avampo , m'abbruggio. Si vindica forſe coſi l'inferno ? Oh Dio mi ſi rodon le braccia , mi ſi lacera il fianco , mi ſi ſbranan le membra. Innorridite ó Cieli à queſta grande tragedia , Ercole ſi duole , Ercole pena. Mà che vedo ; muovono i Giganti l'Armi ſacrileghe. Titio è già fuggito dalla ſua cattena , e Titano ſcoſſe il giogo di Pindo. Mà Crolla il Citerone , e trema la radice di Tempe. Inalza l'orribil*

HERCULE. Ah , quel tourment cruel ! quel épouvantable supplice ! Grand Dieu , ne pourrai-je ôter de mon corps cette Robe ? Elle me brûle ! Elle me dévore ! Quelle trahison !

THESE'E. Ah, malheureuse Dejanire, qu'as-tu fait ?

HERCULE. La Terre est soûmise, l'Ocean est dompté , l'Enfer est subjugué ; le Ciel seul n'a point encore ressenti le couroux d'Alcide ; c'est une entreprise digne de moi. Je vais m'élever jusqu'aux plus hautes régions des airs , je vais occuper l'Æther. Mon pere me promet l'Empire de l'Olympe ; & quand il me le refuseroit.....La terre est trop petite pour posseder Hercule , il va remonter au Ciel : Tous les Diêux assemblez m'appellent : La seule Junon s'y oppose. Injuste marâtre , cesse de t'opposer à mes projets si tu ne veux me voir renverser la portion de l'Univers qui te suit. Si tu me braves , je déchaînerai Saturne , je l'armerai contre un pere trop lâche. Que les Tyrans se préparent à lui faire une nouvelle guerre , c'est Hercule qui les conduira.

THESE'E. Hercule ! ah , Seigneur , moderez ces transports : où laissezvous égarer votre esprit ?

HERCULE. Mais quelle ardeur dévorante se répand dans mes veines ! Je brûle ; je suis consumé. L'enfer irrité se venge-t-il ? Oh Ciel ! je peris dans les plus cuisantes douleurs. Cieux soyez saisis d'horreur à la vûë de ce spectacle ! Hercule souffre , Hercule se plaint. Mais que vois-je ? les fiers Tyrans raniment leur sacrilege audace ? Encelade a brisé ses chaînes , Briaré a renversé les montagnes sous lesquelles il gémissoit, Ossa & Pelion sont ébranlez , le Cy-

*ſtendardo Erinni crudele , e la ſpietata Teſifo-
ne coronata di ſerpi vol far le vendette di Cerbero. Si diſtrughino tutti queſti apparechi : Non
hebbe mai nido nel cuor d'Alcide il timore. Ca-
da queſto gran Monte ed opprima un altra volta i Giganti.*

Qui diſtrugge l'Altare.

JOLE. *Io volo lontana dall'Ecidio fattale.*

ERCOLE. *Chi e colei ? ah ti conoſco, ella è Giunone. Se ne fugge la vile ; mà non perqueſto ſi
ſotrarà alle mie giuſte vendette. Ancor che ti
naſconda nel ſeno di Giove , ſaprò ſvellerti il
cuore dal petto ſcelerata matrigna. Non v'è ne
meno in cielo un aſilo ſicuro contro lo ſdegno d'Alcide. Sia la ruina di queſto Monte il fulmine ,
che ti atterra.*

Jole fugge, ed Ercole la ſegue con un gran
ſaſſo ſopra gl'omeri.

TESEO. *La miſera non fugge certo dal colpo
crudele ; mà oh Dio , che mai veggo ? Iole è già
infranta : il dono infauſto di quella veſte è cagione al certo di tutte queſte ruine , voglio ſe-
guire à tutto riſchio l'Amico delirante. Mi ſia
Giove propitio per poterlo frenare.*

cheron eſt prêt à s'écouler, la cruelle Erynnis
donne l'horrible ſignal d'une guerre impie,
l'impitoyable Tyſiphone couronnée de ſerpens
vient-elle venger les outrages faits à Cerbere ?
Détruiſons, renverſons les préparatifs ; la peur
n'a jamais trouvé place dans le cœur d'Alcide.
Renverſons cet énorme Mont, qu'il accable
une autre fois les Geants.

*Hercule renverſe l'Autel qui eſt formé de groſſes
pierres.*

JOLE. Ah, fuyons loin d'ici ; évitons le danger fatal qui nous menace.

HERCULE. Mais que vois-je ! ah c'eſt Junon !
Je la connois ; elle fuit, la lâche ! ſa fuite ne
pourra la ſouſtraire à mon juſte couroux : entre les bras mêmes de Jupiter je ſçaurai t'arracher le cœur, odieuſe marâtre : le Ciel même
n'eſt pas un azile contre le couroux d'Alcide ;
au défaut de la foudre cette Montagne va t'ac-
cabler & venger Alcide.

*Jole fuit, Hercule la ſuit avec une des plus groſ-
ſes pierres de l'Autel entre les bras.*

THESE'E. L'infortunée ! elle ne peut éviter
le ſort cruel qui la pourſuit. Mais que vois-je !
Jole n'eſt plus. Le don funeſte de cette fatale
Robe cauſe tous ces malheurs. Ah, ſuivons un
ami qui perd la raiſon ; bravons tous les dangers. Puiſſant Jupiter ſois-moi favorable ; fais
que je puiſſe lui rendre la raiſon qu'il a perdu.

SCENA III.

ARLICHINO., e VIOLETTA.

ARLICHINO. NElla Scena precedente fà
molti lazzi di fuggire, e
spaventarsi e restando solo sopra viene Violetta.

VIOLETTA. *Oh, Arlichino, cosa mai farà di
noi ? oh se avessi veduto la povera mia Padrona.
La poverina è morta come un sorcio nella tra-
pola. Il tuo Padrone è divenuto matto, gli è corso dietro, e gli hà gettato nella vita una sassa-
ta si piciola, che l'à ucisa, e sepolta tutta ad un
tempo. Oh povera la mia Padrona.*

ARLICHINO. *Fà un raconto de furori d'Ercole, si volta alla vittima, finge di crederla
Giunone, e strascinandola per il tempio per
volerla uccidere rissolve di andarla à mangiare
& finisce l'Atto Quarto.*

SCENE III.

ARLEQUIN, VIOLETTE.

ARLEQUIN. *PEndant la Scene précedente Ar-*
lequin fait plusieurs lazzi de
frayeur & il reste seul. Violette survient.

VIOLETTE. Ah, mon pauvre Arlequin, qu'allons-nous devenir ? Si tu avois vû ma pauvre Maîtresse, elle est morte comme une souris prise au trebuchet ; ton Maître est devenu fol, il a couru après elle, & lui a jetté sur le corps une Pierre si grosse qu'il l'a tué & l'a ensevelie tout d'un même coup.

ARLEQUIN, *lui fait un récit de la fureur d'Hercule. Se tourne vers la Victime qui est restée attachée à l'Autel ; feint de la prendre pour Junon ; la tiraille & la traîne après lui comme pour la tuer, & enfin l'emporte pour aller la manger. Ce qui termine le quatriéme Acte.*

ATTO QUINTO.

Atrio.

SCENA I.

DEJANIRA e TESEO

TESEO. AH! *Dejanira, noi siamo perduti.*

DEJANIRA. *Che mai sarà ? ora comincio ad intendervi infelici presaggi. Sospendi, ô caro Teseo, le lagrime, e dimmi le nostre sciagure?*

TESEO. *Hà vinto Giunone , hà vinto.*

DEJANIRA. *E forse morto il mio sposo?*
TESEO. *Nò, mà furioso , e frenetico hà già perduta la mente ; distrugge quanto gli viene alle mani. Hà atterrato nel tempio l'Altare , hà con un sasso à Iole levata la vita ; freme , s'agita , e pieno di furore dovunque passa lascia per contrasegno una stragge. La veste tinta del sangue lettale del perfido Centauro è la sola cagione delle nostre miserie. Tentò più volte l'Eroe desolato levarsela d'intorno , mà non pottè , e se pure forzavasi stracciarne qualche parte , con essa laceravasi le proprie carni. Alla fine Giunone hà vinto.*

ACTE

ACTE CINQUIEME.

Le Theatre represente l'entrée du Palais.

SCENE I.

DEJANIRE, THESE'E.

THESE'E. AH, Madame, nous avons tout perdu !

DEJANIRE. Qu'allez-vous m'annoncer ? Je vous comprends maintenant, funestes présages. Ami, suspends le cours de tes larmes, & m'instruit de mes malheurs.

THESE'E. Tu l'emportes enfin, Junon, Tu l'emportes ?

DEJANIRE. Ah, mon époux n'est plus ?

THESE'E. Non, Madame, il respire encore, mais accablé des plus cruels tourmens. A peine s'est-il revêtu de cette fatale Robe teinte du sang venimeux du perfide Centaure, qu'il a senti le feu dévorant se glisser dans ses veines ; l'excès de ses maux trouble sa raison, il s'emporte, il s'égare, & dans la fureur qui l'agite, il détruit tout ce qui s'offre à sa vûe ; il a renversé l'Autel de son pere, & lançant sur la malheureuse Jole une des pierres qui le formoient, il lui a ravi le jour. Il porte ses pas incertains de toutes parts inspirant la terreur par les cris affreux que lui arrache sa douleur, & laissant par tout sur son passage les funestes vestiges de ses transports furieux, il fait de vains efforts pour arracher la fatale

Hercule F

DEJANIRA. *Ah Teseo, non è Giunone che hà vinto, la mia gelosia troppo crudela e sfortunata hà perduto il mio sposo. Presagì ben il Cielo con i suoi prodiggi, e con i spasimi del mio core il caso funesto, mà la mia ciecà passione non intese le sue minaccie. Dono infausto! maledetto inganno! donatore sacrilego! Mà io, io sola sono la colpevole. Dovevo nel consiglio d'un mostro temere un tradimento: sopra di me deve cader la vendetta: Voglio che il braccio stesso d'Alcide mi punisca del mio dellitto. Vo ritrovarlo dovunque egli siassi, perchè si vendichi il suo furore, e sia l'ultima delle sue gloriose fatiche il purgare la Terra da un mostro detestabile quale son'io.*   parte.

TESEO. *Io pure v'hebbi parte col mio consiglio, onde anco à me si deve la pena; mà ecco Arlichino: che porti?*

S C E N A I I.

ARLICHINO, e DETTO;

A Rlichino raconta che Ercole uscito alla Campagna spianta tutti gli Alberi che ritrova.

Tunique qui caufe nos malheurs ; elle s'eſt incorporée à ſes membres, à meſure qu'il l'arrache il déchire auſſi ſa peau & ſa chair ; ſon ſang qui ruiſſele & qui trempe la terre, y laiſſe des marques du triomphe de la barbare Junon.

DEYANIRE. Ah, Theſée, ce n'eſt point Junon, c'eſt ma crédule jalouſie, c'eſt ma criminelle fureur qui perd mon époux. Le Ciel m'annonçoit ce malheur par ſes préſages menaçans, par le trouble de mon cœur, par les craintes qui le rempliſſoient ; mais mon aveugle paſſion a refuſé de l'écouter. Préſent funeſte ! fatale trahiſon ! perfide Neſſus ! Mais que dis-je ? moi ſeul je ſuis coupable. Devois-je m'abandonner aux promeſſes de ce barbare ? C'eſt ſur moi ſeul que doit tomber la punition du crime. Je veux que le bras même d'Alcide puniſſe mon offenſe. Allons le trouver ; cherchons-le par tout ; qu'il ſatisfaſſe ſon juſte couroux, & que pour couronner ſes glorieux travaux il purge la terre d'un monſtre plus execrable encore que tous ceux qu'il a vaincu.

Elle part.

THESE'E. Ah, j'ai eu part au crime par mes conſeils, j'en dois auſſi ſubir la peine. Mais que veut cet Eſclave ? Parle, que m'annonce-tu ?

SCÈNE II.

THESE'E, ARLEQUIN.

ARlequin raconte qu'Hercule étant ſorti dans la campagne arrache tous les arbres qu'il rencontre.

F ij

TESEO. *Ti seguo, ó Dejanira, e se nella col-*
pa ti fui compagno, ti-farò ancor nella morte.

SCENA III.

ARLICHINO, e VIOLETTA.

Fanno loro Scena, e poi partono.

SCENA IV.

Monte con Rogo.

ERCOLE, che spianta Alberi;
poi TESEO.

ERCOLE. *Non conviene che Ercole se ne muora*
da vile. Hò scelta una morte chiara,
memorabile, e degna di me. Il rogo che già
formai s'ù l'Oeta è tale che può piacermi. Hò svel-
to da questa selva l'annoso Pino, la quercia sacra,
e l'Alloro: vi si getti sopra ancora il funesto ci-
presso; la Pira è assai vasta per potermi capire.
Và mancando il mio gran corpo, ne bastano al
veleno che m'arde tutte le membra d'Alcide.
Egli è grande quel male, che io stesso confesso
grande. O quanto, Amico Teseo, tu giungi à tem-
po. T'impongo con tutta l'autorità d'un amici-
zia inviolabile, che all'or, che io sia steso
sù questo Rogo glorioso, tu vi accenda celere
il fuoco: Questo solo fràgli elementi non hò an-
cor vinto, esso coroni la mia memoria. Che veg-
go? ivi s'apre il Cielo sù la cima del Monte,

THESE'E. Dejanire, je te fuis ; mourons enfemble pour expier le crime qui nous eft commun.

Il part.

SCENE III.

VIOLETTE *furvient & fait une Scene avec Arlequin, après quoy ils s'en vont tous deux.*

SCENE IV.

Le Theatre change & réprefente une Montagne, fur le fommet de laquelle eft un Bucher.

HERCULE qui déracine des Arbres, & THESE'E qui furvient.

HERCULE. NON, Hercule ne doit point mourir en lâche & fuccomber à la douleur qui l'accable : J'ai choifi un genre de mort illuftre, mémorable, enfin digne d'Alcide : ce bucher que mes mains viennent de former fur l'Oëta va terminer mes maux, le Pin, le Laurier & le Chêne, confacré à mon pere le compofent, joignons-y le Cyprès funefte ; enfin le bucher eft capable de recevoir Alcide tout entier. Mon corps fe détruit peu à peu, & les membres d'Alcide ne fuffiront bien tôt plus au poifon qui les confume. Grands Dieux ! quelle eft donc la douleur qui force Hercule à fe plaindre ? Ah, mon cher Thefée ! quel fort favorable te conduit ici ? je te l'ordonne par tout le pouvoir que l'amitié me donne fur toi ; dès que je

chi mi ſpalancha la sfere ? Ti veggo ó Gioue Padre eterno de Numi è mio. Veggo digià placcata la mia matrigna Giunone. Mà chi mi ridona alle tenebre ? Chi mi naſconde il Polo ? Forſe lo ſteſſo Padre mi riſpinge dal Cielo ? ero coſì vicino alle sfere chi mi reſe alla Terra ? Ella teſtè mi ſi girava ſotto dè piedi.

TESEO. Il ritorno del ſuo furore non mi permette che io gli poſſi parlare.

ERCOLE. Ahi che dolore! Tu, Teſeo Amico, poteſti reccarmi un dono, coſì infauſto di una barbara moglie?

TESEO. Il dolore di Dejanira ti vendica bene d'un delitto, che non fù ſuo. Ingannata da Neſſo, mentre voleva aſſicurarſi il tuo amore, lavorò la tua morte. Egli nella ſua agonia ſpruzzò queſto lino fatale, con il lordo ſuo ſangue, e conſegnòllo à Dejanira, aſſicurandola, che ſe mai d'altra Donna ti vedeſſe amante col porti indoſſo queſto lino ti ritornarebbe fedele.

ERCOLE. Qual chiaro raggio mi vien dal Cielo, e mi apre la mente. Queſto doveva eſſere l'ultimo de miei giorni. E già gran tempo che la fatidica quercia preſaggi queſto caſo. Per la deſtra (ella diſſe) d'uno da te uciſo, Ercole, ſa

mé ferai placé fur ce bucher met-y le feu
de tes propres mains ; la vie n'eft plus un
bien pour moi ; j'ai honte de mes fureurs &
je crains que l'excès de ma douleur ne m'arrache quelqu'action indigne du fils de Jupiter.
Mais que vois-je ! le Ciel fe dévoile à mes
yeux fur le fommet de ce Mont. Quelle route
nouvelle s'y prépare pour moi ? Je t'y vois !
ô mon pere, puiffant Jupiter, pere des immortels ! J'y apperçois Junon, qui dépouillant fa haine, regarde fon fils fans couroux.
Mais, qui me ravit la lumiere ? quel nuage
me dérobe les Cieux ? eft-ce toi ô mon pere,
qui m'a bannis de l'Olympe ? j'étois prêt d'y
monter ; me rends-tu à la terre ? mais elle-
méme fe refufe à moi, je la fens qui fremit
fous mes pas chancelans.

THESE'E. Il rentre dans fes premiers tranfports, que puis-je lui dire ?

HERCULE. Ah Ciel, quelle douleur ! Et
quoi, Thefée, as tu donc pû m'apporter le
fatal prefent d'une barbare ?

THESE'E. Helas ! Seigneur, le defefpoir de
Dejanire ne la punit que trop d'un crime dont
fon cœur n'eft point coupable. Trompée par
le perfide Neffus, elle caufe votre mort en
voulant s'affurer votre amour. Il fouilla en
mourant cette funefte Robe de fon fang em-
poifonné, & la remit à Dejanire comme un
moyen de réveiller l'amour de fon époux s'il
l'abandonnoit pour en aimer un autre.

HERCULE. Quelle lumiere celefte m'ouvre
les yeux & m'éclaire l'efprit ! Oui, voici le
jour qui doit me conduire à l'immortalité.
Depuis long temps le Chêne prophetique de
Dodone m'avoit annoncé ma deftinée. Hercule,

cadrai. Questa morte ti è destinata doppo ch'
avrai soggiogato la Terra, il mare, & l'inferno.
Non mi dolgo più del mio caso, assolvo Dejanira, ed abbraccio il mio dolcissimo Teseo. Guarda
di osservare esatamente quanto t'imposi, sii presto
col fuoco quando tel dico. A te consegno questi in-
vincibili strali, e quest'arco non ad ogni braccio flessibile. Con essi avrai sicuro ogni colpo; ti
lascerei ancora questa trave tremenda, se altri
potesse reggerla fuori che il braccio d'Alcide. Ti
sii cara la mia memoria, ti sia pretiosa la fede
della mia Dejanira.

SCENA VI

DEJANIRA e detti.

ERCOLE MA eccola apunto. Vieni, ó mia cara,
ó mia dolcissima sposa, vieni frà
queste braccia à ricevere gl'ultim amplessi d'Alcide. Aprendi dalla mia fortezza à soffrire la
mia perdita; poichè queste lacere membra saranno dalle fiamme ridotte in cenere amorosa
tu le racogli, e portane una parte di esse per
ma-

m'a-t'il dit , tu périras par la main d'un ennemi
que tu auras tué : voilà quelle mort t'est destinée lorsque tu auras dompté la Terre , le vaste
Occéan & l'Empire de Pluton. Je ne me plains
plus de mon sort; les maux cruels que je souffre
sont là juste peine de mes foiblesses: Après avoir
vaincu tant d'ennemis , je me suis lâchement
laissé vaincre par les charmes d'une méprisable
beauté ; j'ai abandonné Dejanire; j'ai trahi son
amour & les droits sacrés de l'hymen; je péris,
& je suis content de périr pour expier mes indignes foiblesses. Adieu , mon cher Thesée ,
songe à executer les derniers ordres de ton
ami , soit prêt à embraser ce bucher; je te laisse
ces fleches & cet arc dont peu de mortels peuvent faire usage : par elles tu sera invincible
comme moi ; je te laisserois aussi cette redoutable massue, si d'autres bras que celui d'Alcide pouvoient en soûtenir le poids. Adieu, conserve mon souvenir, prends soin de Dejanire ,
assure-là que son époux lui rend son cœur &
lui pardonne sa mort.

SCENE V.

DEJANIRE & les Acteurs précedens.

HERCULE. MAis je la vois! approche, chere
épouse, viens dans mes bras ;
viens recevoir les derniers embrassemens d'Alcide, que mon exemple t'instruise à supporter la
perte que tu fais; l'épouse d'Alcide ne doit
point le deshonnorer par des regrets & par des
larmes indignes de lui. Après que ce feu en
consumant ce qu'il y a de terrestre & de mortel
en moi m'aura rendu digne d'aller parmi les
Dieux , ramasse mes cendres & les cache avec

Hercule. G

mia memoria soura del cuore. L' Eredità, che io ti lascio, è il mio amore; vivi, e vivi longamente felice, e quando permetteranno le stelle alla parca di troncare lo stame della tua vita, tutto amor, tutto Zelo ti verrò incontro in su' l confin del Cielo.

DEJANIRA. *E che! potrebbe doppo di te vivere la colpevole Dejanira. Potrebbe Alcide lasciare invendicata un offesa, in cui è interressata tutta la Terra? Togli alla tua gloria quest' onta, Io sono, io sono il pessimo de mostri non hai tutto purgato il mondo, se doppo di te io resto viva. Mi si deve la morte, morte ô mio adorabile Eroe, morte mio caro sposo.*

ERCOLE. *Non più, ô Dejanira, vivi se non per altro per mio comando. Il tuo innocente delitto si purghi con questa obedienza; mà già sento, che il mio destino m'incalza. Molto si è donato ai bassi afferti del mondo. Si concepiscano omai sentimenti degni d'un figlio di Giove, e la gloria del mio morire superi quella del nostro vivere. Se piansi nel dolore delle mie membra, cancellerò lo scorno di quelle lagrime con la mia morte gloriosa. Sommo Rettore degli Astri, Patre de numi, e mio, gira ti priego sopra di questo Rogo lo sguardo, ed ascolta l'ultime voci mie. Spezzale nubi ô Padre, e gli occhi immortali de Dei celesti veggano quale sappia ardere Alcide. Se il dolore della mia morte potrà trarmi qualche gemitto fuor dal petto chiudini in faccia le porte del Cielo, ed abbandonami al mio destino. Sù via Theseo, sù via invitto compagno d'Alcide; che più tardi? avampi per la tua mano questo Rogo fattale, Che tardi neghioso, che pensi? qual pallore ti copre la*

foin aux yeux des mortels. Vis pour conferver long-tems la memoire d'un époux qui t'adore & qui te laiffe fon cœur en montant fur l'Olym-pe ; il efpere s'y réunir avec toi lorfque le Def-tin ordonnera à la Parque de trancher la trame de tes jours.

DEJANIRE. Ah Seigneur ! la criminelle De-janire pourroit-elle vous furvivre ? Alcide peut-il laiffer impuni un crime qui intereffe l'Uni-vers entier ? Ah, ne fouffrez pas cette tâche à votre gloire. Je fuis le plus dangereux des monftres que vous avez vaincu ; votre bras n'a point affuré le repos des mortels fi vous me laiffez encore après vous : Vous me devez la mort, adorable Alcide, cher époux ; c'eft la mort que je vous demande.

HERCULE. Dejanire, c'en eft affez, vivez je vous l'ordonne, vivez du moins pour obéir à votre époux ; que votre obéiffance acheve d'éfa-cer une faute dont vous n'êtes point coupable. Mais je fens que mon deftin eft prêt à s'accom-plir : c'eft affez donné aux terreftres attache-mens de ce monde, il faut enfin prendre des fen-timens dignes du fils de Jupiter. Que la gloire de ma mort furpaffe celle de ma vie ; effaçons par ma conftance dans ces derniers momens la honte de ces larmes que la douleur m'a arra-ché. Souverain Moteur de l'Univers, pere des Dieux & le mien, tourne je te prie les yeux fur ce bucher, écoute mes dernieres paroles. O mon pere, écartes les nuages qui me cachent l'Olympe ! que les regards immortels des Dieux du Ciel foient témoins de la manière dont Al-cide fupportera le feu qui va le confumer : Si la douleur m'arrache la moindre plainte ferme moi les portes de l'Olympe, abandonne ton fils

G ij

la faccia? guarda misero come attende la fiamma
chi deve ardere con essa. Ecco che Giove stesso te
lo comanda, e che dal Cielo m'addita la viā delle
stelle.

TESEO. *Arda il rogo tremendo, ed adempia la*
destra di Theseo gli ultimi voti della gloria d'Al-
cide.

ERCOLE. *Vengo ō Padre, cresci ō Fiamma*
neghitosa, la tua voracità è troppo tarda.

DEJANIRA. *Ceda la stupidezza della mia pe-*
na. Io perdo Alcide, ed ancora sò goderè de i rai
del giorno? Ah non fia vero. Vò seguirlo rissolu-
ta, e costante. Un precipizio, un ferro, od un ve-
leno sian gli strumenti del mio morire, se pure
non li previeni, ò troppo giusto dolore

Si parte furiosa.

In questo mente sono scese dal Cielo molte
nuvole, che hanno coperto il monte.

THSEEO ed ARLICHINO.

TESEO. Ecco adempiuto il commando d'Alcide,
mà non sò con quale violenza si can-
gia quasi in giubilo il mio dolore: Forse riceve il
degno amico dal suo gran Padre la ricompensa

lu fort qui lui fera préparé. Allons, Thefée, allons, invincible compagnon d'Alcide, qu'attends-tu? Ta main doit embrafer ce fatal bucher. Qui te retient? quel eft ton deffein? d'où
vient la pafleur qui couvre ton vifage? regarde
pour t'enhardir, comment Alcide attends la
flamme qui le doit confumer; c'eft Jupiter lui-
même qui te l'ordonne, je le vois qui du plus
haut des Cieux m'appelle & me montre le chemin de l'Olympe.

THESE'E Que ce redoutable bucher s'embrafe, & que la main de Thefée remplifle les
derniers ordres d'Alcide.

HERCULE. Je viens, ô mon pere: & toi pa-
reffeufe flamme hâte toi: que tu agis lentement
fur moi!

DEJANIRE. L'excès de mon malheur me
prive-t-il de fentiment? Je perds Alcide & je
joüis encore de la lumiere du jour. Non, il
n'en fera rien: attends, divin-époux, attends je
te fuis. Rien ne peut m'ébranler, le fer, le poifon, les précipices, m'offrent mille chemins
pour fortir de la vie fi ma trop jufte douleur
ne prévient leur effet.

Dejanire fort pleine de fureur.

Pendant que Dejanire parle, des nuages defcen-
dus du plus haut du Ciel couvrent le fommet
du Mont & fe répandent fur le Theatre.

THESE'E, ARLEQUIN.

THESE'E. ENfin les ordres d'Hercule font
accomplis. Mais quelle force in-
connue change, malgré moi, en tranfports
d'allegrefle la douleur que je reffens? Ah, fans

dovuta , e ne reſſente il mio cuore un interno, mà ignoto contento.

ARLICHINO. Vienne tutto affannato e dimanda à Teſeo che ſia divenuto di Ercole, à cui
Teſeo fa racconto del accaduto , ed in tanto ſi
aprono le nuvole, che coprivano il monte, e
ſi ſcuopre l'Olimpo con tutte le Deità celeſti.

SCENA ULTIMA.

Giove, Giunone, Ercole e Dei.

GIOVE. *D'Alcide il figlio mio vegga la gloria*
tuto de Numi il confiſtoro elletto,
E la vegga la terra : A lùi benigna
Giunon ſi moſtri, e de travagli ſuoi
Sia la mercede il ſoggionar frà noi.

    GIUNONE. *La ſia : E di Giunon gli alteri*
       ſdegni
Abbato il vanto di formar gli Eroi.
Quanto nemica fui m' avra benigna.

    GIOVE. *Della terra, e del Ciel voi dunque*
       in tanto
Celebrate feſtoſi o ſemidei
Del grande Alcide la memoria , e' l vanto.

Le Deità nel Cielo, ed i tauni in terra formano
una danza , che termina.

doute en ce moment mon illustre ami reçoit de son pere la recompense düe à sa vertu, & son bonheur répand au dedans de moi cette joye que je ne puis retenir.

ARLEQUIN entre tout effrayé, & demande à Thesée des nouvelles d'Hercule, & pendant que Thesée lui apprend ce qui s'est passé, les nuages qui couvroient la Montagne, s'ouvrent & laissent voir l'Olympe avec tous les Dieux celestes.

SCENE DERNIERE.

JUPITER, JUNON, HERCULE, & les autres Dieux.

JUPITER. QUe l'assemblée choisie des Dieux soit témoin de la gloire de mon fils ; que la Terre joüisse de ce spectacle ; que Junon lui marque qu'elle est appaisée, & qu'il demeure parmi nous pour y recevoir la recompense de ses travaux passez.

JUNON. Junon même y consent, que l'Univers entier apprenne que le couroux de Junon fait des Heros de ceux qu'elle hait ; que ma bonté pour lui égale à l'avenir, la haine que je lui ai portée.

JUPITER. Que les Dieux du Ciel, que les demi Dieux de la Terre celebrent par leurs Fêtes la gloire & le nom du grand Alcide.

Les Dieux celestes forment des danses sur les nuages qui sont en l'air, tandis que les Divinitez de la Terre dansent au-dessous. Ce qui termine la Piece.

APPROBATION.

J'AI lû par l'ordre de Monfeigneur le Garde des Sceaux, *le nouveau Théatre Italien* ; j'ai examiné en particulier les differentes pieces qui le compofent, & je n'y ai rien trouvé qui puiffe en empêcher l'impreffion. Fait à Paris ce 3. Novembre 1728.

DANCHET.

A PARIS,
Chez BRIASSON, rue faint Jacques,
à la Science.

www.ingramcontent.com/pod-product-compliance
Lightning Source LLC
Chambersburg PA
CBHW070753030726
47504CB00003B/536